JN286014

再生 上

続・金融腐蝕列島

再生（上）

続・金融腐蝕列島

高杉 良

角川文庫 12272

目次

第一章　見えざる敵

1

平成九年（一九九七年）七月十五日午前十一時四十三分に電話が鳴った。

「はい。協立銀行プロジェクト推進部の竹中です」

「相原だが、昼食を一緒にどうかと思って。ちょっと、折り入って話したいことがあるんだけどねぇ」

「わかりました」

「すぐ出られるのか」

「ええ」

「じゃあ、五分後に〝門〟で会おう」

「承知しました」

きかん気なきりっと締まった竹中治夫の表情が翳《かげ》った。厭《いや》な予感を募らせながら、竹中は電話を切った。「ちょっと」と「折り入って」は矛盾している。後者が本音に相違ない。ろくでもない話に決まっている、と竹中は思いながら、腕まくりしていたワイシャツの袖《そで》を元に戻しながら、〝竹中班〟付女性事務員の清水麻紀に話しかけた。

「少し早いけど、食事に行ってくる。なにかあったら〝携帯〟に電話して」

「はい。行員食堂ですか」

竹中は、麻紀のデスクに近づいて、小声で言った。

「〝門〟だよ。部長から呼び出されたんだ。内緒だからね」

「部長はうなぎがお好きなんですねぇ」

麻紀は、大きな瞳《ひとみ》を見開いたが、声量は落としていた。麻紀も、相原から〝門〟に誘われたことがあるのだろうか。

麻紀は今年、平成九年四月に入行した。女子大の英文科を出ている。四月一日付で〝竹中班〟に配属された。前任者が結婚で五月末に退職したためだが、ほんのヒヨッ子にしては仕事の呑《の》み込みも早く、気働きするほうだった。そのうえ、美形でグラマーときている。さぞや独身行員のターゲットにされていることだろう。

竹中は昭和四十九年（一九七四年）の入行組で、四十五歳。入行して二十三年になる。ずいぶん多くの女性事務員と接してきたことになるが、印象的な女性はほとんど記憶にならなかった。

麻紀は別格だ。もっとも、仕事にかまけて、同僚の女子行員に無関心であり過ぎたせいもある。

営業本部プロジェクト推進部は、大口の不良債権および利払いが六か月以上滞納している要注意債権を取り扱うセクションだ。

不良債権を放棄するか、償却するか、その方法は破産処理なのか等々、ぎりぎりの判断を求められる。竹中は副部長だが、ヤクザが絡む案件もままあるので、命がけの仕事を強いられる過酷なポストである。

事実、広域暴力団に絡まれた案件もあった。〝戦車〟をかます、とは、右翼を騙《かた》る反社会的勢力が街宣車を繰り出すことだが、〝戦車〟の怖さは、経験した者にしかわからない。生きた心地がしない、とはこのことだ。竹中は二年ほど前、自宅に〝戦車〟をかまされて、妻子がノイローゼになり、家庭崩壊寸前にまで追い込まれたことがある。大物フィクサー・児玉《こだま》由紀夫の助けがなかったら、確実に家庭は崩壊していただろう。

協立銀行は、比較的体力のある都銀大手である。営業本部プロジェクト推進部のメンバーはきょう平成九年七月十五日現在、総勢四十二名。取締役プロジェクト推進部長の相原洋介は平成八年十月に就任した。まだ九か月しか経っていない。昭和四十三年（一九六八年）に慶大経済学部を卒業した。

副部長は七名。〝竹中班〟〝岡崎班〟などは部内の俗称だが、〝竹中班〟は麻紀を含めて七名で構成されている。日中は、班長と麻紀以外は外出していることが多く、デスクワークは午後五時以降になる。

竹中自身も、しばしば対外折衝で外出する。

竹中は現職に就いて丸三年経った。七月一日付の大幅な人事異動で、プロジェクト推進部からおさらばできるのではないかと、期待していたが、当てが外れた。それだけ戦力になっているのだから仕方がない、と思うしかなかった。同期の岡崎政彦も期待を裏切られた口だ。

七月一日の夜、岡崎と二人でヤケ酒を飲みながら、「早慶戦で仲良くやるっきゃないか」と、竹中はやけ気味に言ったものだ。

竹中は早大法学部、岡崎は慶大商学部の出身だ。

竹中は、空席の岡崎副部長席に目を投げてから、ワイシャツ姿で七階フロアのプロジェクト推進部を出た。

〝門〟は老舗《しにせ》のうなぎ屋で、大手町《おおてまち》センタービルの地下一階にある。協立銀行本店ビルとは目と鼻の先だ。

〝土用のうなぎ〟で、夏場は混んでいるが、昼前だったので、二人用のテーブルが空いていた。

竹中が坐《すわ》って二分後に、相原がスーツ姿であらわれた。相原が、会議後〝門〟へ直行してくることはわかっていたが、竹中はあえてワイシャツ姿にこだわった。

蒸し暑さもさることながら、どうせ厭な話に決まっているのだから、恰好《かっこう》をつけることはない。

「〝和田倉〟を二つお願いします。それとビールの中瓶を一本」

相原はメニューも見ずにオーダーした。よほど、うなぎが好物なのだろう。

〝門〟のうな重は、〝桔梗《ききょう》〟二千五百円、〝和田倉〟三千円、〝桜田〟三千五百円の三種類。いずれも肝吸い、新香付きだ。

〝和田倉〟とは気張ったものだと思いながらも、竹中は切り口上で訊《き》いた。

「折り入って話したいことがあるとかおっしゃってましたが、なんでしょうか」

相原は一瞬伏し目になったが、背広を脱ぎながら面《おもて》を上げた。しかも、整った顔に愛想笑いを浮かべている。

「悪い話じゃないと思うよ。竹中に〝特命〟でやってもらいたいことがあるんだ」

「やっぱりねぇ。また〝特命〟ですか。部長に、うな重をご馳走《ちそう》になるのは、これで二度目ですけど、厭な予感がしたんですよ」

「二度目……。厭な予感ってなんで」

相原は眉《まゆ》をひそめて、小首をかしげながら運ばれてきたビール瓶を持ち上げた。

竹中は、ビールの酌を受けたグラスを口へ運ばずに、テーブルに置いて、きつい目で相原をとらえた。

「ちょうど丸四年前です。忘れもしません。当時、虎ノ門支店長だった部長から、総務部の〝渉外班〟へ飛ばされることを伝えられたんです。あのときもうな重をご馳走になりました」

相原がひと口ビールを飲んでから、気まずそうに右手で胡麻《ごま》塩《しお》の後頭部を撫《な》でた。

「うん、思い出した。そんなことがあったねぇ。〝渉外班〟は総会屋対策の専任ポストだけど、竹中は、〝特命〟だったんだっけ。永井常務から多少のことは聞いてるが、〝鈴木天皇〟の尻《しり》ぬぐいをやらされたらしいじゃない」

「本チャンの〝渉外班〟のほうがよっぽどましでしたよ。協立銀行なんかに入行するんじゃなかったと後悔しましたもの」

永井卓朗は、相原の前任者で、企画部長を委嘱されていた。いまや斎藤弘頭取のブレーン中のブレーンだ。鈴木一郎は、平成八年十月一日付で代表取締役会長から取締役相談役に退いたが、先輩の頭取・会長経験者の相談役三人が辞任したため、うっとうしい存在がなくなった分、逆に気楽になり、いまなお権力者として君臨していた。いまだに〝鈴木天皇〟で通っている。

会長職は空席のままだが、斎藤頭取も負けん気の強いほうなので、協立銀行には人事権者が二人いる、と傍《はた》から見られるのも故なしとしなかった。

「きみは、あの佐藤に見込まれて、〝特命〟やらされたんだから、ツイていたとも言えるんじゃないのかね。〝鈴木天皇〟が頑張ってる限り、佐藤にも次の次の頭取の目はあるからねぇ」

相原は「あの」にアクセントを付けて、皮肉っぽく言った。

〝カミソリ佐藤〟の異名を取る東大法学部出身の佐藤明夫は、取締役営業本部第一部長で、昭和四十三年（一九六八年）入行組の相原と同期だ。鈴木の頭取、会長時代、企画部次長、秘書役、取締役秘書室長として、辣腕《らつわん》をふるった。斎藤頭取とソリが合わないので、往年のパワーは半減したとはいえ、佐藤と相原との力関係は歴然としていた。つまり、佐藤は、〝鈴木天皇〟の懐刀《ふところがたな》的存在であることには変わりがなかったのである。

竹中がビールをひと口飲んで、訊いた。

「〝カミソリ佐藤〟がまた絡んでるんですか」

「ちがうちがう」

相原は首と右手を左右に振ってから、話をつづけた。

「〝特命〟には違いないが、永井常務と高野常務のお声がかりだから、安心したらいいよ」

高野繁は、人事部長を委嘱されている。

「わたしは〝カミソリ佐藤〟の一派と見做《みな》されてるわけじゃないんですね」

うな重が運ばれてきたことをいいことに、相原は竹中の質問をはぐらかした。

「食べてからにしよう。〝門〟のうなぎは、蒸しかたとたれがいいから、美味《おい》しいよ」

相原に続いて、竹中も重箱の蓋《ふた》をあけて、底に重ねた。

2

うな重に箸《はし》をつける前に、竹中がわざとらしく居ずまいを正した。

「せっかくのうな重が喉《のど》を通らないのもなんですから、ぜひ〝特命〟の内容をお聞かせください」

うな重に箸をつけかけていた相原は、一瞬、厭《いや》な目をしたが、箸を重箱に戻して、残りのビールを飲んだ。

「竹中を見込んで、住管機構を担当してもらいたいんだ。なんせ、〝タコ〟が相手だからねえ。敵に回して不足はないだろう」

竹中は息を呑《の》んだ。大物弁護士として聞こえている〝タコ〟と斬《き》り結べるわけがないし、面会することさえ、困難である。

〝タコ〟とは、住宅金融債権管理機構（住管機構）社長の高尾幸吉を畏怖《いふ》と揶揄《やゆ》を込めて銀行関係者が呼んでいるニックネームだ。

〝タコ〟の由来は高尾幸吉を詰めたとする説と、風貌《ふうぼう》がどこか蛸《たこ》に似ているからとする説がある。協立銀行にとって〝タコ〟ほど厄介な存在はなかった。

一年前、平成八年（一九九六年）にマスコミが大騒ぎし、日本中が騒然となった住専（住宅金融専門会社）問題の処理策として、旧住専七社の資産を引き継ぐ形で、住管機構が同年十月に設立された。

住管機構の資本金は二千億円、従業員は一千百人、弁護士、検事、裁判官などの法曹界と大蔵省、日本銀行、そして協立銀行など母体行のオール与党方式で組織化されている。

住管機構は、住専処理法に基づいて設立された国策会社で、上部機構の預金保険機構に特別調査権が付与されていた。

いわば十手、捕り縄付きの、債権回収業者ということができる。旧住専処理に際して、二次損失六兆四千百億円のうち協立銀行を含めた母体行（旧住専の出資銀行）は三兆五千億円、一般銀行は一兆七千五百億円を放棄させられたが、農林系金融機関は五千三百億円を負担したに過ぎなかった。財政資金は六千八百億円だが、農協隠しと巨額の税金投入をめぐって、国会が紛糾したことは記憶に新しい。旧住専処理策は、農林系金融機関の救済策を前提としたものであった。

うな重を食べながらの話になった。

「住管機構が設立されたとき、産銀が三十人、協銀など都銀は十人から二十人も出向させられたが、巨額の債権を放棄させられた上に、カネも出し、人も出し、いわばスポンサーでもあるのに、なんと母体行の紹介責任を追及する、と〝タコ〟が声高に言い出したので、頭取も相当ナーバスになってってねぇ」

「〝タコ〟は、過去に協銀が経験したことのない無気味な敵なんでしょうか。反社会的勢力でもなければ、大口融資先で潰《つぶ》れそうなゼネコンでも、不動産会社でもありません。見えざる敵に、わたしごときが対応できるはずがないですよ。顧問弁護士先生方にまかせるしかないと思いますけど」

竹中の口調が投げやりになった。〝タコ〟を相手に〝特命〟もくそもない――。

〝門〟は正午を過ぎて、あっという間に満席になった。

竹中のうな重は半分以上残っていた。

相原のほうは、あとひと口かふた口で終わる。

「住管機構が協銀を最大のターゲットにしていることは間違いないし、切ない思いをしている十一人の出向者の相談相手にもなってもらいたいんだよ。協銀の弁護団も、遣《や》り手で、パフォーマンスの好きなつわものぞろいだから、〝タコ〟と互角に渡り合えると思うし、貸し手責任論を前面に押し出していけば、起訴されても、負けることはないんじゃないかな」

竹中は肝吸いをすすって、口の中のうな重を喉へ送り込んだ。

「さあ、どうなんでしょうか。〝タコ〟は、マスコミを味方につけてますから〝正義の味方、黄金バット〟とか〝平成の鬼平〟とか、もてはやされてます。協銀のほうは、協銀に限らず銀行は、いまや地に落ちたって言うか、悪玉にされてますからねえ。〝タコ〟に対して歯向かうなんてことができるんでしょうか」

相原が空になった重箱に蓋をして、楊子《ようじ》で奥歯をせせり始めた。

「朝中《あさちゅう》がずっこけるとは世も末だよ。思いもよらなかったなあ。大銀行の本店を東京地検特捜部が強制捜査するなんて、想像もできなかった。株の購入資金として総会屋に三百億円も融資してたとはねえ。信じられんよ」

朝中とは、朝日中央銀行の略称だ。ACBで通っている。特捜部がACB本店等を家宅捜索したのは五月十五日、そしてつい最近、今井史朗前会長が商法違反容疑で逮捕され、ACBの逮捕者は七人にもなった。久山隆元会長の首吊《つ》り自殺も衝撃的で、痛ましかった。

総会屋に対する利益供与事件で、四大証券は泥まみれの状態だ。トップが次々に逮捕されていた。

「協銀も偉そうなことは言えませんよ。総会屋ともつきあってますし、わけのわからない筋の悪い人たちに巨額の融資をしてますからねえ」

竹中は、川口雅枝の美貌を目に浮かべ、顔をしかめた。雅枝は鈴木取締役相談役の長女で、夫の川口正義は広域暴力団の準構成員として聞こえていた。

川口は、表向きは結婚式場、絵画ブローカーだが、協銀からの不正融資が週刊誌にスクープされたことが引き金となって、鈴木は会長職の引責辞任に追い込まれた。

総務部〝渉外班〟に配属されて、心ならずも川口と深くかかわったことが、竹中にとって大きな汚点になっていた。

もっとも〝特命〟なので、このことを正確に知り得ている者は、協銀の中でもごく限られていた。竹中の背後で糸を引いていたのは〝カミソリ佐藤〟と、杉本勝彦の二人だ。杉本も東大法学部を出ている。竹中と同期の杉本は、佐藤の一の子分を自他共に認めていたが、永井常務にすり寄る姿勢も見せ始めていた。企画部次長で、永井の直属の部下だ。協銀では部長、次長、副部長、課長の順列になっていた。

竹中も、うな重をきれいにたいらげた。四年前に、いま目の前に坐っている相原から、総務部〝渉外班〟行きを申し渡されたときとは比ぶべくもないが、住管機構担当の〝特命〟も、見えざる敵が相手だけに、気が重いことはたしかだった。

相原が湯呑みをテーブルに戻して、上目遣いで竹中をとらえた。

「十六日付で発令するからね。竹中は次長に昇格する。つまり、名実共に、プロジェクト推進部の〝顔〟になってもらうわけだ。永井常務も言ってたが、竹中は頼り甲斐《がい》があるからねぇ。住管機構に限らず、竹中の出番はたくさんあると思うよ」

「ご冗談を。〝顔〟は部長に決まってるじゃないですか。もうそこまで決まってるとは驚きました。打診ぐらいに考えてたんですけど、否《いや》も応もないわけですね」

竹中は、苦笑を浮かべて、言い返した。

相原が、上体をテーブルに乗り出した。

「頭取室で話しているときは出なかったが、廊下の立ち話で、永井常務から竹中の名前が出たんだ。ひょっとすると、頭取も竹中に目をつけてた可能性があるな。どっちにしても冥利《みょうり》に尽きるっていうか、意気に感じていいんじゃないのか」

竹中は首をかしげた。

「考え過ぎですよ。頭取が次長、副部長クラスの人事に口出しするはずがないですよ」

「どっちにしても、杉本に追いついたんだから、文句を言えた義理じゃなかろうが」

「わたしの人事に杉本は関与してるんですか」

「あり得ない。ここだけの話、永井常務は杉本を遠からず企画部から外したいと考えてるんじゃないかねぇ」

「……」

「頭取が、目下のところ住管機構とことを構える考えのようだから、竹中は頭取ブレーンの一人であるとも言える」

お上手が過ぎる、と竹中は思ったが、ACBの不祥事以降、MOF《モフ》担が開店休業の状態になっていたので、MOF担に代わって頭取室に出入りできる可能性も否定できない——。

しかし、思い過ごしだろう。

「デスクはどこに置くんですか。それと、わたしの後任も気になりますが」

「後任は中林でどうかねぇ」

「まったく異論はありません。〝竹中班〟から〝中林班〟に替わるわけですね」

「うん。きみの席は応接室の一つを潰して、改造する。生きのいい課長クラスを二人付けることになってるらしい」

「〝特命〟といっても、オープンにしていいわけですね」

竹中の顔に、ホッとした思いが出た。

「うん。組織的には極秘事項ではないからねぇ。しかし、重要事項ではあるし、難しい案件もあるかもしれないよ。きみには苦労をかけることになるかな」

相原は表情を変えなかった。

中林は、昭和五十三年の入行組で、一選抜できている。

〝中林班〟は悪くない、と竹中も思った。

気がかりなのは、相原が俺を〝カミソリ佐藤〟の息がかかっている、と思っていることだ。相原に限らず、そう取っている者が行内に少なからずいるかもしれない。

〝門〟から協立銀行本店ビルに戻る道すがら、竹中が相原に水を向けた。

「杉本を企画部から外すことを〝カミソリ佐藤〟が承知しますかねぇ」

「さすが竹中だな。よく見てるよ」

竹中の身長は百七十五センチ。相原もそれに近い。二人とも、スリムなほうだ。

「杉本を七月一日付で動かさなかったのは、裏があるみたいだが、ACB（朝日中央銀行）事件で、MOF担のMOF過剰接待問題が表面化してきたから、さすがの佐藤も杉本を庇《かば》い切れなくなってきたんじゃないのかねぇ」

「杉本は、われわれ四十九年組のエース格で、協立銀行のために、よく頑張ったと思いますけど」

竹中は、心にもないことを言ってるつもりはなかった。杉本は上昇志向の強さで同期随一だし、東大法科を鼻にかけて、上ばかり見ている厭《いや》な奴だが、仕事はできる。

「杉本は〝ミスターMOF担〟といわれたほどやり過ぎたから、企画部に置いとくのはまずいって、斎藤頭取が強硬に言い出したらしいよ。佐藤も、杉本を見捨てる気持ちになってきたようだ。杉本のスタンスが揺れていることに気づいたんだろうねぇ」

MOFとは大蔵省の英語名（Ministry Of Finance）の略称で、MOF担とは、銀行、証券など金融機関の大蔵省担当者のことだ。杉本は前MOF担である。MOF担は、一選抜中の一選抜のエリートだが、ACB事件でMOF担の存在感が薄れてきたことはたしかだった。

ハンカチで首筋の汗を拭《ふ》きながら、竹中が冗談めかして言った。

「部長は、さっきわたしが〝カミソリ佐藤〟の息がかかっているようなことをおっしゃいましたが、そう見られても仕方がない面はありますけど、心ならずも〝特命〟をやらされたことをどうかお忘れなきようお願いします」

「そんなこと、念を押すまでもないよ。だけど、佐藤のほうは竹中をどう思ってるのかねぇ。案外、子分だと思ってるんじゃないのか。それと行内世論も、どうなのかなあ。佐藤に目をかけられてるってことは、どっちにしても損はないと思うけど」

並んで歩いているので、相原がどんな顔をしているのか、竹中にはわからなかったが、同期で、しかも同じ取締役でありながら、相原が〝カミソリ佐藤〟に一目も二目も置いていることは間違いなかった。

しかも、相原は、佐藤と同時期に取締役になったのだから、佐藤をライバル視してもよさそうなものだが、佐藤に歯向かえるなどとは夢にも思っていないらしい。

重要案件には立場やポストに関係なく首を突っ込んでくる佐藤のことだから、住管機構問題にも、口出ししないはずがなかった。

鈴木が会長を引責辞任した時点で、カミソリ佐藤のパワーも確実に低下する、と竹中は読んでいたが、読み違えた。鈴木のしたたかさは、尋常ではなかった。

鈴木―佐藤ラインと、斎藤―永井ラインは拮抗《きっこう》している。協立銀行は水面下で、二つの派閥のせめぎあいが続いていた。

人事抗争の火ダネを内蔵し、いつ表面化しないとも限らない。

小競り合いは、すでにあった。斎藤が、佐藤明夫を本部（本店）から出そうと考えたときだ。

鈴木会長―斎藤頭取時代は、鈴木が人事権者で、二人が役員人事で相談する場面はほとんどなかった。

鈴木が取相《とりそう》に退いて、半年ほど経った今年平成九年四月一日付で、斎藤は、大幅な役員の担当替えを決意した。三月下旬に、斎藤からリストを見せられた鈴木は、〝佐藤明夫取締役日本橋支店長〟に烈火のごとく怒った。

「わたしに無断で、こんなことができるのかね。きみは、いつからそんなに偉くなったんだ！」

「わたしの腹案ですが、お気に召しませんか」

「腹案……。先にわたしの意見を聞くのが順序だろうが。きみは誰のお陰で頭取になれたんだ。わたしをないがしろにして、こんなことが許されるのか！」

怒髪天を衝《つ》くとはこのことだ。斎藤が鈴木に凄《すさ》まじい形相で怒鳴られた結果、佐藤は〝営業本部第一部長〟になった。

3

竹中と相原が協立銀行本店ビルに戻ったのは午後十二時四十分だった。

竹中はさっそくイントラ（社内）ネットで、住管機構出向者リストを検索した。

十一名の中に、塚本貞夫の名前を見いだして、あっと思った。

キャッツアイなるいかがわしいインベストメント（投資）カンパニーをめぐる不正融資事件に協立銀行が巻き込まれたのは平成二年（一九九〇年）四月のことだ。なんでもありのバブル経済期の末期に、大蔵省関東財務局と極東債券信用銀行（極債銀）の信用力を利用して三百六十億円の資金を金融機関から集めた。協立銀行は七十億円で、極債銀の九十億円に次ぐ大口出資者だった。

損失先送りの〝飛ばし〟やら、回収不能承知の不正融資やらが目的のインチキ会社に、協銀はまんまとしてやられたのだ。しかも、大蔵省の高官が、当時の鈴木頭取に電話で出資を求めてきた〝トップ貸し〟だった。

大蔵省の護送船団方式による裁量行政、そして、〝トップ貸し〟を含めた裁量融資が、まかり通っていた時代の象徴的な事件と言える。

仕掛人は極債銀ＯＢで、極債銀系の産興信用金庫の理事長、志木勉である。

キャッツアイの融資先に、協銀池袋支店の取引先のナショナルエステートなる不動産会社があった。

塚本は竹中の同期で、池袋副支店長から、本店営業部門の課長、副部長を経て、平成八年（一九九六年）七月十日付で、住管機構に出向を命じられた。

キャッツアイは、竹中がプロジェクト推進部副部長に異動して、初めて取り組んだ案件だが、さしたる成果は得られなかった。

三年ほど前に、塚本と行内電話でやりとりしたときの、塚本の言いぐさがよかった。

「産信金と極債銀をゆさぶっても、意味はないかねぇ」と竹中が訊《き》いたとき、塚本は「どっちも腐ってるよ。いつ潰《つぶ》れてもおかしくないのと違うか」と、のたまわったのだ。

平成九年七月十五日のいま現在、極債銀は破綻《はたん》していないし、竹中も、大銀行の破綻は、そのことの膨大なコストからみて、あり得ないと考えたほうである。

塚本の予言は一年半後に的中することになるが、地方の国立大学の出身で、一選抜に踏み留《とど》まっていた塚本は、住管機構へ出向を命じられた時点で、トップグループから脱落したことを悟ったはずだ。

協立銀行からの出向者は全員昇進が遅れていた。

都銀は勝《すぐ》れて競争原理が働いている社会である。協立銀行の場合、入行三年で、ボーナスの格差が最上位と最下位で二十万円はつく。ノルマのきつい銀行なのだ。

往時に思いを馳《は》せた竹中が、塚本の話を聞こうと思いながら受話器に手を伸ばしかけたとき、電話が鳴った。

「はい……」

「おう、竹中だな」

「ああ。杉本か」

「おまえ、また〝特命〟だってなぁ。もっとも、今度はこそこそすることはなさそうじゃないか。住管機構の〝タコ〟にいちばん頭に血をのぼらせてるのは〝鈴木天皇〟らしいぞ」

「早いねぇ。おまえの地獄耳には参るよ」

「俺は企画部次長だよ。協銀の中枢部門にいる俺を甘く見ないでもらいたいねぇ」

杉本の人を見下す態度や、もの言いは、いつもながらのことだとはわかってはいても、竹中はむかっとした。

「用件を早く言えよ。俺もひまじゃないんだ」

「おめでとう。それを言いたかったんだ。次長に昇格するんだろう」

「トップの杉本に遅れること何年になるのかねぇ」

「竹中は、ほんとツイてるなぁ。永井さんにも、佐藤さんにも好かれてるおまえが羨《うらや》ましいよ。それもこれも俺がおまえを〝特命〟でピックアップしてやったからこそだよなあ。そこを忘れてもらっちゃ困るぜぇ」

竹中は、電話を叩《たた》きつけたくなるのを懸命に抑えた。

受話器を左手から右手に持ち替えながら、竹中は時計に目を落とした。時刻は午後一時まで、まだ七分ある。

「おっしゃることはよくわかった。二股膏薬《ふたまたごうやく》はお互いさまだと思うけど」

「そういうことだな。俺もおまえも、格別に運が強いんだよ」

「杉本は、〝特命〟のことを誰に聞いたの」

「もちろん、永井常務だよ。あした発令するっていうんだから、別に秘密でもなんでもないよなあ」

竹中は、思案顔を斜めに倒した。

先刻、取締役プロジェクト推進部長の相原は、うな重を食べながら「永井常務は杉本を企画部から外したいと考えてるんじゃないかねぇ」と話した。

その永井が、杉本にわざわざ俺の〝特命〟を伝えるだろうか――。

「ふうーん。杉本のほうが嵌《はま》り役だったのにねぇ。〝タコ〟と渡り合えるのは杉本か〝柳沢吉保《よしやす》〟しかいないんじゃないか」

「まあねぇ。俺はともかく、佐藤さんの出番はあるかもな……」

杉本の口調がガラッと変わった。

「おい、竹中〝柳沢吉保〟は止めたほうが身のためだぞ。昔、おまえがそんな言いかたしたとき、佐藤さん、相当気にしたからな」

「でも、歴史上の人物と一緒にされて光栄だとも言ってたんじゃなかったか。ま、ジョークだけど。だいいち、本人に面と向かって〝柳沢吉保〟なんて言う莫迦《ばか》ではないつもりだが、じゃあな」

竹中は、杉本との話を切り上げて住管機構業務企画部の塚本に電話をかけた。

塚本は在籍していた。

挨拶《あいさつ》のあとで、塚本が言った。

「竹中から電話をもらえるなんて、どういう風の吹き回しなんだ」

「〝特命〟で住管機構を担当させられることになったんだ。よろしくご指導ください」

「へぇー。ほんとなの。協銀は総務部が住管機構の受け皿っていうか窓口でお茶を濁してるが、プロジェクト推進部の竹中が出てくるとは思わなかったよ」

「まさか塚本が敵とは思えないが、高尾幸吉社長は見えざる敵っていう感じだよねぇ」

「〝マル関《かん》〟弁護団には、俺もびっくりした」

「〝マル関〟って何のこと？」

周囲に人がいるのか、塚本は声をひそめた。

「俺たちも、高尾社長がそこまでやるとは思わなかったよ」

「〝マル関〟ってなんのこと」

「そうか、竹中にはちょっと説明しないとねぇ。高尾社長は住管機構の設立当初から、担保物件からの回収、借り手責任の追及、関与者責任の追及を債権回収事業の三本柱としてきた。〝マル関〟は関与者責任の追及弁護団のことだ。五月二十五日に関与者責任追及弁護団が結成されたとき、協銀は最大のターゲットにされるな、と俺たち出向者は緊張した。

高尾社長は本気で協銀と喧嘩《けんか》する気だよ」

「ターゲットは協銀だけなのか」

「いや、住専の母体行は全部〝マル関〟の対象になると思うけど」

「塚本と至急会いたいねぇ。きょうの予定はどうなってるの。なんなら、いまから住管機構へ出向こうか」

「協銀の本部に呼びつけられるのは慣れてるから、六時以降でよければ、協銀に行くよ」

「ありがとう。じゃあ、六時にお待ちしてます」

竹中は引き継ぎ事項を整理し、ワープロで打ち出す作業にとりかかった。

三時に清水麻紀が緑茶を淹《い》れてくれた。

「〝門〟のうな重、いかがでした」

「美味しかったよ。あした七月十六日付でポストが替わるからね」

「まあ」

麻紀の大きな目がまん丸くなった。

「会議室を改造して、〝特命〟で住管機構を担当させられることになった。課長クラスを二人付けてくれるらしいが、女性の事務員はどうなっちゃうのかなぁ」

「わたし、副部長と一緒に行きたいでーす」

竹中はドキッとして、思わず辺りを見回したが、こっちを気にしている目はなかった。

竹中が緑茶をすすりながら、トレイを抱えてデスクの前に立っている麻紀を見上げた。

「清水さんに来てもらえたら、うれしいけど、多分、きみは兼務なんじゃないかな。なんせ人使いの荒い銀行だから」

「それでもいいでーす。副部長とお別れするのは切ないですよ」

惹《ひ》き込むような瞳《ひとみ》を向けられて、竹中は視線をさまよわせた。

「なるべく清水さんに負担をかけないように自立しないとね。お茶ぐらい自分で淹れるから」

「遠慮なさらないで、なんでもおっしゃってください」

「ありがとう」

四時過ぎに、中林が外出先から戻ってきたので、竹中は部長室のほうを指差しながら、

「ちょっと」と言って、腰を上げた。

協立銀行では取締役部長には個室が与えられていた。

前任者の永井もそうだったが、相原も接客中、会議中以外はオープンドアにしている。

「中林に部長から説明していただくのがよろしいと思いまして」

「そうだな」

相原は二人に手でソファをすすめてから、デスクを離れた。

「中林は、七月十六日付で、副部長に昇進する。〝竹中班〟が〝中林班〟に衣替えするわけだ。竹中も次長に昇進する。竹中は〝プロ推〟におってもらって、住管機構を〝特命〟で担当することになった。竹中も中林も〝プロ推〟で丸三年になるが、もう一年、わたし

すよ」

「〝タコ〟が牙《きば》を剝《む》いてきましたねぇ。竹中副部長が〝特命〟やらされるのも、わかりまを助けてくれ」

「さっき、電話で人事部長と話したが、法務部の川瀬と、総務部の須田が竹中を補佐することになった。二人とも課長だな」

「川瀬は五十四年の東北大法科、須田は五十五年の九大法科です」

年次が近いせいか、中林はすらすらと二人の卒業校、入行年次を口にした。

「顧問弁護士との接触もけっこう多くなるんでしょうねぇ」

竹中の質問に、相原がつぶやくように言った。

「そういうことだなぁ」

「六時に、住管機構の塚本に会いますが、塚本も相当緊張しているようでした」

「人事部の話だと、協銀は、しらけてるっていうか、ふてくされてるっていうか、住管機構にろくなのを出してないらしいねぇ」

「塚本は違います。出来物ですよ」

「住管機構のどこにおるの」

「業務企画部の副部長です」

「ふうーん。業務企画部は協銀ならさしずめ企画部と業務部を合わせた中枢部門だな」

「ええ」

「竹中の行動力はさすがだねぇ」

「とんでもない。住管機構の〝いろは〟もわかってませんので、気合いを入れて勉強しませんと」

ノックの音が聞こえた。

中林に電話がかかっている旨、麻紀がメモを入れたのだ。

「失礼します」

中林は、メモを見て、部長室を退出した。

「お茶かなにか、お淹れしましょうか」

「もう終わるから、けっこうです」

中腰になりかけた竹中を、相原が手で制した。

とまどっている様子の麻紀に、竹中は手を左右に振ってから、ふたたびソファに腰をおろした。

「杉本が電話をかけてきましたよ。私の〝特命〟を永井常務から聞いたそうです」

相原が小首をかしげながら、話題を変えた。

「住管機構の出向者で、一人心身症になったのがおるらしいんだ。塚本に内情をよく聞いてもらいたいが、協銀にそんな軟弱《やわ》なのがおったとはねぇ」

「〝タコ〟の放射能が、それだけ強烈なんですよ。わたしごときが直接〝タコ〟に接触することは、あり得ませんけど、見えざる敵は、途方もなく巨《おお》きい怪物なんじゃないでしょうか」

竹中は眉間《みけん》にしわを刻んで、吐息をついた。

4

竹中は、午後五時過ぎに法務部課長の川瀬俊彦をプロジェクト推進部の第二会議室に呼び出した。

「この会議室が対住管機構の最前線になるらしいよ。きみと総務部の須田とトリオを組むことになった」

「部長から聞いてびっくりしました。〝特命〟で栄転だとかお上手を言われましたけど、そうなんですかねぇ」

川瀬は、律儀にスーツ姿であらわれた。レンズが小さい黒縁の眼鏡をかけている。眼鏡にマッチして、顔も小づくりで目も細く、小さかった。

「須田にも電話をかけたが、外出中で、銀行には戻らんそうだ」

「わたしは須田と電話で話しましたよ。四時ごろでしたか、外出先から電話をかけてきて、〝次長〟によろしくって言ってました。明朝八時に〝プロ推〟に顔を出すそうです」

竹中はわずかに顔をしかめた。きょう現在、まだ副部長なのに〝次長〟はおかしい。須田が〝次長〟と言ったのか、川瀬の追従《ついしょう》なのかわからないが、ゴマ擂《す》りをうとましく思った。

「須田は総務部で、住管機構の担当だったのかねぇ」

「ええ。山崎次長と須田の二人でやってたんじゃないですか」

「〝タコ〟と面会したことはあるんだろうか」

「ないと思います。〝タコ〟が相手にするのは頭取か、せいぜい副頭取まででしょう。大物弁護士ですし国策会社の大社長ですから、課長風情なんかに洟《はな》もひっかけないんじゃないですか」

「協銀顧問弁護団の〝タコ〟に対する評価はどうなのかねぇ」

「一将功成りて万骨枯《ばんこつ》る型の弁護士という評価で一致してます。パフォーマンスのやたら強い人で、法曹界で〝タコ〟に対して好意的な人は一割もいない、と言う弁護士先生もいます。なんでも〝タコ〟が弁護士団体のナンバーワンになったとき、ナンバーツーの事務総長を秘書みたいにこき使って、潰《つぶ》してしまった、なんていう話もあるくらいですからねぇ」

川瀬が身振り手振りのゼスチャアたっぷりに話して、「しかも……」とつづけたとき、ノックの音が聞こえた。

清水麻紀だった。

「失礼します。麦茶でよろしかったでしょうか」

「ありがとう。気が利くねぇ。冷たい飲み物が欲しかったんだ。清水さん、法務部の川瀬課長だよ。あしたから、仲間になるからね」

「川瀬俊彦です。よろしくお願いします」

川瀬は起立して、丁寧に挨拶した。

〝次長〟を帳消しにしてもよい、と竹中は思った。

「清水と申します。こちらこそ、よろしくお願いします」

麻紀は、二つのコップをテーブルに置いてから、挨拶を返した。

麻紀が退出したあとで、川瀬が上体を乗り出した。

「いい娘《こ》ですねぇ。凄《すご》いグラマーじゃないですか」

「四月に入行したばかりだよ。いまどきの女の子にしては、気が利くし、美形を鼻にかけてつんつんするなんてこともない。もっとも〝中林班〟付だから、俺たち三人の面倒まで見てくれるかどうか」

「〝特命〟なんですから、人事に頼んであの娘をスカウトしてくださいよ。弁護士先生たちとの連絡やらなにやら、気働きのする女の子じゃないと保《も》ちませんよ」

「わかった。考えとくよ。きみ、話の続きを聞こうか」

「どこまで話しましたかねぇ」

「〝タコ〟がナンバーツーを秘書扱いして、潰したとか言って、『しかも』で、中断したんだったな」

「カネに穢《きたな》いって言う弁護士先生もいます」

川瀬はこともなげに言って、コップに手を伸ばした。

竹中が麦茶をひと口飲んで、コップをテーブルのコースターに戻した。

「カネに穢いは言い過ぎなんじゃないのか。無給で奉仕してる人に対して、いくらなんでもそれはないだろう」

川瀬は細い目をすがめて、首をゆっくり左右に振った。

「〝タコ〟が住管機構で無給なのは事実ですし、立派な心がけだと思いますけど、大向こうを唸《うな》らせるパフォーマンスとも言えますよねぇ。すっかり国民的英雄になって、大もてですから、講演でガバガバ稼いでるっていう話もありますよ」

「講演でガバガバねぇ。ためにする噂としか思えないけど。忙しくて、講演なんかやってる暇はないだろう。もともと資産家だって聞いてるし、腕の良い弁護士なんだから、報酬も多くて、蓄財もあるから、無給でも務まるんじゃないのか」

「わたしは、高尾幸吉っていう人は、計算ずくで住管機構の社長を受けたんだと思います。落ち目の銀行を叩《たた》いてれば、誰も文句を言わないわけですから、気楽な稼業とも言えますよねぇ。とにかく、協銀の顧問弁護士先生たちの評判は悪いですよ」

「さっき、相原部長とも話したんだが、人間誰しも毀誉褒貶《きよほうへん》あると思うけど、協銀にとって、厄介な人物であることはたしかだよ。しかし、住専問題は、身から出た錆《さび》だとしても、そんなに協銀だけが目の敵《かたき》にされてもなあ……」

「住専問題で、銀行は叩かれ放題叩かれました。そして、母体行と一般行で五兆三千億円も債権放棄させられた上に、住管機構に人質まで差し出したんですよ。さらに、関与者責任だ、紹介責任だと言い立てられて、協銀は極悪非道な悪人にされようとしてます。〃タコ〃さん、それはないよって言いたくもなりますよ」

竹中は腕と脚を組んで、天井を仰いだ。

川瀬も腕組みして、顎《あご》をぐいと突き出した。

「出る所へ出たらいいんですよ。こうなったら、とことんやりましょうよ。顧問弁護士先生たちもヤル気充分ですし、最高裁までヤルつもりで、頑張るべきですよ」

竹中が組んでいた脚をほどき、天井から目をおろして、川瀬を凝視した。

「きみは顔に似合わず、多血質なんだねぇ。マスコミに袋叩きに合うことも覚悟しなければならないよ」

「どっちみち銀行バッシングは、ACBの不祥事で噴出してますから、いくら叩かれたってしようがないと肚《はら》をくくればいいじゃないですか。住専問題は、巨額の不良債権を母体行が放棄したことで、ピリオドが打たれたと思うんです。もっと搾り取れると〃タコ〃が考えてるとしたら甘いですよ」

川瀬が時計を見た。

竹中も時刻を確認した。五時五十七分。

「六時に、住管機構の塚本がここへ来るが、一緒にどう」

「申し訳ありません。ちょっと野暮用がありまして。きょうは竹中次長にご挨拶するだけと思ってましたので、そろそろ失礼します。塚本さんによろしくお伝えください」

川瀬が中腰になったとき、ふたたびノックの音が聞こえた。

「失礼します」

清水麻紀が塚本を会議室に案内してきたのだ。

川瀬は、塚本と名刺を交換してから、退出した。

5

塚本が背広を脱いで、空いている椅子に置いた。

「竹中に会うのは何年ぶりかねぇ」

「そう言えば、塚本の歓送会が何回あったか知らないが、俺には声がかからなかったものねぇ」

「杉本と竹中は、超多忙だってわかってたから、皆んな遠慮したんじゃないのか」

「嫌われたのか、敬遠されたのかどっちかだろう。杉本と一緒にされるとは、泣けてくるよ。杉本は別格っていうか、態度のでかさからみても同期の桜っていう感じはしないけど」

清水麻紀が塚本のために麦茶を運んできたので、竹中は、塚本に麻紀を紹介した。

二人が挨拶を交わした後で、竹中は麻紀に声をかけた。

「塚本と一時間ほど話すから、帰っていいからね」

「わたしも、中林課長から残業するように言われてます」

「ふうーん。悪いねぇ」

「いいえぇ、慣れてますので。あとでコーヒーをお淹《い》れしましょうか」

「それはありがたい。塚本はコーヒーでいいのか」

「ミルクティのほうが、もっとありがたいですねぇ」

「じゃあ、わたしもミルクティをお願いしようか。ゆっくりでいいですよ」

「かしこまりました」

麻紀が会議室から出て行った。

塚本は、竹中を右手に見る位置に坐《すわ》るなり薄くなった後頭部を左手で気にしながら、切り出した。

「高尾社長は、凄い人だよ。超人的というか、ほんと人間離れしてる。住管機構は、資本金二千億円の国策会社だが、社員一千百人だから大企業だよねぇ。ところが内実は中小企業っていうか、高尾商店なんだ。高尾社長の意思ですべてが決まる。役員会の機関決定もくそもない。高尾社長はなにかひらめいたりすると、新聞記者に先に話してしまったりするが、役員会がそれを追認することはしょっちゅうだ。誰も反論できないから、不思議だよねぇ」

「創業社長みたいなものだな。逆らうには、クビを覚悟しなければならないわけか」

竹中は残りの麦茶を飲み乾して、つづけた。

「〝タコ〟のパワーの凄さはわかる。塚本は放射能の強さを実感してると思うけど、率直に言って、きみは〝タコ〟に心酔してるのかね」

「もちろん」

塚本は大きくうなずいて、険のある目で竹中をとらえた。

「逆らって、クビになることはあり得ないが、高尾社長の主張に論駁《ろんばく》できないほどの迫力があるし、筋も通っているっていうことだよ。〝タコ〟なんていう言い方は失礼だし、不謹慎だと思うけどねぇ。竹中はいつからそんなに偉くなったんだ」

逆《さか》ネジをくらわされて、竹中はうろたえた。

「〝タコ〟の由来はよく知らないが、協銀の中では、畏怖《いふ》を込めて、皆んな〝タコ〟と呼んでるけど。俺が偉そうに見えたとしたら、不徳の致すところとしか言いようがないなぁ」

「〝タコ〟は高尾社長が主宰する法律事務所の周辺から出たんだろうねぇ。〝タコ〟部屋と言われたほど、配下の弁護士や事務員を厳しく鍛えたらしいから」

〝タコ〟の由来が高尾幸吉を詰めたとする説も、風貌《ふうぼう》が蛸《たこ》を想起させるとする説も違うらしい。しかし、竹中はあえて、そのことに言及しなかった。

「塚本が高尾社長に心酔しているとは知らなかった。だけど、きみが見えざる敵っていうことはないと思うけど」

「わたしを含めて、住管機構に出向している約三百人は、全員年間四百万円しか給与をもらっていない。銀行から補塡《ほてん》してもらっているほうが多いし、片道キップで出向してるわけでもない。つまり二重人格というか、股《また》裂き状態っていうか、辛《つら》い立場に立たされてることになるが、紹介責任は取ってもらうとする高尾社長の主張が間違ってるとは思えないね。われわれが関与者責任追及弁護団を〝マル関〟と称していることは、電話で話したが、高尾社長は本気だし、旧住専に対する紹介融資で問題案件の多い協銀は、ターゲットにされても仕方がないだろう。裁判沙汰《ざた》になる前に、損害賠償に応じる方向で、交渉のテーブルに着いたほうが賢明なんじゃないかねぇ」

一気にしゃべって、コップの麦茶をひと息で喉《のど》へ流し込んだ。塚本は、コップを両手でもてあそびながら、話をつづけた。

「協銀の紹介融資は質《たち》が悪過ぎるよ。竹中も先刻承知と思うが、平成二年だったか、目黒支店長の小野田が協銀系住専だった共和住宅金融に業者を紹介し、仕手筋の株購入資金として二百億円も融資させた案件は言い逃れできないんじゃないのか。小野田は、仕手筋の下山から一億円せしめて、刑事被告人の身だが、どうにも弁解の余地のない案件という気がするけどねぇ。住専の貸し手責任で押し通せるんだろうか」

竹中も顔をしかめた。

「小野田案件は、協銀の恥部だよなあ。ただ、個人の犯罪というのが協銀の立場だし、そういうことで答えが出ていると思うけどねぇ」

「そんな簡単に割り切れるかねぇ。雇用責任もあるし、協銀がバブル期に小野田を英雄視したことも事実だ。支店長会議で、営業担当の副頭取が小野田を称賛し、小野田を見習え、小野田に続けって、各支店長に発破をかけたっていう話は、協銀マンなら知らない者はいないはずだ。紹介責任の咎《とが》めを住専向け不良債権の放棄だけで片づけられるとは思えんな」

竹中は、上体をねじって、塚本を強く見返した。

「銀行という企業の論理として、ハイわかりましたって、すぐさま賠償に応じられるんだろうか。株主代表訴訟という厄介な問題もある。立場立場があるから仕方がないが、塚本も住管機構なんていう難しい所にいて気の毒だよなあ。きみと対立するなんて、やりきれないよ」

塚本が苦笑をにじませて、言い返した。

「だからといって、敵でもないよ。協銀の利益代表という部分もあるわけだし、何度も言うけど、ほんと参ってるっていうのが実感なんだ。俺を含めた出向者十一人、全員がそんな感じだよ。ただ、マスコミを味方につけた国民的英雄に立ち向かって、傷つくのは協銀だと思うけどねぇ」

「政治家も取り込んでるしなあ」

「それはちょっと違うんじゃないか。国民的英雄に、政治家がすり寄ってきたんだろう」

今度は竹中が小首をかしげた。

「塚本は高尾社長に心酔してるから、ひいき目に見るのはしょうがないか」

「俺は高尾社長によって価値観を変えさせられたことはたしかだよ。直接、頭のてっぺんから出るような甲高い声で叱られたことも何度もあるが、ピラミッド機構の銀行では考えられないことだもんねぇ。特に旧住専七社の社員が約八百人いるが、かれらのモラールアップ、士気の向上は凄《すご》いよ。債権回収の鬼みたいになって、わずか一年で闘う集団に変貌した。トップの高尾社長が機関車になって皆んなを引っ張ってるから、従《つ》いて行かざるを得ないわけだ。高尾社長の現場主義はお見事としか言いようがないもの」

「中には、従《つ》いて行けない者だっているんじゃないのか」

意表を衝かれて、塚本は視線をさまよわせた。

「うん。協銀の出向者にも一人、潰《つぶ》れそうなのがいてねぇ。困ってるんだ。心身症みたいになってるよ」

やっと本題に入った、と竹中は思った。

「協銀に戻すしかないかねぇ」

「人事部長に泣きを入れてるらしいよ。植田光雄って知ってるか」

「たしか俺たちより一年先輩だったかねぇ」

「そのとおりだ。高尾社長に無能呼ばわりされて……。俺だって『あんた、協銀のスパイとちゃうか』なんて、罵倒《ばとう》されたことは何度もあるけど、その程度で潰れるほど軟弱《やわ》じゃない。植田さんは東大経済を出てることだけが誇りだからねぇ。『東大のクズでも、協銀の一選抜になれるんか』ぐらいの皮肉は言われてるかもな」

「そら、すさまじいねぇ」

竹中は、住管機構の出向者に入らなかったことを神に感謝したくなった。

午後七時十分前に、清水麻紀がミルクティを淹れて、会議室に運んできた。

「ありがとう」

「恐縮です」

竹中と塚本が礼を言うと、麻紀は大粒の白い歯を見せて、にっこり微笑んだ。あばたではない。本物の輝くようなえくぼである。

「どういたしまして。竹中副部長、相原部長は、いまお帰りになりました」

「中林たちは」

「皆さん、そろそろお帰りになると思いますが」

「きみも帰ったらいいね。中林たちにつきあうことはないよ」

「はい。もう少し頑張ります」

麻紀がふたたび輝くような笑顔を見せて、コップを片づけ、退出した。

「いい娘《こ》だろう」

「うん」

塚本は気のない返事をした。麻紀の顔などろくに見ていないらしい。情感不足な仕事一《いち》途《ず》人間なのだろう。その点は、俺もさして変わらないが、と竹中は思った。

「業企（業務企画部）の取締役部長は、阿部さんっていうＭＯＦ（大蔵省）ＯＢのノンキャリアだが、なかなかの出来物でねぇ。高卒でＭＯＦに入って、大学の夜間を出ている人だけど、高尾社長はあるとき、『あんた高卒にしては、よう仕事しますなあ』って、のたまわった。阿部さんは顔色一つ変えずに『社長に鍛えられたお陰です』って、深々と頭を下げたんだ。社長は、つい口がすべったっていう感じでバツが悪そうだったが……」

「やっぱり、〝タコ〟は〝タコ〟だよ。人間性を疑いたくなるねぇ」

竹中は、塚本の話を聞いていて、胸がむかむかしたが、努めてやわらかく言った。

「人の気持ちのわからない人っていう気がしてきたが……」

「たしかに、高尾社長の口には毒があるけど、相手を発奮させるために、能力を引き出すために、わざと口撃《こうげき》しているんじゃないかねぇ。〝カミナリ発生〟とか、〝台風発生〟なんて、俺たちはよく言ってるが、青筋立てて、もの凄い勢いでガンガンやられるからねぇ」

「阿部さんっていう業企の部長さん、よく心身症にならなかったねぇ。いくらＭＯＦのノンキャリアでも、誇りがあると思うが」

「ヘタなキャリアより、よっぽど仕事ができるし、苦労もしてるから、打たれ強いっていうことだろう。無給で国家のために、国民のために、躰《からだ》を張って、率先垂範してる高尾社長は、われわれから見たら、神様みたいな人なんだよ」

「見えざる敵が神様とは、いよいよ協銀も崖《がけ》っぷちに立たされて、厳しいことになってきたなあ」

　塚本はミルクティをすすりながら、にやにやした。

「さっさとタオルを投げて、降参したらどうだ」

「冗談じゃない。紹介責任はないとは言わないが、協銀もけっこうしたたかな銀行だから、そう簡単にはいかないよ」

　竹中はミルクティを飲んで、ティカップをテーブルのソーサーに戻した。

「話を戻すが、植田さんを住管機構から引き取らざるを得ないと思うか」

「うん。協銀も、もっとタフなのを出すべきだったな。東大を出てることだけが生き甲斐《がい》みたいな人が、〝高尾商店〟で務まるはずがないよ」

「岡崎クラスじゃなければ、住管機構では務まらんっていうわけだな」

「…………」

「住管機構でケチがついた人の嵌《は》め込み先は難しいよねぇ。人事部は苦労するな」

「そんなことより、協銀はほんとに高尾社長と一戦交えるつもりなのかね」

　竹中がうなずくと、塚本は切なそうに表情をゆがめた。

「これから住管機構に戻る。まだ仕事が残ってるんだ。きょう中に帰宅できれば、めっけもんだよ。協銀が国民的英雄に歯向かうなんて、無謀だと思うけどねぇ」

　塚本が強烈なせりふを残して、協立銀行から引き取ったのは午後七時四十五分だった。

6

竹中が塚本をエレベーターホールまで見送り、用を足して、ハンカチで手を拭《ふ》きながら、トイレを出たとき、化粧を終えた清水麻紀と一緒になった。麻紀は制服から、半袖《はんそで》の白いブラウスと黒っぽいパンツ姿の私服に変わっていた。ショルダーバッグを提《さ》げている。

「清水さん、まだいたの」

「ええ。でもやっと、中林課長から与えられた書類の整理は終わりました」

「中林には引き継ぎ事項の宿題を出しておいたから、きみに累が及んだわけだね。悪かった」

「その代わり、副部長に夕食をおねだりしちゃおうかしら」

すうっと、懐に飛び込まれた感じだった。竹中はドギマギした。

「いいけど。〝竹中班〟に誰か残ってたかねぇ」

「わたくし一人です。ペアじゃいけませんか」

「そんなことはないけど」

「じゃあ決まりですね」

「うん。デスクを片づけて、五分後に通用口に降りて行く。先に行ってて」

「はぁーい」

麻紀はうれしそうな返事をして、小さく手を振りながらくるっと半回転して、竹中に背中を向けた。

竹中は自席に戻って、上北沢三丁目の自宅に電話をかけたが、留守電になっていた。夜八時近くに誰もいないとは信じ難い。

もっとも、長女の恵《めぐみ》は女子大二年生で、遊び盛りだし、長男の孝治は高三だから、まだ塾から帰宅していないのだろう。

妻の知恵子は、竹中より一歳下の四十四歳だ。スポーツクラブに入り浸っているらしい。午前中はジムでストレッチなどの体操とプール、午後はテニス。テニス仲間とクラブのメンバーズルームでビールや水割りウイスキーを飲むこともあるらしい。

義母の達子も、同じスポーツクラブのメンバーだから、ボーイフレンドの関係で気を回す必要はない、と竹中は安心していた。

しかし、今夜は家で食事を摂《と》る、と言い置いてきた。バスルームだろうか。だがテニスの後は、スポーツクラブの大きなバスルームを使うはずだ。

「ちょっと遅くなる。食事は要らないから、そのつもりで」

竹中は留守電に入れてから、デスクを整理し、書類をカバンに詰め込んだ。

清水麻紀と二人だけで食事をするのは、初体験だが、どうっていうことはない。

そうは思いながらも、竹中は多少緊張していた。というより、少なからず気持ちが浮き立っていた。

竹中が背広の袖に腕を通しながら〝岡崎班〟に目を投げると、岡崎と目が合った。竹中は一瞬伏し目になったが、すぐに岡崎を見返した。

「まっすぐ帰るのか」

「ううん」

竹中はどっちつかずにうなずいた。

「俺もそろそろ帰るよ。なんなら、生ビールでも飲もうか。栄転の前祝いをやらせてもらってもいいぞ」

プロジェクト推進部全体に〝特命〟は伝わっているらしい。

「なにが栄転なもんか。〝特命〟で住管機構だってさ。岡崎に交代してもらいたいよ」

「そう照れるなって」

岡崎は帰り仕度を始めた。前祝いの生ビールを決め込んでいるらしい。

竹中は、麻紀のえくぼを目に浮かべながら岡崎を振り切るべきかどうか迷った。

結局のところ、竹中は岡崎の参加を拒み切れず、清水麻紀との三人で、銀座のビヤホールへ向かった。


竹中が帰宅したのは十一時近かった。

上北沢三丁目一帯は閑静な高級住宅街だ。百坪の敷地に建坪五十坪のモルタルの二階家が二棟並んでいる。

竹中宅と神沢宅。義父の神沢孝一は、六十九歳で大手電機メーカー系列会社の会長職にあるが、来年六月には顧問に退くつもりらしい。義母の達子は六十四歳。

神沢宅はまだ明るかったが、道路から向かって右側の竹中宅は門灯も点《つ》いてなかった。

両家とも、家の前が駐車場になっているが、ＢＭＷと小型のベンツが駐車されていた。

ＢＭＷは竹中と知恵子、ベンツは義父と義母が運転する。

神沢と達子は、竹中のゴルフ仲間だが、達子はテニスでも娘と張り合うほど年齢を感じさせない。

ゴルフとテニスを両方こなすのは、達子だけだ。

竹中は念のためブザーを押したが、応答はなかった。

竹中は手持ちのキイで、玄関のドアを開けた。玄関とリビングを点灯して、長椅子に背広とカバンを放り投げてから、バスルームの洗面所に常備してある〝イソジン〟で嗽《うがい》をした。

嗽をしているとき、階段で足音が聞こえた。

「誰だ。孝治か」

返事がなかった。

「おーい、恵か」

「うるさいわねぇ。静かにしてよ」

恵だった。

「そんな口のききかたはないだろう。大学の二年生が『ただいま』も言えないのか」

恵は小声で、「ただいま」と言ったらしいが、竹中には聞こえなかった。

竹中がネクタイをほどきながら、リビングの電話機に目を遣《や》ると、〝留守〟が点滅していた。件数は二件だ。

〝留守〟を押すと、テープが戻り、「知恵子です。ごめんなさい。テニスクラブのお友達の誕生日を忘れてたの。冷蔵庫にいろいろあるから、適当にお願いね。えーと、子供たちは外食だから心配ないわ。ちょっと遅くなるかもしれない。じゃあ」

二度目は竹中自身の声だった。

テレビのニュース番組を見ているときに、孝治が帰宅した。時刻は十一時二十分。半袖のスポーツシャツにジーンズ、リュックサック状のバッグを提げていた。

孝治も、口をきかなかった。

「お帰り。おまえも、『ただいま』が言えない口か」

「うっせえなあ」

「なんだ、それは！　高校では、躾《しつけ》は教えてくれないのか。孝治はいつからそんなに悪くなったんだ」

「親父に偉そうなお説教たれる資格あんのかよう」

「なんだと！」

竹中は激し上がった。思わずソファから起《た》ち上がったが、つかみ合いをして、勝ち目のないことはわかっている。孝治は中学時代から部活はラグビーで、図体《ずうたい》はずば抜けていた。茶髪でもないし、耳たぶに穴をあけていないだけでもよしと思わなければならない――。

竹中は握り拳《こぶし》に力を入れながら、懸命に制御した。

「受験生がこんなに遅くまで遊んでちゃ、いけないよ」

「うっせえなあ。勉強勉強って、バカの一つ覚えみたいに言いやがって」

言いざま孝治は二階に駆け上がった。

子供たちとの日頃の対話不足に、忸怩《じくじ》たる思いになりながらも、竹中は、いまさらながら家庭が壊れかかっているような気がして、立ちすくんだ。

竹中はシャワーを浴びてから、下着姿で水割りを一杯飲んだ。竹中が歯を磨《みが》いて寝室に引き取るのを待っていたかのように、リビングに降りて行く足音が聞こえた。それも、やけにけたたましかった。

恵と孝治の二人一緒らしい。

「俺が先だぞ」

「早く帰宅したほうが先に決まってるじゃん」

トイレも洗面所も二階にある。バスルームを競っているらしい。

時刻は午前零時まで、あと十三分。

竹中は、知恵子の遅い帰宅が気になって、寝つけるわけがなかった。寝室にはシングルベッドが二つ並んでいた。竹中は壁側だ。

枕もとのスタンドを点けて、住専問題に関する書類を読み始めたが、気が高ぶっているせいか、目が活字をうわすべりして、頭に入ってこなかった。〝特命〟も大変だが、我が家はどうなっているんだろう。

急に静かになった。子供たちが眠りに就いたらしい。壁時計を見ると午前零時十七分だった。竹中の目が時計に行ったのは、何回目だろう。十回じゃきかないかもしれない。

車が止まる音が聞こえた。時刻は零時二十三分。

夫婦の寝室は角部屋なので、通りを見おろせた。知恵子が料金を支払って、タクシーから降りてきた。むろん一人だ。

タクシーが走り去るのを見届けてから、竹中はパジャマ姿で、リビングへ降りて行った。

ノースリーブの麻のシャツにベージュのパンツ姿の知恵子は、頰を桜色に染めていた。

「きみも『ただいま』が言えないのか。どいつも、こいつも、この家はどうなってるんだ！」

知恵子は、バツが悪そうに首をすくめ、左手でショートカットの髪を撫《な》でつけながら、キッチンへ入った。そしてルイ・ヴィトンのショルダーバッグを左肩にかけたまま、ゆっくりと冷蔵庫からミネラルウォーターを取り出した。

コップにミネラルウォーターを注ぐのも、喉《のど》に流し込むのも、ひどくけだるそうだった。見ている竹中はいらいらした。

おぼつかない足取りで、やっとリビングに戻ってきた知恵子は、長椅子に坐《すわ》ってショルダーバッグを膝《ひざ》に置いた。

「もうこんな時間なのねぇ。すっかり盛り上がっちゃって。橋爪さんていうテニス仲間のお爺《じい》ちゃんが古希のお誕生日で、いつもいつも、テ、テニスを教えていただいてるから、おばさんが五人でお祝いをして差しあげたの。お、お元気な方で、高円寺《こうえんじ》の行きつけのカラオケバーに、み、みんなを連れてってくださって……」

「舌がもつれるほど酒を飲んで。きみは、それでも受験生の母親なのか。きみがそんな風だから、子供たちが悪くなるんだ。孝治の口のききかたなんて、ひどいもんだぞ」

竹中は、知恵子をひっぱたいてやりたくなるほど気持ちがささくれだっていた。

「あの子は心配ないわ。恵もそうよ。ご、ご近所の評判いいのよ。ちゃんと挨拶《あいさつ》のできる礼儀正しい子供なんだから」

「僕の帰りが遅いことをいいことに、きみは毎晩飲み歩いてるのか」

「ううん。そんなことありません。今夜は特別なのよう。あなた……」

知恵子はあくびを洩《も》らしながら、なんとか話をつなげた。

「今夜はごめんなさい。あした早いんでしょ。寝ましょう」

「二度とこんなことがあったら、許さんからな。僕が銀行でどんなに苦労してるか、きみはまったくわかってない」

〝見えざる敵〟とも、闘わなければならんのだ！　と竹中は心の中で叫んだ。

「わかってるわかってる。街宣車で、ひどい目に遭ったことも、みーんな、わかってます。苦労したのは、あなた一人じゃないのよ」

竹中は、言い返せなかった。一矢報いられて、竹中はソファから腰を上げてトイレに立った。

7

翌七月十六日の朝、竹中は七時五十分に出勤した。

八時に総務部課長の須田があらわれた。きょう十六日付で、川瀬と二人がプロジェクト推進部に異動し、竹中の下で〝特命事項〟を担当する。

須田は、四年前、竹中が総務部の渉外班に配属されたときは、支店勤務だった。総務部で、住管機構の窓口になっていたのだから、川瀬以上に住管機構の内実に精通しているはずだ。

須田はメタルフレームの眼鏡の奥で、細い目をしばたたかせるのが癖だが、だからといって神経質そうには見えなかった。がっしりした骨格で押し出しも立派である。

竹中は会議室で、須田と話した。

「きのう川瀬と話したあとで、住管機構の塚本と会ったが、〝タコ〟に対する二人の温度差が、ずいぶん違うので驚いたよ。塚本は〝タコ〟に心酔してるっていうか、〝タコ〟なんていう呼び方は、失礼だし、不謹慎だ、とまで言ってたよ。須田は〝タコ〟と会ったことはないのか」

「住管機構で、ちらっと見かけた程度です。誰かをきゃんきゃん怒鳴りつけていたのを聞きましたが、凄《すご》い迫力でした」

「心身症が出るのも、しょうがないか」

「ええ、そう思います」

「須田は、高尾社長をどんなふうに見てるの」

「一般的にはやっぱり国民的英雄なんでしょうねぇ。マスコミを味方にするやりかたなんか、たいしたものですよ。敵ながら、あっぱれです。経済誌にも、頭を下げて回ったらしいですよ。しかし、われわれが〝タコ〟の言いなりになるいわれはないと思います」

　ノックの音が聞こえた。清水麻紀が緑茶を運んできたのだ。

「おはようございます」

「おはよう。きのうはどうも」

「こちらこそ、ありがとうございました」

　昨夜、銀座のビヤホールで、同じプロジェクト推進部の岡崎と三人で、生ビールを飲み、ピザを食べた。岡崎の割り込みに、麻紀は厭《いや》な顔をしなかった。

　気を回し過ぎて、ペアにこだわったのは、竹中のほうかもしれない。

　麻紀が一礼して退出した。

「それにしても、協立銀行の顧問弁護士先生たちは高尾幸吉をボロクソに言い過ぎないか」

「利害が真っ向から対立してるんですから、しょうがないでしょう」

「カネに穢《きたな》いなんて、もの凄いことを言う弁護士先生もいるそうじゃない」

「カネに細かいの間違いでしょう。毎朝法律事務所から、旅館に電話をかけて、『きのうの上がりは、なんぼ』って、必ず訊《き》くそうですから」

「高尾社長は、老舗《しにせ》の旅館の経営者でもあるんだ。きちっと管理してるっていうことで、カネに穢いはないよねぇ」

「その点は同感です」

「きみは〝特命〟をどう思ってるの」

「帰するところ、徹底抗戦するっていうことなんじゃないですか」

須田が目をしばたたかせながら、湯呑《ゆの》みに手を伸ばした。

竹中も、緑茶をすすった。

「銀行の論理を貫こうっていうことだな」

「ただですねぇ、住管機構って、いびつな組織でしょう。つまり協銀の出向者が十一人もいるわけですよ。徹底抗戦するんだったら、十一人は協銀に引き揚げるべきなんじゃないですか」

「マスコミが大騒ぎするよ。ことを構える前に〝鈴木天皇〟の政治力を使う手はないかねぇ」

「政治家はずるいから、都合の悪いことには知らんぷりですよ。むしろマスコミを味方につけてる〝タコ〟寄りになるんじゃないですか」

竹中は、川瀬も須田もその気になっていると思わざるを得なかった。

「〝特命〟は、住管機構だけなんでしょうか」

須田がせわしなく瞬《まばた》きしながら、唐突に訊いた。

竹中は緑茶をひと口飲んで、「だろうな」と短く答えてから、考える顔になった。

「住管機構では関与者責任追及弁護団を〝マル関〟と称するらしいねぇ。二十人近い弁護士を集めて〝マル関〟が設置されてから、まだ二か月ほどしか経ってないが、〝マル関〟が張り子の虎でもなければ、こけ威《おど》しでもないことは間違いないだろう」

「協銀の顧問弁護団の先生たちも、けっこう有能なんじゃないですか。っていうか、目立ちたがり屋なんですよ。裁判で連戦連勝の〝タコ〟をトップに戴《いただ》く〝マル関〟と、一戦交えるだけでも弁護士冥利《みょうり》に尽きる思いでしょう。ましてや、勝訴も夢じゃないんですからねぇ」

「しかし、〝タコ〟とことを構えるとなると、相当なエネルギーが要るし、ロスも大きいぞ。こっちは失うものはあるけど、向こうは失うものはない。法的にどうこういう以前の問題なんじゃないのかねぇ」

須田は呆気《あっけ》に取られて、一瞬目を見開いた。そして、激しく瞬きした。

「〝特命〟のリーダーがそんなに腰が引けてていいのか、って須田の顔に書いてあるが、なんでもありのバブル期以降も、協銀を含めて、銀行はわけのわからない放漫貸し出しをけっこうやってるからねぇ。協銀が銀行の論理に固執していいのかどうか、考えちゃうよ」

「お言葉ですけど、われわれは〝タコ〟に立ち向かうための機能なんじゃないんですか」

「まあねぇ」

竹中は気のない返事をした。

須田がごくっと緑茶を飲んだ。

「そもそも住管機構って、なんなんですか。釈迦《しゃか》に説法ですけど、大蔵省の護送船団方式による裁量行政の延長線上で、住専処理法に基づいて作られた国策会社ですけど、資本金の二千億円は上部機構の預金保険機構の出資ですが、それは形式で、実体はわれわれ金融機関が一千億円もふんだくられてるんですよ。協銀の行儀が悪過ぎたことは認めますけど、だからこそ協銀は体力の強い銀行でもあるんじゃないんでしょうか。ここはあくまでも銀行の論理を貫くべきです。これ以上の負担を強いられるいわれはないと思います。旧住専の貸し手責任論で、押し返せますよ。協銀が〝タコ〟と闘わずに尻尾《しっぽ》を巻いてしまったら、協銀マンのモラールはどうなりますか」

川瀬といい、須田といい、よりによって強気なのがそろったものだと竹中は思いながら、ついあくびを洩《も》らした。

昨夜の睡眠時間は四時間足らずだった。

知恵子はベッドに横たわるなり、あっという間に眠りに就いた。知恵子の寝息を聞きながら、竹中は何度寝返りを打ったことか。

知恵子が酔払って午前零時過ぎに帰宅したことも腹立たしかったし、子供たちの口のききかたもショックだった。〝見えざる敵〟も気になってならない。寝つきのいいのが取り柄だと思っていたのに、午前二時過ぎまで、竹中は悶々《もんもん》として就眠できなかった。

「街宣車でひどい目に遭ったことも、わかってます。苦労したのはあなた一人じゃないのよ」と知恵子に言われたことも、頭の中にこびりついて離れなかった。

ノックの音が聞こえた。

「どうぞ」

竹中はわれに返った。

清水麻紀の笑顔が覗《のぞ》いた。

「失礼しまーす」

麻紀に手渡されたメモに目を走らせた竹中が、触電したようにぴくっと腰を上げた。

「ちょっと待っててくれ。緊急の電話がかかってるから」

竹中はメモを握りしめながら、麻紀を押しのけるように、会議室から出て行った。

時刻は午前八時三十五分。

竹中に電話をかけてきたのは〝カミソリ佐藤〟だった。

「お待たせしました。竹中ですが」

「接客中に申し訳ありませんねぇ」

「とんでもない。部内の打ち合わせです」

「さっそくですが、今夜あけてくれませんか。ぜひとも竹中さんのお知恵をお借りしたいんです」

いつもながらの丁寧な口調だが、竹中は威圧感を覚えずにはいられなかった。

今夜は〝竹中班〟から〝中林班〟への移行で、必ず飲み会になるはずだが、〝カミソリ佐藤〟から声をかけられたら、否《いや》も応もない。

「もしもし……」

「はい」

「先約があるんですか」

「いいえ。お受けさせていただきます。何時に、どこへ伺ったら、よろしいのでしょうか」

「七時に〝たちばな〟でお会いしましょう」

「承知しました」

「お手間を取らせました」

「どうも」

電話が切れてから、竹中は自席に腰をおろした。

一瞬、会議室に待たせている須田のことを失念したほど、頭の中が混乱した。

取締役営業本部第一部長の佐藤明夫は、いまだに副頭取以下が顔色を窺《うかが》うほどの存在感を誇示していた。

佐藤が「お知恵をお借りしたい」と言ったのだから、よくよくのことに相違ない。それが、良い話だとは考えられなかった。

「竹中次長、よろしいんですか」

清水麻紀に声をかけられて、竹中はあわてて会議室に戻った。

須田が起立して、竹中を迎えた。

「緊急電話って、〝タコ〟絡みですか」

「いやぁ、そんなんじゃないよ」

竹中と須田が椅子に坐《すわ》った。

「たしかに、われわれは住管機構と向き合うために機能しなければならないわけだが、ぶつかり合う前に、小野田案件を含めて、事実関係をきちっと把握する必要がありそうだな。協銀を辞めて、刑事被告人にもなった小野田氏からヒアリングするわけにもいかんが、かれの周辺なり、小野田案件外で〝タコ〟に攻められそうな案件をピックアップして、紹介融資に関与した人たちから弁護士と一緒にヒアリングするためのスケジュールづくりから取りかかろうか」

「わかりました」

「午前中は引き継ぎに充てたいので、午後イチで川瀬を入れて、話すとするか」

「いいですよ。総務部でも事実関係をけっこう把握してますから、資料はすべて〝プロ推〟に運びます。われわれのデスクは、どこになるんですか」

「この会議室を改造するらしい。デスク三つと、応接セットを置くスペースはあるだろう」

さかんに瞬《まばた》きしながら、須田は十坪ほどの会議室を見回した。

「充分ありますよ。きょう中に間に合いますかねぇ」

「人事部が手配してるはずだが、いくらなんでもきょう中は無理だろう」

「そうでしょうねぇ」

「須田と川瀬の意見のすり合わせは、できてるようだねぇ」

竹中の流し目を、須田は瞬きしながら、見返してきた。

「すり合わせもなにも、サイは投げられたんですから、いまさら後には引けませんよ。斎藤頭取の判断は正しいと思います」

「そういうことなのかねぇ」

「まだ、しゃきっとしませんか」

「口の減らない奴だ」

須田が首をすくめてから、言い返した。

「協銀は旧住専の全母体行を代表して、〝タコ〟に立ち向かうべきなんです。協銀がこけたら、全母体行に累が及びますよ」

「ちょっと、肩に力が入り過ぎてないか」

竹中は苦笑しいしい腰を上げた。

8

七月十六日の夜、竹中が赤坂の〝たちばな〟に着いたのは午後六時五十分だった。〝たちばな〟は三度目だ。

忘れもしない。平成五年（一九九三年）十二月中旬の某夜、当時MOF担の杉本から呼びつけられたのが、二度目だった。

平成二年に、協立銀行虎ノ門支店が〝たちばな〟の女将《おかみ》、立花満子に十八億円の融資を実行した。

鈴木頭取時代のことだ。大物政治家絡みのトップ貸し、つまり不正融資である。

不良債権として償却され、いまや痕跡《こんせき》はあとかたもないが、竹中は総務部〝渉外班〟に所属していたとき、この事実をネタに総会屋の夏川美智雄から、ゆさぶりをかけられた。

夏川は、満子と〝わけあり〟だとも吹聴《ふいちょう》していた。

秘書役だった〝カミソリ佐藤〟に命じられて、大物フィクサーの児玉由紀夫に、揉《も》み消しを依頼したのは、竹中だった。その結果、協銀は三億円を児玉たちに融資の形式で贈与せざるを得なくなった。不正融資の上積みにほかならない。

東京地検特捜部の強制捜査を受けたACB（朝日中央銀行）事件は、決して他人事《ひとごと》ではない、と竹中には実感できる。いや、協立銀行のほうがもっと腐蝕《ふしょく》していると言うべきかもしれない――。

竹中は往時を回想しながら、苦い思いで〝たちばな〟の暖簾《のれん》をくぐった。

「あら、久しぶりじゃないの。敷居が高いでしょう」

着物姿の立花満子にいきなり浴びせかけられて、竹中は面くらった。年齢は四十六、七歳になったはずだが、相当な美貌《びぼう》である。妖艶《ようえん》と言ったほうが当たっている。大物政治家の愛人で通っているが、厚化粧と蓮《はす》っ葉《ぱ》な口のききかたが竹中には気になっていた。

〝たちばな〟はビルの地下一階に調理場、カウンター、小部屋が三つ。地下二階に座敷が二つ。竹中は、満子に地下一階の奥の小部屋に案内された。

三年半ほど前、MOF担の杉本と会食したときと同じ部屋だった。

細川（護熙《もりひろ》）連立政権時代で、自民党を割って新生党を旗揚げした小沢一郎が天下を取り、霞《かすみ》が関《せき》の官僚も、財界も小沢時代が到来したと思い込み、自民党を袖《そで》にし始めた。

細川連立政権は平成五年八月から六年四月まで八か月、細川退陣を受けて成立した羽田（孜《つとむ》）連立政権に至っては、六年四月から六月までのわずか二か月の短命内閣に終わった。

三十八年間続いた自民党政権の崩壊は、国民の政治不信を象徴して余りあるが、下野した自民党は、小沢が仕組んだ統一会派「改進」に反発した社会党とさきがけをなりふり構わず取り込んだ。自民党が小沢の判断ミスに付け入り、社会党委員長の村山富市を担いで、村山連立政権を発足させたのは、平成六年六月、同政権は平成八年一月まで続いた。

与党の旨味《うまみ》を満喫した社会党の凋落《ちょうらく》は、保革連立政権に与《くみ》したことがすべてと思える。

銀行も腐っているが、政治の腐敗ぶりは、それ以上だ、と思いながら、竹中は満子から手渡された冷たいタオルで顔を拭《ふ》いた。

「明夫ちゃんのお客さまが、竹中さんとは知らなかったわ」

「どういう風の吹き回しなんでしょうねぇ。けさ、電話で七時に〝たちばな〟で会いたいって言われたんですけど」

「ちょっと遅れるから先にビールでも飲んでくださいって、さっき電話があったわよ。遠慮しないで、ちゃんと坐ったら」

「そうもいきませんよ」

竹中は、テーブルに着かず、座布団も敷かずに、部屋の隅っこで、あぐらをかいていた。

「〝明夫ちゃん〟が協立銀行のナンバーツーってほんとなの」

満子の右手が竹中の膝《ひざ》に置かれたので、竹中はぞくっとした。

「誰に聞いたんですか」

「〝龍ちゃん〟だったかしら」

〝龍ちゃん〟が橋本龍太郎首相を指していることは、竹中にも察しがつく。

以前も、立花満子が〝橋龍〟の愛人ではないか、と竹中は気を回したものだ。

「佐藤明夫取締役は、〝たちばな〟をひいきにしてるんですか」

「〝龍ちゃん〟が偉くなってから、特にそんな感じよ。気を遣ってるつもりなのかしら」

あけすけな女だ。橋龍をうしろ盾にしていることをひけらかしているとしか思えないが、考え過ぎかもしれない。

「ところで〝明夫ちゃん〟はどうなのよ。もしかしたら、ナンバーワンなの」

「ご本人に訊《き》いてくださいよ。いくらなんでも、ナンバーワンはないと思いますけど」

「ふうーん、じゃあ、やっぱりナンバーツーなんだ」

「…………」

「わたしもビールが飲みたいわ。先にやってましょうよ」

満子は襖《ふすま》を開けて、「誰かいないの」と、調理場のほうに声をかけた。

中年の仲居が、中瓶のビールと突き出しを運んできた。

グラスは三つ。突き出しの小鉢は二つ。

「もう少し待ちましょうよ」

「ナンバーツーが怖いのね」

竹中は苦笑いを浮かべながら、もう一度濡《ぬ》れタオルで手を拭いた。

「〝龍ちゃん〟が総理になって、景気がよくなってきたんでしょ」

「さぁ、どうなんですかねぇ。四月から消費税が三パーセントから五パーセントになりましたから、三月までに仮需要で、モノが売れましたが、その反動が大変なことになってますよねぇ。消費税などの間接税は、税の公平化につながるので悪いこととは思いませんけど、タイミングが今年の四月でよかったのかどうか……」

「お客さま、お見えになりました」

仲居に続いて襖越しに、佐藤の声がした。

「申し訳ありません。十五分の遅刻ですねぇ」

満子が襖を開けた。

「ようこそ、お出《い》でくださいました」

満子は丁寧に挨拶《あいさつ》した。

「お世話になります」

佐藤は満子に中腰で応じて、テーブルの上にちらっと目を走らせた。メタルフレームの眼鏡の奥で、優しい目が笑っていた。

「竹中さん、先にやっててくれれば、よろしいのに。さあ、そっちへ坐ってください」

上座を手で示されて、竹中は当惑した。

「そうはいきません。どうか佐藤取締役がお坐《すわ》りください」

「いいからいいから。あなたがゲストなんですよ」

いつかも、パレスホテルのフランス料理〝クラウン〟の個室で、こんなことがあった――。竹中は折れざるを得なかった。

「お言葉に甘えて、失礼させていただきます」

満子が口を挟んだ。

「〝明夫ちゃん〟は出来た人ねぇ。見習わなくちゃあ」

「きょうも暑いですねぇ。ビールをいただきましょうか」

「ちょっと、新しいのと取り替えて」

満子の命令で、仲居がビール瓶を片づけた。まだ栓は抜かれていなかった。

新しい中瓶が二本運ばれてきた。

「お相伴させていただいて、よろしいかしら」

「どうぞ。ただし、一杯だけですよ」

佐藤は冗談っぽく言ってから、鰓《えら》の張った顔をひきしめた。

「竹中さんと大事な話があるんですよ。いくら〝たちばな〟の女将《おかみ》でも、お聞かせするわけにはいきませんので、あしからず」

「まあ、ご挨拶ですこと」

満子は佐藤に、竹中は仲居から酌を受けた。そして、佐藤は小ぶりのグラスをテーブルに戻して、満子から取り上げたビール瓶を満子のグラスに傾けた。

満子がグラスを一気に乾して、佐藤へ婀娜《あだ》っぽい目を流した。

「もう一杯だけ、よろしいかしら」

「どうぞどうぞ」

佐藤がビール瓶を持ち上げた。

グラスを突き出して、ビールの酌を受けながら、満子が言った。

「今夜は〝明夫ちゃん〟に貸し切りよ」

「B2も、ですか」

「まさか、B1だけよ。カウンターにはお客さまが見えると思いますけど、隣もその隣も空いてるの。密談にはもってこいだわ」

「密談なんて冗談じゃありませんよ。ちょっと込み入った話をするだけです」

満子は二杯目も気持ちがいいほどの飲みっぷりを見せた。

「ああ、美味《おい》しかった。一杯だけ竹中さんにもお酌をさせてくださいな」

竹中はあわてて、残りのビールを飲んだ。

「どうも」

「〝たちばな〟は、〝明夫ちゃん〟の島なんですから、竹中さんも遠慮なさらずに使ってくださいよ」

竹中は、満子の酌を受けながら、聞き流したが、佐藤は真顔で反応した。

「竹中さん、ぜひ〝たちばな〟を使ってあげてください。わたしに二つ身があれば、毎日でも来たいですよ」

「〝明夫ちゃん〟さすがだわ。竹中さん、ほんとよ。ナンバーツーのお兄さまがここまで、おっしゃってくれたんですから」

「恐れ入ります」

「ナンバーツー」について、まんざらでもなさそうな佐藤の口ぶりに、竹中は内心舌を巻いた。

竹中はかつて「小沢一郎がキングメーカー的な役割りを担う」と、佐藤から聞いた覚えがあった。〝鈴木天皇〟が小沢びいきだとも聞いていた。

〝鈴木天皇〟も〝カミソリ佐藤〟も、先見の明のなかったことが実証された。あなたがたの目は節穴でしたね、と言えるものなら言いたいくらいだ。

立花満子に媚《こび》を売っているのは、小沢一郎から橋本龍太郎へのシフトを態度で示していることになるのだろうか。

それも露骨に。いや、これまた考え過ぎかもしれない——。

しかし、〝カミソリ佐藤〟の自信と自負がいささかもゆらいでいないことを強烈に印象づけられたことはたしかである。

騒々しい女将が退席して、急に静かになった小部屋で、佐藤の放った咳払《せきばら》いがやけに大きく響いた。

「〝特命〟はどうですか。竹中さんは莫迦《ばか》に〝特命〟づいてますねぇ」

「はい。きのう相原部長とも話したんですが、〝見えざる敵〟とでも言いますか、住管機構と闘うのは、大変なことだと思います。協立銀行が、過去に一度も経験したことのない難敵ですし、協銀にとってリスクが大き過ぎるような気がしてなりません。課長二人にダラ幹よばわりされましたが、わたしは、臆病神《おくびょうがみ》に取り憑《つ》かれてます」

「竹中さん、よーくわかりますよ。斎藤さんはどうかしてます。参謀が参謀として機能していない点に問題があるんでしょうねぇ」

竹中は固唾《かたず》を呑《の》み、ついでにビールをすすった。

斎藤頭取を「斎藤さん」と呼んだのは、〝カミソリ佐藤〟らしいとも言えるが、参謀が永井常務を指していることが歴然としているだけに、竹中は緊張感を募らせた。

だいたい〝鈴木天皇〟も〝タコ〟に頭に血をのぼらせてる、という杉本情報との整合性はどうなるのだろうか。

〝鈴木天皇〟あっての〝カミソリ佐藤〟であり、鈴木と佐藤は一心同体と考えてさしつかえない——。

〝おつくり〟と〝吸い物〟を運んできた仲居が、佐藤に躰《からだ》を寄せた。

「まだ、ビールでよろしいでしょうか」

「竹中さんは、なにがいいの」

「佐藤取締役がお決めください。わたしはなんでも、けっこうです」

「主体性がないですねぇ。じゃあ、冷酒にしましょうか」

「かしこまりました」

佐藤は、テーブルに料理を並び終えた仲居が立ち去るまで、口をつぐんでいた。

足音が聞こえなくなってから、佐藤がテーブルに両肘《ひじ》を突いて、上体を乗り出した。

「鈴木相談役もおかんむりなんですよ。斎藤はなにを考えてるんだって、怒ってました」

「相談役と頭取の意思統一はできてるとばかり思ってましたが」

「どうしてですか」

「杉本企画部次長が、住管機構の高尾社長に対して、相談役が怒り心頭に発しているようなことを話してましたし、わたしも頭取お一人の判断とは思いませんでした」

杉本の名前を出したことは、ちょっとひっかかるが、ゆきがかり上、仕方がない。

「杉本さんは、相談役にいつ会ったんですかねぇ。わたしの知る限り、そんな事実はないと思いますよ。わたしも、ここのところ杉本さんに会ってません。あてずっぽうか、竹中さんはかつがれたんですかねぇ」

佐藤は左手で鰓の張った頰を撫《な》でながら、眉《まゆ》をひそめた。

杉本は、俺に対して虚勢を張ったとしか思えない。杉本が永井常務からも疎まれ、〝カミソリ佐藤〟にも袖《そで》にされたことが、はっきり見えた。

前MOF担の杉本は、〝ミスターMOF担〟と称されて、他行MOF担の怨嗟《えんさ》の的になったほど大蔵省に食い込んだ。大蔵・日銀過剰接待問題の表面化によって、それが裏目に出てしまった。

杉本が東邦信託銀行に対するMOF検（大蔵省検査）の示達書まで入手したという噂話を竹中は最近、耳にしていた。

このことが事実で、検察の知るところとなれば、杉本も協立銀行も窮地に陥る。

協立銀行は、東邦信託銀行発行株式の四・九パーセントを保有しているが、信託部門は喉《のど》から手が出るほど欲しいし、吸収合併までも視野に入れているとすれば、MOF検示達書は、見たくて見たくてたまらない、というのが、ボード（経営陣）の本音であろう。

大蔵省官房金融検査部の担当官を抱き込むことによって、杉本が示達書を手に入れることは不可能ではない。噂が事実なら、杉本は金鵄《きんし》勲章ものの大功績を協銀にもたらしたことになる。

もっとも、バレてしまったら、明らかに犯罪なので、杉本は刑事被告人にされてしまうが。

竹中が瞬時のうちにここまで考えたとき、佐藤がこともなげに言った。

「杉本さんはMOF担としてやり過ぎましたね。東京地検特捜部の事情聴取も迫ってるようですから、企画部から外さないとまずいでしょう」

竹中はふたたび生唾《なまつば》を呑み込み、グラスに手を伸ばした。

「示達書の噂は事実なんでしょうか」

「さあ、なんのことですか」

佐藤はにやにやしながら、しらばっくれた。

事実に相違ない、と竹中は思いながらグラスをテーブルに戻した。

「杉本さんが、なにかフライングをしたとしても、相談役はもとより、頭取も関知しない、というのが協銀のスタンスなんじゃないですか」

「企業の論理ということでしょうか」

「そういう解釈もできますかねぇ。協銀のトップが杉本さんになにかを命じたなんてことはありませんしねぇ」

にっこり笑って人を斬る——。〝カミソリ佐藤〟の正体を見たように思え、竹中は背筋がぞっとなった。

冷酒の準備が整ったところで、佐藤が本題に入った。

「住管機構の高尾社長は、旧住専に対する協銀の紹介融資をすでに厳しく指弾してますが、本気で立ち向かってくると思うんです。高尾社長は正義は我にあり、と考えているはずだし、正義と権力を振りかざされたら、勝ち目はないですよ」

竹中が、二つのグラス製の猪口《ちょこ》に酌をしながら訊《き》いた。

「権力と申しますと、いわゆる〝第四権〟のマスコミのことですか」

「それもありますが、大物政治家を自家薬籠中《じかやくろうちゅう》の物にしてますよねぇ」

「鈴木相談役の政治力に恃《たの》んで、対抗することはできないんでしょうか」

「こんどばかりは難しいと思いますよ。小沢一郎先生に淫《いん》し過ぎた咎《とが》めを受けてる面もあるし、当節銀行は、ACB不祥事もこれありで、弱り目に祟《たた》り目でしょう。頭取特命なんて、なにを莫迦なことを考えてるのかって、言いたいですよ」

竹中は冷酒をすすりながら、ここは反論すべきだと考えをまとめた。

「おっしゃることはよくわかりますが、ここで〝タコ〟の言いなりになりますと、協銀マンの士気に影響しますすし、強いては母体行全体の恨みを買うことにならないでしょうか」

「国民的英雄に対して〝タコ〟なんて言いかたはよくないですねぇ」

竹中はアルコールも加わって、頰の火照《ほて》りが倍加した。

「住管機構に出向している塚本からも、厳重に注意されました。つい口がすべってしまって。〝タコ〟は、高尾法律事務所がタコ部屋と言われたほど若い弁護士たちを厳しく鍛えたことに由来すると聞いたりしたものですから……」

「ほう。そんな事実があるんですか」

「高尾さんの評判は、法曹界ですこぶる悪いとも聞きました。協銀弁護団の先生方には特に……」

「それはおかしいなあ」

佐藤は、箸《はし》で赤貝をつつきながら、竹中の話をさえぎった。

「三橋先生の評価は高いですよ」

三橋武雄は、元検事総長で、協立銀行の顧問弁護士の一人だが、年俸三千万円が示すとおり、顧問弁護団の弁護士たちとは別格扱いで遇されていた。

赤貝を口に放り込んで、くちゃくちゃやりながら、佐藤が話をつづけた。

「だいいち、仮にも高尾さんは弁護士の団体のトップになった方ですよ。全弁護士の選挙でトップになった方が、法曹界で評判が悪いなんて考えられますか。ハネ上がりの弁護士たちを顧問に迎えたことにこそ問題があるんですよ」

選挙上手と、人格とは別問題だと言いたいのを抑えて、竹中が訊いた。

「三橋先生には、対住管機構関係の顧問弁護士に加勢していただけないんでしょうか」

「当然でしょう」

佐藤はいともあっさり肯定した。

「相談役とまったく同じ意見です。斎藤さんも永井さんもほんとにどうかしてますよ。協銀の旧住専向け紹介融資が母体行の中で突出してる事実をわきまえたら、ファイティングポーズなんか取れるはずがないんです」

「突出してることは事実ですし、わたしも〝特命〟なんて懲り懲りですけど、川瀬や須田に釘《くぎ》をさされました。サイは投げられたのだと」

「懲り懲りねぇ」

佐藤が厭《いや》な目で竹中をとらえた。

「若造の課長がなにをどう言おうが、そんなの無視したらいいですよ。ACB事件で、大銀行が世間から受ける逆風は強まる一方でしょう」

佐藤に凝視されて、竹中は見返すことができなかった。

「頭取の〝特命〟を白紙に戻すことができるんでしょうか」

竹中が伏し目がちに佐藤に質問した。

「常務会で問題にする手はあるんじゃないかと思うが、その前に竹中さんが永井常務と話したらどうですか。わたしが入れ知恵したことは伏せておいたほうが無難でしょう」

佐藤は冷酒をすすりながら、竹中を見上げた。

「今夜、わたしと会ったことは内緒ですよ」

「はい。周囲に野暮用で出かける、としか言ってませんから、その点は大丈夫です」

「さすが竹中さんです。わたしは、あなたをずっと見どころがあると思ってました。斎藤さんは、鈴木相談役の引きで頭取になったことを忘れて、増長してますよねぇ。役員人事以外は、いつも事後報告だって、相談役がこぼしてましたよ。〝特命〟の件も、きのうの夕方聞いたらしいんです。カドが立つから、沈黙を守ったそうですが、斎藤は考えが浅いって、わたしにこぼしてましたよ」

永井常務と話すことは可能だが、上司の相原の頭越しはまずい。だいたい斎藤頭取が〝特命〟を撤回するとは考えにくい。その前に永井も相原も、首を横に振るに相違なかった。つまり、時間のロスにほかならない――。

佐藤が椀《わん》と箸をテーブルに戻して、唐突に話題を変えた。

「竹中さんが手がけた例の案件、貸し出し残高が膨らんでるんですよ」

「わたしが手がけた案件と申しますと、相談役の女婿になった川口正義氏のことですか」

「ええ。横浜支店で扱ったものも、協銀リースの分も、問題案件を第一部に集めたことはご存じなんでしょう」

竹中は曖昧《あいまい》にうなずいた。営業本部第一部に問題案件が集中していることは聞いていたが、ゼネコン、商社などの大口債権だけで、川口正義夫妻が経営している結婚式場や画廊の不良債権まで、第一部が扱っているとは知らなかった。

「相談役のお嬢さんの関係ですから延滞にしたくないので、ニューマネーを注ぎ込まざるを得なかったんです。累計で約三十億円です。竹中さんには、いろいろ手伝ってもらいましたが、また助けてもらうことがあるかもしれませんねぇ」

竹中は顔色が変わるのを意識した。佐藤の口調は、あたかも俺が持ち込んだ案件と言わんばかりだが、川口正義に対する貸し出しに反対し、意見書まで提出したことを忘れてもらっては困る。冗談じゃないと竹中は思った。

「わたしは心ならずも、川口案件にかかわりましたが、たしか意見書を佐藤取締役にお出ししたはずですが」

「ああ、そんなことがありましたかねぇ。しかし、なかったことにしたんだから、あんまり意味はないでしょう」

佐藤はうそぶくように言ってから、表情をひきしめた。

「あなたと、わたしは同じ穴の狢《むじな》です。心してください」

佐藤の目がすぐに優しくなった。

「児玉先生に会ってますか」

「正月休みにお宅にお邪魔してから、お目にかかってません」

「児玉先生の口ききで、ゼネコン関係で、わたしは協力させていただいたが、これも厄介なことになっているんですよ。児玉先生の分もありますしね。旧住専に押しつけた紹介融資もけっこうあるんですよ。住管機構とことを構えて、ヤブヘビになるのはおもしろくないですねぇ。協銀の中興の祖であられる鈴木相談役が傷つくようなことは断じてできません。おわかりでしょう」

佐藤に見据えられて、竹中は自分がおかれている厳しい立場をいまさらながら認識せざるを得なかった。

〝カミソリ佐藤〟に逆らったら、杉本の二の舞になりかねない。しかし、〝特命〟回避はどれほど困難なことか。これも現実なのだ。

第二章　不　倫

1

門灯だけで、家の明かりが消えていた。

時刻は午後八時二十分。竹中は七月十八日金曜日の夜、早めに帰宅した。前々日も前日も会議とノミニケーションで、帰宅は十一時過ぎだったが、知恵子も子供たちも在宅していた。子供たちと顔を合わせることはなかったが、知恵子は殊勝な女房ぶりを見せて、竹中の帰りを待っていた。

三日前の深夜の帰宅で借りができたとでも思ったのかもしれない。

竹中はリビングの電話機の〝留守〟が点滅しているのを見て、ボタンを押すと、義母の達子からメッセージが入っていた。

「いま、午後八時です。恵と孝治はわが家で食事してます。よかったら治夫さんもどうぞ。ただし九時までよ」

神沢家がにぎやかなように思えたのは、気のせいではなかったらしい。夕食に呼んだり呼ばれたりは、ままあることだ。

それにしても、知恵子はどうしたんだろうと考えながら、竹中はネクタイを外し、洗面所で嗽《うがい》をして、顔を洗った。

竹中はノーネクタイのワイシャツ姿で、神沢家を訪ねた。

ブザーを押すと、達子の声がした。

「どなたですか」

「こんばんは。竹中です」

「どうぞ。開《あ》いてますよ」

神沢家のリビングも、スペースが広い。竹中家はフローリングだが、神沢家は絨毯《じゅうたん》だ。リビングの四分の一ほどが、八人は坐《すわ》れる大テーブルになっていた。

義父の神沢孝一も帰宅していた。四人は食事の最中だった。手をかけた料理はなかったが、大きな毛ガニがさばかれて、大皿に山盛りになっていた。甲羅が二つ。

「ただいま」

「おかえりなさい」

恵は小声で答えたが、孝治は無言で頭を動かしただけだ。二人とも夢中で毛ガニに取り組んでいる。

神沢が笑いながら言った。

「治夫君も、たまには早く帰ることもあるんだねぇ。毛ガニの匂いを嗅《か》いだわけでもあるまいに」

「疲れてますから、今夜ばかりは飲み会を振り切りました。そのお陰《かげ》でこんな美味《おい》しそうな毛ガニにありつけるとはツイてますよ」

「札幌から、けさ届いたの。大きさといい、鮮度といい、こんな凄《すご》いのは初めてよ。知恵子にも声をかけたんだけど、テニス仲間との飲み会のほうが魅力があるみたいよ」

達子の表情も声も、いつもと変わらなかったが、神沢は眉間《みけん》にしわを刻んだ。

「ま、知恵子のことはあとにしなさい。せっかくの毛ガニが不味《まず》くなる。治夫君、飲み物はどうする」

「ビールをいただきます」

「孝ちゃん、冷蔵庫からビールを出してあげて」

「はい」

達子に対して、孝治がいい返事をしたので竹中はびっくりした。

反抗的な態度を示す対象は父親だけなのだろうか。

〝サッポロ黒ラベル〟の五〇〇ミリ缶が食卓に置かれた。

竹中もビールはもっぱら〝黒ラベル〟と決めているが、神沢は系列会社の関係があるのかもしれない。

酌をしてくれたのは達子だった。

「わたしたちは白ワインをいただいてるんだけど、治夫さんも、あとでいかが」

「ありがとうございます」

「じゃあ乾杯！」

「いただきます」

神沢はワイングラスを目の高さに掲げただけで、発声まではしなかった。

「わたしも、きみぐらいの年齢の時代は、深夜の帰宅が多かったが、日本人は飲み会も含めて、働き過ぎだねぇ」

「銀行は特にひど過ぎますよ」

「おっしゃるとおりです」

竹中は、義父と義母の意見に同調せざるを得なかった。

にきび面の孝治の毛ガニの食べっぷりは、お見事としか言いようがなかった。一人で一杯近くたいらげ、一杯少々を神沢、達子、恵、竹中で分け合った。

あとから参加した竹中は、脚を三本と、中身を少々。それでも、充分堪能《たんのう》できた。

孝治はチャーハンも、がつがつとかき込んだ。

子供たちが神沢家を引き取ったのは午後九時半。

竹中は達子に引き留められた。

リビングのソファに移動して、薄めの水割りウイスキーをすすりながら、神沢が切り出した。

「知恵子の様子がおかしいと思うが、治夫君は気づいてないのかね」

「さきおととい、遅い時間に帰ってきましたが……」

「テニスクラブで噂になってるのよ。知恵子より二つ下の男と、できてるんじゃないかって」

竹中は、躰《からだ》中の血液が沸きかえり、激しい動悸《どうき》で、目がくらくらした。

当節、どこもかしこも不倫ばやりで、格別珍しいことではないし、さきおととい知恵子についても疑念が頭の中をよぎったが、わが女房に限ってあり得ない、と否定する気持ちのほうが勝っていた。

「今夜、知恵子の帰りが遅いのも、そういうことだとおっしゃるんですか」

「そう思うわ。あなたと同じ名前なの。治雄の雄《お》は、雄雌《おすめす》の雄《おす》だけど。三上治雄っていう人ですけど、誰にでも親切で、テニスが上手なの。とりわけ知恵子には親切で、いつも二人で練習してるから、誰だって変に思いますよ。誤解を招くわよって注意したんですけど、言いたい人には言わせておけばいいのよって、知恵子はぜんぜん平気なの。誰に似たんでしょう。図太い神経してるのよ」

達子はしゃべっているうちに興奮して、いっそう饒舌《じょうぜつ》になった。

「おまえに決まってるだろう」

「わたしは鼻っぱしは強いほうですけど、無神経とは違いますよ……」

広域暴力団の関州連合から自宅に街宣攻撃を受けたとき、知恵子が竹中に無断で斎藤頭取邸を訪問し、竹中のポストについて直訴したことがあった。

「主人が引っ越しにあくまで反対するようなら、離婚します」とまで、知恵子は斎藤にのたまったらしいが、竹中は世間知らずにもほどがある、と嘆いたものだ。

竹中はふと離婚という言葉を思い出して、ふるえおののいた。

「とにかく、治夫さん、主人もわたしもあなたに味方します。あなたがふしだらな知恵子を許せないんなら、家から叩《たた》き出したらいいわ。娘が不倫してるなんて、わたしは許しませんからね」

竹中がくぐもった声で、達子に訊《き》いた。

「さきおとといは、橋爪さんという人の古希のお祝いで遅くなったと言い訳してましたが、事実に反するんでしょうか」

「橋爪さんの古希のお祝いは、わたしも参加して、昼食時にクラブのレストランでやりましたよ。知恵子もいたわ。夜のお祝いは、聞いてませんけど、橋爪さんなら親しくしていただいてるから、電話で確かめましょうか」

中腰になった達子を神沢が制した。

「よしなさい。なにを莫迦《ばか》なこと言ってるんだ。娘の恥を広めることもなかろうが」

「そうかしら。ものは訊きよう、言いようでしょ。上手に訊き出しますよ。まだ十時前ですから」

達子は鼻っぱしの強いところを言葉で表現したが、さすがに電話をかけることは思いとどまった。

「わたしが、今夜知恵子と話します。三上治雄っていう人はただのテニス仲間、飲み仲間ということはありませんかねぇ」

「わたしもそう思いたいけれど、二人が赤坂のラブホテルへ入るところを見かけたなんていう人がいるのよ」

2

神沢家の食卓で、竹中たちが毛ガニを食べていた同時刻、知恵子は赤坂のラブホテルで三上治雄と睦《むつ》み合っていた。

三上は、筋肉質で均整のとれた躰をしていた。テニスとジムで鍛え込んでいるだけのことはある。面高だが、充分美男で通る。身長百七十三センチ。体重六十キロ。皮下脂肪は限りなくゼロに近い。

正常位やら対面位やら、局部への濃密なキスやら、一時間以上もベッドの中で小まめに励んでくれる。勃起《ぼっき》力と持続力の強さは、信じられないほどだった。

知恵子は何度到達したか、数えられなかった。波が引いては、また戻る。波の高さは、まちまちだが、こらえ切れなくなって、発声することも、しばしばだった。

「僕は遊び人で、いろんな女を知ってますけど、あなたみたいに、喜びの深い人は初めてですよ。どう、もっとしたいですか」

「ええ。したいわ」

「もう少し我慢してあげます。ほんとうはそろそろいきたいんですけど」

さきおといの夜、三上は一時間半ほどの間に、二度射精した。

知恵子は排卵期を過ぎていたので、妊娠する心配はなかった。

夫の竹中とはひと月近くも、躰を交えていなかった。子供たちが遅くまで起きていることも気になるらしいが、竹中はアルコールが入ると眠くなってしまうほうだ。

それでも五月の連休までは、土曜日の夜か、日曜日の朝、知恵子のほうから仕掛けて、健全な夫婦関係を保ってきた。

知恵子はわれながらセックス好きに呆《あき》れていたが、夫以外の男性とつきあったことはなかった。

時々バスルームでいじくっていて、思わず発声してしまうこともある。シャワーの音がなかったら、子供たちに聞こえていたかもしれない。

到達するたびに、おびただしい体液を噴き上げる。ほとんどおしっこに近い。

夫婦で睦み合うときも、知恵子はバスタオルを四つにたたんで、シーツの上に敷く。

五月三日の午後、テニスのあとで三上から食事に誘われたのが、馴《な》れ初《そ》めだった。

三上は、腕のいい税理士として聞こえていた。日本橋に事務所を構え、所長なので、時間のやりくりは自在だった。

住居は、京王線沿線のマンションで、上北沢の竹中宅まで、車で二十分ほどの距離だった。

三上のプレイボーイぶりはテニスクラブでも知られていた。

「やりたい女は必ず落とす」と、日頃から遊び仲間うちで豪語していたが、聖心女子大出を鼻にかけ、お高く止まっている竹中知恵子をたらし込んだのだから、言行が一致している。

もっとも、知恵子は三上に釘《くぎ》をさすことを忘れなかった。

「わたしと寝たことを吹聴《ふいちょう》したら、許しませんよ。母に知られたら、おしまいですからね。わたしは典型的な良妻賢母なの。夫と別れる気もありません」

「よくわかりました。僕も、きみを失うのは死ぬほど辛《つら》いから、口害に気をつけます。ただし、わたしは本気ですよ。あなたを死ぬほど愛してます」

二人が新宿のシティホテルのベッドルームで、そんなやりとりをしたのは五月下旬の某夜だ。

七月十八日のきょう現在、三上も知恵子もテニス友達をよそおい続け、男女関係はバレていないと信じ込んでいた。

達子が、娘の不始末を知るところとなったのは七月に入ってからだ。

三上と知恵子が、赤坂のラブホテルへ入るところを目撃したのは、同じテニスクラブ会員の峰村だった。峰村はコンピューター関係の店頭公開企業の創業社長だが、赤坂の料亭に行くハイヤーの中から、二人を見かけたのだ。

「あなたって、どうしてこんなに硬くて大きいの。かちんかちんよ」

「親に訊いてもらうしかありませんねぇ。もって生まれたものでしょう」

「何人女を泣かせたのかしら」

知恵子は、屹立《きつりつ》した三上の局部を両手でいとおしんだあとで、口に含んだ。軽く歯を当てられて、「いててて」と、三上が大仰に悲鳴をあげた。

「このまま、いっちゃっていいですか」

「いいわよ。でも、もう一度だけ入れて」

知恵子が腰を振っただけで、三上にむしゃぶりついた。

シャワーで躰を洗い合っているとき、三上がふたたび勃起した。三上が「ウウウッ」とうめき声を発した。騎乗位で射精したのはこの夜が初めてだ。

「このコは、いったいどうなってるのかしら」

「やっぱり親に訊いてくださいよ。でもねぇ、こんなに元気になるのは、あなたにだけなんですよ。信じてもらえないかもしれませんけど、あなたに夢中で、ワイフとやる気がしなくなっちゃって、困ってますよ。五月三日以来、ほかの女にはちょっかい出してません。あなたがその気になってくれたら、ワイフと別れます」

「わたしも、あなたに夢中よ。自分で自分が信じられないわ。これでもプライドは高いほうなんですからね」

「ご主人は天下の協立銀行のエリートだし、息子は一流高校、娘は一流の女子大生ともなると、このムスコだけじゃ、太刀打ちできませんかねぇ」

三上は右手でしごきながら、左手を知恵子の股《また》ぐらに伸ばした。

「このムスメがまた凄《すご》いんですよねぇ。びしょびしょに濡《ぬ》れるかと思えば、けっこう緊《し》めるときは緊めてくれるし」

「やっぱり親に訊いてもらわないとねぇ」

「もうその気になってますよ」

三上がバスタブの縁《へり》にしゃがんで知恵子を膝《ひざ》に乗せた。ふたたびそそり立つものが挿入された。

「アアアン」

「ウウウウゥイイ、イイ。またいきそうだ」

「どうぞ、いって」

不倫感覚が、身も心もとろかせるのだろうか。

知恵子はできることなら一晩中、三上としていたいと思った。

三上のほうも、知恵子にぞっこん惚《ほ》れてしまった。もうあとへは引けない、と考えていた。

二人が帰り仕度を始めたのは、十時二十分だ。食事を終えて、ラブホテルに入ったのは八時過ぎだから、二時間以上もラブホテルで過ごしたことになる。

ネクタイを結びながら、三上が言った。

「土曜か日曜に、泊まりがけで逢《あ》いたいですねぇ」

「今週の」

「ええ」

「きょうは金曜日よ。火曜日に逢って、あしたまた逢うなんて……」

「厭《いや》ですか」

「ううん」

「河口湖《かわぐちこ》に別荘もってる友達がいますが、多分あいてると思うんですけど、テニスをやるっていうことでいいじゃないですか。電話もご亭主に伝えて、電話が鳴ったら、あなたが出ればバレませんよ。わたしは、なにかあれば〝携帯〟にかかってくるから、問題はありません。ほんの思いつきですけど、悪くないんじゃないですか」

知恵子も、気持ちが動いていた。

「あした〝携帯〟に電話を入れます。お昼過ぎに買い物に行くので、そのときに。なんとかなるかもしれないわ。夕食の仕度を早めにして……」

「週に四日も逢うなんて、素敵じゃないですか」

「そうなのかしら。狂ってるとも言えるわ」

「狂えるものがあるなんて、幸せですよ」

帰りのタクシーは別々にした。ホテルを出たのも、知恵子のほうがひと足先だった。

3

七月十八日の夜、知恵子が帰宅したのは、十時四十分過ぎだった。

車が止まり、ドアの開閉音が聞こえ、やがて門の鉄扉がガタッと、とんでもなく大きな音を残し、コッコッと石畳を踏むハイヒールの靴音が迫ってきた。

静かな住宅街なので、道路に近いリビングで、テレビを消し、耳を澄ましている竹中は、胸がドキドキした。

「ただいま」

竹中はソファから離れ、玄関で知恵子を出迎えた。

「お帰り」

「あら。もう帰ってたの」

「八時二十分に帰ったよ。隣で、毛ガニをご馳走《ちそう》になった。まあ、坐《すわ》れよ」

竹中は声がうわずっていた。

「今夜のご帰館は早いほうだな。それに酩酊《めいてい》もしてないようだね」

「そんな皮肉を言わないでよ」

竹中に続いて、知恵子が長椅子に腰をおろした。

竹中はパジャマ姿、知恵子は白ブラウスに紺のスカート。

「あなた、今夜も遅いようなこと言ってなかった。子供たちは、隣で毛ガニを食べるって聞いてたから」

「さきおとといも注意したが、受験生の母親がこんな遅い時間まで遊んでていいのか。二度と許さんと言ったはずだが」

「孝治のことは心配ないわよ。あの子は自立してます。わたしが受験勉強を手伝えるわけでもないでしょ。じゃあ、あなたはどうなのよ。毎晩遅く帰って」

「遊んでるわけじゃない。仕事をしてるんだ」

二人とも声高になっていた。恵も孝治も、ヘッドホーンで耳をふさいでいたので、両親の言い合いは聞こえなかった。

しかし、神沢家に届いている可能性はある。

竹中は意識して声量を落とした。

「さきおとといの橋爪さんっていう人の古希のお祝いパーティは昼間だったそうだねぇ」

「母から聞いたのね。告げ口するなんて、厭な人ねぇ」

「さきおとといの夜と今夜の相手は誰なんだ。ちゃんと説明してくれないか」

竹中は長椅子から、向かい側のソファに位置を変えた。

「お友達とお食事をして、おしゃべりしてただけですよ」

「三上治雄っていう男も、友達の中に入ってるんだな」

「いやあねぇ。それも母なのね」

知恵子はあからさまに顔をしかめた。

「三上さんは、テニスのインストラクターみたいな人で、トーナメントのダブルスのパートナーに過ぎません。三上さんはジェントルマンですよ。やっかみ半分に、いろんなことを言う人がテニスクラブにいるのよ。母はどうがしてるわ」

「お母さんだけじゃない。お父さんも、心配してたよ」

「ほんとに困った人たちねぇ。二人ともどうかしてるのよ」

竹中は喉《のど》の渇きを覚え、ウーロン茶を大きなコップに注いで、ソファに戻った。

「ありがとう」

知恵子は喉を鳴らして、三分の一ほど一気に飲んだ。

「赤坂のラブホテルで、きみは目撃されてるらしいよ。テニスクラブで噂になるわけだな。言い逃れできないんじゃないのかね」

竹中はドキドキしながらも、知恵子を凝視した。

知恵子は伏し目になって、センターテーブルのコップに手を伸ばした。

こんどはことさらにゆっくりとウーロン茶をすすっている。

知恵子は、どう言い逃れしようか懸命に思案した。赤坂にラブホテルは何軒かあるが、どこで、いつ、誰に見られたのだろうか。

知恵子がコップをセンターテーブルに戻した。

「人違いでしょ。ラブホテルなんて行ったこともないわ。テニスクラブって、変な人がけっこう多いのよ。わたしはこの二年ほどで、相当テニスの手が上がったし、目立つほうだから、ジェラシーの恰好《かっこう》な対象になってることがよくわかったわ。ためにする噂を信じるか、わたしを信じるかどっちかね」

「目立つほうねぇ。たしかに、きみは美人だが、亭主や子供に顔向けできないことをしている、という自覚はないのか」

竹中は、ウーロン茶をひと口飲んで、話をつづけた。

「一家の主婦がこんなに遅い時間に帰宅するだけでも、おかしいと思わないのかね」

「思わないわ。母親として、妻として、わたしはちゃんと務めを果たしてます。テニスをしたり、友達と食事をするくらい許されるはずだし、たまに遅く帰ったからって、ぎゃあぎゃあ言われる覚えはないと思う」

竹中がかすれ声を押し出した。

「ついに、開き直ったか」

「なんとでもおっしゃい。あした、テニスの合宿で河口湖へ行きますからね。夕飯の仕度をしてからにしようと思ったけど、気が変わったわ。お鮨《すし》の出前でも取って。わたしにだって、そのぐらいの自由はあってもいいでしょ。あなただって勝手なことをしてるじゃないの」

「僕がいつ勝手なことをした」

「いちいち覚えてないわよ。出張だのなんだの、仕事仕事って言いながら、なにをやってるかわかったものじゃないわ」

「ちょっとまて。あしたの河口湖も、三上と一緒なのか」

「莫迦《ばか》なこと言わないでよ」

「あしたのテニスは許さんぞ。もし、強行するようなら、僕にも覚悟がある」

「どう覚悟するのよ」

「離婚する。協銀では、大きな減点になるが仕方がない」

竹中は、知恵子をぶんなぐりそうになるのを制御するため、深呼吸を繰り返した。

「ひと晩よく考えたらいいな。ふしだらな女房と一緒にいるのは、いさぎよしとしないから、僕はここのソファで寝る。さっさと二階へ行ってくれ」

「ふしだらな女で悪かったわねぇ。河口湖へは行くわよ」

「それなら、帰ってこなくていい。帰ってこられた義理じゃなかろう」

「ここはわたしの家よ。そんなにわたしが厭《いや》なら、あなたが出て行ってよ」

知恵子の目が血走っていた。自暴自棄になっているのか、三上治雄なる男にのめり込んでいるのか、よくわからなかったが、離婚へ向けて突っ走るつもりらしい。

「きみの両親は、僕に味方するよ。ふしだらな娘を叩《たた》き出していい、とまで言ってくれた。だいいち、この家は僕がローンを組んで建てたんだ。底地権はきみの名義になってるが、上物は僕の名義だし、子供も、きみの行動を許さんだろうな。河口湖でテニスだかなんだか知らないが、取り返しがつかなくなることだけは、間違いないぞ」

「あなたって、これほど莫迦だとは思わなかったわ。わたしがなにをしたって言うのよ。ちょっと帰りが遅いからって、ぎゃあぎゃあ、テニスの合宿で、またぎゃあぎゃあ。母も莫迦だけど、あなたはもっと莫迦よ。子供たちが、あなたなんかに付くわけがないじゃないの。そんなこともわかってないんだから」

ふしだら、と言われたことで知恵子は髪ふり乱して逆上した。

「ふざけるな！」

竹中はもはやコントロールできなかった。

やにわに立ち上がって、知恵子の左頬に平手打ちを食らわせた。

張り倒された知恵子の目が憎悪に燃えていた。

知恵子が二階の寝室に立ち去ったあとで、放心していた竹中が、水割りウイスキーを浴びるように飲み始めたのは午前零時近かった。

激し上がって知恵子に手をあげたのは、いくらなんでもまずかった。夫婦喧嘩《げんか》は数え切れないほどしているし、ひっぱたいてやろうと思ったことも幾度もあるが、ブレーキが利かなかったのは、この夜が初めてだ。

一人っ子で、両親の寵愛《ちょうあい》を一身に受けてきた知恵子にとって、おそらく初めての体験だろう。さぞやショックも大きかったと察せられる。

赤坂のラブホテルに入るところを知人に見られたことを、「人違いだ」と言い張っていた。シラを切っているとも思えるが、事実かもしれない。

だが、達子は、娘の不行跡を確信しているような口ぶりだった。神沢も然《しか》りだ。あまつさえ、「ふしだらな娘を叩き出せ」と、竹中を焚《た》きつけた。娘の離婚を本気で願っているとは考えにくいが、母娘《おやこ》で激しくやりあったすえの進言なのか、可愛さ余って憎さ百倍ということなのか、竹中にはわからなかった。

知恵子の浮気、不倫の事実関係を突き止めることは、いとたやすい。興信所に調査を頼めば済むことだ。

しかし、その結果、不倫が事実だったら、選択肢は一つしかなくなる。離婚あるのみだ。昭和四十九年入行組の約二百人の中で一選抜に踏みとどまっている、という自負が竹中にはあった。

離婚は一選抜から脱落することを意味する。

知恵子を信じて、あるいは信じたふりをして、ピエロを演じるのも、選択肢の一つだ。子供たちのためにも、家庭を壊してよかろうはずはなかった。

知恵子の不倫が事実だとしても、一過性のはしかみたいなものと割り切ればよいではないか。人妻の不倫はゴマンとある。目くじら立てるほどのことではないとも言える。

もっとも、頭ではそう思っても、割り切れるはずもなければ、許せるわけでもなかった。

知恵子が河口湖行きを思いとどまったら、不問に付す。とりあえずは、そんなところで妥協するしかなさそうだ。

竹中のヤケ酒が止まった。〝オールドパー〟のウイスキーボトルの三分の一ほどをあけて、やっと眠けが出てきた。

竹中は歯を磨いて、ソファに横たわった。眠りに就いたのは、午前一時過ぎだ。

竹中が暗い顔で、酒びたりになっていた午前零時過ぎに、知恵子は寝室から三上の〝携帯〟に電話をかけた。

「はい。三上ですが」

「こんな時間にごめんなさい。まだ起きてたの」

「ええ、ワイフも子供もとっくに寝ましたけど、なんだか躰が火照《ほて》って、寝つかれないんです。テレビを見ながら、ブランデーを飲んでました。あなたの声を聞いて、少し落ち着いてきましたよ。河口湖どうしますか。行けるんでしょ」

「迷ってるのよ。あなたとわたしのことがテニスクラブで噂になってるんですって。母が主人に話したらしいの。赤坂のラブホテルへ入るところをテニスクラブの誰かに見られたらしいわよ。わたしは人違いだって、シラを切ったけど」

「〝ホテルサボーイ〟ですかねぇ。あそこは料亭や小料理屋が近くにあるから……。気をつけてたつもりだったのに」

「あなた、ほんとにわたしと結婚する気あるの」

三上はたじろいだのか、うろたえてるのか返事をしなかった。

　知恵子が十秒ほど待って、声をひそめて呼びかけた。

「もしもし……聞こえますか」

「ええ。どうして急に……。どうしてそんなことになったんですか」

　三上の狼狽《ろうばい》ぶりに、知恵子はがっかりした。深夜の電話だし、リビングに竹中がいるので、知恵子は、努めて声量を落とした。

「だって、河口湖行きを強行したら、帰って来なくていいって、主人に言われたんだもの。しかも思いきりぶたれたわ」

　知恵子は左頰を掌《てのひら》で押さえた。

「穏やかではありませんねぇ。暴力沙汰《ざた》に及ぶとは驚きました」

「生まれて初めてよ。父からも母からも、手をあげられたことはないのに。主人を許せないわ」

「抑えて抑えて」

「どうするの。奥さんと別れる決心はつくんでしょ」

「まあねぇ。ただねぇ、いくらなんでも唐突過ぎますよ。わたし一人では決められませんからねぇ。離婚となると、相当エネルギーを要しますよ」

「でも、あなたの存念のほどはどうなの」

「願ってもないことですよ。ただですねぇ。ご主人の本心とも思えないし、わたしの浮気を病気と思ってるワイフは、抵抗するでしょうねぇ。わたしは中一と小五の娘が二人います。難しい年頃ですから……」

「つまり、わたしと結婚したいって言ったのは、口から出まかせっていうことなのね」

知恵子の声がつい高くなった。

「それは誤解です。じゃあ、とにかく河口湖へは行きましょう。どんなにリスクを冒しても、あなたに逢いたい気持ちは変わりません。あした、ゆっくり相談しましょうよ」

「わたしもあなたに逢いたいわ。じゃあ、あしたまた電話かけます。わたしは、そのつもりよ」

「ただ、わたしに逢うなんて、宣言してくる必要はないと思いますけど」

「そうねぇ。わたしは、どっちでもいいと思ったけど、いっそのこと、主人にあなたのこと話してもいいわよ」

「だって、シラを切ったんでしょ」

「ええ」

「だったら、それで押し通すべきですよ」

「仰せに従います。じゃあ、あした。おやすみなさい」

「おやすみなさい」

知恵子はメークだけは落としたが、まだ洋服を着替えていなかった。

興奮状態が続いていたのだから仕方がない。

三上と電話で話して、気持ちが鎮静してきた。わたしがこの家を出なければいけないのだろうか、と知恵子は思案をめぐらせた。

暴力行為に及んだ竹中のほうが出て行くべきではないのか。

三上も話してたが、いざ離婚となると、難問、難題が山ほどある。

子供たちの判断も気にかかる。母親の不倫を許さないだろうか。

女子大二年と高校三年まで育てたのだから、もう母親の責任は果たしたとも言える。

竹中は、世のサラリーマン亭主族の中で、ましなほうかもしれないが、ぶたれたことを許すほど、自分は寛容にはなれない。

それにしても、二か月半ほどで、自分の人生がこうも激変するとは、夢にも思わなかった。

良妻賢母と訣別《けつべつ》して、新しい人生を歩むのも悪くない。一回きりの人生なのだ。おもしろおかしく生きて、どこが悪い。

三上はきっとついてくる。なにしろ、わたしにぞっこん惚《ほ》れているのだから。三上の躰《からだ》も、魅《ひ》きつけてやまない。

要するに相思相愛っていうことなのだ。三上に、シラを切り通せと念を押されたが、開き直るしかないようにも思える。

矢でも鉄砲でも持ってこい――。ここまでで、知恵子の思考は停止した。

ブラウスとスカート姿のまま、睡魔に襲われてしまったのだ。大粒の真珠のネックレスもそのままだった。

4

夢の中で、竹中は清水麻紀と交合していた。夢精寸前で目が覚めてしまったが、なんだかひどく勿体《もったい》ないような気がした。

カーテンの隙間から洩《も》れる夏の日射しがまぶしかったことと、寝返りが打てない窮屈な長椅子のせいで、早く覚醒《かくせい》してしまった。時刻は五時四十分。

朝起《あさだ》ちはしばしば経験しているが、夢精寸前はついぞなかった。

下半身のふくらみは、なかなか収まらなかった。

放尿が難しい。洋式トイレの便座にしゃがんで、手で押さえつけるようにして、なんとか用を足したが、それでもまだ起ちっぱなしだった。

夢の中の麻紀は錯覚で、知恵子だったかもしれない。無理にそう思おうとしているのだろうか。竹中は知恵子が少しいとおしくなった。

竹中は忍び足で階段を昇って行った。寝室のドアを開けると、寝息が止まり、ブラウスとスカート姿の知恵子が寝返りを打った。

竹中は知恵子に襲いかかった。

ブラウスやら下着やらを剝《は》ぎ取られて、知恵子は悲鳴をあげた。

竹中はあわてて、知恵子の口に掌をあてがって、ささやいた。

「僕だよ。昨夜はどうかしてた。最愛の女房をひっぱたくなんて、最低だ。謝りに来たんだよ。もうひと眠りしたいしね。その前に、これをなんとかしてくれないか」

竹中はふくらんだ下腹部を示してから、素早く裸になった。

知恵子は瞬時のうちに事態を呑《の》み込み、竹中を迎え入れた。躰が自然に反応したのだ。

「あなた！」

「うん」

「いい気持ちよ」

「うん」

真珠のネックレスだけの知恵子はコケティッシュで竹中の気持ちをそそった。すぐに到達しそうになるのを竹中は堪《こら》えに堪えた。

竹中は躰を交えながら、間抜け亭主のピエロを演じ続けるしかない、と考えていた。お陰で、時間を稼げ、十五分ほど持続できた。麻紀のえくぼを目に浮かべた刹那《せつな》、竹中は果てた。知恵子の体液で、シーツの下までぐしょぐしょになった。

知恵子がシーツを引っ張って、竹中と自分の下腹部をぬぐいながら、言った。

「シャワーしましょう。先に行ってて」

「子供たち起きないか」

「いいからいいから、早く。下着は、わたしが持っていくわ」

竹中は、パジャマ姿で階下へ降りて行った。

三分後に、知恵子も全裸でバスルームに飛び込んできた。

ボリュームたっぷりの乳房、ヒップアップのプロポーションは四十四歳とは思えなかった。

シャワーを浴びながら、知恵子が言った。

「ほんとに、濡《ぬ》れ衣《ぎぬ》だってわかってくれたのね」

「うん。だけど、お母さんやテニスクラブの人たちに疑念を持たれるようなことは、努めて避けてもらいたいなぁ」

「そうねぇ。わたしも考えさせられたわ。三上さんとテニスをしないことに決めたからね。あの人、プレイボーイって見られてるし、母なんか三上さんとすれ違うだけでも、ぷいと横を向くほど毛嫌いしてるのよ。母に対して意地を張ることもないし、母の気持ちを逆撫《さかな》ですることもないわよねぇ」

「そう思うよ」

竹中は河口湖行きのことを口にしたいのを我慢した。知恵子のほうから、自発的に「行かない」と言ってもらいたかった。

竹中は、知恵子から河口湖行きを強行すると言われたときに、どう対応すべきかまだ決めかねていたのだ。風邪と夫婦喧嘩は寝れば治る、とはよく言ったもので、竹中のほうから譲歩した以上、知恵子が強行しても、「帰ってこなくていい」は、撤回せざるを得ない、と弱気になっていた。

竹中は浴室から寝室に戻って、ベッドに横たわった。時刻は六時十分過ぎ。

知恵子と躰を交えているときに、清水麻紀の顔を目に浮かべたのは、いかなる心理によるものなのか。こんなことは、過去になかった。

知恵子の不倫を半ば信じているためだろうか。

はっきりしていることは、長女の恵とさして年齢の違わない麻紀に想いを馳《は》せた事実である。

神ならぬ人間は、性別を問わず年がら年中、心の中で姦淫《かんいん》していることもたしかだろう。人格のない下半身が反乱に及ぶことは、誰しもままあることだ。

昨夜、知恵子に「あなたも勝手なことをしているじゃない」と言い返されたが、竹中も木石ではなかった。浮気の一度や二度ないほうが、どうかしている。

口をぬぐっていただけのことだ。知恵子に尻尾《しっぽ》をつかまれていないという自信が、いまはゆらいでいた。

しかし、男の身勝手は百も承知だが、女房を寝取られて、平静でいられるはずはない――。

こんな愚にもつかないことを考えていて、眠けが戻るわけもなかった。

午前六時二十分に目覚ましが鳴った。知恵子の起床時間だが、シャワー後、そのまま朝食の仕度にかかったのだろう。

平日なら竹中も、知恵子と一緒に起きるが、土曜日は寝坊することが多い。

竹中は、リビングに降りて行くかどうか迷ったが、なおも愚図愚図《ぐずぐず》していると、十分後に、孝治の部屋から目覚ましの音が聞こえた。

「よし！」

竹中は気合いを入れて、パジャマをスポーツシャツと短パンに着替えた。そして、新聞を取りに外へ出た。

門に取り付けてあるポストから二紙を引っ張り出したとき、門の外から達子の声がした。

「おはよう」

「おはようございます。昨夜はご馳走《ちそう》さまでした」

達子は、リビングから垣根越しに、こっちの様子を窺《うかが》っていたのだろうか。新聞取りでぶつかるのは神沢のほうが多いから、偶然とは思えなかった。

「知恵子と話したの」

「ええ」

「どうだった。白状したの」

「いいえ。中傷もいいところで、濡れ衣だと言ってました。もう三上治雄さんとはテニスをしないそうです」

「ふうーん。わたしには意地でも、仲良くしてやるわなんて、言ってたくせに」

「あとで、知恵子とお邪魔しましょうか。お父さんはおられるんですか」

「ゴルフですって。七時に迎えが来るそうよ。わたしも十時にはテニスクラブに行くから、夜のほうがいいわ」

「知恵子も、テニスで河口湖へ泊まりがけで出かけるようなことを言ってましたけど」

達子に手招きされて、竹中は鉄扉を開けた。

達子が竹中の耳もとに口を寄せた。

「きっと三上と一緒よ。あなた、そんなことでいいの」

「テニス仲間と合宿みたいなことを言ってましたけど」

「そんなの嘘に決まってるでしょ」

竹中は「強行するんなら帰ってこなくていい」と、最後通告したことを義父と義母に話すまいと肚《はら》を決めていたので、どうしたものか、思案した。

「とにかく食事のあとで、二人で伺います。僕は知恵子に限って、軽はずみなことをするはずがないと思うんですけど」

「じゃあ待ってます。おじいちゃんも、相当気にしてて、きょうはゴルフどころじゃないんだが、とか言ってましたよ」

「この暑さの中で、ゴルフとはお元気ですねぇ。お父さんによろしくお伝えください。多分取り越し苦労に終わると思いますけど」

「治夫さんは甘ちゃんねぇ」

達子は言いざま、くるっと背中を向けた。

いつもなら新聞を読むために黙ってトイレに入るのだが、竹中は知恵子に声をかけられた。

「遅かったわねぇ。父と話してたの」

「いや。お母さんだ。心配してたんだろう。僕を待ってたみたいだよ」

「あなた、なにをどう話したの」

知恵子がしかめっ面で訊《き》いた。

竹中はトイレに行かずに食卓の前に坐《すわ》った。

「きみの言い分を信じるって話したよ。きみが三上治雄君とやらとはテニスをしない、と言ったことも話した。きょうは河口湖へテニスの合宿で行くらしいと言ったら、三上と一緒だろうと勘繰ってたぞ」

知恵子もエプロンを付けたまま、テーブルに着いた。

「どうして、そんな余計なことを話したのよ」

「ゆきがかり上、しょうがなかった。あとで二人でお邪魔すると言ったら、お父さんはゴルフでいないから、夜にしてくれって言われたんだ。河口湖の話をせざるを得ないじゃないか。そうとんがることもないよ」

知恵子がなにか言おうとしたとき、孝治が二階から降りてきた。

「おはよう」

「………」

孝治は竹中には挨拶《あいさつ》しなかった。

知恵子はいったんテーブルを離れ、キッチンに戻って、トースト、ミルク、野菜サラダ、ハムエッグなどをトレイに載せて運んできた。むろん、孝治の分だけだ。

「孝ちゃん、おはよう」

「おはよう」

孝治は、知恵子にはちゃんと挨拶を返した。

竹中が、孝治に話しかけた。

「きのうの毛ガニ美味《おい》しかったなぁ。おまえ、凄《すご》い勢いで食べてたじゃないか」

胸のむかつきを抑えて、竹中は下手《したて》に出たが、孝治はむすっとした顔で返事をしなかった。

父と息子の異常な様子に、知恵子は関心をもたなかった。自身のことで頭の中が一杯だったのだろう。

「河口湖は行かないわよ。断ることにしたわ」

孝治がミルクを飲みながら、知恵子に訊いた。

「お母さん。河口湖って、なんのこと」

「きょうとあしたテニスの合宿で、河口湖に行こうと思ってたんだけど、お父さんも、おじいちゃんも、おばあちゃんも、皆んな賛成してくれないから、参加を見合わせることにしたのよ」

「行けばいいじゃん。だいたい、親父に反対する権利なんかねえよ」

ちらっと竹中に向けた孝治の目に険が出ていた。

竹中は堪《たま》りかねて、声を荒らげた。

「おい！　孝治、おまえはこないだも資格がないとか言って、つっかかってきたが、どういう意味なんだ。説明しろ」

孝治はトーストを頬張り、ミルクと一緒にゆっくり嚥下《えんか》した。

「説明できないのか。だったら生意気な口をきくんじゃない」

「いくらでも話してやるよ。親父が朝日中央銀行の奴と部活が一緒だけど、総会屋とつるんでるのは、どこの銀行も同じだって言ってたぞ。協立銀行なんて、もっと穢《きたな》いことをしてるらしいじゃねえか。そう言えば、ウチは街宣車でガンガンやられたことがあるし、親父が悪いことしてるって、そこら中にビラを貼られたじゃねえか」

竹中は胸が疼《うず》くような息苦しさを覚えながら、往時をふり返った。

協立銀行関連会社の協産ファイナンスによる共鳴興産グループ各社の第三者破産申請の仕掛人と目された竹中は、広域暴力団、関州連合から、標的にされたのだ。

「竹中治夫は協立銀行本店副部長の地位を利用して、暴力団と手を組み、不良債権の取り立て、不正融資、リベートの取得等々、協立銀行腐蝕《ふしょく》の元凶となっている。上北沢三丁目の邸宅も汚職による穢いカネで建てられた物件である。腐り切った竹中は天誅を加えられなければならない」

竹中宅の前に乗りつけた街宣車がスピーカーのボリューム一杯にして、がなり立てたのは平成六年七月十五日の午後二時過ぎのことだった。

「協立銀行が暴力団や総会屋に絡まれたのは事実だ。しかし、お父さんが不正をしていることは絶対にない。孝治に不信感をもたれたことは重く受け留めるが、お父さんを信じてもらうしかないよ。そんな余計なことを考えずに、しっかり勉強してもらいたいなぁ」

竹中は辛《つら》い気持ちで、新聞を小脇《こわき》に、腰を上げた。

「孝ちゃん、お父さんを信じてあげて。お母さんも、だいたいのことは理解してるつもりよ。あなた、河口湖へは行きません。受験生の母らしくふるまいますから、安心して」

知恵子はやけに殊勝だった。

「お母さん、河口湖へ行けばいいじゃん。僕のことだったら心配しなくていいのに」

「実は、初めからあまり行きたくなかったの。ここんところ、テニスやカラオケで遊び過ぎたことも反省してるのよ」

「反省するのは親父のほうだと思うけど」

孝治の不信感は払拭《ふっしょく》されていないらしい、と思いながら、竹中はトイレに入った。

竹中が二十分ほど新聞を読んで、食卓に戻ると孝治はもう登校で、家を出たあとだった。時刻は午前七時二十分。

「あなた、お食事は」

「食べようか。恵はまだ起きないのか」

「あの子は、勝手にやるからいいのよ。お食事をして、隣に行かなきゃ」

「そうだな。誤解を解いておいたほうがいいよ」

知恵子が真顔で言った。

「いま、ふと思ったんだけど、母もわたしに焼き餅《もち》やいてるんじゃないかしら。わたしがテニスクラブの男性にもてるから。

竹中は啞然《あぜん》とした。こういうところが抜けているというか、知恵子についてゆけない点なのだ。

「きみ、いい加減にしろよ。思い過ごしもきわまれりだぞ。お母さんは、本気で心配してるんだよ」

知恵子はぺろっと舌を出して、肩をすくめた。

竹中と知恵子が神沢家を訪問したのは八時過ぎだ。

「河口湖へは行かないことにしたからね」

知恵子が、斬《き》りつけるように言うと、達子も怒った顔で言い返した。

「それはそれは。誰と出かけるつもりだったの」

「テニスクラブで皆んなに訊けば」

竹中が呆《あき》れ顔で割って入った。

「二人とも朝っぱらから喧嘩《けんか》腰で、なんですか。静かに話しましょうよ」

「そう言えばそうねぇ。コーヒーでも淹《い》れましょう」

達子がコーヒーを淹れながら、話をつなげた。

「あのテニスクラブ、雰囲気が悪くなってきたから、そろそろ退会しようと思ってるの。こないだ厭《いや》な思いをしたのよ。変なおばさんたちが徒党を組んで、仲間に入れてくれないのよ」

「ああ。あの人ね。取り仕切ってる人はわかるわ。でも、グループでゲームを楽しんでるんだから、しょうがないんじゃないの」

「そうは思わない。クラブテニスの精神に反しますよ。実に不愉快だったわ。柄の悪い人が多過ぎるわ」

「だったら、退会するしかないわね」

「知恵子も一緒に辞めなさいよ。あなたが心配で辞めるに辞められないじゃないの」

知恵子が頬をふくらませた。

「なにが言いたいのよ」

「おい。よせよ」

竹中が知恵子の躰《からだ》に軽く肘《ひじ》をぶつけた。

「自分の胸に手を当てて、考えなさい」

「わたしは、あんなおばさんたちとはレベルが違うし、問題にしてないから、不愉快でもなんでもないわ。辞めなければならない必然性はないと思う」

「ゴルフに転向しなさいよ。わたしはゴルフに集中しようと思ってるの。テニスは少々きつくなってきたしねぇ」

達子はコーヒーを飲みながら、竹中に目配せした。

5

神沢家から戻り、竹中は長椅子に寝そべって、新聞を読み始めた。時刻は九時二十分過ぎだった。

知恵子はそっと階段を上がり、寝室から、三上の〝携帯〟に電話をかけた。

「いま、いいかしら」

「どうぞ。どうしました」

「河口湖へは行けません。ごめんなさい」

「そうですか。まだ、連絡してませんから、大丈夫ですよ。ご心配なく。いつにしますかねぇ。今度のことではいろいろ打ち合わせる必要があると思うんですけど」

テレビの音が聞こえた。三上の口調から推して女房がそばにいると思えた。

「そうねぇ。日曜日の朝八時ごろもう一度連絡を取らせていただきます。失礼しました」

知恵子がリビングへ降りて行くと、恵が朝食を摂《と》っていた。

「おはよう」

「もう夏休みよ。あなた学校は」

長椅子に寝ころんだままの姿勢で、竹中が知恵子に声をかけた。

「テニスへ行ったらいいじゃないか。遠慮することないぞ」

「洗濯も掃除もこれからでしょう。きょうは主婦業に専念しないと。恵も手伝いなさい」

「皿洗いだけはするけど、あとは勘弁ね」

竹中が起き上がって、新聞をたたんだ。

「テニスクラブの雰囲気が悪いって、ほんとなのか」

「母はオーバーよ。誰だって好き嫌いはあるし、どこのクラブも似たようなものでしょ」

竹中があくびをしながら、伸びをした。

「眠くなってきた。少し昼寝をするから、二階の掃除はなるべく後にしてくれないか」

「わかったわ」

「お父さん、昼寝って、まだ十時前よ」

「うん。ここんところ寝不足なんだ。銀行も大変なんだよ」

「まさか、いつかみたいに引っ越し騒動なんてないんでしょ」

「あなた、ほんとはどうなの」

知恵子も顔をひきつらせた。街宣の怖さは皆んな骨身にしみていた。

「それはないよ。あのときは皆んなに迷惑をかけたなあ。僕も生きた心地がしなかったよ」

竹中は寝室へ行き、クーラーをつけて、ベッドに横たわった。そして、五分ほどで眠りに就いた。

一時間ほど眠った。一件落着で心が平らになった証《あかし》だろう。

しかし、一件落着したのか、間抜けな亭主なのか、竹中自身よくわかっていなかった。

先刻、知恵子が三上に電話したことなど知る由もない。むろん、翌朝、知恵子が電話しようとしていることも。

翌日、日曜日の朝八時に知恵子はリビングから、三上の〝携帯〟を呼び出した。

「あなたとテニスができなくなったわ」

「藪《やぶ》から棒になんですか。きょうのテニスを楽しみにしてたんですけど」

「仕方がないのよ。母と主人の手前、そうするしかなかったの。濡《ぬ》れ衣《ぎぬ》で通すのがいいでしょう」

「それはそうですけど。ちょっと不自然過ぎませんかねぇ」

「クラブを退会しなさいとまで言われてるのよ。あなたは名うてのプレイボーイだから、母に毛嫌いされても、しょうがないでしょ」

「…………」

「いま、こんな話をしていいのかしら」

「かまいません。一人ですから。クラブで顔を合わせたら、あなたのお母さんみたいに、顔をそむけるんですか」

「まさか。にっこり笑って、手を振ってあげますよ。たまにゲームをするくらいは許されるんじゃないかしら」

十二面あるオムニのテニスコートを、三上は知恵子を求めて、知恵子は三上を探して歩くほどの仲だから、他人の目にどう映っていたか、知恵子はいまごろになって、顔が赭《あか》らむ思いだった。

「もしもし……」

三上が呼びかけてきた。

知恵子は小さく返事をした。

「はい」

「きょうはテニスに行くんですか」

「行きます。暑いけど、午後三時ごろに。でも、ほんとうに、三上さんとは少しよそよそしくしますからね。ただし、テニスクラブだけよ」

「今夜の会食は無理ですかねぇ」

「もちろんですよ。貞淑な妻になります」

「貞淑ねぇ」

三上は、知恵子のあられもない姿態を目に浮かべたに相違なかった。そうした思いで、知恵子の声が少し尖《とが》った。

「そうよ。わたしはもともと貞淑な妻なの。あなたに狂わされたのよ」

「それはこっちの言うせりふですよ。いや、お互いさまですか。今夜、狂いましょうよ」

知恵子は、三上の猫撫《ねこな》で声を聞いて、躰の芯《しん》が熱くなった。

「当分、夜は無理です。あなただって、離婚する気はないんでしょ」

「時間をかければ可能だと思いますけどねぇ」

「無理しなくていいわ。でも、ウィークデーに昼間デートしましょうか。ただし、ラブホテルはいやあよ。懲りたわ」

「わかりました。シティホテルで〝デー・ユース〟とか〝リフレッシュ・プラン〟っていうのがあるんです。午前十時から午後六時までとか、十一時から四時半までとか、いろいろですが、料金も九千円から一万九千八百円まで、ホテルによって違います。マッサージかサウナのサービス付きもあるんですよ。ダブルベッドとツインとあるはずですけど」

「ずいぶんお詳しいこと。語るに落ちたとでも言うのかしら。さすがプレイボーイだけのことはありますわねぇ。それとも税理士だから、細かいことまで知ってるんですか。なにがいくらだとか」

知恵子は皮肉たっぷり厭みたっぷりに言い放った。

「友達の情報ですよ。誤解しないでください」

三上はあわて気味に返してきた。

「いいわ。おもしろそうじゃない」

「火曜日は目一杯仕事しますから、水曜日でよろしければ、エニータイムOK。いつでも〝携帯〟に電話をください。よろしかったら昼食をご一緒にどうですか」

「OKよ」

「よかったあ」

「じゃあ、切りますよ」

足音が聞こえたので、知恵子は急いで電話を切った。

「よく寝たなあ。シャワーするかな。きのう梅雨が明けたらしいねぇ。テニスの相談してたのか」

竹中は内容までは知らなかったが、知恵子が電話をしている気配は察していた。

「盗み聞きしてたんですか」

「そういうのを言いがかりって言うんだよ。きみは、変にナーバスになってるなぁ」

「ごめんなさい」

知恵子はすぐに折れた。

「三時から二時間ほど出かけます。暑いから人は少ないと思うけれど」

「夕食はイタめしでも食べに行こうか。なんといったかね。経堂《きょうどう》の……」

「〝ラ・パラッィーナ〟でしょう。あそこなら、子供たちが喜ぶと思うわ」

「隣もお誘いしたらどう。毛ガニをご馳走《ちそう》になったし、過剰反応だとしても、心配をかけたんだから」

「そうね。わたしが誤解を招くような行動を取ったことはたしかねぇ。きょうから、三上さんとはテニスをしません。その点は心配しないでね」

「ただテニスをするぐらいはいいと思うけど」

「夜の飲み会も、自粛します。受験生の母親なんですからね」

「同じことを何度も言わなくてもいいよ。それにしても孝治はきみに優しいねぇ」

「父親が、煙ったいのは年頃のせいでしょ」

「そんなものかねぇ」

竹中は、パジャマ姿で新聞を取りに行った。

第三章　ＭＯＦ担の凋落《ちょうらく》

1

七月二十日日曜日の午後三時過ぎに、竹中は杉本からの電話を自宅で受けた。

「お休みのところを恐縮です」

杉本にしてはやけに謙虚だった。

「ちょっと相談したいことがあるんだけど、いまからお邪魔していいかねぇ」

「かまわないが、日曜日にわざわざ出てくることもないだろう。あしたは〝海の日〟の振替休日だから、あさっての早朝か、昼休みに銀行で話さないか」

「それが急ぐんだ。いますぐ出るから、三十分もあれば竹中の家に着く、じゃあ、あとで」

帰するところ、杉本らしく強引だった。

杉本は、井の頭線の富士見ケ丘駅に近いマンションに住んでいるので、明大前乗り換えで、京王線上北沢駅から徒歩五分の竹中宅まで三十分もあれば来られる。

事実、杉本は三時四十分に竹中宅にあらわれた。

半袖《はんそで》のスポーツシャツの軽装で、紙袋を提《さ》げていた。

「これ、もらいものだけど奥さんにどうぞ」

「菓子折りじゃない。水臭いとまでは言わないが、どうしたんだ。ま、ありがとう」

「奥方はいないの」

「さっき、テニスクラブに行った。子供たちもいないから、俺は留守番だ」

「おまえ一人でよかったよ。奥方に聞かれるのは、おもしろくない」

杉本はにやけ面を引き締めて、長椅子に腰をおろした。

「ビールでも飲むか」

「うん。素面《しらふ》じゃ話しにくいしなあ」

竹中はキッチンで〝サッポロ黒ラベル〟五〇〇ミリ缶二本とグラス、〝6Pチーズ〟、ピーナッツなどをトレイに並べながら、杉本がなにを話そうとしているのかを考えていた。おおよその内容は察しがついている。企画部から外されようとしていることと無関係とは思えなかった。

ビールをぐっとやってから、杉本が上目遣いで竹中をとらえた。

「俺のこと聞いてるんだろ」

「ミスターMOF担と称されたほど、杉本は頑張ったからねぇ。それが裏目に出ようとしているっていうことだろう」

「MOFから東邦信託の示達書をかっぱらってきたのは俺じゃないぞ。辻《つじ》が勝手にやったんだ」

辻洋一は、昭和五十一年の入行組だから、竹中や杉本より二年後輩だ。企画部副部長で東大法科出身。絵に画いたようなMOF担である。杉本の後任だが、エリート意識を出さず、淡々としているところは、杉本と対照的だ。

もっとも、杉本に負けず劣らず仕事はできる。

辻は、MOF担就任早々の昨年三月中旬に時の大蔵省銀行局長、西岡正久が地方銀行協会の会合で講演する草稿のコピーを事前に入手してきて、竹中を驚かせたことがあった。

「まだ新米と思ってたが、杉本の上前をはねるとは凄《すご》いよ」

「杉本さんと一緒にしないでくださいよ。あの人よりはましなんじゃないですか」

「MOF担っていう人種はどうしてこうも自信家なんだろう」

「冗談ですよ。杉本さんは独善が過ぎるというか自己中心主義が過ぎるんです。MOFで杉本さんを悪く言う人がけっこう多いのにはびっくりしました」

あのとき、辻とそんなやりとりをしたことを思い出しながら、竹中がしかめっ面で杉本に訊《き》いた。

「辻が勝手にやったは聞き捨てならんねぇ。杉本が指示したんじゃなかったのか」

「〝カミソリ佐藤〟から俺が命令されたんだ」

「それじゃあ、辻が勝手にやったことにはならんじゃないの」

「まあな」

杉本は悪びれた様子もなく、あっさり前言をひるがえした。〝カミソリ佐藤〟という言い方に杉本の感情が出ている、と竹中は思った。

真夏の日曜日の午後、上北沢三丁目の高級住宅街は静寂に包まれていた。

杉本が休日に竹中宅を訪れてきたのは、初めてのことだ。

「東邦信託銀行の示達書を大蔵省検査部から手に入れたのが辻だとしても、いわば組織ぐるみの不正行為だよなぁ。見返りに、杉本が担当官になにか頼まれたことはあるのか」

「ノンキャリアだけど、〝ノーパンしゃぶしゃぶ〟に連れて行ってやったこともあるし、飲み屋の付け回しも何度か面倒見てやった。ま、俺が可愛がってたやつだから、示達書のコピーまでこっそりくれたんだよ。辻に、俺の真似はできんよ」

「辻が勝手にやったと、えらい違いじゃないか。辻を徹底的に庇《かば》うのが杉本の立場なんじゃないのか。辻はMOFと飲み会もやってないし、〝ノーパンしゃぶしゃぶ〟にも一度も行ってない、と話してたぞ」

「島中、谷田のたかり問題で、MOFの萎縮《いしゅく》ぶりはひどいことになってるよ。そのうえ、ACB事件だろう。総会屋に何百億円も融資するなんて、まったくふざけた銀行だよ。お陰で、俺たちまで痛くもない腹をさぐられる始末だもんなぁ」

竹中はビールでむせかえりそうになった。

協立銀行も朝日中央銀行も五十歩百歩だ。ACBはバレたが、協銀はバレないだけのことだ。いや、示達書問題が表面化すれば、協銀本店に対する東京地検特捜部の強制捜査も充分あり得る。

だいたい、杉本の腹は痛くないどころか、腐り切っている、と言って言えなくもない。

俺自身はどうなのか。腐っていないと言えるだろうか。竹中は胸の中で自問自答しているうちに、顔がこわばってきた。

「さっきのはジョークだよ。すべてを取り仕切ったのは〝カミソリ佐藤〟だから、示達書の一件も、〝カミソリ佐藤〟の仕業と言えるのかもなぁ」

「親分を〝カミソリ佐藤〟なんて、言っていいのか。褒め言葉には違いないが、一の子分を自他共に認めている杉本が言うとおかしく聞こえるから、不思議だなあ」

杉本がグラスを呷《あお》って、二缶目の〝黒ラベル〟の蓋《ふた》をあけた。

「親分と信じてたが、俺を切り捨てようとしていることがわかったんだ。あの人の腹は真っ黒で、切れば黒い血が出るんじゃねぇか」

杉本のこめかみに静脈が浮き出た。

「本題に入ったわけだな」

「おととい永井常務から、八月一日付で協立リースへ出向してもらうって言われた。永井常務は緊急避難という言葉を使ったが、夕方、人事部長に会ったら、依願退職してもらう、退職金も支払うっていうことなんだ。しつこく訊《き》いたら、人事部長は言葉を濁してたが、どうやら佐藤の意向であることがわかった。それで、きのうの土曜日の午後二時と夜九時に二度、佐藤の家に出向いたんだが、二度とも居留守を使われた。おまえ、そんなのあるか。俺がどれだけあの人のために尽くしたか、おまえだってわかってるよなぁ。忠犬ハチ公みたいに、徹底的にあの人のために尽くした俺に、居留守はないだろう」

「〝カミソリ佐藤〟のためなら水火も辞さずっていうほど献身的だったよねぇ。杉本は草履取りをやっても、佐藤氏の次の頭取になると豪語してたものなあ。そんな杉本に居留守が事実なら、佐藤氏の人間性を疑うよ」

「ぶっ殺してやりたいくらいだよ」

杉本は、皮つきのピーナッツをそのまま口へ放り込んだ。

「協立リースのポストはどうなの」

「常務だってさ」

「取締役クラスが退任したときのポストだから、それなりに配慮してるわけだな。〝カミソリ佐藤〟の温情とも言えるわけだ」

「ふざけるなよ。緊急避難で、ほとぼりがさめるまでっていうことならわかるが、協立リースなんかに骨を埋《うず》めるなんて、まっぴらだ」

杉本はグラスを呷った。

竹中が缶ビールを持ち上げて、杉本のグラスに酌をしながら言った。

「協立銀行の頭取候補が協立リースの常務止まりじゃ怒り心頭に発するのも無理はないが、杉本は俺に愚痴をこぼしにやって来たのか」

「違う違う」

杉本はビールを受けたグラスをいったんセンターテーブルに置いて、激しく右手を左右に振った。

「永井常務と話してくれないか。〝カミソリ佐藤〟が唯一煙《けむ》たがってる人だし、俺の仕事ぶりもきちっと評価してくれてた人だ。それと佐藤さんにも、話してもらえたらありがたいねぇ。佐藤さんにもの申せるのは、竹中しかいないと思うんだ」

竹中は渋面をあらぬほうへ向けた。杉本はかつて、竹中が佐藤に直接話したことを詰《なじ》った。「おまえは佐藤秘書役と直接、話せる立場ではない。必ず俺を通せ。立場をわきまえろ」とまで、言い募られたことを思い出したのだ。

「それは命令なのか。杉本はいまでも、俺を子分だと思ってるわけだな」

竹中は冗談めかして言ったつもりだが、表情がひきつっていた。

杉本はバツが悪そうな顔でビールを飲んで返事をしなかった。

「命令なら断る。杉本のような大物の人事に介入できるほど、俺は偉くはないし、そんな立場でもないとわきまえてるつもりだよ」

「昔の冗談をまだ根にもってるのか。もちろん、お願いベースだよ。だから、こうして日曜日にわざわざ出向いてきたんじゃないか。俺は、竹中を同期の中で最も信頼できる友達だと思ってるよ。じゃなかったら、四年前おまえに〝特命〟なんか頼むわけないだろう。こないだも話したが、竹中は永井常務にも、佐藤さんにも好かれてるから、副頭取は間違いなしだ」

心にもないことを言っている、という思いで、杉本はぺろっと舌を出したが、竹中は〝6Pチーズ〟を剝《む》いていて、気づかなかった。「カミソリ佐藤」「佐藤」から、「佐藤さん」に変わったのは、杉本の気持ちがいくらか落ち着いてきたからだろう。

「その前に質問させてもらうが、東邦信託の示達書を読んだのは、誰と誰なんだ。MOFの検査報告書だから、相当詳細に不良債権や経営状況が分析されてるに相違ないが、極秘文書を手渡したほうも、手渡されたほうも、露顕すれば只《ただ》では済まないことだけは、はっきりしてると思うが」

杉本が大きな溜息《ためいき》を洩《も》らした。竹中もチーズをかじりながら、吐息をついた。

「辻と俺はもちろん読んだ。当時の鈴木会長、佐藤秘書室長、そんなところかな」

竹中が目を丸くして、咳《せ》き込むように訊いた。

「斎藤頭取は読んでないのか」

「もちろん、頭取も読んでるよ。佐藤さんは頭取に見せる必要はない、という意見だったが、鈴木会長が、斎藤にも見せろって佐藤さんを叱《しか》りつけてたよ」

「示達書のコピーは誰が保管してるんだ」

「コピーを一部取ったが、一部は俺の机の中にある。もともとのコピーは、佐藤さんだと思うが」

「ACBの二の舞になるとも、考えられるんじゃないのか」

「強制捜査っていうことか」

「うん」

「それはないと思うけど、俺が特捜部のターゲットにされる可能性はあるだろうな。MOF検の担当官が特捜部の事情聴取を受けて、あっさりゲロっちゃったらしいんだ。俺の名前も辻の名前も特捜部は把握してるだろうな」

「だとしたら、杉本も辻も、特捜部の呼び出しを受けるだろう」

「かもな」

「おまえ、よく平気でいられるねぇ。手がうしろに回ることも覚悟しないとなぁ」

竹中は、平然としているのか、ふてくされているのかわからなかったが、検察の事情聴取よりも、頭取候補の芽が摘み取られるほうにウエイトを置いている杉本の気持ちを理解しかねた。

「ウチには大物の検察OBがいるから、ガサ入れはないよ。俺の事情聴取ぐらいでお茶を濁してくれるんじゃないかな」

杉本はうそぶくように言って、いっそう竹中を驚かせた。

「だとしたら、杉本を協立リースに異動させる意味はないと思うけどねぇ。しかも、栄転とはいえ、出向じゃないとすれば、おまえは頭取候補から脱落することになるわけだからなぁ」

杉本はがぶがぶっとビールを飲んで、音を立ててグラスをセンターテーブルに置いた。

「だから頭にきてるんじゃねぇか。〝カミソリ佐藤〟のケツの穴がこうも小さいとは思わなかった。佐藤は、贈賄罪で俺の逮捕もあり得ると思ってるわけよ」

「杉本は、MOFの付け回しの請求書も処理してるし、MOFのキャリアもノンキャリアも〝ノーパンしゃぶしゃぶ〟に連れてってるって話したばかりだが、示達書がその見返りだとすれば、立派に収賄罪と贈賄罪が成立するよ。協立リースどころの騒ぎじゃないぞ。ACBの次は、いよいよ協銀が検察にやられる番だ。ガサ入れされたら、なにもかもバレちゃうぞ」

竹中は話していて、胸苦しさを覚え、声がかすれた。

「俺の事情聴取についても、大目に見てもらえないかって、検察庁に揉《も》み消し工作したらしいが、そこまでは駄目だったらしい。しかし俺の逮捕なんてあり得ないし、協銀はACBみたいに間抜けな銀行じゃないから、ガサ入れは絶対にないから安心しろよ」

「杉本の自信の根拠は、どこから来てるんだ」

「うまく立ち回るのが協銀の得意わざだよ。大物顧問をずらっと抱えてるのも、いざっていうときのためだ。バタバタしてる〝カミソリ佐藤〟が小さく見え始めたよ」

「話を元に戻そう。永井常務と接触してみようかねぇ。別件で話したいこともあるから、あさって朝イチで、話してみる。〝カミソリ〟のほうは、どうするかねぇ。あんまり気がすすまんが……」

佐藤と話しても無駄だと竹中は思っていた。

しかし、人事部長が佐藤のひとことで、びびるのは当然だ。

永井に話して、杉本の救済を進言してもらうしかない、と竹中は思った。杉本が、協銀にとって有為の人材であることはたしかなのだから、協立リースは出向で問題ないように思える。

示達書の件についても、協立銀行のためにひと肌脱いだだけのことではないか。杉本を切り捨てようとしている佐藤のほうに非がある——。

「そう言わないで、〝カミソリ佐藤〟とも話してくれよ。示達書の件で、佐藤さんの名前は絶対に出さない、約束してもいい」

「つまり、検察の事情聴取に対してっていうことだな」

「ああ。俺がすべて泥をかぶってやるよ。俺の一存でやったことにすればいいんだろう。佐藤の一の子分に徹する。それを俺はあの人に言いたかったのに、居留守なんか使いやがって……」

「杉本の依願退職の件は、永井常務は承知してるのか」

「おそらく知らんだろうな」

「ふうーん。永井常務としては顔を潰《つぶ》されたことになるわけだよなぁ。企画部次長の異動に首を突っ込んでくる佐藤さんにも困ったものだよなあ。住管機構の〝特命〟にしても然《しか》りだ……」

竹中はうっかり口をすべらせて、あわてて口を押さえた。

「〝特命〟に口出ししてきたのか」

竹中は思案顔で天井を仰いだ。

杉本に恥をかかせることになるが、仕方がない。

「おまえ、住管機構について、鈴木天皇も、〝タコ〟に怒り心頭みたいなことを言ってたが、それは事実なのか。誰の情報なんだ」

杉本は、小首をかしげたが、返事をしなかった。

「〝カミソリ佐藤〟によれば、杉本の情報とはまったく逆で、〝鈴木天皇〟は斎藤頭取のフライングだと考えてるらしいぞ」

「俺、そんなこと言ったっけか」

杉本はそらとぼけた。

「たしか発令の出る前日、わざわざ電話をかけてきたよねぇ。ところがさにあらずで〝タコ〟に対する〝天皇〟と頭取の考え方は違うから、往生してるんだ」

竹中は話してしまって、自分の口に戸は立てられないほうだ、と後悔していた。

果たせるかな杉本が反応した。

「おまえ、佐藤さんと会ったのか」

竹中は、いまさら口をぬぐうわけにもいかない、とホゾを固めた。

「オフレコだが、水曜の夜、赤坂の〝たちばな〟で会ったよ」

「ふうーん。〝たちばな〟ねぇ。〝カミソリ佐藤〟と差しで会えるとは、竹中も出世したもんだな」

杉本の厭《いや》みな言い方に口惜《くや》しさが出ていた。

「それで、佐藤さんは俺のことをなんて話してたんだ」

「杉本のことは話題にならなかったよ。世論を味方につけ権力とも手を結んでる高尾幸吉に歯向かうなんて、どうかしている、〝特命〟なんて、やめたほうがいい、と言ってたよ。永井常務に〝特命〟を撤回するように進言しろってさ。〝鈴木天皇〟の意を体してることは間違いないが、常務会で問題にする前に、なんとかしろなんて言われても、頭取の沽券《こけん》にかかわることがらの性質上、撤回はあり得ないと俺は思う。頭取が〝特命〟を白紙に戻すなんて考えられんだろう」

「そういう話か。〝鈴木天皇〟と頭取の対立はややっこしいことになるだろうが、たしかに〝特命〟の白紙撤回はあり得ないよ。おまえ、この件で永井常務と話したのか」

「うん。多少のことは話したが、まだ匂わせた程度で、これからが本番だ。〝カミソリ佐藤〟の言いつけとあらば、話さないわけにもいかんしねぇ」

「〝特命〟は話してもムダだろう。俺のほうをなんとかしてくれよ」

「うん」

　先夜の佐藤との話で、杉本のことが話題にならなかった、はかなり違うが、波風を立てることもない、と竹中は思ったのだ。

　五時を過ぎたころ、知恵子が帰宅した。

「まあ、杉本さん、いらっしゃってたんですか」

「お邪魔してます。相変わらず、元気潑剌《はつらつ》でお美しいですねぇ。テニスですって」

「ええ。受験生の母親のくせに遊び過ぎるって主人に叱られてます」

竹中は、三上治雄の名前を思い出して、厭な気分になったが、顔に出さないように努力した。

「家《うち》にも受験生がいますが、家族は自然体でふるまってたら、よろしいですよ。プレッシャーをかけないほうがいいんです。ウチの女房も、放ったらかしてますよ」

「杉本さん、ゆっくりなさってください。お食事の用意をします」

「とんでもない。もう帰ります。そこまで来たので、ぶらっと寄ったんです。竹中も、一人で暇そうだったので」

「暇じゃないよ。住管機構関係の資料を山ほど持ち込んできたが、きのうもきょうも邪魔が入って、仕事に集中できなかった」

竹中は、知恵子にも杉本にも皮肉を言ったつもりだが、二人ともけろっとして、まるでこたえていなかった。

「杉本が、なにか手土産を持ってきたぞ」

「水羊羹《みずようかん》です。めしあがってください」

「お気を遣っていただいて、恐縮です」

杉本は、帰りしなに門の前で念を押すことを忘れなかった。

「永井常務にも、佐藤さんにも、よろしく頼むよな。元MOF担の俺だけがスケープゴートにされるなんて不条理もいいところだろう」

「おっしゃるとおりだ」

2

時刻は、七月二十日日曜日の午後五時二十分。

竹中は二階の寝室から、永井常務宅に電話をかけた。

電話に出たのは夫人だったが、すぐに永井に替わった。

「お休みのところ恐縮です。五分ほどよろしいでしょうか」

「どうぞ。五分と言わず、何分でもけっこうだ。竹中とゆっくり話したいと、いつも思ってるんだが、お互い忙しいからなぁ」

「先刻、杉本が訪ねてきました。一時間半ほど話して、いま帰ったところですが、協立リースに出向だと思ってたところ、人事部長から依願退職だと通告されて、ショックを受けてました。佐藤取締役の差し金だと本人は話してましたが、永井常務に執り成していただけないか、とわたしに泣きを入れてきた次第です」

永井は、五秒ほど返事をしなかった。

「示達書のことは、きわめて困難な問題だからねぇ。斎藤頭取も、シラを切るしかない、という意見なんだ。もちろん、当時の鈴木会長も斎藤頭取も、東邦信託の吸収合併を視野に入れてたから、大蔵省の検査報告書を見たかったんだろう。しかし、組織ぐるみの犯罪にはできない。杉本をスケープゴートにせざるを得ないのが協立銀行のスタンスだ。だが、杉本を見殺しにできないこともたしかだしなあ」

「常務は、杉本の依願退職の件、ご存じでしたか」

「うん。おととい遅い時間に人事部長から聞いたが、強く反対しておいた。頭取をわずらわせるのはどうかと思うが、頭取に判断してもらうしかないような気がする。杉本は佐藤べったりの男だが、その杉本を切り捨てようとしている佐藤はどうかと思うよ。杉本を庇《かば》う立場だと思うがねぇ」

「どうかよろしくお願いします。常務から頭取に進言していただければ、杉本の敗者復活は充分可能です。上昇志向が強過ぎて、首をかしげたくなることもありますが、杉本は協立銀行にとって貴重な人材だと思います」

「そこが竹中のいいところだな。竹中に免じて動いてみよう。杉本を企画部から外すことは仕方がないし、本部にも置いておけないが、ほとぼりがさめたら、協立リースから戻すのがいいと思う。ただ示達書の件を杉本は一人で背負《しょえ》ると思うか」

竹中は間髪を入れずに答えた。

「杉本は自分一人で泥をかぶると言い切ってました」

「それならいいが、検察の取り調べに耐えられるだろうか。特捜部は手ぐすねひいて、杉本を尋問するだろう。精神的拷問みたいな厳しい取り調べに耐えるのは、並の精神力ではもたないかもなあ」

竹中も不安になった。超エリートで、協立銀行の将来の頭取候補を自任している杉本が、検察の取り調べに対して、泥を一人でかぶるのは容易ならざることだ。

「杉本の事情聴取はいつから始まるんでしょうか」

「八月か九月と聞いてるが。だから八月一日付で、協立リースに出向させることにしたんだ。人事部長の話だと、依願退職にしておいたほうが、杉本のためになるんじゃないか、という意見なんだが」

「どういうことでしょうか」

「つまり、杉本が刑事被告人にされる可能性が高い。そうなると、懲戒解雇は免れないからねぇ。依願退職にして、退職金を支給したほうが本人のためではないかと……」

「なるほど。その点は本人の意向を確認したいと思います。本人は、そんなことにはならないとタカをくくっているふしがあります」

「元検事総長の顧問弁護士先生も、いろいろ動いてくれると思うが、ガサ入れされても仕方がないほどの事件だからねぇ。ACB事件を、対岸の火災視していたが、とんでもないことで協銀も火の粉を浴びて、火災にせずボヤで消せるかどうか、難しいことになってきたねぇ」

苦渋に満ちた永井の顔が、竹中には見えるようだった。

竹中は、頃合をみて、杉本宅に電話をかけた。

時刻は午後六時二十分。むろん杉本は帰宅していた。

「さっきはどうも。さっそく永井常務と電話で話したよ。おととい金曜日の夜、人事部長から、依願退職の件で話を聞いたそうだよ」

「ふうーん。五分後に、俺のほうから電話しようか。竹中のことを家族に聞かれるのも、なんだろう」

竹中は、顔をしかめた。しかし、女房の前で見栄を張りたくなる杉本の気持ちもわかる。

「いいよ。じゃあ、かけ直してくれ。いま、二階で俺一人だから、わがほうはまったく問題はない」

竹中は多少の皮肉を込めてやり返した。

三分後に、電話が鳴った。

「はい。竹中です」

「杉本だけど、永井常務も承知してるっていうことなのか」

「率直に話すが、杉本は贈賄罪で刑事被告人になる可能性もあるから、惻隠《そくいん》の情だかなんだか知らんが、依願退職にして退職金も支給したほうが本人のためだと、人事部長は考えたんじゃないのか。永井常務はそんな口ぶりだったけど」

「それは、〝カミソリ佐藤〟が後から付けた理屈だよ。知り過ぎている俺が邪魔になったんだ。トカゲの尻尾《しっぽ》切りだな。まったくなんていう野郎だ。血も涙もない怖《おそろ》しい奴だよ」

杉本はいきりたった。だったら、一の子分を自他共に認めていた不明を恥じたらどうなんだ、と言いたいところを抑えて、竹中は、声をひそめた。

「知り過ぎていることにかけては、俺も似たようなものだよ。遠からずトカゲの尻尾になるかもな」

「おまえは、永井常務にもヘッジしてるから安泰だよ。東邦信託の示達書の件で、俺一人に罪を着せようとしてるんだろうが、そうはいかんぞ。必ず道連れにしてやるよ。そもそもの責任者は佐藤なんだ。俺はかれの命令に従ったまでだよ」

杉本の取り乱しかたは尋常ではなかった。一人で泥をかぶると言った舌の根も乾かぬうちに、佐藤を道連れにしてやる、とは聞いて呆《あき》れる。

「杉本、落ち着けよ。永井常務は杉本の功績を多としていた。だから、杉本の気持ちを聞いてもらいたいっていうことなんだ。刑事被告人の可能性を否定できる材料はないのか。まず、そこが大事な点だぞ」

「可能性はゼロではないが、九九パーセントないと思うけど。どこもかしこもMOF担というMOF担は皆んなMOFのやつらに飲ましたり女を抱かせたりして、悪さをしてるんだ。検察がMOF担を全部つかまえるなんてできっこないだろうや」

「ただ、示達書は協銀だけだろう。大蔵省検査で手心を加えるなんていうレベルではないんじゃないのか」

杉本は言い返してこなかった。

「示達書について言えば、上層部は知らぬ存ぜぬで通すと思う。朝日中央銀行みたいにガサ入れされるほど、協銀は間抜けじゃない。つまり政治力の彼我の差は、月とスッポンだろう。だが、スケープゴートがゼロとは考えにくいんじゃないのか」

「そのスケープゴートが俺だっていうわけなのか」

「充分あり得るだろう。少なくとも〝カミソリ佐藤〟の肚《はら》は、見え見えなんじゃないのか。退職金支給は、杉本に対する〝カミソリ佐藤〟のせめてもの温情とは考えられないか。あの人は〝鈴木天皇〟を守ることに命をかけ、躰《からだ》を張ってる。そのためには手段を選ばない人だ。頭のいい杉本のことだから、そんなことは言わずもがな、と思うけどねぇ」

「〝鈴木天皇〟が佐藤の生き甲斐《がい》であることはたしかだ。頭取になるためにも、その選択肢しかないわけだよ」

その伝でいけば、杉本にとっての生き甲斐は佐藤だったのではないか、と竹中は思ったが、口には出さなかった。

竹中はベッドに坐《すわ》っていたが、途中から寝そべった。

「八月か九月から、杉本に対する東京地検特捜部の事情聴取が始まるらしいが、企画部次長のポストではなにかと不都合だと思うけど、その点はどうなんだ」

「しょうがねぇよ。ＡＣＢが阿呆《あほ》だから、協銀にまで累が及ぶわけだが、ほんとＡＣＢなんて、どうしようもない腐った銀行だよ。ＡＣＢのお陰で将来の頭取候補が潰《つぶ》されようとしてるんだからな」

冗談ではなく、本気でそう思っているところが杉本らしかった。

昭和四十九年に協立銀行に入行したときから、杉本は次世代の頭取を目指し、着々営々と地歩を築いてきた。

それが音を立てて崩れ去ろうとしている。発狂寸前は大袈裟《おおげさ》としても、心身症になっても不思議ではない。

もっとも、杉本に限って、それはあり得ない。並の神経の持ち主でないことは、竹中がいやというほど熟知していた。

「おまえ、〝カミソリ佐藤〟とも話してほしい、って言ってたが、どうする。なんなら、電話をかけてもいいが。佐藤さんと杉本の仲なんだから、おまえが直接話すのがいいと思うけど」

「居留守を使われるんだから、どうしようもないじゃねぇか」

「ほんとに居留守を使ったのか。おまえの思い過ごしなんじゃないのかね」

「いや、間違いない」

「ただ、俺が佐藤さんに電話をかけても、あんまり意味はないかもねぇ。おためごかしかどうかわからんけど、温情で退職金を支給する、って言い訳するだけのことだろう。しかし、永井常務は心底、杉本に同情している。杉本がリスクを承知で、出向の道を選びたいと主張すれば、それは叶《かな》えられるような気がするが」

「ぜひそうしてもらいたい。刑事被告人にされるなんてことは絶対にないと思う。出向の線で頼む。佐藤が四の五の言うかもしれないが永井常務なら、押さえ込めると思うんだ」

「わかった。その線でやってみるよ。しかし特捜部の事情聴取はきついぞ。杉本は、俺一人で泥をかぶるって大見得を切ったことを覚えてるか」

「莫迦《ばか》にするなよ。錯乱してるわけじゃないぞ」

「それで頑張り抜いたら、頭取候補がついえることもないかもな」

竹中は冗談ともつかずに言って、躰を起こし、真顔でつづけた。

「じゃあ、永井常務に杉本の存念のほどを伝えておくよ」

「よろしくな」

時刻は午後六時四十分だ。この時間なら、まだ食事に入る前だろう、と竹中は思いながら、ふたたび永井宅に電話をかけた。

竹中の話を聞いて、永井は「そうか」と相槌《あいづち》を打った。

「杉本がそこまで言ってるんなら、巻き返してみるかねぇ。佐藤が横槍《よこやり》を入れないように、頭取の耳にも入れておこう。しかし、杉本の判断は甘くないかねぇ。逮捕されて、刑事被告人になったら、庇《かば》いようがないぞ」

「杉本は協銀の功労者の一人です。MOF担として、杉本ほど協銀のために働いた者はいませんから、なんとか大目に見てもらいたいと思います」

「もちろん、杉本が路頭に迷うなんてことにはならないから安心したらいいよ。ただ、世間体もあるからねぇ」

永井に誘われて、竹中も吐息をついた。示達書の件がなぜ検察に把握されたのだろうか。大蔵省検査部の検査官が、ＡＣＢ事件で、検察の追及に対して、ひとこともふたことも多かった。つまり検察の追及の仕方が巧妙だったということなのだろうか。

3

七月二十二日火曜日の朝八時半に永井常務が斎藤頭取に面会した。

「杉本の件ですが、当行にとってかけがえのない人材ですから、とりあえず出向扱いで協立リースに出すということでいかがでしょうか」

「わたしも昔、ＭＯＦ担を経験したから、杉本の苦労はよくわかる。しかし、人事部長によると、贈賄罪で逮捕も免れないということなんじゃないのかね。出向扱いでいいのか」

「協銀の元ＭＯＦ担として、どっちにしても杉本はマスコミに採り上げられるでしょうし、東邦信託のＭＯＦ検査報告書を入手した協銀は杉本以上に叩《たた》かれると思うんです。杉本一人に罪を着せざるを得ないのが協銀の立場ですから、せめて出向扱いにして、杉本の気持ちを和らげておくほうが得策なんじゃないでしょうか。杉本に居直られるのもおもしろくありませんし、杉本が刑事被告人になると決まったわけでもないのですから、杉本の希望を容《い》れてやりたいと思います。協立銀行を退職させても、マスコミからの叩かれかたは変わりませんよ。むしろ姑息《こそく》な手段を取ったと見られるのが落ちでしょう」

「わかった。杉本の扱いはきみと人事部長にまかせるよ。杉本には、よく因果を含めてもらいたい。わたしは示達書を無理矢理読まされた口で、あんな強引なことをＭＯＦ担にさせた鈴木さんと佐藤に、ほんとうはいっとう問題があるんだろうねぇ。今度は佐藤を本部から外せなかったが、あの男は危険だ。日本橋支店長どころか、子会社に出したいくらいだったんだ」

示達書を無理矢理読まされた、は明らかに言い過ぎである。斎藤とて、東邦信託銀行を取り込みたいと考えぬはずはない。責任逃れとまでは言えないし、鈴木―佐藤ラインの仕業には違いないが、万一上層部に累が及んだときのために、言い訳している、と永井は思ったが、肚の中とは裏腹に、にこやかにうなずいた。

鈴木―佐藤ラインと、斎藤―永井ラインの暗闘に終止符を打たない限り、協立銀行はもやもやした空気を常に漂わせていることになる。佐藤を危険人物と見做《みな》すことにおいて、斎藤と永井は、一致していた。

「鈴木相談役にも困ったものだよ。佐藤を常務に昇格させろと言ってきた。昭和四十二年組もまだ常務は出ていないのにねぇ。もちろん反対したが、厭《いや》な顔をされたよ。それと住管機構と本気で戦争する気か、なんて言われたから、当然でしょうと言い返してやったよ」

「それはいつのことですか」

「先週の金曜の夕方、呼びつけられてねぇ。会長時代とまったく変わっていない。いや、もっと権力者になってるなあ。裸の王様だが」

永井の柔和な顔が翳《かげ》った。

〝特命班〟の竹中の腰が引けていることに思いを致したのだ。竹中は、先週の木曜日に、「まず交渉のテーブルに着くことを考えるべきではないか。いきなり裁判に持ち込むのは〝タコ〟の思うツボにはまるようなことにならないか」という趣旨のことを永井に進言してきた。

「そんな弱気でどうするんだ。〝頭取特命〟をなんと心得るか。リーダーの竹中がそんなふうじゃ困るじゃないか」

永井はやんわりとなだめたが、「住管機構案件を精査すればするほど、溜息《ためいき》が出ます」と竹中は憂鬱《ゆううつ》そうに言い返してきた。

山田副頭取が今年六月に退任したため、専務から副頭取に昇格した島田が、「常務会で議論する必要があるんじゃないか」と言ってきたことも気になる。

島田は、鈴木―佐藤ラインに取り入って、営業担当副頭取にまで伸《の》してきた。銀座のクラブ〝ホワイトツリー〟を自分の女に経営させているほどのワルだから、島田の副頭取昇格に竹中は危機感をもったものだ。

「出向扱いなら、部長か取締役にとどめるべきでしょう。協立リースの常務は上がりのポストですよ」

常務取締役人事部長の高野の意見を容《い》れて、八月一日付で、杉本を協立リース取締役管理部長に出向させることが決まったのは、七月二十三日の午後二時過ぎだが、杉本はこの日の夕刻、東京地検特捜部に召喚された。

杉本が、永井から部長室に呼ばれたのは午後三時だ。

「竹中の友達思いに免じて、また杉本の過去の仕事ぶりもカウントして、希望どおり八月一日付で協立リースに出向してもらうことになった。頭取も、人事部長とわたしにまかせると言ってくれたよ」

「ありがとうございます。MOF担の事情聴取は朝日中央銀行限りで終わるような気もするんですが」

「その根拠は」

「特捜部はMOFにまで手を着けるでしょうか。過剰接待が問題になるとすれば、都銀も長信銀も信託も、生保も損保もすべてのMOF担から事情聴取しなければなりませんよ。特捜部はACB事件だけで、手一杯なんじゃないですか」

「楽観的過ぎるように思えるが。特捜部は東邦信託の示達書の件をつかんで、すでにマスコミにリークしているという情報もあるからねぇ」

「わたしが特捜部の事情聴取を受けることになったとしても、秋口でしょう」

永井と杉本の悠長なやりとりを嘲笑《ちょうしょう》するように、特捜部の動きは素早かった。

杉本は、東京地検十二階の検事室で、午後四時三十分から午後十時まで担当検事の尋問を受けた。
三十五、六の若い検事の言葉遣いは丁寧だったが、杉本は被告人扱いで、ぎりぎりと締め上げられた。
杉本は初めに経歴と家族構成などを訊《き》かれた。

検事と書記官の机上にパソコンが置いてあり、検事がディスプレーを見ながら、書記官に「段落。一行あけて」などと指示している。

「大蔵省検査部の山本正男検査官と親しいようですねぇ」

「はい。MOF担時代の三年ほど、いろいろご教示していただきましたので」

「山本検査官とひんぱんに会食してたようですが、およそ何度ぐらいですか」

「数回、いや七、八回と思いますが」

「その程度ですか。山本検査官の個人的な飲食代の請求書を処理したことはありますか」

「はい」

「金額にしてどのくらいですか」

「よく覚えてません」

「覚えてないほど、多いということですか」

「そんなに多くはないと思いますが、トータルで、数十万円だと記憶してます」

「山本検査官からどんな便宜を受けてましたか。MOF検の日時を事前に教えてもらったことはおありなんでしょう」

「特定して何月何日ということはありませんが、雑談しているうちに、なんとなく感じでわかることもあります」

「山本検査官の上司に当たる北田管理課長補佐をご存じですね」

「はい」

杉本は顔から血の気が引いて、蒼白《そうはく》になった。北田から東邦信託銀行の検査報告書のコピーを手に入れていたからだ。北田も山本もノンキャリアだが、二人を手なずけるために、どれほど飲み食いしたり、ゴルフをしたかわからない。数え切れないほど遊んでいた。

「大蔵省のキャリアとも親しいつきあいをしてたんでしょ」

「情報や意見の交換を随時してました」

「ほとんど毎日ですか」

「はい。MOF担として毎日一度は大蔵省に顔を出してましたから」

「局長、課長クラスとも話すんですか」

「ごくたまにはそういうこともありますが、課長補佐クラスと話すことがほとんどです」

初日の尋問後、担当検事は「あすは十時に出頭してください。平成五年から九年までのノートを必ず持参するようにお願いします。日程をメモしてあるノートです。あすも、夜遅くなると思いますが、ご協力のほどよろしくお願いします」と、厳しい表情で杉本に告げた。

メタルフレームの眼鏡の奥から、底光りのする切れ長の鋭い目で見据えられて、杉本は背筋がぞくぞくした。

東邦信託銀行の大蔵省検査報告書（示達書）については、なぜか触れなかったが、あすは覚悟しなければならない、と杉本は思った。

杉本に対する特捜部の事情聴取は連日連夜行われた。

担当検事が示達書の件を口にしたのは七日目の午後である。

「杉本さんが、東邦信託銀行の大蔵省検査報告書を入手したのは、いつですか。日時を特定してください」

「五年分のノートを先日提出しましたので、はっきりしませんが、平成八年五月中旬ごろと記憶してます」

「誰の指示によるものですか。会長ですか、頭取ですか」

「わたしの一存です」

杉本は終始うつむいていた。検事を正視できなかった。

検事が右手のこぶしで、デスクを激しく叩《たた》いた。

「示達書といえば、極秘文書ですよ。あなたの一存で、そんなことができるんですか。正直に答えてください」

「誰だかよく覚えてませんが、上の者に東邦信託の経営状態はどうなってるのかねぇ、大蔵省の検査報告書を見れば一目瞭然《りょうぜん》だが、と言われたような気もするんですが……」

佐藤明夫の名前が口をついて出そうになったが、杉本は必死に堪《こら》えた。佐藤が知らぬ存ぜぬとシラを切るのは火を見るより明らかだし、意趣返しも恐ろしい。このところ杉本は佐藤に冷たくされているが、まだ関係修復の可能性はゼロではない。

「検査報告書の対価はどうなってますか。北田にいくらか支払ったんでしょ」

「いいえ。飲食代の請求書を回されたので、代金を肩代わりした以外は、そういうことはありません」

「北田からの付け回しは、何度ですか」

「三、四度と思いますが」

「北田は七回で約百万円と証言してますよ。あなたのノートを分析しましたが、北田の付け回しが十二回も出てきます。北田から押収したノートと照合したところ、飲食の付け回しは七回で、五回の差があります。どっちが本当で、どっちが嘘なんですか」

杉本の腋《わき》の下を冷たい汗が流れた。掌《てのひら》も、汗ばんでいる。

「平成五年六月三十日に赤坂の料亭〝はせがわ〟で、北田と会食したことになってますが、事実ですか」

「なにぶんにも古いことなので、覚えてません」

「同じ平成五年七月二日に、新宿歌舞伎町の〝ろうらん〟、通称〝ノーパンしゃぶしゃぶ〟で北田をもてなしたようですが……」

「覚えてません」

「ふざけるな！」

検事が平手でデスクを叩いて、大声で浴びせかけた。

「あなたのノートに書いてあるんですよ。北田は天地神明にかけて身に覚えはないと言ってるんだ。正直に答えなさい」

杉本は、両方ともはっきり覚えていた。会長の〝特命〟に引っ張り込んだ竹中をもてなしたのだが、北田からの付け回しにして伝票を処理したのだ。

「新しいところでは、今年五月三日にホテルオークラの〝さざんか〟というのがあるが、これも北田の付け回しになってますねぇ」

その日は、実父の誕生日だったので、両親を招いて家族五人で、鉄板焼きのステーキを食べた。

高級ワインもふるまった。

示達書の価値を考えれば、この程度は当然許されると、杉本は思っていたし、北田以外にも、大蔵省のキャリアの名前を騙《かた》ったことは何度かあった。

検事の舌鋒《ぜっぽう》は鋭かった。

「五月三日から、まだ三か月も経ってませんねぇ。ホテルオークラの〝さざんか〟といえば、大変な高級店だが、大蔵省の高官を接待したんですか。名前を特定してください。北田は接待者に入ってません。あなた以外の四人は誰なんですか。ノートにはＭＯＦとしか書いてないが、ＭＯＦの誰ですか」

杉本は身内のふるえが止まらなかった。

「申し訳ありません。MOFの方はどなたも接待者の中に入っておりません。家族五人で〝さざんか〟に行きました」

「ほう。会社のおカネで、家族だけで飲食したんですか。MOF担は皆んな、そんなことをしょっちゅうやってるわけですね」

「…………」

「業務上横領ですよ。協立銀行では横領が横行してるんですか。公私混同もきわまれりですねぇ」

「いいえ。そんなことはありません」

「業務上横領罪もあるし、大蔵省検査部の北田と山本に対する贈賄罪もいかんともし難いですねぇ。二人とも収賄を認めてるんですよ。朝日中央銀行と同様にガサ入れしたら、どういう結果になりますかな。ガサ入れする価値は充分あると思いますが」

「…………」

「贈賄罪を犯したという認識はありますか」

「はい」

杉本は蚊の泣くような声で答えた。涙が頬を伝わった。

贈賄罪で逮捕され、刑事被告人にされたら、身の破滅である。公私混同は度合いの問題で、上層部のほうがもっとやっているに相違ない、と杉本は思っていたが、ホテルオークラの〝さざんか〟は弁解の余地がなかった。

東邦信託銀行の示達書の件もやり過ぎた。佐藤の命令にさからえなかっただけのことだが、北田管理課長補佐がかくもあっさり、コピーを渡してくれるとは思わなかった。

この場で逮捕され、身柄を拘束されるのだろうか。

新聞各紙は一面トップで書き立てるに相違ない――。杉本は悪寒を覚え、小水をちびりそうになった。

「協立銀行は、大物政治家とのコネも強いし、検察の上層部にもコネがあるようですが、特捜部が手心を加えることはあり得ません。しかし、あなたが正直に大蔵省のキャリアとの関係を話してくれれば、情状酌量の余地はあります。それと、何度もお尋ねしてるが、協立銀行のどなたの判断なのか。誰の指示で、示達書を入手したのか、その点を明らかにしてください。向島《むこうじま》の料亭の芸者をキャリアに抱かせたりしたこともあるんでしょ」

「請求書の金額から類推して、そんな感じもあるような気がしますが、はっきりしません」

「悪名高い島中―谷田とつきあったことはありますか」

「あります。料亭で飲食したことも、ゴルフをしたこともありますが、頭取なり担当専務が一緒でした」

「かれらに芸者を抱かせたことはありますか」

「わかりません」

「島中―谷田以外の高級官僚ではどうですか」

「飲食もゴルフもしてますが、それ以上のことはないと思います」

「大蔵省のキャリアのたかり体質について、どう思いますか」

「護送船団による裁量行政ですから、われわれ銀行もかれらの顔色を窺《うかが》わざるを得ませんでした。われわれの側にも、より問題があったと思います」

「さて、示達書の件ですが、先日、杉本さんは、上層部の誰かがつぶやいたという意味のことをおっしゃったが、そろそろ思い出してくださいよ。もう記憶がよみがえったんじゃないんですか」

杉本は息苦しさを覚え、ネクタイをゆるめた。

「申し訳ありませんが、思い出せません。私の思い違いで、上司を傷つけるわけにもまいりませんので、名前を出すのは、差し控えたいと思います」

杉本はぼそぼそと話した。佐藤明夫の名前を出してはならない、と固く心に決めていた。ところが、意外にも佐藤の名前が検事の口を衝《つ》いて出たのである。

「前秘書室長の佐藤明夫さんは、なかなかの遣《や》り手だそうですねぇ。われわれ下っ端の検事でさえ名前を知ってるくらいですからマスコミや銀行業界では、大変な有名人で通ってるんでしょ」

杉本は息を呑《の》んだ。喉《のど》がやたらに渇くが、湯呑みには一滴も緑茶が残っていなかった。

「佐藤さんの指示なんじゃないんですか」

顔面蒼白《そうはく》の杉本は、膝《ひざ》がしらをがくがくふるわせていた。

「当時の鈴木会長の意を体して、佐藤さんから、杉本さんに指示があった。そしていまMOF担の辻さんが使い役になった。こういうことなんじゃないんですか。どうなんですか」

検事は椅子を回して、じろっと横目で杉本をとらえた。

「組織ぐるみの犯罪と考えてよろしいんでしょ」

「佐藤から指示されたかどうか、はっきり覚えてません。当時の企画部長の山崎から聞いたような気もするのですが、定かではありません」

山崎郁夫《いくお》は昭和四十四年の東大法科出身で、佐藤の息のかかった男だ。今年六月二十七日の定時株主総会で取締役に選任された。現職は第二審査部長である。

「つまり、組織ぐるみの犯罪を認めたことになるわけですね」

「…………」

「佐藤さんにしても山崎さんにしても、協立銀行の中枢部門にいる人です。杉本さんも然《しか》りですが、協立銀行は格別大蔵省との関係が親密なようですねぇ」

「そういうことはないと思いますが」

「東邦信託の示達書、つまり大蔵省の検査報告書まで手に入れられるのは、そのなによりの証左じゃないですか。ほかの銀行には真似のできないことでしょう。違いますか」

検事にたたみかけられて、杉本はうつむくしかなかった。

「検査部に対して、主計局なり銀行局なりから、圧力がかけられた事実はありませんか。佐藤さんなら、それぐらいは朝飯前でしょう」

「佐藤はMOFには出入りしてません」

「キャリア、それも局長や課長とのつきあいはあるでしょう。住専問題で、鈴木会長がごねたときに、佐藤さんが鈴木会長を説得したのは、大蔵省高官に頼まれたからなんでしょ」

検事の言っていることは事実だった。検事が椅子を正面に向けて、頬杖《ほおづえ》をついた。

「さて、ミスターMOF担といわれていた杉本さんに、お尋ねしますが、示達書問題にキャリアが関与していると思いますか」

「いいえ」

「大蔵省検査部なり検査官の独断ですか。それとも、あなたがたMOF担との持ちつ持たれつの関係、つまり癒着ですかねぇ」

杉本は伏し目がちにうなずくほかはなかった。

「杉本さんが家族との会食まで、MOFの接待費でまかなっていたことは業務上横領です。同僚とノーパンしゃぶしゃぶや高級料亭に出入りしたことも然りです。特に贈賄罪については見逃すことはできません。調書を取らせてもらいますが、佐藤さんと山崎さんの名前は特定してよろしいですね」

「記憶が曖昧《あいまい》です。わたしの独断ということでお願いできませんか」

「組織的な犯罪なんじゃないんですか」

検事の目が光を放った。

「逮捕、勾留《こうりゅう》が妥当ですが、今夜のところはお引き取りくださってけっこうです。あす、調書に署名、押印してもらいます」

「あす、逮捕されるということでしょうか」

「上の者の意見を聞きませんと。それは、わたしごときが決められる問題ではありませんん」

検事は冷たく言い放った。

4

杉本は、東京地検特捜部の事情聴取の内容を逐一、企画部なり人事部に報告していたわけではなかったが、すでに一部の全国紙が東邦信託の大蔵省検査報告書の件について、〝協立銀行ＭＯＦ担、贈賄罪で逮捕へ〟〝組織ぐるみの犯罪〟と報道していた。広報部がマスコミ対策に必死に取り組み始めるのは、全国紙が報じた七月二十六日以降だ。

協立銀行広報部は、予算もたっぷりあり、マスコミを押さえ込むことにかけては、大手都銀で一、二を争うほどパワーを発揮していた。

取締役広報部長の高村昭は、昭和四十三年の入行組で、佐藤と同期だが、どちらかと言えば、斎藤―永井ライン寄りと見られていた。

七月二十三日の夕刻、杉本が東京地検特捜部に召喚された直後に、佐藤から高村に呼び出しがかかった。

営業本部第一部長の個室のソファで、佐藤がにこやかに切り出した。

「杉本さんが、特捜部へ出頭したことはご存じですか」

「いや、初耳です」

「企画部と人事部から、たったいま情報が入ってきました」

高村は、さもありなんという顔で、ふんふんとうなずいた。

企画部、人事部、秘書室など本部の中枢部門には、佐藤にご注進に及ぶ者は数え切れないほど多勢いる。副頭取、専務、常務クラスの先輩でさえ、佐藤の顔色を窺うほどだから、推して知るべしだ。情報量の多さで佐藤の右に出る者はいなかった。

「杉本は、なんで検察に出頭したんですか」

「東邦信託の大蔵省検査報告書を持ち出したらしいんです。そのことは知ってたんでしょ」

「そんな噂はマスコミから聞いてましたが、まさか事実とは思いませんから、当人にも確認してません」

「事実です。鈴木相談役の会長時代に信託大手の東邦信託との合併を考えてましたからねぇ。もちろん、斎藤さんも、ご覧になってます。しかし、それを肯定するわけには参らんでしょう。鈴木相談役も、斎藤頭取も見たことも聞いたこともない、で押し通すしかないと思いますが、高村さんはどう思われますか」

高村は、杉本が特捜部の事情聴取にどう対応するか、そのいかんによっては、認めざるを得ないと思いながらも、さすが〝カミソリ佐藤〟だと感じ入った。

「杉本の先走りで逃げ切れますかねぇ」

「弱気ですねぇ。人事部と企画部が杉本さんに因果を含めてますが、検察の追及で杉本さんが落とされたとしても、それは嘘だと言い切るのが広報部の立場でしょう。それとも斎藤頭取の指示で、杉本さんが動いたことにしますか」

佐藤に顔を覗《のぞ》き込まれて、高村は禿《は》げ上がったひたいを右手の人差し指でつつきながら、しかめっ面で答えた。

「それはないでしょう。なんなら頭取の意向を聞いてみましょうか」

「聞くまでもないですよ。当行は全銀連の会長行ですよ。斎藤さんに傷がつくようなことがあったら大変です」

斎藤頭取は全国銀行協会連合会の会長職に四月に就任した。大手都銀の持ち回り制で、順番がめぐってきただけのことだが、銀行界では最高の名誉職といわれている。

ＡＣＢ事件について、マスコミにコメントを求められたとき、斎藤は「総会屋とつきあっているような銀行は、朝日中央銀行だけでしょう」と白々しい談話を発表した。高村が

「そう言い切ってよろしいでしょう」と知恵をつけた結果だが、東邦信託の検査報告書とは厄介な問題が持ち上がったものだと、高村は頭を抱えたくなった。

〝カミソリ佐藤〟の威光を笠《かさ》に着て、行内を肩で風を切って闊歩《かっぽ》している杉本がピンチに陥って、高村はいい気味だ、ざまあ見ろ、と思う反面、協立銀行にとって大ピンチであることを認識せざるを得なかった。

「マスコミの誰から聞いたんですか」

佐藤から唐突に質問されて、高村は咄嗟《とっさ》の返事に窮した。

「検察庁詰めの社会部の記者です」

高村は、新聞名までは特定しなかったが、「大蔵省検査部の検査官が特捜部の事情聴取でゲロった」と、若い記者は得意顔で話していた。

佐藤が眉《まゆ》をひそめた。

「新聞は書きますかねぇ」

「検察のリークを書かない記者はいませんよ。リークどおりに書かないと、記者クラブから除名されるっていう噂があるくらいですから」

佐藤が、仏頂面で貧乏ゆすりを始めた。

「広報としてはどう対応するつもりですか」

「最前、佐藤さんがおっしゃったとおり、杉本の独断で押し通すしかないと思います。杉本には気の毒ですが、協銀を守るためには仕方がないと思います」

「杉本君は、ミスターMOF担などといわれて増長してましたねぇ。人事部長にも話しておきましたが、懲戒解雇もあり得るんじゃないですか。あくまで表向きの話ですが」

佐藤はこともなげに言って、話をつなげた。

「斎藤さんの全銀連会長は自発的に辞任したほうがよろしいんじゃないですか」

「就任して、まだ四か月しか経ってませんし、杉本個人の独走なら、そこまではよろしいんじゃないでしょうか」

「いや、世論は甘くないですよ」

「マスコミを押さえることは可能と思いますけど」

「わたしは、銀行のイメージを大切にすべきだと思います。永井さんあたりから、進言させる手があるんじゃないですか」

鈴木の頭取時代に全銀連の会長職は回ってこなかった。斎藤が全銀連会長に就任したとき、鈴木はいい顔をしなかった。

「斎藤が全銀連の会長ねぇ。これで瑞一《ずいいち》は固いわけか」

瑞一とは勲一等瑞宝章のことだ。叙勲の中でも、財界人にとって、最大級の栄誉とされている。

協銀の中興の祖を自認している鈴木にとって、斎藤の全銀連会長はおもしろかろうはずがなかった。鈴木の心象風景が手に取るようにわかるだけに、佐藤は〝辞任〟に固執したのだ。

高村はそこまでは気が回らなかった。

「どういう結果になるのか、まだわかりませんし、杉本が贈賄罪で起訴されると決まったわけでもありませんから。起訴されたとしても、杉本の個人プレーということなんですから、頭取が全銀連会長職をお辞めになるのはどうでしょうか。一年の任期をまっとうするのが、よろしいんじゃないでしょうか。自殺したACBの元会長も、逮捕された前会長も、全銀連会長の経験者です。この程度で会長職を辞任するようなことになれば、世間のもの笑いのタネにされると思いますけど」

「考えが浅いですねぇ」

佐藤が高村に厭《いや》な目をくれた。

「杉本の個人プレーはあくまでも言い訳に過ぎません。それで押し通すしか選択肢はないが、世間はそうは見ないでしょう。トップが責任を取るのは当然ですよ」

「そうでしょうか。過剰反応と思えますけど」

〝カミソリ佐藤〟にここまで言える者は、少ない。

高村は意地になっているわけではなかった。

広報部長は、頭取ブレーンの一人だ。立場上も、斎藤頭取を補佐するのは当然だし、佐藤のほうがナーバスになり過ぎていると思ったまでである。

「ま、全銀連会長うんぬんについては、いまこの場で決められるものでもないでしょう。しかし、わたしの意見はぜひとも記憶にとどめておいてください。マスコミ対策のことよろしくお願いしますよ。検察のリークにしても、一面トップなんていう扱いにならないように、頑張ってください」

同期でありながら、頭取以上の風圧を感じさせる。佐藤は確実に協立銀行を動かしていた。鈴木天皇をうしろ盾に、佐藤は人事を壟断《ろうだん》している。こんなことでいいのだろうか、と高村は思いながら、佐藤の個室から退出した。

全国紙各紙が東邦信託銀行の示達書の一件を報道したが、いずれも一段ないし二段の地味な扱いだった。

協立銀行広報部が談話を出した。

当行の元MOF担が他行の大蔵省検査報告書を入手したのは事実だが、斎藤頭取をはじめ上層部はいっさい関知していない。贈賄罪に該当するという説もあるが、個人的な行為であり、なぜ当該行為に及んだのか不可解だ。当行としては事実関係を把握したうえでなんらかの処分が必要と考えている。

元検事総長の三橋顧問弁護士らが検察庁上層部と接触した結果、杉本勝彦は贈賄罪で略式起訴という軽微な処罰で済んだ。

いわば協立銀行の政治力の凄《すご》さを見せつけた恰好《かっこう》だ。

広報部は、週刊誌、経済誌もほぼ完璧《かんぺき》に押さえ込んだ。

しかし、斎藤頭取は、全銀連会長の辞任に追い込まれた。〝鈴木天皇〟の嫉妬《しっと》に抗し切れなかったのだが、他行のトップも、辞任を当然と受け留めた。

杉本勝彦は、八月一日付で協立リースの取締役管理部長に就任した。

懲戒解雇を主張したのは、佐藤明夫だが、一身に罪を被《かぶ》った杉本に斎藤頭取が同情した結果による。

佐藤が懲戒解雇を主張したのには相応の理由がある。

手なずけている腕利きの司法記者が、杉本の調書のコピーを手に入れて、佐藤に手渡したのだ。

当時、取締役秘書室長の佐藤明夫氏の指示に従い、大蔵省検査部の検査官と接触し、数次にわたる飲食代の付け回しの請求書を処理する見返りに、東邦信託銀行の検査報告書を入手した。

調書のこのくだりに佐藤は激怒した。

「杉本はMOF担の職務を逸脱しています。協立銀行のイメージをかくまで低下させた杉本を処分しない手はないでしょう。懲戒解雇もしくは、依願退職にすべきです」

佐藤は、人事部門に圧力をかけたが、斎藤頭取は佐藤の意見を却下した。

斎藤は、杉本が一身に罪を被ったと信じて疑わなかった。

杉本が検察に事実を語っていたら、頭取辞任もあり得る。佐藤としても調書を入手した事実は明かせないので、斎藤の判断に従わざるを得なかった。

杉本が八月一日の夕刻、竹中に電話をかけてきた。

「竹中のお陰で、出向扱いで本部に戻れるチャンスも出てきた。感謝してるよ」

「杉本はよく頑張ったよ。協立銀行の鑑《かがみ》だ。ＡＣＢみたいに、本店にガサ入れがあったら大変なことになっていたところだ。三橋先生が骨を折ったらしいが。佐藤取締役には挨拶《あいさつ》したのか」

「もちろんだ。にこやかに応対してくれたが、なんだか不自然な感じもしたよ。遠からず、本部に戻したいとも言ってくれたが、本気なのかどうか」

竹中は返す言葉がなかった。佐藤が杉本の懲戒解雇を主張したことを永井常務から聞いていたのだ。

杉本の耳に入らなければよいが、と竹中は思った。

佐藤は後日、「わたくしの目の黒いうちに、杉本を本部に呼び戻すことは絶対にあり得ない」と竹中に話した。

佐藤は調書のことも竹中に話した。

杉本は、協立銀行の頭取候補から脱落したことは間違いなかった。

大蔵省・日銀の過剰接待問題が数か月後に表面化して、大手銀行の本店に検察の強制捜査が入り、逮捕者も出たが、協立銀行は嵐に巻き込まれずに済んだ。

第四章　銀行の論理

1

八月から九月にかけて、特命班は住管機構から指摘された協立銀行系旧住専〝共和住宅金融〟に対する紹介融資案件の中で、特に悪質と見做《みな》された問題案件を対象に、ヒアリング等の調査を本格化させた。

竹中、川瀬、須田の三人は手分けして、顧問弁護団の弁護士を交えて関与支店の元支店長や旧住専出向者などを厳しく尋問した。

場所は、特命班の会議室を使うこともあったが、顧問弁護士の法律事務所に関係者を呼び出すほうが多かった。

秘密保持のためには、法律事務所のほうが都合がよかったからだ。

母体行の紹介融資案件で、住管機構が抽出した問題案件は約百三十件だったが、そのうち約七十件（約六百五十億円）は協立銀行案件で、実に全体の二分の一以上を占めていたことになる。住管機構は七十件すべてを問題にするとは言わなかったが、悪質な十件（約七十億円）について、協銀に賠償を要求してきた。

竹中は、十件について調査した結果、非は協立銀行側にあると認めざるを得なかった。特に目黒支店の元支店長、小野田絡みの案件は、筋が悪過ぎる、という認識を新たにした。

小野田案件に関する住管機構側の主張は、協立銀行は自行の取引先への融資案件を旧住専に媒介したが、その際、株の仕手集団への資金提供であることを秘匿した。また、債務者の収入金額を水増しした虚偽文書を作成、債務者企業の財務状況が行き詰まり、約定通りの元利返済が不可能であったにもかかわらず、危険事情を秘匿、その結果、旧住専は融資判断を誤り融資を実行、同融資は回収不能に陥り、甚大な被害を蒙《こうむ》った――などであった。

九月十七日の午後一時過ぎに、プロジェクト推進部の会議室を改造した特命班のソファで、竹中と川瀬がワイシャツ姿で向かい合っていた。

「住管機構の塚本が賠償に応じるための交渉のテーブルに着け、と言ってたが、裁判をして勝訴の見通しはあると思うか」

「もちろん、ありますよ」

「俺は恥を天下に晒《さら》すだけで終わるんじゃないかって、いう気がしてならんけど」

「弁護士先生たちも言ってたじゃないですか。住管機構の母体行に対する仕打ちは、魔女狩りみたいなものだって。〝タコ〟は、銀行の顧問弁護士をしていない弁護士を集めるのに苦労した、なんて記者会見でレクチャーしたらしいですけど、銀行の顧問弁護士にもなれない二流の弁護士を救済するために、二十人近くも住管機構の顧問弁護士に雇って、母体行に歯向かってくるとは言語道断ですよ。どさくさに紛れて、落下傘で降りてきて、住管機構の社長になった〝タコ〟のパフォーマンスに、断固立ち向かうべきなんです」

ノックの音がして、清水麻紀の笑顔が覗《のぞ》いた。

「食堂が混んでいて、遅くなってすみません。いま、お茶を淹《い》れます」

麻紀は、八月一日付で特命班の専属になった。竹中が永井の口添えを得て、人事部とかけあった成果である。

「きみは、住管機構が失業弁護士の救済機関みたいな言い方をしたが、俺は逆に優秀な弁護士が多いと聞いてたけどねぇ」

「優秀なのは〝タコ〟一人だけですよ」

「強将の下に弱卒なし、なんじゃないのかね」

「トータルで考えたら、ウチの顧問弁護団のほうがずっとレベルは上ですよ」

「協銀の弁護団が戦闘的であることは認めるが、〝タコ〟は桁《けた》が違うからねぇ。三橋先生の協力が得られないことも、気になるよなあ」

「〝タコ〟と闘って、万一敗れることになったら、名折れですからねぇ。あのぐらいの大物弁護士になると名前を惜しむんじゃないんですか」

清水麻紀が緑茶を淹れて、湯呑《ゆの》みを二つセンターテーブルに並べた。

「ありがとう」

竹中は礼を言って、湯呑みに手を伸ばした。

川瀬が、麻紀を見上げた。

「麻紀ちゃん、ここんとこ一段ときれいになったねぇ。恋人でもできたんじゃないの」

「ボーイフレンドはたくさんいますけど、恋人はいません」

「ほんと。恋人になりそうな男があらわれたら、僕に紹介しなさいよ。人を見る目は、一級だからね」

「そのときはよろしくお願いします」

「川瀬の目が節穴とまでは言わないが、一級はいくらなんでも、うぬぼれが強過ぎるよ。長幼の序ということもあるからね。川瀬よりは僕のほうがましだろう」

「はい」

麻紀の素直な返事に、川瀬が「なにが長幼の序ですか」と、頬をふくらませた。

須田が外出先から戻ってきて、会議に参加した。

麻紀は須田の緑茶の用意をするために、素早く席を立った。

「塚本さんと話してきましたが、〝タコ〟が月末の定例記者会見で、いよいよ協立銀行を告発することを発表するそうですよ。幹部会で堪忍袋の緒が切れたと、凄《すご》いけんまくでぶちあげたんですって」

「それに対する塚本のコメントは」

竹中の質問に須田は激しく瞬《まばた》きした。

「植田さんみたいに心身症でダウンしそうだと言ってました」

「冗談だろう。塚本は川瀬や須田に負けないほど図太い神経をしているよ。ガラスの神経は、俺だけだ」

植田光雄は、〝タコ〟の毒舌に抗し切れず心身症で、ボロボロになってしまい、七月末に、協立銀行に引き取られ、九月一日から検査部に復帰した。銀行業務のチェック機構だが、陽の当たる部門ではない。植田は、住管機構でミソを付けてしまった。

「それが冗談でもないみたいですよ。なんだか憔悴《しょうすい》し切って、元気がなかったです」

「須田は、全出向者を引き揚げるべきだっていう意見だったが、頭取も、永井常務も、反対だった。塚本に限らず十人全員、針の筵《むしろ》だろう」

川瀬が口を挟んだ。

「住管機構は平成八年度に約二千八百億円の回収実績をあげましたが、計画をわずかながら上回ったものの、〝タコ〟にしては不本意なんでしょうねぇ。それで、焦ってるんじゃないですか」

「二千八百億円なんて、全体の不良債権からすれば、大海の一滴に過ぎませんよ。住管機構が今後仮に一兆円回収したって、全体の不良債権を百兆円と見れば、金利並みですよねぇ。たいした意味はないように思いますけど、それでも〝タコ〟は国民的英雄として、大きな顔してるんでしょうか」

竹中が湯呑みをテーブルに戻した。

「須田の言ってることに一理あるとしても、危険思想だな。プロジェクト推進部が一千億円回収するのに、どれほど手間ひまかけているかを考えれば、わかるはずだ。大海の一滴は言い過ぎだぞ。住管機構の存在意義は認めざるを得ないよ」

須田はバツが悪そうに後頭部に手を遣《や》った。

麻紀が湯呑みを運んできたので、部屋の空気が和んだ。

「いっそのこと、機先を制して協銀の弁護団が先に記者会見したらどうですか。魔女狩りに屈するわけにはいかない、裁判で決着をつけたい、ぐらいのことは言ってもいいでしょう。〝タコ〟に言われっぱなしなんて、冗談じゃないですよ」

須田はせわしなく瞬きしながら、湯呑みを口に運んだ。

「〝タコ〟は大向こうを唸《うな》らせる術に長《た》けてるから、迂闊《うかつ》に動くことはできない。頭取と永井常務に報告する前に、相原部長の耳に入れておこうか」

竹中は、麻紀のデスクに視線を投げると、麻紀は黙ってうなずいて、退出した。

麻紀はすぐに戻ってきた。

「部長がどうぞいらしてくださいって、おっしゃってます」

「そう。ありがとう」

竹中は、相原部長室に入った。

「さっそくですが、須田が塚本から入手した情報によりますと、住管機構の高尾社長が月末の定例記者会見で、協立銀行を告発する、と決意表明するそうです」

「ふーん。予想されたことだが、年内はないと思ってたが」

「機先を制して、協銀の弁護団が記者会見する手はないでしょうか」

相原は小首をかしげた。

「それは弁護士の意見なのかね」

「いいえ。特命班の意見です」

相原が腕組みして、天井を見上げたまま、つぶやくように言った。

「協銀は受け身のほうがいいんじゃないかねぇ」

「………」

「やむにやまれず、裁判に持ち込むっていうのが協銀の立場だろう。高尾社長が記者会見で、どういう言い回しで、協銀を批判するのか、よく見極めてからでいいんじゃないか。機先を制するは、力み過ぎだよ」

相原の視線が天井から降りてきた。竹中は相原を強く見返した。

「双方の弁護団で、何度か話し合いの場を設けましたが、当然のことながら、意見は嚙《か》み合いませんし、平行線をたどっています。高尾社長は、協銀が特命班まで設けて、立ち向かおうとしている点は、予想外だったようです。〝マル関〟で恫喝《どうかつ》すれば、ひとたまりもなく、賠償に応じると考えたのでしょうか」

「だとしたら、協銀も甘く見られたもんだねぇ」

相原は思案顔で話をつづけた。

「ただ、鈴木相談役が裁判沙汰《ざた》にしてはならないと強く反対してるらしいよ。さっき島田副頭取に昼食を誘われたが、鈴木相談役と佐藤取締役に呼び出されたらしい。常務会で〝特命〟を押し返す手を考えろ、斎藤は協銀の恥の上塗りみたいな莫迦《ばか》なことになぜ固執してるのかって、怒ってたそうだよ」

「しかし、頭取の立場はどうなるんでしょうか。一万七千人の協銀マンの士気にも影響しますけど。頭取は感情論だけで、住管機構とことを構えようとしているわけではないと思いますけど」

「頭取が〝特命〟を撤回することはあり得ないと思うか」

「はい。組織が保ちませんし、理論的にも、間違っているとは考えられません。わたし自身は〝特命〟を撤回しないまでも、妥協点を探ることは可能だと思わないでもなかったのですが、いまはそれも困難だと思ってます。双方の弁護団がぶつかってしまったいまとなっては、引くに引けないと思います」

相原はふたたび考える顔で、天井を仰いだ。

かつてチンピラ総会屋の沢崎正忠に女性問題で威《おど》された島田泰治のような男が、副頭取にまで昇り詰めた。当人は頭取も夢ではないと思っているかもしれない。〝鈴木天皇〟にしても愛娘《まなむすめ》をヤクザまがいの男と再婚させ、不正融資を膨らませている。〝カミソリ佐藤〟の動きも不可解きわまりない。協立銀行は、どうなってしまうのだろう——。

「常務会で頭取に恥をかかせる前に、一度直訴してみようか、とも島田副頭取は話したらしいが、鈴木相談役がえらくエモーショナルになっているのは気にならんでもない。住管機構のニュアンスも含めて、きみから永井常務の耳に入れておいてくれないか。島田副頭取の話もして構わない。永井常務がどう判断するかねぇ」

竹中は、佐藤の入れ知恵とまでは明かしていなかったが、永井に住管機構とぶつかりあうのはいかがなものか、とすでに話していた。

「〝特命〟のリーダーが腰が引けてどうするんだ」と、軽くあしらわれたが、もう一度、永井と話す必要がありそうだ、と竹中は思った。

2

九月十七日の午後四時半に、永井常務の時間が取れたので、竹中は永井の個室に出向いた。

「高尾社長は月末の定例記者会見で、いよいよ協銀に宣戦布告するそうです。賠償の話し合いに応じないのなら、悪質な紹介案件について、告発、つまり訴訟提起することを天下に喧伝《けんでん》すると凄《すご》むんじゃないでしょうか」

「もともと予想されたことで、驚くことも、あわてふためくこともないじゃないか。多少時期が早まった感じはするが」

永井は悠揚迫らぬ穏やかな顔で、質問した。

「弁護団の下交渉は何度やったのかね」

「五回、いや六回です。いずれも、特命班の三人の誰かが立ち会ってます。わたしは三度同席しました」

「協銀の弁護団の主張は、旧住専の貸し手責任論を繰り返しているわけだね」

「おっしゃるとおりです」

協立銀行の顧問弁護団は小野田案件について「協立銀行は、旧住専も仕手集団への資金提供を認識していたと理解しているが、虚偽情報を提供した事実もないし、危険情報を秘匿した事実もない。旧住専は融資の専門業者なのだから、融資判断の誤りは自己責任に帰せられるべきものである」と、主張し続けていた。

「先刻、相原部長と話したのですけれど、鈴木相談役が、住管機構と裁判沙汰に及ぶことに強く反対されてるそうです。島田副頭取が常務会で〝特命〟について問題提起すると発言されたとも聞きました」

「以前も話したが、頭取の特命とは重いものだ。鈴木相談役も、島田副頭取もなにを血迷ってるのかねぇ」

永井はしかめっ面をうつむき気味にして、話をつづけた。

「常務会の事務局は企画部だ。議案の調整も、わたしを含めた企画部でやってるが、〝特命〟の見直しについて、議案にする考えはまったくない。島田副頭取が緊急動議を出しても、頭取が却下するまでで、問題にならんだろう」

竹中も表情をひきしめてうなずいた。

銀座のクラブ〝ホワイトツリー〟の白木育代と島田が愛人関係にあり、〝ホワイトツリー〟が両人の共同経営であることを永井に話してしまいたい欲求に駆られたが、不謹慎のそしりをまぬがれない。竹中は苦い思いで、そのことを胸にたたんだ。

「特命班の中に、協銀弁護団のほうから、住管機構よりも先に、裁判で決着をつけるしかない旨を発表するのはどうか、とする意見がありますが……」

「竹中にしては過激だねぇ」

永井に笑顔を向けられて、竹中は照れ臭くて、まぶしそうな顔をした。

「須田の意見です。魔女狩りに屈するわけにはいかない、とも言ってました」

「竹中はどう考えてるんだ」

「顧問弁護団に話せば、即座に乗ってくると思いますが、わたしはもともと腰が引けてるほうですから。それと、相原部長の意見もお聞きしましたが、受け身のほうがいいんじゃないかと、おっしゃってました」

「わたしも、相原の意見に賛成だ。高尾社長の宣戦布告を受けてからで、いいじゃないか。協銀から仕掛ける手はないだろう」

「よくわかりました」

竹中が中腰になったとき、永井が手で制した。

「あと十分ほど時間がある。杉本は元気にしてるかな」

「八月一日に電話をかけてきただけです。杉本は略式起訴という結果になりましたが、本部に戻れるチャンスはあるんでしょうか」

「充分あると思うが、どうして」

「佐藤取締役に嫌われたみたいなので、心配です」

「佐藤が人事権者でもあるまいに。佐藤はまだそのつもりでいるようだが、鈴木相談役のパワーが低下し、斎藤頭取の求心力が強くなってるからねぇ」

竹中は、佐藤から「わたしの目の黒いうちは杉本の本部復帰はあり得ない」と聞かされていた。

このことを永井に明かすわけにはいかないが、永井と佐藤の力関係が逆転、もしくは逆転しつつあることに思いを致せば、杉本が協立リースに骨を埋《うず》めずに済むこともあり得ないことではない。

「杉本は企画部次長として、わたしを補佐してくれたが、杉本ほど目から鼻に抜けるっていう表現がぴったりな男はいないねぇ。気が回り過ぎるというか、顔色を読むのに長《た》けているというか、性格的に問題がないでもないが、あのまま潰《つぶ》してしまうのは勿体《もったい》ない。竹中の思い遣《や》りの半分もあれば、もっといいんだが……」

杉本の仕事ぶりは間然するところがなかったと思える。杉本を失ったいま、永井はこのことを痛感しているに相違なかった。

竹中は、永井の感慨を聞いていて、杉本に軽い嫉妬《しっと》を覚えた。

佐藤に呼ばれて、「永井さんと話しましたか」と訊《き》かれたとき、竹中は正直に「頭取特命は重く受けとめてもらいたいと言われました」と答えた。

「永井さんはなんにもわかってない。協銀にとって最悪の結果をもたらしますよ。竹中さん、気合いを入れて話したんですか」

「もちろんです。わたしも、住管機構との対決には懐疑的なほうです。しかし、わたしの立場で特命を軽視することはできないことも事実です。会長特命のときもそうでしたが」

ひと言多かったと思いながらも、竹中は言わずにはいられなかった。

佐藤は、それには触れずに「鈴木相談役に動いてもらうしかないか」と、ひとりごちた。

「杉本に会ったら、よろしく伝えてくれないか。お互い多忙で一杯飲む時間もなかったが」

永井に時計を見ながら言われて、竹中はわれに返った。

「失礼しました。高尾社長が定例記者会見でどんな爆弾を落とすか、心配ですが、協銀も後戻りできないことはよくわかりました。ただ、三橋先生は、なぜ協力してくれないんでしょうか」

「活きのいい若い弁護士先生にまかせますよ、わたしの出る幕はありません、と頭取に話したらしいが、高尾社長とも近いらしいんだ。残念だが仕方がないだろう。東邦信託の示達書のことでは、助けてもらったからねぇ」

「三橋先生は、協銀が住管機構と闘おうとしていることに批判的ということはありませんが」

「本音のほどはわからないけど、頭取に批判めいたことを言った事実はないと聞いてるか」

「そうですか。鈴木相談役には、別の言いかたをしていると聞きましたが」

「誰に」

「佐藤取締役です」

「相談役と頭取と、使い分けてるのかねぇ。三橋先生を顧問で迎えたのは、鈴木相談役が頭取の時代だから、そっちのほうが本音かもなぁ」

永井はわずかに翳《かげ》らせた表情をすぐにやわらげた。

「五時に来客があるから、これで失礼するよ」

「お忙しいところをお時間を取っていただき、ありがとうございました」

「住管機構関係の特命班のリーダーは竹中だが、わたしは担当常務でもあるんだから、遠慮なく、なんでも相談してくれてけっこうだ。いろいろ雑音もあるだろうが、いちいち気にしないで、正々堂々とやろうじゃないか」

「はい」

永井の言う「雑音」が、佐藤を指していることは疑う余地がない。竹中はそう思いながら、常務室を退出した。

3

竹中と永井が対話していた同時刻、取締役相談役室のソファで、鈴木と斎藤が対峙《たいじ》していた。鈴木はワイシャツ姿、斎藤はスーツ姿だ。

二十二階フロアの会長室が取締役相談役室に変わっただけのことで、昔の会長室そのままだ。ソファの豪華さも、置き物や絵画もまったく同じである。

「住管機構と裁判沙汰《ざた》に及ぶなど、わたしに言わせれば正気かと言いたいくらいだ。きみは、なにを考えてるんだ。直ちに賠償に応じる方向で、交渉のテーブルに着いたらいいな」

高飛車なもの言いも、会長時代と変わるところがなかった。

「お言葉ですが、当行の姿勢は、都銀など母体行全体から評価されています。住管機構の言いなりになるいわれはありません。最高裁まで闘い抜く、それが当行の方針です。住専問題が過熱してたときに、相談役は住専の貸し手責任論に固執されましたが、間違ってなかったと思いますよ。住管機構は、銀行側の論理をわきまえるべきだと思いますが」

斎藤は静かに反論した。

「住管機構が母体行の紹介融資を追及することが本来の業務から逸脱しているとは思えない。協銀が貸出元本の八〇パーセント以上の回収不能見込みの劣悪案件を住専に押しつけた事実は否定しようがない。きみは高尾幸吉を向こうに回して闘えると、本気で思ってるのかね。マスコミ、世論に対して、関与者責任をオープンにされて、徹底的に恥をかかされることになるぞ」

「当節、銀行悪玉論が横行してますから、マスコミは手ぐすね引いて、当行を叩《たた》くでしょう。しかし、裁判所が公平な第三者だとすれば、裁判所の判断を仰ぐべきだと思います。母体行がこれ以上犠牲を強いられる根拠はきわめて薄弱です。また、株主代表訴訟の懸念もあります。顧問弁護団も、特命班の士気も揚がってますから、相談役のご心配はわかりますけれど、ここは、わたしにおまかせ願って、相談役は眺めててくださいませんか」

鈴木が貧乏ゆすりをしながら、いらだたしげに、言い返した。

「危なっかしくて、見てられんよ。傍観者でいられるくらいなら苦労せんが、きみの判断は間違ってるぞ。三橋先生の意見も、わたしと同じだった。協立銀行をあやうくするきみの独断は、断じて容認できん」

「代表権のある専務以上の意見は、事前に聞きましたよ。わたしへの一任を取り付けたうえで、方針を決めたのです。たしか、相談役のお耳にも、入れたはずですが」

斎藤が以前、鈴木に住管機構と裁判で争うと報告したとき、鈴木は反論しなかった。

佐藤から、リスクが大きく、鈴木自身に傷がつく、と教えられて、気が変わったのだ。

というより、特別背任罪で起訴される可能性もなしとしない、と佐藤に威《おど》されて、動揺したと言うべきだろう。

「銀行の論理で押し通せるほど、甘い問題じゃないぞ。穢《きたな》い銀行と叩かれて、朝日中央銀行みたいなことになったら、きみはどう責任を取るんだ。東邦信託の示達書の件も危なかったが、わたしが躰《からだ》を張って頑張ったから、カスリ傷で済んだんだ。検察に踏み込まれても文句は言えなかった。わたしの言うことが聞けなかったら、頭取を辞めてもらうしかないな」

鈴木はたるんだ頬をふるわせて、言い募った。

ここまで言われて、さすがの斎藤も顔色を変えた。

「相談役に頭取を辞めろなどと言われるとは夢にも思いませんでした。失礼ながら、相談役にそんな権限があるんでしょうか」

「わたしは代表権こそ持っていないが、取締役相談役だ。ただの相談役とはわけが違う。舐《な》めてもらっては困る」

「あなたとわたしが、争ってる場合ではありません。ここは冷静になってください」

斎藤は、鈴木が住管機構問題で、なぜかくまで激昂《げっこう》するのか理解できなかった。

頭取を辞めてもらう、は聞き捨てならないが、うっかり口がすべったと思うしかない。

斎藤は頭取室に戻って、しばらく放心していたが、頭取付の女性秘書、松島みどりを呼んだ。時刻は午後五時十分過ぎだった。

みどりは三十一歳。細面の美形である。

「永井常務がおったら、呼んでもらおうか」

「はい。かしこまりました。コーヒーをお持ちしましょうか」

「緑茶の濃いのを頼む」

「かしこまりました」

みどりがふたたびあらわれた。

「永井常務は接客中です。メモを入れましたが、十分後でよろしければ、ということです」

「かまわんよ。わたしは、夜の予定はない」

十分後の五時二十三分に、永井があらわれた。

「お待たせして申し訳ありません。光陵銀行の企画部長が見えてたものですから」

斎藤は、東邦信託銀行の示達書の一件と、大蔵省の過剰接待問題の責任を取らされたかたちで、全銀連会長を八月末に辞任した。

後任は光陵銀行頭取だが、この時期、引き継ぎなどで、企画部長や担当常務が協銀に訪ねてくることが多かった。

斎藤の手がソファをすすめたので、永井は一礼して腰をおろした。

「一時間ほど前に、相談役に呼びつけられてねぇ。住管機構の問題で、変にナーバスになってるんだ。ナーバスなんていうレベルじゃない。逆上して、住管機構と裁判で争うなどもってのほかだ。協立銀行をあやうくする、とも言ってたが、頭取を辞めろとまで言われたから驚いたよ」

「代表取締役会長のおつもりなんですかねぇ。しかし、なぜそんなに逆上するんでしょうか」

「わからない。たしかに、マスコミは住管機構に味方するだろう。住専問題の経緯や住管機構の在り方など検証せずに、銀行バッシングに血道をあげるかもしれない。悪いことにＡＣＢ事件や大蔵の過剰接待問題もあったからねぇ。銀行の論理、企業の論理が霞《かす》んでしまうのも仕方がないが、住管機構と母体行は対立する関係にはないはずなんだ。わたしは、法理論的にも、協銀が敗訴するとは思えんのだが」

永井は、顧問弁護団と特命班が組成されて約二か月も経つのに、いくら〝鈴木天皇〟がわめこうが、後戻りはない、と思った。

「九月末に高尾社長が協銀を相手に訴訟提起の発表をするそうですから、協銀は粛々と受け、裁判で争うことになります。相談役の意見は無視してよろしいんじゃないでしょうか」

「しかし、あの逆上ぶりは普通じゃないぞ。三橋先生も相談役と同意見だと言ってたが、きみ、佐藤と話してくれないか。佐藤なら、相談役の逆上ぶりが奈辺《なへん》にあるか、わかってるかもしれないよ」

「佐藤君はもともと、住管機構とことを構えるなどどうかしてるという意見の持ち主です。しかし、いちど話してみましょうかねぇ」

永井は眉間《みけん》にしわを刻んで、くぐもった声で言った。

永井の取締役秘書室長時代、佐藤は秘書役だったが、永井をないがしろにして、秘書室を仕切っていた。

ウマが合わないとかソリが合わない、などというレベルの問題ではなかった。佐藤は鈴木の頭取、会長時代を通じてナンバーツーを自他共に認めていたのだから、永井など眼中になかった。

鈴木が取締役相談役に退いたいま現在も、協銀の権力者、人事権者は、斎藤頭取ではなく、鈴木だと内外で公言して憚《はばか》らなかった。佐藤のナンバーツーも不動だと確信しているに相違なかった。

「佐藤がなにを企《たくら》んでるのか、なにを考えてるのか、とにかく当たってみてもらいたい」

斎藤の命令口調に、いらだちが感じられた。

「頭取を辞めろ」と言われて、動揺しているのだろうか。

「予備後備がなにを言うか」と、その場で切り返してもらいたかった、と永井は思いながら頭取室を出た。

永井は頭取室から、その足で営業本部第一部長室に回った。佐藤を自室に呼びつけるべきではないかとも思ったが、佐藤に対して気後れしている自分に、永井は腹が立った。

佐藤は在席していた。

「お呼びくだされぱよろしいのに」

佐藤は愛想笑いを浮かべながら、心にもないことを言った。

永井はソファで佐藤と向かい合うなり切り口上で言った。

「さっそくですが、住管機構のことで相談役から、なにか聞いてますか」

「ええ。頭取とぶつかったそうですねぇ。斎藤は頭が硬過ぎる、なにもわかってない、とおかんむりでしたよ」

「佐藤君は、住管機構に対して、端《はな》からタオルを投げろっていう意見でしたねぇ」

「勝ち目のない喧嘩《けんか》はすべきじゃないと思いますよ。協銀のイメージが低下するだけのことでしょう」

「わたしはそうは思わない。勝訴の可能性は高いと思うし、銀行の論理を正々堂々と主張しようではないか、という頭取の考えは正論ですよ」

佐藤は薄く笑って、ゆっくりと首を左右に振った。

「ACB事件と示達書問題のタイミングの悪さというか、間の悪さをカウントしましたか。銀行は今後ますます逆風を強く受けますよ。それとねぇ、民事訴訟ですから、必ず裁判所は和解を勧めると思うんです。それを突っぱねることができますか。裁判所は判決を出すことを回避すると思いますよ」

「それは、そのとき考えればいいことでしょう。いまは、住管機構と闘うことが協銀マンのモラールアップにとって大切なんじゃないですか。全行員が危機感をもつためにも、それが必要なんですよ。それとも、鈴木相談役や佐藤君に、なにか不都合なことでもあるんですか」

佐藤は眼鏡を外して、瞼《まぶた》をこすった。そして、ゆっくり眼鏡をかけ直した。

「永井さん、ひっかかる言いかたをされますねぇ。個人的な都合なんて関係ないですよ。相談役は、協立銀行のためを思えばこそ、斎藤さんにブレーキをかけようとされてるんです。むろん、わたくしにも不都合なんてあるわけないですよ」

永井は、むすっとした顔を佐藤に向けて、腕と脚を組んだ。

「それにしては、相談役はずいぶん感情的になってるようだが……。頭取に対して、聞くに耐えない発言をしてるんで、心配してるんだが、なにか心当たりはないんですか」

「聞くに耐えないって、具体的になんと言ったんですか」

「それは相談役から聞いてください。頭取の聞き違いならいいんだが、相談役がお嬢さんのことで、心痛、心労のようなことはないんですか」

「ないと思いますけど」

「いずれにしても、頭取が住管機構の問題で判断を間違えたとは思えません。裁判に反対するだけの根拠を具体的に示していただかなければ、既定の方針で進むしかないと思います。佐藤君も、そのつもりでお願いします。頭取と相談役がこの問題で対立しているとすれば、由々しきことです。佐藤君からも、相談役を執り成してくださいよ」

永井は軽挙妄動するな、と言いたいところを抑えて、ソファから腰を浮かせた。

「ちょっとお待ちください」

佐藤が血相を変えて、永井を押しとどめた。

「わたしは相談役の意見に与《くみ》します。執り成せと言われても困るし、むしろ、永井さんこそ、頭取の判断は間違っていない、と言い切った。言いがかりみたいなことを言われても困ります」

永井は佐藤が感情的になっている、と思い、無理に笑顔をつくった。

「相談役の反対論は、説得力が乏しいように思いますよ。ここは頭取の判断に従うのがよろしいんじゃないでしょうか。われわれはルビコン河を渡ってしまったと考えるべきですよ」

4

永井は、佐藤と別れて、自席に戻るなり、女性秘書の石井佐和子に竹中を呼ぶように指示した。佐和子は三十四歳で、既婚者だ。容貌《ようぼう》は十人並だが、胸のふくらみがきわだっている。時刻は午後六時五分過ぎだが、竹中は在席していた。

「竹中班長、永井常務がお呼びです」

特命班にかかってくる電話は、清水麻紀が在席している限り、必ず麻紀が取る。

「すぐ伺います」

川瀬も須田も外出していた。

竹中は、麻紀に「適当に切り上げて、帰っていいからね」と言い置いて、椅子に着せてあった背広を抱えて、部屋から飛び出した。

用向きは、住管機構絡みに決まっている。永井とは先刻、話したばかりだが、新事態が発生したのだろうか。

窓際に立って、ぼんやり外を眺めていた永井が、ノックの音を聞いて、こっちを見た。

「常務、なにか……」

「ま、坐《すわ》ってくれ」

「はい。夜の予定はありません。時間は大丈夫か」

「頭取と会ったあとで、佐藤と話してきたが、鈴木相談役の様子がおかしい。住管機構と裁判沙汰《ざた》に及んではならん、と凄《すご》い剣幕で頭取に食ってかかったらしいんだ。ここだけの話にしてもらわなければ困るが、強行するんなら頭取を辞任しろ、とまで口走ったっていうから、正気の沙汰とは思えない。それで、頭取に命じられて佐藤に会った。佐藤なら、相談役が暴言を吐《は》くだけの背景なり、狙いを知ってると思ったんだが、相談役に個人的な不都合などない、相談役は本気で協銀にとってリスキイだと思ってるらしいんだ。竹中は佐藤ともこの問題で話してるから、なにか感じるところがあればと思って、来てもらったんだが」

竹中は思案顔で、目を瞑《つぶ》った。ふた月ほど前、赤坂の〝たちばな〟で、佐藤と話した場面を目に浮かべていたのだ。

「旧住専に押しつけた紹介融資もけっこうあるんですよ。住管機構とことを構えて、ヤブヘビになるのはおもしろくないですねぇ。協銀の中興の祖であられる鈴木相談役が傷つくようなことは断じてできません」

あのとき、からみつくようなまなざしを佐藤から向けられたことを思い出して、竹中は胴ぶるいが出そうになった。

進退きわまれりとはこのことかもしれない。

しかし、特命班のリーダーの立場をわきまえるのが採るべき途《みち》である。

竹中は自らを鼓舞するように、ぐいと顎《あご》を突き出して、永井をとらえた。

「鈴木相談役にとって、不都合ななにかがあるような気がしてなりません。旧住専に押しつけた紹介融資の中に、そのなにかがあるんじゃないでしょうか」

永井が目を見張って、上体をセンターテーブルに乗り出した。

「竹中の言ってることは、きわめて重大なことだが、竹中ほどの男が想像でそんなことを言うはずがない。なにかエビデンス（証拠）をつかんでいるのか」

「いいえ。住管機構が悪質な紹介融資案件として指摘してきた十件の中に、それらしきものはありません。しかし、協銀の紹介融資で問題案件は七十件もあるそうですから、その中に隠されている可能性は否定できないと思います」

「つまり、竹中の推測ということになるが、佐藤からなにか聞いているということはないのか」

永井の読みは鋭かった。

竹中は、永井から目を逸《そ》らさずに、うなずいた。

「場合によってはスキャンダルになるような案件があるかもしれない、そういうことだな」

「住管機構に十一人、一人本部に戻りましたから、いま現在十人の出向者が在籍してます。七十件の紹介案件を精査すれば、不都合ななにかが出てくることは考えられます」

「叩《たた》けば埃《ほこり》が出るっていうことか。頭取に辞任を迫るほどの不都合が鈴木相談役にあるっていうことだな」

永井は虚空の一点を見つめて、つぶやくように言った。

佐和子がミルクティを淹《い》れてきた。

「ありがとう。石井さん、帰っていいですよ」

「はい。お先に失礼します」

竹中は、佐和子に目礼してから、ティカップに手を伸ばした。

喉《のど》が渇いていた。重大かつ微妙な話をしているのだから、仕方がない。

「佐藤に問い詰めるようなことはできないし、どうしたらいいのかねぇ。鈴木相談役に不都合なことがあったとしても、それをほじくり出すことがいいのかどうかもわからんなあ」

「住管機構の塚本と話してみましょうか。塚本に、当方の意図を打ち明ける必要はありますが、塚本なら、秘密保持の点は大丈夫です」

「住管機構の高尾社長も、顧問弁護士たちも気づいてないとすれば、しらばくれてるほうが無難かもしれないぞ」

竹中はソーサーごと膝《ひざ》の上に載せていたティカップをセンターテーブルに戻した。

「つまり、既定方針どおり、裁判で争うということになるわけですね」

永井はうなずいたが、表情が厳しくなった。

「しかし、相談役と頭取の対立がエスカレートすることになるだろうなあ」

「わたしも、そのことを心配しました。考えられる選択肢は三つあると思います。一つは既定方針で突き進む。二つ目は鈴木相談役の意見に黙って従う。三つ目は不都合、不透明な点を明らかにし、鈴木相談役に貸しをつくるかたちで、住管機構との賠償交渉に応じる……。三の場合も、事実関係の秘匿は当然ですが」

永井の眉間《みけん》のしわが深くなった。長い沈黙が続いた。

竹中は、ミルクティをすすりながら、永井の返事を待った。

「竹中なら、三つの選択肢のどれを採るんだ」

「不都合な点を隠し切れる保証があれば、一だと思いますが、裁判で対立が尖鋭《せんえい》化してきたときに、この点が暴露されますと、協銀のダメージはひどいことになります。協銀のボードを強固にするために、三はどうでしょうか。鈴木―佐藤ラインの後退は、多くの協銀マンが願っていると思うのですが」

「竹中と塚本限《かぎ》りで、とりあえず不都合な点を炙《あぶ》り出してみるか。結論はそれからでも遅くないと思うが」

「承知しました。さっそくとりかかります」

竹中は時計を見ながら、ソファから腰をあげた。時刻は午後六時二十分。

この時間なら塚本は住管機構にいると思える。

「いまから塚本に会うつもりか」

「ええ」

「せっかちだねぇ」

「ことは急を要します。月末の高尾社長の記者会見までに、協銀のスタンスが決まっていたほうがよろしいと思います」

「竹中と話してよかったよ。頭取には、不都合な点の結果が出てから、話すとしよう」

竹中は一揖《いちゆう》して、永井の前から去った。

特命班に、清水麻紀が一人で残業していた。

「川瀬か須田か知らないが、残業を頼まれたの」

「はい。もう終わります。須田さんが本日塚本さんからヒアリングした内容をワープロに入力しておくようにと。さっき外出先から電話がありました」

「須田は直帰だな。そんなこと自分でやるべきなのに、しょうがない奴だなあ」

「でも、大塚先生とまだ打ち合わせ中ということでしたけど」

大塚明は住管機構関係の協立銀行顧問弁護団の一人である。

竹中は、住管機構の塚本に電話をかけた。

「はい、住管機構業務企画部の塚本ですが」

「竹中です。至急プライベートに会いたいんだが、何時まで待てばいいかねぇ」

「そんなに急いでるのか……。いいよ七時半に、そっちへ行こうか」

竹中の返事が一拍遅れた。

こっちを気にしている麻紀に笑顔を向けながら、竹中は受話器を左手に持ち替えた。

「いや、俺のほうから出向くよ。住管機構じゃちょっとまずいから、どこか適当な場所を決めてもらおうか」

「そんなに込み入った話なのか。プライベートっていうことだが」

塚本の声が低くなった。周囲の目を気にしているせいだろう。

「そうでもないが、まあ内緒話だからねぇ」

竹中はくだけた口調で答えた。

「地下鉄丸ノ内線の四谷三丁目の近くに、〝和膳くつき〟という気の利いた店がある。芙《ふ》蓉《よう》銀行の手前を左折して、百メートルほどかな。リーズナブルの割りには旨《うま》い店だ。電話番号を言うから控えてくれ……」

塚本は〝和膳くつき〟の電話番号を告げてから、つづけた。

「一応七時半で予約しておく。じゃあ、あとで」

竹中が〝和膳くつき〟に着いたのは七時二十分過ぎだが、塚本があらわれたのは七時四十分過ぎだった。店主の朽木順子は、四十歳そこそこで、ひかえめな感じの女性だった。

二人は、四人用のテーブルで向かい合った。

「高尾社長は月末の記者会見で、協銀への宣戦布告を発表するそうだねぇ」

〝サッポロ黒ラベル〟で乾杯してから、竹中のほうから切り出した。

「至急会いたいって、そのことだったのか。だからって協銀の態度が変わるわけでもないんだろう」

竹中は二つのグラスにビールの中瓶を傾けた。

「ところが必ずしも、そうでもないんだなぁ。鈴木相談役が裁判沙汰《ざた》に反対してることは知ってるんだろう」

「うん、須田から聞いたが、論外だって須田は怒ってたよ」

竹中は居ずまいを正して、鈴木の不都合問題を持ち出した。

話を聞き終わって、塚本は興奮して、耳たぶまで赤く染めた。

「バブル期以降も、銀行トップの悪さぶりは、目に余るとは聞いていたが、あの〝鈴木天皇〟なら、ありそうな話だよなぁ。〝カミソリ佐藤〟が絡んでると聞けば、なおさらだよ」

「塚本一人で調べられるか。例の十件の中にそれらしき案件はないが」

塚本は手酌でビールをたて続けに二杯飲んだ。

「旧住専七社ごとに事業部があることは竹中も承知していると思うが、事業部の誰かの協力がないと、難しいかもなあ。協銀案件の残りの六十件を全部俺一人で調べることは不可能だ。だいたい業企の俺が、そこまでやると、事業部は混乱、いや動揺するだろうなぁ」

「事業部の社員は、旧住専の社員ばかりなのか」

「うん。事業部は不良債権の回収部門だが、回収不可能といわれた第四分類まで、回収してくるほど士気が揚がってる。俺が膨大なファイルをチェックする時間はないから、どう考えても、協力者が不可欠だなあ」

「ということは秘密保持の面で問題があるっていうことだな」

塚本は腕組みして、考え込んだ。

「やっぱりなかったことにしたほうが無難かねぇ」

「………」

「塚本の立場が悪くなってもなんだしなあ」

「竹中たちは〝タコ〟などと言って、高尾社長を貶《おとし》めてるが、事業部の連中は、特に高尾社長に心酔している。旧住専で苦労した者ばかりだし、母体行に対して、含むところもないでもない。正に回収の鬼っていうか、闘う集団っていうか、かれらが仕事に誇りを取り戻せたのは高尾社長のお陰だろう。高尾社長は、すべてを掌握しないと済まないほうだから、俺が妙な動きをすれば、必ず事業部は報告するだろうなあ」

「わかった。今夜の話はなかったことにしよう」

竹中は不味《まず》そうにビールを飲んだ。そして料理も不味そうに食べた。

「待てよ。そうあわてるなって。裁判沙汰にしたくないことは、俺たち出向者全員の総意なんだ。せっかくのチャンスをみすみす捨てるのは惜しいよ。もう少し考えてみようじゃないの。なにか打つ手があるかもしれない」

塚本は、ビールを飲みながら、二分ほど口をつぐんでいたが、なにかがひらめいたとみえ、含み笑いを洩《も》らした。

「業企にもリストはある。リストを見れば、竹中なら、ぴんとくるものがあるんじゃないのか。協銀の担当支店、旧住専の担当者、債務者、物件、融資額などは一表でわかるようになってるが」

竹中が目を輝かせた。

「リストを見れば多分、読み取れると思うよ」

「よし。六十件のリストをコピーしておく。十枚程度のものだ。あす朝一で、竹中の家に速達で郵送するよ」

竹中が膝《ひざ》に手を突いて、低頭した。

「ありがとう。恩に着るよ。銀行の論理で突き進むしかないと思ってたが、それ以前の問題で、協銀は住管機構に降参する可能性が出てきたっていうことだな」

「不都合な点が出てきたときに〝鈴木天皇〟と〝カミソリ佐藤〟がどんな顔をするか、見ものだな」

「それもそうだが、斎藤頭取がどんな顔をするか、そっちのほうがもっと興味深いよ。こういうことが出てきました。これでは銀行の論理をふりかざすわけには参りません。いさぎょく賠償に応じましょう。〝鈴木天皇〟とはこんなところで手打ちにするんだろうねぇ。その瞬間、〝鈴木天皇〟は、〝天皇〟じゃなくなるわけだ」

「斎藤頭取にとって、相当な貸しになることは間違いないけど、〝カミソリ佐藤〟が付いてるから、ゆめゆめ油断はできないぞ」

塚本も竹中も、もう勝ったような気分になっていた。

ビールから冷酒に変わった。二人とも、気持ちが高揚して、酒も料理もぐっとスピードアップしていた。

「不都合なことが発見できなかったら、どうなるんだ」

「塚本、その心配は一〇〇パーセントないと思うが、万一の場合は、住管機構と協銀は激突するしかないだろうな」

「そういうことか……」

塚本が冷酒をぐいと呷《あお》って、つづけた。

「不都合な点の扱いかたっていうか、伝えかたっていうか、竹中はどんなふうに考えてるの」

「特命班に、住管機構から投書が寄せられた、でいいんじゃないかなあ。それとも、塚本の名前を特定したほうがいいか」

「投書でいいよ。上層部には知られていないが、協銀が損害賠償に応じることを前提とした交渉のテーブルに着かなければ、マスコミに発表する……。そういう但し書があってもいいかもな」

「宛名は」

「竹中だろう。おまえは特命班のリーダーなんだから」

「そうかなあ。頭取のほうがいいんじゃないか。ただ、秘書役などの目に触れることは間違いないけどね」

「やっぱり竹中だよ。問題は竹中がどう扱うかだ」

「永井常務経由で斎藤頭取、そして〝鈴木天皇〟から〝カミソリ佐藤〟に伝わるだろうが、俺を含めて五人なら、秘密は守れると思うが」

「俺を入れて六人だが、俺の口の固さは竹中以上だから、安心してくれ」

「その点は、まったく心配していない。だからこそ、こうして今夜、塚本に会ったんだよ」

「どういうことになるかわからんが、気が高ぶって、今夜は眠れそうもないよ」

塚本はおしぼりで顔をごしごしこすった。

5

翌九月十八日の夜、竹中は八時過ぎに帰宅した。案の定、塚本から速達が届いていた。

竹中はそそくさと食事を摂《と》った。

知恵子が不思議そうに言った。

「ビールを飲まないなんて、珍しいわねぇ。躰《からだ》の調子が悪そうには見えないけど」

「資料を読まなければならんのだ。ビールはそのあとだな」

竹中は二階の寝室に閉じ籠《こ》もった。二時間ほどかけて、協立銀行が旧住専に紹介融資を押しつけた六十件のリストのメモを取りながら、分析した。梅田駅前支店が平成四年に、旧住専に紹介融資を依頼した案件を見いだしたとき、胸がドキドキした。

当時の梅田駅前支店長は、〝カミソリ佐藤〟の実弟、佐藤敬治である。

佐藤敬治を平成四年七月に本部の審査部長に引き上げたのは、〝カミソリ佐藤〟配下の人事部門である。佐藤兄弟は、賢兄愚弟の典型例と見られがちなのも、兄が凄《すご》い遣《や》り手なのだから、仕方がない。

梅田駅前支店は平成四年三月に、大阪梅田の割烹《かっぽう》料理店〝美寿津《みすづ》〟を旧住専に紹介し、〝美寿津〟を担保に三億七千万円を融資させた。債務者の高木美保は、京都先斗町《ぽんとちょう》の芸妓《げいぎ》上がりで、平成四年三月時点で年齢は三十七歳。

高木美保の芸妓時代がいつごろだったのかつまびらかではないが、鈴木一郎が常務か専務で、大阪駐在時代に、水揚げした可能性も否定できない。考え過ぎ、勘繰り過ぎも大いにあり得るが、鈴木は常務時代から、有力な頭取候補だった。

〝カミソリ佐藤〟ほどの男なら、鈴木に目を付けてもおかしくない。

とにかく、ぷんぷんと臭ってくるものに、竹中は一人興奮した。

高木美保と梅田駅前店との取引関係は、佐藤敬治が支店長に就く遥《はる》か以前に始まっていた。百万円単位の貸し出しから始まり、利息の延滞もなく正常な関係が続いていたが、敬治が支店長に就任してから、融資額が急拡大した。担保評価表を見ると、杜撰《ずさん》な担保評価が一目でわかる。

割烹店増改築に際して、建築業者などの支払い先が明記されておらず、資金の流れが不透明だ。

〝Ⓢ関係〟〝Ⓢ来阪〟などの文字が目につく。何を意味するのか。佐藤兄弟とは思えない。〝鈴木天皇〟に相違なかった。梅田駅前支店は高木美保を旧住専に紹介し、三億七千万円の融資を実行させたが、延滞、焦げつきが、融資実行数か月後に始まっている。なぜ住管機構問題案件としてリストアップしなかったのか、不思議な気がしてくるが、問題案件が多過ぎ、それ以上に悪質な案件が十件もあったため、表面化しなかっただけのことかもしれない。

〝鈴木天皇〟絡み、〝カミソリ佐藤〟絡みと想像される案件は、この一件だけだったが、この案件を徹底的に追及しようと、竹中はホゾを固めた。

審査部に、問題案件の資料が保管されているはずだが、竹中自身が審査部に資料提出を求めてよいかどうか悩むところだ。いや悩むまでもない、と言うべきだろう。竹中が動けば、必ず〝カミソリ佐藤〟に伝わると考えなければならない。開き直る手がないとも言えないが、まだ佐藤の怒りを買うこともない、と竹中は思った。

塚本の力を借りよう。一件だけなら住管機構の事業部で塚本が調べてくれるだろう。竹中は、行員名簿を繰って、塚本の自宅の電話番号をメモに取った。

時刻は午後十時四十分。微妙な時間だが、塚本はまだ就眠していないと思える。緊急事態なのだから、許されるだろう、と結論づけて、竹中は塚本宅に電話をかけた。

塚本が直接電話に出てきた。

「遅い時間に申し訳ない。リスト、さっそくありがとう」

「もう着いたんだ」

「うん、今夜は早めに帰宅して、いまひととおり目を通したところだ。〝鈴木天皇〟絡みと考えられる案件が見つかったよ」

「ふうーん。やっぱりなぁ」

「協銀の審査部にも、資料は保管されてると思うが、俺自身が動くのもなんなので、塚本にお願いしたいんだけど」

竹中は、いっそう声をひそめた。

「いいよ。一件ならなんとでもなる。問題案件を教えてくれないか」

塚本は、竹中とは逆に声高に返してきた。

竹中が問題案件を伝えると、塚本の声がうわずった。

「間違いないな。弟の敬治を使うとは〝カミソリ〟もやるねぇ。毒にも薬にもならない弟を大型支店の支店長に引き上げたあとで、本部勤務にして理事待遇に昇格させた〝カミソリ〟の公私混同ぶりは、かねがね苦々しく思ってたが、悪事にまで加担させてたとはねぇ。〝鈴木天皇〟は用もないのにやたら関西出張が多いっていう話を昔、聞いた覚えがあるが、女に逢《あ》うための出張と考えれば、なるほどっていう気がするよ」

「一件とはいえ膨大な資料を分析、整理して、文書にまとめるのは、けっこう時間がかかると思うが……」

「二、三日でなんとかするよ。事業部の旧住専の社員に因果を含めて、佐藤敬治を呼び出して、ブラフをかけてやろうか。協銀のOBでもないし、正義派でもある適任者がいるけど、われわれも含めて、住管機構の社員は準公務員みたいな立場だから、おもしろいことになるぞ」

「そこまでやるのはどうかねぇ。住管機構は、塚本限りにしてもらいたいなあ。恥を晒《さら》すこともないだろう」

五秒ほど経って、「もしもし」という竹中の呼びかけに塚本が応じた。

「まあな。せっかくのチャンスだから〝カミソリ〟をふるえあがらせてやりたいと思わぬでもなかったが、おっしゃるとおりにやり過ぎだな。それに、この程度でふるえあがる〝カミソリ〟でもないかもなあ」

「そう思うよ」

「住管機構事業部担当者として、ワープロで手紙も書くが、宛名は協銀特命班の竹中でいいんだろう」

竹中は、受話器を左手に持ち替えながら、どうしたものかと思案した。

「もしもし……」

今度は塚本が呼びかけてきた。

「はい。自宅のほうが都合がいいよ。特命班に文書が郵送されてくれば、川瀬と須田に見せざるを得ないからねぇ」

「見せたらいいじゃないの。特命班のチームワークを損なうことになるぞ」

「ご意見はごもっともだけど、本件は竹中限りにさせてもらおうか。永井常務に判断を求めてもいいが、求めるまでもないと思うよ」

「わかった。竹中の指示に従おう」

「指示なんて、とんでもない。お願いベースの話だよ。夜分、長い電話をかけて申し訳なかった」

長電話を切りあげようとする竹中を、塚本が止めた。

「ちょっと待ってくれ。竹中の見るところ、これによって協銀は方針を転換して、賠償交渉に応じると思うか」

「自分を頭取に取り立ててくれた先輩の恥を天下に公表するほどドライじゃないと思うけどねぇ」

「この際だから、一気呵成《かせい》に鈴木―佐藤ラインを潰《つぶ》してしまおう、そして、訴訟は訴訟として割り切るっていうことも考えられるんじゃないのか」

「斎藤頭取っていう人は、どちらかと言えばドライに割り切るほうだが、そこまではやらんだろう。鈴木―佐藤ラインの発言力を低下させるだけで、よしとするような気がするけど」

「どっちでもいいっていうのも無責任だが、俺はどっちを選択しても、おもしろいことになると思うな」

「交渉のテーブルに着けって、塚本は言ってなかったか。住管機構の社員の立場に立ってる塚本の発言とも思えないが」

竹中が笑いながら言うと、塚本もげらげらと声を立てた。

「ヤジウマになっちゃあ、いけないよな。でも、どっちにしても、おもしろいことになったねぇ」

受話器がぬるぬるするほど、竹中の掌《てのひら》が汗ばんでいた。


竹中宅にB４判の分厚い封書が書留速達で郵送されてきたのは、九月二十二日月曜日午後三時ごろだ。

竹中は、知恵子からの電話でそのことを知った。

「株式会社住宅金融債権管理機構事業部っていう所から、書留速達が送られてきたけど、開封したほうがいいのかしら」

「開封しないでくれ。僕一人で読むわけにはいかんからな」

竹中は声をひそめた。

「でも、あなた宛なのよ」

「うん。しかし、公文書みたいなものだからね」

「だったら、銀行に出すべきなのに、なんだか変ねぇ」

知恵子は、妙に好奇心をもつほうだった。

「どっちにしても、きみには関係ないよ。帰宅してから考えるから。じゃあな」

竹中はめんどうくさくなって、電話を切った。

このまますぐにでも帰りたいくらいだったが、そうもいかない。

塚本に電話だけでもかけておこうかと考えたが、須田が在席していたので、それもためらわれた。

「清水さん、永井常務に至急お会いしたいんだけど都合を聞いて」

「はい」

清水麻紀はすぐに、永井常務付秘書の石井佐和子に電話をかけた。

永井の時間が取れたのは一時間後の午後四時二十分だった。

「例の案件は進展しているのかい」

ソファを手ですすめながら、永井が訊《き》いた。

「はい。六十件のリストの中から、一件ですが該当すると思える案件が見つかりました。その案件について、塚本に資料の整理、分析を頼んでおいたところ、先刻、わたしの自宅に書留速達が郵送されてきた、と家内から連絡がありました」

「案件はどんな内容なの」

竹中は、高木美保関係の案件について、要領よく説明した。

「興味津々だねぇ。住管機構はなぜ問題案件として提起しなかったんだろうか」

「わたしも不思議に思いました。問題提起してきた十件に比べれば、軽いと考えたんでしょうか。協銀にとってラッキーとしか言いようがありません」

「今週水曜日の常務会で、島田副頭取が住管機構問題を採りあげて欲しいと言ってきた。吉井副頭取も、島田副頭取に同調したということだ」

吉井公平は、企画部担当専務から、副頭取に昇格した。その後、海外部門に担当替えになったが、三人いる副頭取の筆頭である。もう一人は、管理部門担当の根岸誠一郎。専務で営業本部長を委嘱されていたが、根岸も担当替えになった。

序列は吉井、根岸、島田の順である。

「察するに、佐藤がネジを巻いたんだろうな。鈴木相談役と佐藤の危機感の強さをあらわしてるっていうことになるのかねぇ。頭取は、無視しよう、という意見だが、二人の副頭取が足並みをそろえて、問題提起するとなると、そうも参らん。そこで書留とは、非常にグッドタイミングだねぇ」

「きょうあす中に、常務はご覧になりたいっていうことですね」

「そういうことだ。今夜は予定が入ってるので、あす、できれば午前中に、ぜひ見せてもらいたい。わたしのほうから出向こうか」

「とんでもない。午前十時に、常務のお宅に参上します」

「そうしてもらえると、ありがたいなあ。竹中の家はどこだったっけ」

「世田谷区《せたがや》の上北沢です。常務は横浜の戸塚でしたねぇ」

「うん。東戸塚駅からタクシーで七、八分かな。ボロ家だが、竹中には来てもらったことあったかねぇ」

「ええ。一度お邪魔しました」

「秋分の日に申し訳ないが、お願いしようか」

石井佐和子がメモを入れてきたのをしおに、竹中は退出した。


その夜、竹中が帰宅したのは十時を過ぎていた。顧問弁護団との打ち合わせが御茶の水の法律事務所で行われたのだ。

なんだか無意味な気もしたし、なによりも書留速達が気がかりだったので、川瀬と須田にまかせることも考えないでもなかったが、班長の竹中の欠席は、非礼のそしりをまぬがれない。つきあわざるを得なかった。

夕食は、法律事務所で出前の鮨《すし》を食べた。

竹中はシャワーを浴びてから、寝室でずしりと量感のある郵便物を開封した。塚本の手書きのメモと、ワープロ横書きの手紙が一通、封筒から出てきた。

手書きのメモには「資料を整理していて、怒りと恥ずかしさで、頭が熱くなって困りました。協立銀行に、こんなトップが存在し得たこと自体不思議な気がします。裁判に脅《おび》える〝天皇〟と〝カミソリ〟の立場がよくわかりました。資料の扱いが決まり次第連絡してくださいと几帳面《きちょうめん》な四角張った字で書かれてあった。

ワープロのほうは、以下の文面だ。

前略　小生（とりあえず名前は伏せさせていただきますが、必要なら名乗ることもやぶさかではありません）は、株式会社住宅金融債権管理機構（以下住管機構）の社員です。

ご承知の通り住管機構は、旧住専の債権回収に鋭意取り組んでおりますが、この度「住専関与者責任追及弁護団」を組織し、母体行の紹介責任について調査を進めた結果、協立銀行関係で七十件もの問題案件が存在することを確認するに至りました。

問題案件のうち十件については、すでに貴行にお知らせし、損害賠償交渉に応じるよう要請して参りましたが、貴行は旧住専の貸し手責任論に固執し、裁判で争う方針と聞き及んでおります。

その後、関係事業部で内密に他の案件について再度精査した処、次の案件は母体行すなわち貴行の責任案件として、申し開き出来ない案件と判断せざるを得ないと存じる次第です。

貴行の立場も考慮し、当該案件の取り扱いについては慎重を期したいと存じますが、念のため、旧住専に紹介融資を求めた経緯等をまとめましたので、関係資料を送付させていただきます。

なお、賠償交渉に応じることを重ねて要請致しますと共に、当該案件については貴行の責任において処理されるのが妥当と思料します。

竹中は膨大な資料を読んで、京都の割烹《かっぽう》店の案件は、当時担保評価が一億円程度の物件に対して、旧住専に三億七千万円に無理矢理評価させ、差額の二億七千万円をトップの裏金なり、愛人への手当てにしていた仕組みが浮かび上がってくる。厳密に言えば、まだ想像の域を出ないとしても、Ⓢに塚本も反応したに相違ない。塚本ならずとも、怒りと恥ずかしさで、血がたぎる。

竹中は、午前零時近かったが、塚本宅に電話をかけた。

塚本は起きていたのだろう。一度の呼び出し音で、電話に出てきた。

「貴重な資料ありがとう。大変だったろう。いま読み終わったところだよ」

「電話待ってたんだ。俺のほうから、電話をかけようかと思ったくらいだが、それもなんだしなぁ」

「あした午前十時に、東戸塚の永井常務のお宅に伺うことになってるんだ。あさっての常務会で、吉井、島田副頭取が〝特命〟で問題提起するらしいから、その前に、方向転換するかどうか、頭取と永井常務が判断することになるんだろうねぇ。塚本と同じで、俺も怒りと恥ずかしさで、頭が変になりそうだよ」

6

翌朝、竹中は九時に旧型の〝BMW〟で横浜に向かった。

環状八号線は渋滞していたが、十時前に永井宅に着いた。門の前に、駐車できるスペースがぎりぎりだがあった。ドアミラーをたたんで、やっと車がすれ違える。

「昨夜、頭取と電話で話したが、きょう中に資料を見たいとおっしゃってた。読む前に竹中の意見を聞かせてくれないか」

「失礼します」

竹中はジャケットを脱いで、スポーツシャツ姿になった。

永井も半袖《はんそで》のスポーツシャツを着ていた。

「家内が出かけてるんで、おもてなしができないが、コーヒーでも淹《い》れよう」

「いいえ。ウーロン茶があれば……」

「あるよ。これならコップに注ぐだけだから、手間が省けてありがたい」

竹中は、大ぶりのコップのウーロン茶を飲んで、小さな咳払《せきばら》いをしてから、居ずまいを正した。

「塚本が怒りと恥ずかしさで、頭が熱くなって困った、と手紙に書いてきましたが、まったく同感です」

竹中は問題案件の説明に二十分ほど要した。

「背任性が高いと竹中の目には映るのか」

竹中は曖昧《あいまい》にうなずいた。

「裏金づくりに利用したんだろうか」

「それも考えられます」

「最悪の場合、特別背任で鈴木相談役が起訴されるケースも考えられるのかねぇ」

「時効が成立していると思いますが、この案件を放置しておきますと、スキャンダルの火種を残すことになります。裁判でぎりぎりやっているときに、攻撃材料として出されますと、協銀のダメージは計り知れないものになるんじゃないでしょうか」

「じゃあどうすればいいのかね」

「…………」

「協銀が肩代わりせざるを得ないということになるのか」

永井は眉間《みけん》にしわを刻んで、腕組みして、つぶやくように低い声で話をつづけた。

「不良債権の肩代わりは、背任行為だ。そんな屋上屋を重ねるようなことができるんだろうか」

「しかし、協銀にとって、どっちの選択肢のほうがダメージが少ないか、放っておけば、損害が膨らむと予想されるのですから、引き取って肩代わりすることの合理性はあります。合理性を立証できれば、背任性は薄れることになるんじゃありませんか」

永井が腕組みをほどいて、にやっと笑いかけた。

「竹中も言うねぇ。悪知恵に長《た》けてきたな」

「荒波に揉《も》まれましたから」

竹中は微笑を浮かべたが、すぐに真顔になった。

「先走ったことを申してなんですが、協銀が問題案件を肩代わりするとなれば、住管機構と裁判で争うわけには参らないと思います」

「そうかなぁ。仮に肩代わりするとしても、問題案件を切り離して、裁判を続けるのは無理かね」

「無理だと思います。〝タコ〟のことですから、この案件を盾に攻め立ててくるんじゃないでしょうか。賠償交渉のテーブルに着けば、武士の情けっていうこともあるでしょうけれど、張り合おうとすれば、こんなひどいものを利用しない手はないと思いますよ」

永井がいっそう表情をゆがめた。

「頭取は、目下のところはなんとしても一戦交えたいらしい。弁護団に対して梯子《はしご》を外すのも、みっともないが、それ以上に、行員の士気にかかわるからねぇ。頭取の立場もわかるよ。勇ましく〝特命〟を言い出しといて、いまさら後へは引けない心境だろう。吉井、島田両副頭取の変節にも立腹していた」

永井はふたたび腕組みして、眉間のしわを刻んだ。

重苦しい沈黙が続き、永井が吐息を洩《も》らしてから、ウーロン茶を飲んだ。

竹中もさそわれるように、ウーロン茶を喉《のど》を鳴らして飲んでから、ふたたび背筋を伸ばした。

「頭取のお気持ちは痛いほどよくわかりますが、協銀の名前を惜しむのも、銀行の論理、企業の論理なんじゃないでしょうか。こんなのが出てきてしまった以上、降参するしかないと思います」

竹中は、センターテーブルの資料を顎《あご》でしゃくった。

「そうだな。リスクが大き過ぎる。賠償交渉に応じるのは、一時の恥かもしれないね」

「この資料をご覧になれば、頭取も、納得されると思いますが」

「鈴木相談役と佐藤に、大きな貸しをつくっておくというか、頭取が人事権者であることをはっきりさせて、収拾するのがいいかねぇ。とにかくこの資料を読ませてもらう。頭取とは夕方、帝国ホテルで会うことにしてるんだ」

「塚本のレターはどうしましょうか」

「頭取に読ませて不都合はなかろう。あとで返すから、置いてってもらおうか」

「承知しました。住管機構では塚本限り、特命班では、わたし限りということになってますが、そういうことでよろしいでしょうか」

「とりあえずは、それでいいんじゃないのかね。なにか都合の悪いことがあるのか」

「川瀬と須田に話さなくていいのかどうか、気になるところです。二人とも〝タコ〟に歯向かうことに、やる気満々ですから」

「いちばんがっかりするのは、頭取だよ。川瀬も須田も、おもしろくないとは思うが、ここは我慢のしどころだろう。もっとも、頭取がどう判断するかはまだわからんけど。ま、竹中の意見どおりになるような気がするけどね」

「…………」

「夜、きみの家に電話を入れさせてもらうが在宅してるかな」

「はい。それと、余計なこととといいますか、気が早いということになるかもしれませんが、肩代わりすると決まったときに、〝特命班〟が担当することは、どうかご容赦ください」

永井はむすっとした顔を見せてから、残りのウーロン茶を飲んだ。

「まったく気が早いとしか言いようがないねぇ。しかし、ゆきがかり上、〝特命班〟の仕事になると思うが。しかも、担当は竹中に決まってるだろう。川瀬や須田にまかせるわけにもいくまい」

竹中は、笑顔で切り返した。

「担当常務は、永井常務になりますが、よろしいんですか。わたしはタネを蒔《ま》いた人に、刈っていただくのがよろしいと思いますが」

今度は永井がにやっと笑った。

「佐藤に担当させるっていうことか」

「ええ。それこそ身から出た錆《さび》の始末は、当事者責任でやってもらうしかありませんよ」

「竹中はほんとに隅に置けなくなったなぁ」

「鈴木相談役も佐藤取締役も、断崖絶壁《だんがいぜっぺき》に立たされてるようなものです。否《いや》も応もないと思いますが」

「二人とも、そんなに甘くないよ。特命班に押しつけようとするだろうな」

竹中がにこやかに言った。

「断固押し返してください。永井常務が背任性のある案件にかかわる必然性はまったくないと思います」

「だからこそ、佐藤は逃げるんだよ。あいつが泥を被《かぶ》ると思うか」

「〝鈴木天皇〟のためなら、水火も辞さない人ですから、案外わかりませんよ。それと、合理性の問題を持ち出せば、説得できるんじゃないでしょうか。永井常務がこんな役回りをするなんて、理不尽ですよ」

「竹中が逃げたがってることはよくわかった。しかし、逃げ切れるかな」

永井は冗談ともなく言ったあとで、「特命班の担当がわたしだということを忘れてたよ。なんとか佐藤に押しつけるように頑張ろう」と、つづけた。

「頑張っていただきたいと切に思います」

「頭取の気持ちもわからんうちから、こんな話をしてて、いいのかねぇ」

永井はからからと声をたてて笑ったので、竹中も噴き出した。

九月二十三日の夜、竹中はずっと電話を気にしていた。夕食時も、リビングでテレビを見ているときも、心ここにあらずだ。

十時過ぎにやっと心待ちしていた永井から電話がかかってきた。

「いま、頭取と別れたところだ。三時から七時間も話し込んで、まだ結論を出せない」

永井の声は疲労のせいか張りがなかった。

「あしたの常務会までに頭取の気持ちは決まらんだろうねぇ。つまり、迷いに迷い、悩みに悩んでるというわけだ。京都の元芸妓を鈴木相談役の愛人とする根拠は、奈辺《なへん》にあるのか、それが事実だとしても、相談役は否定するだろう。いつかも『週刊潮流』に川口正義関係の不正融資問題をスッパ抜かれたことがあったが、当時の鈴木会長は『融資の事実は知らなかった』と言い逃れてたねぇ。そんなことも頭取が思い出して、相談役はシラを切るに決まってる、と断言してたが、頭取は相談役と、問題案件で話す気がおこらんと言うんだ」

「たしかに鈴木相談役の名前は資料の中でも特定されてませんが、佐藤兄弟が旧住専に紹介融資を押しつけたことは、元住専の社員や、梅田駅前支店の関係者から証言が得られてます。それに鈴木相談役と高木美保との関係を証拠だてることも可能と思いますが」

「そこまで鈴木相談役を追い詰める必要があるだろうか、とも頭取は言っていた。筋論として、この案件について、協銀が肩代わりすることは仕方がないとしても、賠償問題とは切り離して割り切るべきだ、というのが頭取の一貫した主張だった。簡単に降りてはならないし、住管機構の高尾社長の母体行に対する攻撃は目に余る。歯止めをかけたい、とする頭取の考えもわからぬじゃないしねぇ」

竹中も、斎藤頭取の判断を理解できないことはなかったが、甘い、と思わざるを得なかった。

「新たに出てきた案件について、賠償交渉に応じずに高尾社長の知るところとなれば、PRの材料にされることは覚悟しませんと。切り離して処理できるとは考えにくいですし、週刊誌などでほじくられたら、協銀も鈴木相談役も窮地に陥ることにならないでしょうか。失礼ながら、頭取の判断は甘いと思います」

「うん。わたしも竹中と同じような意見を申し上げたが、頭取は、裁判で争う決断をするまでに相当苦悩しただけに、こんなことで、って言えば語弊があるが、簡単に壊されたくないっていう思いが強いんじゃないかねぇ。もっとも、竹中と塚本の苦労なり労作を多としてたことはたしかだよ。重く受け留めるとも言っていた。今夜ひと晩考えさせてほしいと言ってたが、あしたの朝、頭取の考えが劇的に変わる可能性はあるような気がしないでもない。ただ、この案件の問題で鈴木相談役と向き合う気持ちには、どうしてもなれないらしいから、わたしが佐藤君と話すことになるのかねぇ。今夜はこんなところで勘弁してもらおうか」

竹中は永井との電話を終えて、塚本に連絡すべきかどうか迷った。

時刻は十時四十分。

塚本も気にしているに相違なかった。

竹中は塚本宅に電話をかけた。

話を聞いて、塚本は「斎藤頭取っていう人は度量が広いのか、依怙地《いこじ》なのか、さっぱりわからんなぁ」と溜息《ためいき》まじりに言った。

「高木美保が鈴木相談役の愛人であることは間違いないんだろうか」

「旧住専の関係者は異口同音にそう見てるが、それこそ〝カミソリ佐藤〟に訊《き》いたらどうかねぇ。〝天皇〟も〝カミソリ〟もシラを切ったとして、また万万一、男女関係がなかったとしても、佐藤兄弟が犯した罪は消えることはないよ。俺が住管機構の社員の立場に立って、高尾社長に忠誠心を尽くして、ご注進に及んだらどうなるんだ」

「塚本はそこまではやらんだろう。そんなエキセントリックな男じゃないよ」

言いながら、竹中は不安感が胸の中で広がっていくのを意識した。


夢うつつの中で、目覚ましが鳴っていると思ったのは錯覚で、電話だった。

時刻は午前六時五分過ぎだ。知恵子も竹中と同じ錯覚をしたらしい。目覚ましを止めた。しかし、当然まだ電話は鳴っていた。

知恵子が受話器を取った。

「はい。竹中ですが」

「朝早く申し訳ありません。協銀の永井ですが、竹中君はまだおやすみですか」

「いいえ。起きてます。いつも主人がお世話になっております。ただいま主人と替わります」

「こちらこそお世話になってます」

竹中はまだ目覚めてなかったが、知恵子に揺り起こされた。

「永井さんから電話よ」

竹中は、跳ね起きて、知恵子からコードレスの受話器をひったくった。

「おはようございます。竹中ですが」

「おはよう。まだお目覚めじゃなかったみたいだねぇ」

声の調子で寝起きだと察しがついたのだろう。永井は申し訳なさそうに言った。

「いいえ。いつも、いまごろ起きるんです」

「わたしは六時十分前に頭取に電話で起こされたよ。例の件だが、わたしの読み筋どおり頭取の気持ちが変わったようだ。ちょっと込み入ってるが、頭取は知らなかったことにしたいということなんだ」

「どういうことでしょう」

竹中は、はっきり目が覚めた。これだけでは気持ちが変わったことになるとは、到底思えなかった。

「わたしも知らなかったことにしたい。つまり、竹中は、まだ住管機構から書留速達で郵送されてきた資料を誰にも見せていないことにしてもらいたいんだ。取り扱いに悩んでいるという図だが、考えあぐねたすえ、佐藤に相談する、そういうことにしてもらいたい。佐藤に、ワープロの手紙と資料を見せたときに、佐藤がどう反応するか、そして鈴木相談役がどう出るか見きわめたい、というのが頭取の気持ちというわけだ」

なるほど、と竹中は思った。これなら頭取の気持ちが変化したと言えぬこともない。

けっこうしたたかというか、ずるいというか、斎藤もただの鼠ではない。

「それで佐藤なり鈴木相談役が頭を下げてくるようなら、矛を収めざるを得ないかねぇ、」

と頭取は言っていた」

「本日の常務会に間に合いませんが、よろしいんでしょうか」

「もちろん常務会では、既定方針で突っ張ることになるんだろうねぇ。頭取はなんにも知らないわけだから……」

「筋論からしますと、〝特命〟の担当常務は永井常務なのですから、常務より先に佐藤取締役に資料をお見せするのは、いかがなものでしょうか。わたしとしては釈然としませんが」

「おっしゃるとおりだ。わたしも策を弄《ろう》するようで、ちょっと引っかかるんだが、頭取の気持ちもわかる。ここは目を瞑《つぶ》って、頭取の書いたシナリオに乗ってもらいたいねぇ」

「佐藤さんに取り入るというか、すり寄るというか、結果的にそう取られることは間違いないと思うんです。頭取が知らなかったことにするのはよろしいとしても、やはり永井常務が先だと思いますけど。常務から佐藤さんに話していただくほうが自然なんじゃないでしょうか」

永井はすぐには返事をしなかった。竹中は五秒ほど待った。

「うぅーん。しかし、わたしが頭取に報告する前に佐藤に話すのは不自然なんじゃないかねぇ。頭取が知らなかったことにはならんと思うが」

「………」

「竹中の気持ちはよくわかるが、ここは堪《こら》えてもらいたいねぇ。頭取がひと晩悩んだすえのシナリオに、二人で協力しようじゃないか。こう見えても、わたしも相当無理してるつもりなんだけどねぇ」

永井にここまで言われたら、断れない、と竹中は肚《はら》をくった。

7

九月二十四日の朝、竹中は八時十分前に出勤し、永井常務から資料を受け取るなり、特命班の部屋から佐藤に電話をかけた。まだ特命班は誰もいなかった。

〝カミソリ佐藤〟に直接電話をかけることなど、かつては恐れ多かったのに、と思うと、ある種の感慨を覚える。佐藤の出勤時間は秘書役時代から早かった。

佐藤が電話に出てきた。

「どうしました。こんなに早い時間に」

勿体《もったい》をつけた言いかたは、いかにも佐藤らしかったが、竹中は気持ちのうえで優位に立っていたので、動じることはなかった。

「至急お目にかかりたいのですが」

「住管機構関係ですね」

「はい」

「いますぐに来られますか」

「ええ。伺えます」

「お待ちしてます」

電話が切れた。

竹中はB４判の書留速達の封筒を抱えて、営業本部の佐藤の個室に駆けつけた。

「これは一昨日、書留速達で自宅に郵送されてきた資料です。まず、この手紙をご覧ください」

竹中は、塚本の手書きの手紙だけはデスクの中に仕舞ってきた。ワープロの手紙を受け取り、ソファに背を凭《もた》せて、手紙を目読している佐藤の表情を竹中は注意深く観察していた。

佐藤の表情が翳《かげ》っていくのが見てとれた。

読み終わっても、佐藤はしばらく口をきかずに放心していた。

「資料をご覧になりますか。相当なボリュームがありますが」

竹中が水を向けると、佐藤は弾《はじ》かれたように、上体を竹中のほうへ寄せてきた。

「資料を読む時間はいまはありません。昼休みにでも読ませてもらいますよ」

「扱いに苦慮しております。どうしたものでしょうか。佐藤取締役になにかご意見があれば、伺わせていただきたいのですが」

「この資料は、竹中さん以外に誰と誰が見たんですか」

「わたしだけで、部下にも見せてません」

嘘をついている負い目で、竹中は伏し目になった。

そのせいで、佐藤の表情にホッとした思いが出たのを見そこなった。

「ほう。そうなんですか。まあ、怪文書の類《たぐ》いの手紙ですよねぇ。特命班でオープンにする性質のものではないと思いますよ」

「怪文書とは違うんじゃないでしょうか。この資料を審査部で確認しますが、おそらく裏付けは取れると思います。特命班の担当常務は永井常務ですから、永井常務にもお見せする必要があると考えてます」

竹中がふたたび目を伏せた。

「あなたがいの一番に、わたしに手紙と資料を見せてくれたことを感謝します。どうでしょう。一日時間をいただけませんか。永井常務に話すのはちょっと待ってください」

「承知しました。住管機構業務企画部の塚本副部長が、特命班との窓口になってます。塚本ともまだ話さないほうがよろしいでしょうか」

「ぜひそうしてください。とにかく、あすの朝一番で、ここでお目にかかりましょう。それまでに、わたしなりに考えをまとめておきます」

竹中は、鈴木相談役に事実関係を確かめるべきではないか、と質問したかったが、その言葉を呑《の》み込んだ。訊《き》くまでもない。佐藤は鈴木と相談するに決まっている。

「それでは、明朝八時に、伺わせていただきます」

「ええ。ところで、きょうの常務会で〝特命〟のことが議論されることは、ご存じですか」

竹中は不意を衝《つ》かれて、思わずうなずきかけた首を、左右に振った。

永井と接触していることを明かすようなものではないか。危ないところだった。

午前十時から始まった常務会で、住管機構と裁判で争う問題が正式に議案として、事務局から提示された。

「緊急動議などと言うほど、おどろおどろしい問題でもあるまい」と、斎藤頭取が永井常務に指示した結果だが、吉井、島田両副頭取とも、強硬に〝特命〟に反対することはなかった。

斎藤頭取の方針を支持する勢力が圧倒的多数を占めていたからにほかならない。

「再考の余地はない」

斎藤のひとことで片づけられ、議論するまでもなかったのである。

吉井も島田も、鈴木―佐藤ラインに近いが、斎藤に反抗するほどのパワーはなかった。

常務会の結果は、島田から佐藤に電話で知らされ、佐藤は「斎藤さんは、とことん住管機構と争う方針のようです。困った人ですよ」と鈴木相談役に伝えた。

午後二時過ぎのことだ。

鈴木は血相を変えた。

「斎藤のクビを取るにはどうしたらいいか、真剣に考えなならんな。斎藤に後事を託したのは失敗だった。一生の不覚だ」

鈴木は大仰に嘆いたが、鈴木絡みの不正案件を佐藤から聞かされて、いっそう哮《たけ》り立った。

「だから言わんこっちゃない。わたしに恥をかかせる後継者がどこにいる！」

「まだ、斎藤さんは本件を承知してません。しかし、特命班の担当は永井さんですから、永井さんの知るところとなれば、斎藤さんにも伝わると思います。時間の問題でしょう。問題の案件が耳に入れば、斎藤さんも考えを変えると思いますが」

「わたしに、頭を下げろっていうことなのか。冗談じゃないぞ。斎藤なんかに頭を下げるつもりはない。わたしは無関係で押し通してくれ。だいたい、きみに乗せられたようなものだからな」

鈴木は血相を変えて、当たり散らした。

「住専に押しつけたこと自体なってないが、なぜ延滞にしたんだ。延滞にしない方法はいくらでもあったろうに。焦げつかせたのはまずかったな」

佐藤は無言で、頭《こうべ》を垂れていた。

「要するに、きみの失敗じゃあないか。きみが斎藤に頭を下げるべきだろうや」

「しかし、例の政治家の大先生から緊急に、融資を要請され、裏金を作る必要がありましたので、やむにやまれず……」

「それにしたって、美保が気の毒だよ。住管機構から督促状は送りつけてくるわ、変なのが取り立てに来るわで、往生しとったぞ」

「高木さんには、必ず埋め合わせをさせていただきます」

「うん。別途面倒見てやってもらいたいな」

鈴木は、いくらか機嫌を直したが、話を蒸し返した。

「延滞にしないために、貸しつけてやるべきだったな。住専を使うしか方法がなかったとも思えんが」

佐藤は、鈴木自身が相当額をポケットに入れたことや、高木美保の手当てに回したことは、おくびにも出さなかった。

「なにぶんにも、緊急融資でしたので、相談役にも、了承していただきましたが」

「あとのフォローがなっとらんよ。とにかくきみの一存で旧住専に紹介したことにしてもらおうか」

佐藤は一瞬むっとした表情を見せたが、すぐに薄く笑った。

「わたしの一存で旧住専に紹介融資したことにするのはかまいませんが、資料は完璧《かんぺき》です。事実関係は認めざるを得ないと思います」

「わたしと高木美保との関係まで、住管機構に把握されてるっていうことか」

「そう思います」

佐藤は、突き放すように言った。

佐藤が初めて、湯呑みを口に運んだ。そして、ゆっくりと湯呑みを茶托《ちゃたく》に戻した。

「ワープロの手紙をご覧になって、おわかりいただけたと思いますが、住管機構は、協銀に当該案件の肩代わりを求めてます。それを承諾し、損害賠償交渉に応じれば、秘匿するとも言及してます。斎藤さんが、この警告を無視して、裁判で争うことになりますと、当該案件の表面化は避けられないと存じます」

「だからって、わたしが斎藤に頭を下げなならんのか」

鈴木は一度つかんだ湯呑みを、叩《たた》きつけるようにセンターテーブルに置いた。

「とにかく、佐藤にまかせる。わたしは聞かなかったことにさせてもらおうか」

佐藤が小首をかしげた。

「斎藤頭取は、裁判に固執していますが、それを止められるのは相談役しかいらっしゃらないと思うのです」

「わたしは、斎藤に辞任まで求めて、撤回を要求した。だが、あいつは聞く耳もたなかった。わたしが頭を下げたら、はいわかりましたっていうことになるとは思えんよ」

「そうでしょうか。事情が変わりました。当該案件が事情を変えたんです。大物政治家のことなど、おっしゃらなくてもよろしいと思いますが、相談役に頭を下げていただければ、必ず、斎藤さんは受けると思います」

「どうして、そう言い切れるんだ」

「恩人の相談役を裏切るようなことができるはずがありません。銀行を売るに等しい行為ができますでしょうか」

「だったら、きみから話しても同じだろうや。わたしが頭を下げるまでもなかろうが」

鈴木は駄々っ子と変わるところがなかった。

「しかし、感情論の問題もありますからねぇ。相談役から斎藤さんに、よろしく頼む、のひとことありませんと、収拾がつかなくなる恐れもなしとしません。斎藤さんが相談役を敵対視しているわけでもないのですから、ここはそうなさってください」

「あいつに借りを作るのはおもしろくない。きみから、よしなに話してもらうわけにはいかんだろうか」

「結果は同じです。一時バツの悪い思いをしますが、相談役からひとことあったほうが、よろしいと思いますよ。水臭いと思われるのもなんですし、むしろ、斎藤さんは相談役に親近感をもたれるんじゃないでしょうか。もともと師弟の間柄なんですから」

鈴木が憮然《ぶぜん》とした顔を横に向けたまま、つぶやくように言った。

「しょうがないか」

「ありがとうございます」

「それで、そのタイミングはいつがいいんだ」

「あす中に、永井常務経由で斎藤頭取に伝わると思いますので、あすの夕刻にでもお願いします」

「わたしが斎藤の所に出向かないかんのか」

「そうお願いします」

「気がすすまんが、頭を下げるとなればしょうがないか。斎藤が裁判沙汰《ざた》を諦《あきら》めることは大丈夫なんだろうな」

「その点は、わたしが永井常務と話を詰めます。その保証がなければ、相談役ほどのお方が頭を下げるなんてことはあり得ません」

「この問題が世間に露顕しないことも保証してもらわんとなあ」

「もちろんです。協立銀行中興の祖を全力でお守りするのが、われわれの使命です」

佐藤は思い入れたっぷりに、肩をふるわせながら声をしぼり出した。

「佐藤に免じて、斎藤に頭を下げるとするか。しかし、それでも斎藤が不承知のときは誰が責任取るんだ」

「わたしが責任を取ります」

「佐藤が責任を取ったところで、事態が変わるわけでもなかろうが」

「そんなことはあり得ません。必ず撤回させます。どうかわたくしを信じてください」

佐藤は今度は声を励ました。そして、いつまでも、低頭していた。

九月二十五日の朝八時十分前に、竹中は協立銀行本店通用口から佐藤の個室に直行した。

「おはようございます」

「おはよう。きのうはありがとうございました。竹中さんのお陰で、万事順調に進むと思いますよ」

「…………」

「この資料を永井常務に至急回してください。頭取にも読んでもらったほうがよろしいと思います。そのうえで、できれば本日中にわたしが永井常務とお会いして、どう取り扱ったらいいか意見をすり合わせます」

「よくわかりました」

「特命班のほかの人には、絶対に伏せてください」

竹中がわずかに首をかしげると、佐藤はにこやかに話をつづけた。

「あなたの頭脳は明晰《めいせき》だから、おわかりいただけると思いますが、この手紙にもありましたけど、住管機構との裁判沙汰は回避されるはずです。早晩、特命班も解散することになりますよ。竹中さん限りでよろしいじゃないですか」

「はい」

「それじゃあ、よろしくお願いしますよ」

「承知しました」

竹中は、五分足らずで、佐藤の部屋から退出した。

特命班の自席に着いて、竹中は資料をデスクの引き出しに仕舞ってから、永井常務に電話をかけた。

まだ、川瀬も須田も、清水麻紀も出勤していなかった。

「おはようございます。いま、佐藤取締役と話してきました。資料を至急、永井常務に回すようにと、そして頭取にも読んでもらうようにと申し渡されました。本日中に、永井常務と資料の取り扱いについて意見をすり合わせたいということでした」

「鈴木相談役の意を体しての話だと思うか」

「そんな感触を受けました。佐藤取締役お一人で、処理できる問題でもありませんから」

「わかった。佐藤からの連絡を待つとしよう。頭取には、佐藤と会ってから話したほうがいいだろうな」

「そう思います」

人の気配がした。

清水麻紀だった。

「おはようございます」

竹中は左手を挙げて、麻紀の挨拶《あいさつ》に応《こた》えた。

「特命班は早晩解散するだろうというご託宣でした」

声をひそめたつもりだが、麻紀の顔がこっちを向いたところを見ると、聞こえたかもしれない。しまった、と思いながら、竹中は冗談めかして話をつづけた。

「どうなることやら、皆目見当がつきませんが、あちら側が相当こたえたことは間違いないと思います。いい結果が出るとよろしいのですが」

「竹中も塚本もよくやったと思う。どういう結果になろうが、きみたちの努力には頭が下がるよ。結果は、きょう中に必ず連絡する」

「ありがとうございます。九時以降でしたら帰宅していると思います。それではこれで失礼します」

竹中が電話を切ると同時に、瞬《まばた》きしながら須田が席に着いた。

その三分後に川瀬が「おはよう」と麻紀の肩を軽く叩いてから、着席した。

「常務会で特命班がオーソライズされたことを顧問弁護団の先生たちに伝えておいたほうがいいんじゃないですか。大いに意気があがりますよ」

須田に声をかけられて、竹中は返事に窮した。

「それはそうだな。住管機構にも教えてやろうか」

竹中に代わって、川瀬が答えた。

「そうあわてなさんな。きみたち、はしゃぎ過ぎなんじゃないのか」

竹中は笑いながら言って、麻紀に目を流すと大きな瞳《ひとみ》がじっとこっちを見ていた。

8

九月二十五日午後四時五十分、頭取室に鈴木取締役相談役がぶらっと顔を出した。

「斎藤に会いたい。わたしが出向く」

鈴木の意向を聞いて、秘書役の元木が両者の間を往復して、時間が設定された。

鈴木のほうから、頭取室に出向くなどめったにあることではなかった。いや、前代未聞かもしれない。

むろん、斎藤は、鈴木がなにを言いにくるか事前にわかっていた。

「わたしが相談役の部屋に行くから、それには及ばない」

斎藤は元木に伝えたが、鈴木は「わたしが出向く」と、譲らなかった。

斎藤は背広を着て、緊張して鈴木を待っていたが、ワイシャツ姿で、しかもソファにも腰をおろさずに、鈴木は窓から外を見下ろしながら、こともなげに言った。

「佐藤に乗せられて、ややっこしいことになってしまった。迷惑をかけて済まないが、そんなことでもあるから、住管機構の件は矛を収めてもらえるとありがたいな」

「賠償交渉に応じろ、っていうことですね」

「そういうことだな。どっちにしても、そのほうが無難だろう」

相変わらず背中を向けたままの鈴木に、斎藤は少しいらだたしげな声を放った。

「ま、お坐《すわ》りください。立ったままで話すことがらでも、ありませんでしょう」

鈴木が躰《からだ》をこっちに向けて、腕組みした。

「五時に来客があるんで、時間がないんだ。きみ、そういうことで頼む。失礼した」

鈴木は頭を下げるどころか、しかめっ面で投げつけるように言って、頭取室から出て行った。

斎藤は唖然《あぜん》として、ソファから起《た》たずに、鈴木を目で見送った。

湯呑《ゆの》みを二つ運んできた松島みどりが、当惑気味に、斎藤の前に湯呑みを一つ置いた。

「失礼します」

「もう一つ、ここに置きなさい。永井を呼んでもらおうか」

「かしこまりました」

ほどなく、永井が駆けつけてきた。永井は斎藤から声をかけられることを予期していたので、自室で待機していたが、こんなに早く呼ばれるとは思わなかったので、あわて気味に背広の袖《そで》に腕を通した。

永井は、斎藤と鈴木がまだ対峙《たいじ》しているとばかり思っていたが、仏頂面で緑茶を飲んでいる斎藤に接して、ドアの前で呆然《ぼうぜん》と立ち竦《すく》んだ。

「立ってないで坐りたまえ」

「失礼します。相談役は見えなかったんですか」

「来たよ。五分とはいなかったな。ソファに坐りもしないで、立ったまま一方的に話して来客とかで、帰ってしまった。その茶は、きみが飲んだらいいね。まだそれほど冷めてないだろう」

「いただきます」

永井は喉《のど》が渇いていたので、湯吞みに手を伸ばした。

「相談役は頭取に頭を下げにいらしたんじゃなかったのですか」

「下げるどころか、そっくり返ってたよ」

斎藤は、鈴木が窓際に立って、話した内容を永井に聞かせてから、いっそう顔をしかめて、つづけた。

「なにをしに来たのかねぇ。要するに、俺の言うことを聞けっていうことなんだろうな」

永井はもうひと口緑茶をすすってから、センターテーブルの茶托《ちゃたく》に湯呑みを戻した。

「それでも鈴木相談役なりに、頭取に頭を下げたつもりなんでしょうねぇ。照れ臭かったんでしょう。頭取室に出向いてくるだけでも、わたしの知る限り、かつてなかったことですから」

「それにしたって、立ち話で済む問題なのかね。わたしは相談役に返事をする間もなかった。返事をする気にもなれんよ。相談役絡みの妙な案件は、聞かなかったことにして、既定方針を貫いたほうが収まりがいいんじゃないかね」

斎藤は話しているうちに、怒りが倍加したらしく、声が尖《とが》った。

永井は懸命に斎藤をなだめた。

「頭取のお気持ちはよくわかりますが、ここは抑えていただきたいと思います。何度も申しますが〝天皇〟といわれるほどの方が、わざわざ頭取室に足を運んできたことを多としていただいて……」

斎藤が永井の話をさえぎった。

「わたしはわざわざ背広を着て、緊張して待ってたのに、あの人は、ワイシャツ姿で世間話でもするような感じだったよ」

脱いだ背広をソファに放り投げた斎藤の仕種《しぐさ》に、怒りが収まらず、逆に増幅させている様子が見て取れた。

「佐藤も話してましたが、あの強気な鈴木相談役が顔面蒼白《そうはく》になって、斎藤に頭を下げようと言い出したそうですからねぇ。ほんとうなら、土下座すべきだとご自分でも思っておられたはずです。それを素直にできないところが、鈴木相談役らしいとも言えます。きっといまごろ反省してるんじゃないですか」

斎藤は残りの緑茶を茶殻ごと飲み乾して、音を立てて湯呑みをセンターテーブルに戻した。

「佐藤に乗せられて、ややっこしいことになってしまった、っていう言い草があるのかね。佐藤に、相談役がわたしに言ったことをよく話して聞かせたらいいね。そして、佐藤に一札入れさせろ。そうじゃなければ、どうにもわたしの気持ちが収まらんよ」

永井は咄嗟《とっさ》に、逆らうべきではない、と判断した。

「そうしましょう。佐藤のミスリードにも問題があるのですから、いやと言えた義理ではないと思います」

斎藤の表情がいくらかやわらいだ。

「裁判沙汰《ざた》の矛を収めなければ、ならんかねぇ。永井の本音はどうなんだ」

「口惜《くや》しい限りですが、仕方がないと思います。相談役絡みの案件をこのまま黙殺したときに、どんなリアクションがあるのか予測がつきません。裏取り引きはしたくありませんが、カードは住管機構側の手にある、と認識せざるを得ないと思うのです。和解をさぐる方向で、まず、竹中に塚本と接触させます。賠償交渉は弁護団同士で詰めてもらうことになりますが、頭取の方向転換宣言は一両日中にもお願いしたいと思います」

斎藤が顔をしかめたので、永井は言い足した。

「今月末に、高尾社長から宣戦布告される前に、当方から動く必要があるんじゃないでしょうか」

斎藤はふくれっ面で、不承不承うなずいたが、只《ただ》で引き下がらないところは、さすがだった。

「佐藤に一札入れさせるのが先だ。それを、わたしが相談役に見せて、こういうことなので、矛を収めることにしたい、ということにしたい。感情論で、子供っぽいと永井は笑うかもしれないが、そういうことでお願いする」

永井は、逆に鈴木のほうが感情的にならないか危惧《きぐ》した。エモーションとエモーションがぶつかりあうと、どうにも始末が悪い。

しかし、ある意味では頭取の立場を失うことになる斎藤の気持ちを忖度《そんたく》すれば、当然とも思える。事前に、佐藤から鈴木に根回しさせて、鈴木の気持ちを鎮めておくことによって、なんとかなるかもしれない。

「承知しました」

永井は一礼して、ソファから腰をあげた。

そして、自室に戻るなり、石井佐和子に「佐藤取締役がまだ席におるようなら、至急呼んでください」と命じた。

佐藤は会議中だったが、中座して、永井の部屋にやってきた。鈴木とまだ接触していなかったので、心配していたのだ。

ソファに坐るなり、佐藤が訊《き》いた。

「〝巨頭会談〟はどういうことになりました」

「決裂とはいかないまでも、手打ちにはならなかったと、思わざるを得ませんねぇ」

永井は渋面をあらぬほうへ向けて、〝巨頭会談〟の経緯をるる話した。もっとも、いくら丁寧に説明しても、五分とはかからなかったが。

うつむいて永井の話を聞いていた佐藤が、面《おもて》をあげた。

興奮を抑えかねて朱が差していたが、声は冷静だった。

「決裂なんてことはないでしょう。わたしは詫《わ》び状でも、始末書でもなんでも書きますが、頭取が相談役に対してそれを振り回すのはどうでしょうか。角が立ちますよ。あの気位の高い負けん気の強い相談役が人に頭を下げるなんて考えられますか。その鈴木相談役が斎藤頭取に頭を下げたんですよ」

永井のほうが伏し目になった。

「頭を下げたことになるんですかねぇ。頭取にそういう認識はないですよ」

「なりますよ。斎藤さんほどの方が鈴木相談役のお気持ちを汲《く》んであげられないんでしょうか。ご本人は、それこそ土下座したような気分になってると思いますよ。わたしの詫び状をわざわざ突きつけられたら、それこそ、ぶちこわしです。ここは斎藤さんに大人になっていただきたいですねぇ。永井さん、お願いしますよ。わたしの始末書で手を打ってください。相談役と頭取が対立するようなことがあってはならないし、お二人の中が変にこじれるのもなんですから、永井さんが頭取に対して上手に話していただかないと……。よろしくお願いします」

佐藤はセンターテーブルに掌《てのひら》を突いて、低頭した。

芝居がかっているという思いがしないでもないが、佐藤の言ってることは、いちいちもっともだった。

永井は、佐藤が一札入れることに抵抗するのではないかと心配したが、あっさり承諾したことも意外だった。それだけ脛《すね》に傷をもつ身なのだろうと思うしかない。

しかし、できることなら始末書なり詫び状でけじめをつけたい、と永井も思った。

斎藤を抑えることができるか、自信があるわけでもないが、斎藤の気持ちの沈静化に期待するしかない――。

「佐藤さんのおっしゃる方向で、頭取と当たってみましょうかねぇ。お手数ですが、明朝までに書き物をいただけますか」

「けっこうです。頭取宛の始末書を用意しておきますよ」

佐藤が時計を見ながら腰をあげた。

永井は、佐藤が退出したあと、ソファであれこれ考えていたが、時計を見ると午後六時四十分だった。

永井が秘書室に電話をかけて、石井佐和子に、「竹中がおったら、来るように言ってください」と命じた。

三分後に竹中が永井の部屋にあらわれた。

永井の話を聞いていて、竹中は鈴木と斎藤のやりとりが目に見えるような気がした。火花を散らすともちょっと違うのだろうか。いや、二人の権力者は火花を散らす以上に激しく鍔《つば》ぜり合いを演じたのだ。

「この事件で鈴木相談役が権力者としての地位を失うことにならないかもしれんねぇ」

「死ぬまで権力者であり続けるんでしょうか。常識では考えられないような重大な違法行為をしておきながら、ご本人は反省なんてまったくしてないんですね」

「なんでもありのバブル時代に、常識の尺度がすっかり狂ってしまったんだろうか」

「ただ、佐藤取締役はどうなんでしょうか。少しはこたえたんじゃないんでしょうか」

「あれも、けろっとしたものだよ。〝鈴木天皇〟のために躰《からだ》を張ってるぐらいのつもりだろう。始末書でも、詫び状でもなんでも書くと、開き直ってたが」

「……………」

「きみに来てもらったのは、頭取がどう出るかちょっと読み切れないんでねぇ。裁判に固執していることは間違いないところだし、鈴木相談役に対して強く出る可能性もないとは言えない。ひょっとすると、一日や二日で結論が出ないかもしれないから、住管機構の塚本に、多少のニュアンスは伝えて行内調整に時間を要するので、高尾社長の宣戦布告を先送りしてもらえないか、打診してもらいたいと思ったんだ」

竹中が居ずまいを正して、永井に質問した。

「ニュアンスを伝えるとは、協立銀行は、住管機構との賠償交渉に応じる用意がある旨を明かしてもよい、ということですか」

「そういうことだ。どっちにしても、もう少し時間を稼いでおいたほうがいいだろう」


竹中がわずかに首をかしげた。

「高尾社長に予断を与えてしまって、大丈夫でしょうか」

今度は永井が小首をかしげた。

竹中が小さな咳払《せきばら》いをした。

「斎藤頭取が裁判に固執し、この方針を変えないときの反動を考えますと、リスキイかなと思ったものですから」

「なるほど。たしかにおっしゃるとおりだ。しかし、固執はしてるが、固執し切れない可能性のほうが強いだろう。頭取の感情論は一時的なもので、収まるよ。ただ、それなりに時間がかかるような気がしてねぇ。頭取としては、朝令暮改みたいなことをやらなければならんわけだから、どういうふうに常務会で説明したらいいのか、考えなければならない。右から左へ、というわけにもいかんよ」

永井は身振りを交えて話したあとで、訊いた。

「月末の高尾社長の定例記者会見って、いつなの」

「九月二十九日と聞いてますが」

「だったら、やっぱり時間が足りないと思う。そういう方向で、塚本と話してもらうのがいいな」

塚本が〝タコ〟に対して、ものが言えるのかどうか気にならないでもないが、いずれにしても、塚本には経過報告する必要があるのだから、今夜中に話しておこう、と竹中は思った。

「わかりました。それと〝特命班〟の川瀬と須田にも、おおよそのことは話しておいたほうが、わたしとしてはやりやすいのですが、どんなものでしょうか」

「うう―ん」

永井は唸《うな》り声を発して、十秒ほど目を閉じていたが、開いた目を天井に向けた。

「協銀の恥を拡大するのは忍びないなあ。以前にも話したかもしれないが、特命班では竹中限り、住管機構では塚本限りにしておいたほうが無難と思うが。頭取が常務会でどう説明するかわからんが、その範囲でご理解願うしかないんじゃないかねぇ」

竹中は、川瀬と須田の顔を目に浮かべて、憂鬱《ゆううつ》になった。住管機構の〝タコ〟の恫喝《どうかつ》に屈伏した上層部と竹中に、川瀬と須田が反発しないわけがなかった。梯子《はしご》を外された弁護団の立つ瀬もない。

しかし、竹中は、もともと賠償交渉に応じるべきだと考えていたのだから、なんと思われても仕方がない立場なのだ。

まだ不確定要素はあるが、ことは〝タコ〟と妥協する方向で動き始めている。これでよかったと思わなければいけないのだ。

「承知しました。今夜中に、塚本に電話をかけておきます。住管機構の出向者にとっては朗報ですし、だからこそ塚本は全面的に協力してくれたんですから」

竹中が〝特命班〟の自席に戻ると、川瀬も須田も残業していた。

清水麻紀のデスクは片づいていた。

「永井常務の話はなんだったんですか」

須田が話しかけてきた。

竹中はむすっとした顔で、椅子を回して須田に背中を向けた。五秒ほど、思案してから椅子を元の位置に戻した。

「きょう鈴木相談役と頭取がぶつかったらしい。相談役のしつこさに、頭取は辟易《へきえき》してるというか、ちょっと弱気になってるらしいよ」

「でも常務会で断固闘うと宣言したのは、きのうでしょう」

「だから、相談役が怒ってるわけよ。〝鈴木天皇〟は神経を逆撫《さかな》でされたと思ってるんだろうねぇ。二人の副頭取の心変わりも、頭取にとってショックだったろう。常務会では強がって見せたが、案外気持ちはぐらついてるかもねぇ」

竹中は話しながら、いっそう顔をしかめた。

自己嫌悪と言えば大袈裟《おおげさ》だが、竹中はうしろめたさをもてあましていた。

「頭取の気持ちがぐらついてる。冗談じゃありませんよ」

須田は瞬《まばた》きしながら、椅子ごと竹中のデスクに近づいてきた。

川瀬が口を挟んだ。

「三十分ほど前に、大学でゼミが一緒だった新聞記者から電話がかかってきたんですけど、新聞記者の頭取邸への夜回りが激しくなってるみたいですねぇ。そいつも勝算もなしに高尾幸吉と闘うなんて、どうかしてるんじゃないですかって頭取に話しかけたそうですけど」

「頭取はなんと答えたんだ」

「ノーコメントを二度繰り返したそうです」

「特命班がマスコミと接触するのはよしたほうがいいな」

「当然です。それだけの話で、ひやかしみたいなものですよ。本気で裁判で争うつもりかと訊《き》かれたので、ノーコメント、広報に訊いてくれって言っときました」

竹中は、デスクを片づけにかかった。

「先に帰らせてもらうぞ」

「まっすぐ帰るんですか」

「もちろん」

竹中は、須田に答えて、川瀬に向かって手を挙げた。

「じゃあな」

時刻は午後七時二十分。

竹中は、協立銀行の通用口を出たところで、〝携帯〟で、住管機構の塚本に電話をかけた。

「竹中です。いま、いいですか」

「どうぞ。なんでも話してください」

塚本の周囲に人はいないらしい。

「高尾社長の定例記者会見はいつだったっけ」

「来週の月曜日、二十九日だ」

「常務会やらなにやらの手続きがあるから、間に合いそうもないんだ。協銀への宣戦布告を見合わせてもらえないかねぇ。協銀は賠償交渉に応じるべく再考中ぐらいのことは言ってもらってけっこうだけど」

「〝鈴木天皇〟が、斎藤頭取に頭を下げたんだな」

塚本の声がうわずって、早口になった。

「まあねぇ。ただ、きのうの常務会で裁判で争うと強硬方針が確認されたばかりだから、方向転換するにはするなりの手続きを要するわけよ」

「〝カミソリ佐藤〟はどうなんだ」

「こっちは全面降伏みたいなもので、拍子抜けだった。とにかく、十月一日の常務会で明確に方向転換することになると思う。九月二十九日に〝タコ〟さんにガンガンやられると、まとまるものもまとまらなくなる恐れがあるからねぇ」

「まず情勢変化を業企部長に話して、二人で高尾社長に話すことになると思うが、住管機構にとって、願ってもないことだから、高尾社長に協銀問題で発言を控えてもらうことについては問題ないと思うけど」

「新聞記者が協銀問題で食い下がってきたとき、高尾社長に協銀の方向転換を匂わせたりされると、問題がこじれることもあり得るので、その点はくれぐれも抑えてもらわないとねぇ」

竹中は、通用口から二十メートルほど地下鉄の大手町駅へ向かったところで、立ち止まって、話していた。

「頭のいい高尾社長がしくじることは絶対にないから安心しろよ」

「それなら言うことなしだ」

「竹中いま、どこにいるの」

「銀行を出たところだ」

「どこかで会おうか」

「今夜はまっすぐ帰らしてもらうよ。食事も家で食べることになってるしね。塚本も、たまには早く帰ったらどうなの」

竹中の脇をすれすれに川瀬と須田が通り過ぎた。

竹中は気づかなかった。

「塚本さんと話してたみたいですねぇ」

「うん、竹中班長、なんだかこそこそしてて、好きになれんねぇ」

竹中をちらっと振り返りながら、川瀬が須田に言った。

第五章　軋《あつ》轢《れき》

1

十月一日午後四時に特命班の三人が永井常務室に招集された。三時間前に、永井付秘書の石井佐和子から連絡を受けていたのだ。

竹中たちが常務室に顔を出すと、永井は相原取締役プロジェクト推進部長と話をしていた。

「坐《すわ》ってくれ。相原にも来てもらったんだ。常務会の承認事項を話しておこうと思ってねぇ」

五人分のコーヒーがセンターテーブルに用意されてあった。

竹中は緊張した。川瀬も須田も居ずまいを正した。

永井はコーヒーをひと口すすってから、話を切り出した。

「例の住管機構と裁判で争う問題だが、白紙に返し、和解する方向で賠償交渉を進めることになった。特命班としては承服できないところだろうが、頭取の経営決断を受け入れてもらいたい」

竹中は永井の話を予期していたので、驚かなかったが、相原、川瀬、須田の三人は、相当ショックを受けたようだ。

須田の瞬《まばた》きが激しくなり、川瀬の顔から血の気が引いていた。

「先週の常務会で裁判で争うことが確認されたと聞いてましたが、一週間で方針が一八〇度変わったんですか」

相原の声が心なしかふるえていた。

「ボードに不協和音があってねぇ。鈴木相談役の反対論に与《くみ》する人たちも、けっこうおるし、マスコミ、世論を敵に回して、闘うのも辛《つら》いしねぇ。頭取は断腸の思いという言葉を何度も使われた。責任は挙げて自分にある。情勢判断の甘さについて不明を恥じるとも言っていた」

「方針変更に疑問を呈する意見は出なかったのですか」

相原がふたたび質問した。

永井はコーヒーカップをセンターテーブルに戻して、脚を組んだ。

「それが誰一人として方向転換に反対する者はいなかった。常務会のメンバー全員に鈴木相談役が圧力をかけたとも思えないから、皆んな、住管機構と裁判で争うのは厳しいと思ってたのかねぇ」

「特命班は解散することになるんでしょうか」

竹中が質問してから、コーヒーカップを口へ運んだ。

「賠償交渉の難航も予想されるし、あわてて解散することはないと思う。もっとも、これは、わたしの個人的見解だが、住管機構との窓口はどっちにしても必要なんだから、じっくり構えてくれないか」

「高尾社長の恫喝《どうかつ》に、闘わずして屈するんですか。仮に和解するとしても、裁判で主張すべきは主張してからでも遅くはないと思ってましたが」

竹中の発言に、永井が表情を翳《かげ》らせた。

「いちばんショックを受け、辛い思いをしているのは頭取だろう。しかし、立派な経営決断だとわたしは思う。頭取は愚痴めいたことはなに一つ口にしなかった。わたしだったら、鈴木相談役はけしからん、のひとことぐらいは言っていたところだよ。鈴木相談役は、当初は、裁判で争うことに反対せずに、賛成してたのに、途中から強硬に横槍《よこやり》を入れてきたんだからねぇ」

「頭取のリーダーシップなり求心力が低下する恐れはないでしょうか」

相原にしては、大胆な質問だった。永井が微笑を浮かべた。

「その逆はあっても、求心力が低下することはないと思うがねぇ」

相原は首をひねったが、経緯《いきさつ》のすべてを呑《の》み込んでいる竹中の胸には、永井の所感が説得力を伴って響いた。

「在京の弁護団の先生たちには五時に頭取が招集をかけているので、頭取から懇切に説明してもらうが、弁護士先生たちの衝撃度は、特命班の比ではないと思う。わたしも頭取から同席するように言われてるが、できたら遠慮したいよ」

永井の眉間《みけん》のたてじわが深くなった。

「これによって協立銀行が失うものは大きいんじゃないでしょうか」

須田が激しく瞬きしながら、小声で言うと、永井は首をゆっくりと左右に振った。

「むしろ裁判で争うことのほうが失うものが大きいんじゃないのかねぇ。大変なエネルギーを要することになるし、ま、大方の評価は得られるんじゃないかと、わたしは思ってる。ちょっと甘いかな」

「甘いと思います。それ以上に行員の士気の低下が心配です」

須田が言い返すと、川瀬が深々とうなずいた。

「きみたち特命班のモラールの低下は、わたしも心配でならない。突然、目標がなくなってしまったんだから、ヤル気をなくして当然だが、ここはトップの経営判断を尊重するしかない。トップの辛い気持ちを汲《く》んでほしいと思う」

川瀬が永井をまっすぐとらえて質問した。

「相原部長も言われましたが、わずか一週間で一八〇度方針が変わったことの経緯を、もう少し詳しくお聞かせいただけないでしょうか。なにか不自然というか、不透明なものが感じられてならないのですが」

永井が当惑顔で天井を仰いだ。

永井の苦衷を察して余りある竹中は、この場から立ち去りたくなった。説明できるわけがなかった。

不自然、不透明。まったく川瀬の指摘するとおりなのだ。

「裁判で争って、勝訴できる保証はない。何度も言うが、裁判で争うことのリスクを回避したいとする意向がボードに出てきた。適切な言葉かどうかわからんが、厭戦《えんせん》ムードみたいなものが次第にひろがってきた。頭取はその点を敏感に嗅《か》ぎ取ったんだろう。住管機構に一矢報いたい、と頭取は切実に思ってたからねぇ。なんの言い訳もせずに不明を恥じる、と言った頭取の言葉をわたしは辛い気持ちで聞いた。不自然も然《しか》り、不透明も然りだ。これでは川瀬の質問に答えてないこともわかってるが、こんなところで勘弁してくれとしか言いようがないねぇ」

相原が、竹中、川瀬、須田にこもごも目を遣《や》った。

「頭取特命とは重いものだ。だから竹中たちの気持ちは痛いほどよくわかる。わたしも、今回の方向転換は意外だし、信じられない思いだが、頭取の経営決断を押し返すことはできない。しかも常務会がそれを了承したとなってはなおさらだが、さっき永井常務も言われたことだけど、結果的に立派な経営決断になるような気がしないでもないんだ。裁判で争うのも勇ましくて悪くないけど、ここは辛抱するしかないんじゃないか」

竹中は、面映《おもは》ゆさで、顔が火照《ほて》っていた。

須田がなおも食いさがった。

「言わば敗北宣言することになるわけですが、頭取はマスコミに、その理由を説明するんでしょうか」

「そのことは常務会でも話題になった。頭取は記者会見するのか、しないのか、そんな質問も出たが、頭取はこの問題で記者会見するつもりはない、と答えていたよ」

永井は、コーヒーをすって、話をつなげた。

「わたしも、わざわざ記者会見する必要はないと思う。賠償交渉のテーブルに着く。要するにそれだけのことだ」

「〝タコ〟は、記者会見で誇らしげに、協銀に勝った勝ったと吹聴《ふいちょう》するんでしょうねぇ。協銀は闘わずして負けたことは間違いないんですから、なんと言われようと、しょうがないわけですよ」

須田が瞬きしながら声高に言うと、川瀬が「やっぱり協銀が失うものは小さくないですよ」と、ぼやいた。

川瀬と須田は、コーヒーを飲まなかった。それで抗議しているつもりなのかもしれない。

「それはなんとも言えんな。裁判で争って、イメージアップするとは思えんよ」

永井がしかめっ面で、時計を見ながらソファから腰をあげた。

竹中、川瀬、須田の三人は特命班の自席に戻るまで、誰も口をきかなかった。

川瀬も須田もショックの余り口をきく元気もなかったと言うべきかもしれない。

竹中はほかのことを考えていた。塚本に自席から電話すべきかどうか。

それと、「高尾社長の恫喝に屈して……」のさっきの発言は、われながら八百長臭くて、かなわなかった。よせばよかった、と後悔していた。

川瀬も須田も先刻お見通し、と考えてさしつかえあるまい。

特命班でデスクに着いたのは竹中だけで、川瀬も須田もふてくされたように、どすんとソファに腰をおろして、脚を投げ出した。

「やってられないな」

「まったくです」

竹中は、無理にしかめっ面をしていたが、本音を明かせば、塚本と祝杯をあげたい心境だった。

「竹中班長、住管機構の塚本さんに電話しなくていいんですか」

川瀬はどこかうそぶくようなもの言いだった。

「そうだな。知らせておくか。塚本にしてみれば、してやったりっていうところだから、飛び上がって喜ぶだろう」

竹中が無表情をよそおって、受話器に手を伸ばしたとき、席を外していた清水麻紀が戻ってきた。

「竹中班長に十分ほど前、住管機構の塚本さんからお電話がありました。外出するので、一時間後に、またかけ直すとおっしゃってました。メモしておきましたけど」

竹中はメモを探したが見当たらなかった。

「あら、ご免なさい。わたしの机の上に置いたままでした。失礼しました」

麻紀は起立して、丁寧にお辞儀をした。

「ご丁寧にどうも」

竹中は笑顔で返事をすると、それが癇《かん》にさわったのか、川瀬がソファから言葉を投げてきた。

「班長が流れの変化に気づいたのはいつごろなんですか。それとも、流れを変えたと言うべきなんですかねぇ」

「川瀬、口のききかたに気をつけてくれ。そんなに買い被《かぶ》られても困るよ」

竹中は笑顔をつくったが、すかさず須田が川瀬に加勢した。

「佐藤取締役の相談にも乗ってたんでしょ。いわば流れを変えた確信犯みたいなものじゃないですか」

「須田も、口のききかたを知らんほうか。二人とも、いい加減にしろ。ま、きみたちみたいに強気一点張りじゃなかったことはたしかだが、流れを変えられるほどのパワーはないよ。強いて言えば、流れを変えるほうが得策と思わぬでもなかったが、確信犯はないだろう」

須田が瞬《まばた》きしながら川瀬と顔を見合わせながら言った。

「仮に和解するとしても裁判で主張すべきは主張して、とかなんとかよく言いますよ。空々しいって言うか」

竹中は露骨に顔をしかめた。やっぱり見え透いたことは言うべきではない。

「どっちにしても、須田もわたしもピエロを演じさせられてただけのことで、帰するところ竹中班長に名をなさしめたっていうことになるわけですよねぇ。竹中班長は流れを変えた功労者として、評価されるんじゃないですか」

川瀬と須田の悔しい胸中は痛いほどわかるし、どう言われても反論できないのが俺の立場かもしれない。しかも、特命班はまだ存続しているのだ。これ以上チームワークを乱す手はない。

「風通しがよく、言いたいことを言えるのが協銀の行風だから、なんでも存分に言ってけっこうだが、方向転換せず、このまま突っ走ってたら大恥をかくことになってたかもしれないよ。きみたちが頭取の英断に頭の下がる思いになるのも時間の問題のような気がするけど」

「大恥ってなんのことですか。その中身を教えてくださいよ。そうじゃなかったら、ぜんぜん説得力がないじゃないですか」

須田が瞬きしながら、言い募った。

午後五時二十分に特命班の電話が鳴った。

「竹中班長、塚本さんからお電話です」

清水麻紀に告げられて、竹中はボタンを押して受話器を取った。

「竹中です。先刻電話をもらったそうだが」

「常務会の結論はどうなったの。首を長くして朗報を待ってたんだけど」

「方向転換に決まった。わが特命班は意気消沈してるが、住管機構はさぞや笑いが止まらんことだろうな」

「高尾社長に至急報告しなければならないので、とりあえず電話を切る。あとでもう一度電話しようか」

「塚本の顔を見るのも厭《いや》だよ。川瀬と須田から突き上げられて、往生してるよ」

竹中は顔をしかめ、投げやりに言ったが、川瀬も須田も、ふんと鼻で嗤《わら》っていた。

「あいつらは、ことがらの本質をなんにもわかってないからねぇ。竹中の辛《つら》い立場はわかるよ。今夜一席もたせてもらおうか。こないだご馳走《ちそう》になったからな、八時に荒木町の〝くつき〟で会おう」

「うん、じゃあ」

竹中は急いで電話を切った。

さっそく須田が絡んできた。

「塚本さん、喜んでたでしょう。〝タコ〟と祝杯をあげるんじゃないですか」

「そうかもしれない。〝タコ〟に至急報告するって言ってたよ」

川瀬が先刻の話を蒸し返してきた。

「須田の質問に答えてくださいよ」

「大恥の中身か。恥ずかしくて、酒でも飲まなければ話せないよ。いずれわかることだとは思うが、もう少し時間をくれないか」

須田がソファから起き上がって、自席に戻った。

「そんな思わせぶらないで、話してくださいよ」

「問題案件は十件だけじゃない。スキャンダラスなもっと程度の悪いのが見つけ出されたんだ。住管機構側にそれを暴露されたら、協銀は窮地に陥る。きょうはここまでだ」

竹中はひろげた両手を、須田に向かって突き出した。

「〝タコ〟はその大恥をカードに使ったんですか」

「〝タコ〟は問題案件の存在を把握してない。須田、ここまでと言ったはずだぞ」

川瀬がソファから自席に移動した。

「特命班は一体だとばかり思ってたんですけどねぇ。その辺が竹中班長に不信感をもつ所以《ゆえん》なんですよ」

「いい加減にしろ!」

竹中はつい大きな声を出してしまい、気恥ずかしくなった。

「俺に不信感をもつのは勝手だが、なんでも話せるとは限らない。苦衷を察してくれと言っても、察してくれるような連中じゃないしなぁ」

竹中は照れ笑いを浮かべながらトイレに立った。

いずれわかることだとしても、プロセスなり、鈴木相談役絡みを明かすわけには参らんだろう。あるいは川瀬と須田に隠し通す方法があったかもしれないが、口をすべらせたのはまずかった。少なくとも、まだそのタイミングではない。

放尿しながら、手を洗いながら、竹中は後悔することしきりだった。

竹中が自席に戻ると、川瀬と須田の姿がなかった。

二人のデスクの上が整頓《せいとん》されていた。

「川瀬たちは帰ったの」

「はい。ヤケ酒を飲みに行くとか言ってました。わたしも誘われたんですけど」

麻紀の愛くるしいえくぼに、竹中はささくれだっていた気持ちが和んだ。

「ヤケ酒を飲みたいのは僕も一緒だよ。清水さん、ビールを一杯つきあってくれる」

「はい。よろこんで」

「ありがとう。まだ六時前なんだ。こんなに早く退行するのはきまりがわるいねぇ」

竹中はデスクを片づけにかかると、麻紀も帰り仕度を始めた。

2

清水麻紀が化粧室に行ってる間に、竹中は住管機構の塚本に電話をかけた。

「塚本は会議中ですが」

電話に出てきた女性事務員に、竹中は用件を伝えた。

「今夜八時に塚本さんとお目にかかることになっていたのですが、よんどころない用で、キャンセルさせていただきたい旨お伝えください」

「承知しました」

「失礼ですが……」

「川島と申します。たしかに承りました」

「よろしくお願いします」

竹中が電話を切るのと同時に、麻紀が戻ってきた。

「どこへ行くかなぁ。川瀬たちとバッティングしないようにしないとねぇ。清水さんにまかせようか」

「川瀬さんと須田さんは、うなぎ屋に行くと言ってました」

「すぐそこの〝門〟かな」

「はい。多分〝門〟だと思います」

竹中は、いくばくかの感慨を覚えずにはいられなかった。

相原から〝門〟に誘われて、〝特命〟を申し渡されたのは七月十五日だった。

あれからわずか二か月半しか経っていなかったが、ずいぶんいろんなことがあった。

〝カミソリ佐藤〟からのアプローチ。肩で風を切って行内を闊歩《かっぽ》していた前MOF担の杉本の失脚。

妻の知恵子の不倫。寝取られた亭主の間抜けさ加減を承知のうえで、不問に付した。

家族の崩壊を恐れて、ヤセ我慢したのだが、知恵子の不行跡は収まったかに見える。

義父と義母がなんにも言ってこなくなったのだから、知恵子を信じてよいのだろう。

「日本橋の〝泰明軒〟はどうでしょうか」

「ちまちまと、たくさん料理を出す店だね。混んでないかねぇ」

「電話してみます」

麻紀は小型の手帳を繰って、〝泰明軒〟に電話をかけた。

電話しながら、麻紀が右手の親指と人差し指で丸をつくった。

二人が〝泰明軒〟のテーブルに着いたのは午後六時二十分だった。

生ビールの中ジョッキを触れ合わせて、ごくごくっと三分の一ほど飲んでから、竹中が言った。

「そう言えば、清水さんの歓迎会をしてなかったねぇ。今夜は、きみの歓迎会をプライベートにやらせてもらうことにしようか」

「ありがとうございます。特命班は皆んな忙しいので、お食事を誘われたのは、今夜が初めてです」

「へーえ。川瀬に誘われたこともないの。川瀬から清水さんをスカウトしてくれとせがまれたんだけどねぇ。それにしちゃあ、ぬかってるなあ」

「そうだったんですかぁ。訂正します。川瀬さんに一度、お食事を誘われたことがあります。先約があって、お断りしましたけど」

「一度だけ」

「今夜を入れれば二度です」

小皿定食料理が運ばれてきた。二膳《ぜん》あり、一膳めは、小エビのカクテル、エスカルゴ、スモークドサーモン、ほたて貝のグラタンなど九品。

「老若男女を問わず人気があるはずだよねぇ。少しずつ、たくさん種類があって、けっこう美味《おい》しいし、リーズナブルだから」

「ええ。素敵なお店だと思います」

竹中は明るい気分になっていたが、うなぎ屋でヤケ酒を飲んでいる川瀬と須田の心象風景に思いを致して、わずかに表情を翳《かげ》らせた。

塚本と祝杯をあげることになっていたのだから、どっちみち同じことだが、相手が麻紀に変わった分だけ楽しさが倍加した。

これが塚本だったら、〝タコ〟の話で、もちきりになるところだろう。

ワンサイドゲームみたいなもので、〝タコ〟の圧勝、協銀は闘わずして、タオルを投げたのだ。竹中は、そのことに与《くみ》した自分をいとわしくは思わなかった。むしろ、この選択肢しかなかったのだし、協銀にとっても、損はなかったと信じるしかない。

七時前に〝泰明軒〟は満席になった。

竹中が口のまわりをナプキンで拭《ふ》きながら、麻紀に訊《き》いた。

「どうして川瀬たちの誘いを断ったの」

「たのしくありませんから」

「そうかなぁ。川瀬も須田もナイスガイと思うけど」

「ほんとうにヤケ酒なんです。竹中班長の陰口を聞かされるのは、たまりません。竹中班長がフランクに話してくれないとか、こそこそなにやってるのかわからないとか、川瀬さんと須田さんは、普段でも話してますけど、さっきはすごーく険悪でしたでしょう。ですから、今夜おつきあいしてたら大変だったと思います」

「かれらが怒るのも、もっともだし、僕に不信感をもつのもやむを得ないよ。不徳の致すところっていうところかねぇ」

竹中は憂い顔をうつむけて、話をつづけた。

「知り得てることのすべてを川瀬と須田に話せれば、どんなに気が楽かわからない。清水さんがいなかったら、特命班の雰囲気はもっとひどいことになってただろうねぇ」

麻紀が明るい顔で唐突に質問した。

「特命班は解散するんですか」

「いやぁ、そんなことはないと思うけど」

「電話でそんな話をされてたのをお聞きした覚えがありますが」

竹中は、今回の資料の扱いについて、永井に電話で伝えているとき、麻紀に聞かれたことを思い出した。

「永井常務と電話で話してて、冗談を言ったんだよ。住管機構との裁判沙汰《ざた》はなくなったけど、賠償交渉やらなにやら特命事項が消えてしまったわけじゃないからねぇ。じっくり構えてくれって、永井常務も言ってたよ」

「そうなんですか」

竹中が時計に目を落とした。午後七時を回ったところだ。

「頭取が五時から弁護団の先生たちに方針の変更を説明したはずだが、どういうことになったのかなあ。それと、川瀬と須田の気持ちを思うと、心配になってくるよねぇ」

「竹中班長は苦労性なんですねぇ」

「苦労性っていうよりも貧乏性に近いんじゃないかな。清水さんと食事をしていることを川瀬たちに知られたら、えらいことになるな」

「もちろん内緒ですね」

「うん。悩み出したらきりがないけど、特命班のチームワークをどうやって再構築していったらいいのか、頭が痛いよ。修復不能とは思わないが……」

竹中は、話題を変えよう変えようと思いながら、頭の切り替えがままならず、われながら自分の気持ちをもてあましていた。

そんな竹中の胸中を察したわけでもないだろうが、麻紀が「竹中班長にご相談したいことがあるんですけれど」と、大きな目で竹中を見つめた。

「どうぞ。僕でお役に立てるんなら、なんなりと」

「わたし、家を出たいんです。両親とどうだとか、そういうことではなく、自立したいんです。一人で気ままに暮らしたいのですけど、竹中班長は賛成ですか、反対ですか」

竹中はどっちつかずに小さくうなずいた。

「親離れしないで、家に住みついて自立しない子供が増えてるらしいけど、清水さんは自立心が強いんだね。結婚志望とは違うのかなぁ」

「ええ。結婚なんて、十年早いですよ。父はサラリーマンですけど、自分のことは棚に上げて、門限にすごくうるさい人なんです」

「門限は何時なの」

「十一時です。十一時を過ぎたら、カギをかけて家に入れるな、って母に言ってるそうです」

「十一時なら、そう早くもないし、ごく当たりまえっていう気がするけど。それに、厳格なお父さんが、きみの自立を許してくれるかねぇ」

「問題はそこなんです。母にそれとなく話したら、結婚以外に父がOKすることはあり得ないと言われました」

「そうなると、厄介だねぇ。結婚するまでご両親の庇護《ひご》の下に、家にいたほうがずっと楽ができるんだから、あわてることはないと思うけど」

二膳目が運ばれてきた。

「ということは、竹中班長は反対なんですね」

「ご両親の反対を押し切ってまで、家を出るのはやっぱり賛成できないよ。清水さんは、自立して気ままな暮らしがしたいって言うけど、いま現在、充分気ままな暮らしをしてるんじゃないかなぁ。さっきも言ったが、十一時の門限は、当然っていうか、さほど厳格とは思わないけどねぇ」

　女子大二年生の恵の帰宅時間はどうなっているのだろう、と竹中は気になった。竹中も知恵子も、子供たちに対して、干渉するほうではなかった。ほとんど放任主義に近い。麻紀の話を聞いていて、清水家のほうがまっとうで、竹中家は家庭崩壊の危機に直面している。少なくとも直面した事実のあることをいまさらながら思い知らされて、竹中はうろたえた。

「門限だけの問題じゃなくって、いろいろ口を出したがる親がわずらわしいんです」

「愛情過多かねぇ。いずれにしても、贅沢《ぜいたく》な悩みだな。ご兄弟は」

「高三の弟と、高一の妹の二人です」

「ウチにも高三の受験生の息子がいるけど、僕に反抗的なんで、手を焼いてるよ」

「お一人ですか」

「女子大二年の娘と二人。親がけむったい年頃なのか、子供との対話は限りなくゼロに近い」

「羨《うらや》ましいわ。ウチとは大違いです」

「結婚は十年早いとか言ってたが、そんなことはない。早いほうがいいと思うよ」

「十年は言い過ぎかもしれませんけど、三十まで結婚するつもりはありません」

「うろ覚えだが、二十代で出産するのと、三十代でするのとでは、母体の勢いが違うから、平均的には子供の能力にも影響が生じるようなことを、なにかの本で読んだ。僕の兄は二人とも医者だが、兄から聞いた話かもしれない。ま、お力添えできなくて、ごめんなさい」

「とんでもない。でも、家出を強行するかもしれませんよ。わたしって、度胸があるんです」

「それは穏やかじゃないなあ。きみのことだから降るほど縁談があると思うけど、結婚したらいいじゃない」

「ボーイフレンドと同棲《どうせい》したいと、思うことはあります」

麻紀は、けろっとした顔で言ってから、大きなえくぼと白い歯を見せた。

「そういうボーイフレンドがいるっていうことなの」

「いいえ。いまはいません。たとえば竹中班長とデートしたいと思うこともありますけど」

「だって、いまデートの最中じゃないの」

「お食事だけじゃなくて、本物のデートです」

「本物のデート」

麻紀は真顔でうなずいた。

「たった二杯の生ビールを飲んだくらいで、大人をからかうとは、悪い娘《こ》だな」

竹中は、軽く麻紀を睨《にら》んだが、かなり動揺していた。知恵子と躰《からだ》を交えていて、麻紀の顔を目に浮かべて到達したことがあった。そのことが頭をよぎり、胸がドキドキした。

「からかってなんかいません。人間って、誰でも、そういう突拍子もないことを考えるんじゃないですか。プロジェクト推進部の女の子たちとおしゃべりしてて、竹中班長のことが時々話題になるんです。竹中班長の人気は抜群なんですよ。突拍子もないことを考えてるのは、わたし一人じゃないと思いますけど」

竹中は目のやり場に当惑した。しかし、悪い気はしなかった。川瀬にしても、俺にしても、麻紀を手ごめにできたら、という願望めいたものはあるかもしれない。

しかし、協立銀行で、行内不倫はまず考えられなかった。

「清水麻紀の家出には、断固反対する。きみは、われわれ中年族にとって、なんて言ったらいいのかなあ。アイドルともちょっと違うが、とにかく夢をぶち壊すようなことを言っちゃあいけないよ」

「竹中班長って、そういうふうにむきになるところが、かわゆいんです」

竹中は視線をさまよわせてから、最後の小ラーメンにとりかかった。

二人が〝泰明軒〟を出たのは、午後八時四十分だった。麻紀が竹中の左腕に右腕を絡ませてきた。取るに足らない仕種《しぐさ》とも言えるが、竹中はびっくりした。

「お父さんとも、腕を組んだりするの」

「ええ。たまには」

「ふうーん」

「まだ門限まで二時間以上ありますから、二次会はいかがでしょう」

「いいよ。銀座へ行こうか」

竹中は麻紀に左腕を取られたまま、右手を挙げて、タクシーを止めた。

「〝CLUB東京会議〟っていう、おもしろいネーミングのバーが銀座八丁目にあるんだ。学生時代の友達に紹介してもらった店で、協銀の連中は連れて行かないことにしてるから、川瀬と須田が銀座に流れてきても、バッティングすることはあり得ないから、安心だ」

麻紀は、タクシーの中では、腕組みをほどいた。

「カラオケバーですか」

「ううん、違うよ。雰囲気のある店だ」

〝CLUB東京会議〟は第七金井ビルの二階にあった。時間が早いせいか、先客はサラリーマン風の三人連れひと組だけだった。

竹中は〝CLUB東京会議〟は三度目だが、いつも接待される側だったので、ボトルはキープされていなかった。

しかし、ママの浅見令子は、竹中の顔も名前も覚えていて、友人のウイスキーボトルをテーブルに置いた。「俺のボトルを使っていいからな」と友人が言ったせりふも記憶にとどめてくれていたとみえる。

「ムードのあるいいお店ですねぇ。それにママさんもすごく感じがよくて、きれいな人ですし」

「元美人っていうところかねぇ。〝東京会議〟っていうくらいだから、静かに語らうには恰好《かっこう》の店かもねぇ」

「竹中班長とこんなにゆっくりお話しできるなんてハッピーです。わたし、カラオケバーって好きじゃありません。おじさんたちの懐かしのメロディーを聴かされても、うるさいだけで、ちっともおもしろくないですよ」

「僕もカラオケは苦手だ。ほとんど音痴に近いからねぇ。川瀬も須田もカラオケが好きでマイクを離さない口だけど」

「へーえ。そうなんですか。よかったわ。相当強引に誘われたので、あやうく受けそうになったんです」

「川瀬と須田を振り切って、僕につきあってもらえて、光栄とおもわなくちゃぁいけないな」

「わたしのほうこそ光栄です。今夜は第一回目のデートですね」

竹中と麻紀は並んで坐っていた。

耳たぶに熱い息を吹きかけられて、竹中はくすぐったかったが、それ以上に「デート」と聞いて、ドキッとした。

先刻、麻紀は「本物のデート」と言ったが、おそらく浮気とか不倫という意味だろう。もっとも本気なのか冗談なのか、判然としない。後者と思わなければいけない。心しなければ、と竹中は気持ちを引き締めた。

「清水さんのお宅はどこだったっけ」

「杉並区の西永福です」

「そう。じゃあ、ほぼ同じ方向だねぇ」

「竹中班長は上北沢ですね」

「うん。タクシーで送ろう」

竹中は時計を気にした。まだ九時二十分だが、十時前には〝東京会議〟を出よう、と竹中は思った。

二人連れと四人連れが来店し、〝東京会議〟はざわざわしてきた。

女性連れは竹中だけだし、美貌《びぼう》の麻紀は目立つから、こっちを気にする目線も多い。むろん知った顔はなかったが、竹中と麻紀は薄めの水割りウイスキーを二杯ずつ飲んで、腰をあげた。

「あら、もうお帰りですか」

ママが、竹中に近づいてきた。

「名刺出してましたかねぇ」

「ええ。いただいてます」

「じゃあ、よろしく。このお嬢さん門限がうるさいんですって」

「素敵な女性ですねぇ。わけありだったら許せん、なんてやっかんでた人もいましてよ」

「冗談じゃありませんよ。わけありなんて」

ママとホステスに通りまで見送られて、竹中と麻紀は〝CLUB東京会議〟を後にした。

3

タクシー乗り場は、十時前だったのですいていた。

十時台、十一時台でも長蛇の列は、もう見られない。空車タクシーは洪水状態に近く、あふれたタクシーのお陰で、銀座界隈《かいわい》を脱出するのに時間がかかる。

タクシーに麻紀を先に乗せて、竹中が後に続いた場面をJR新橋駅に向かって歩いていた須田に偶然目撃されたことなど、竹中も麻紀も知る由もなかった。

須田が川瀬と別れたのは、銀座六丁目のバーを出てからすぐだ。須田は神奈川県藤沢、川瀬は足立《あだち》区千住《せんじゅ》に住んでいるのだから、JRと地下鉄で帰るとすれば、当然そうなる。

須田は竹中の住まいが上北沢だということは承知していたが、麻紀については知らなかったので、想像をたくましくした。

麻紀に飲み会を断られている怒りも加わって、須田は、竹中と麻紀の男女関係は確実だとまで思い込みをエスカレートさせていた。

川瀬だったら、タクシーに飛び乗って、二人を追跡したかもしれない。川瀬が、麻紀を憎からず思っていることを知っている須田は、そんなふうにも考えた。

竹中と麻紀が乗車したタクシーが視界から消えるまで、立ちつくしていた須田は瞬《まばた》きしながら「ふざけやがって」とひとりごちてから、JR新橋駅に向かって歩き始めた。問題は川瀬に知らせるべきか否かだ。この事実を聞いたら、川瀬は猛《たけ》り狂うに相違なかった。

須田は歩きながら〝携帯〟で、川瀬の〝携帯〟を呼び出したが、地下鉄の中なので川瀬は電源を切っていたから、つながらなかった。

メッセージを入れるべきかどうか、須田は酔った頭で考えたが、そこまではやり過ぎだと思い直して〝携帯〟をポケットに仕舞った。

川瀬に言いつける前に、麻紀をとっちめてやろう、と東海道線湘南《しようなん》電車の中で須田は結論を出した。

翌十月二日、須田はなにくわぬ顔をよそおうのに苦労した。朝八時二十分に川瀬と顔を合わせた途端に口がむずむずしたが、ぐっと堪《こら》えた。

須田が外出先から麻紀に電話をかけてきたのは、午前十一時五十分だった。

「須田ですけど、竹中さんと川瀬さんは席にいるの」

「いいえ。お二人ともいらっしゃいません。川瀬さんは御茶の水の法律事務所に行かれました。竹中班長は永井常務に呼ばれて、たったいま席を外されましたが」

「それは好都合だ。清水さんに、訊《き》きたいことがあるんだけど。昼食を一緒にどうかなぁ」

「お弁当を持ってきてますので」

「弁当なんか誰かにあげなさいよ。非常に大事なことなんだ。それとも、夜まで待とうか」

「わかりました。お昼をご一緒させていただきます」

「それじゃあ、大手町ビルの地下二階に〝ての字〟っていう大衆的なうなぎ屋があるから、そこで正午に待ってます。じゃあ、あとで」

　電話が切れた。

　須田は昨夜は大手町センタービルの〝門〟でうなぎを食べたはずだ。取締役プロジェクト推進部長の相原もそうだが、須田もよほどうなぎが好物とみえる。

　麻紀は正午に特命班の部屋を出た。

　須田は、入り口に近い席を確保して、麻紀を待っていた。

「須田さんはうなぎがお好きなんですねぇ」

「まあね。昨夜は白焼きだったから、うな重とは、ちょっと違うしねぇ」

　ほどなく特上のうな重が二つテーブルに並んだ。

「〝門〟よりちょっと落ちるけど、〝門〟だと協銀の誰かに必ず会うからな。ゆうべも、そうだった。その点、この店なら安全だ。川瀬さんに見られでもしたら、えらいことになるよ」

「どうしてですか」

麻紀が怪訝《けげん》そうに訊いた。

「川瀬は麻紀ちゃんの大ファンだから、妬《や》かれちゃって大変だよ」

麻紀は須田に凝視されて、視線を外し、うな重の蓋《ふた》をあけた。

「いただきます」

須田もうな重の蓋をあけた。そして、激しく瞬きしながら、訊いた。

「きのう、われわれにつきあってくれなかったのは、どうしてなの。先約があるとか言ってたけど、誰と一緒だったか、教えてよ」

麻紀は肝吸いをすすりながら、どう答えようかと思案した。答える必要があるのか、疑問に思うが、うな重を馳走《ちそう》になっている手前、そうもいかない。

「高校時代のお友達です」

「ボーイフレンド」

「いいえ。女性です」

須田はうな重に集中し、しばらく口をきかなかった。

須田がふたたび口を開いたのは、うな重を食べ終わってからだ。

「清水君、もう二つも嘘をついたねぇ。高校時代の友達でもないし、女性でもない。ほんとうは誰なの」

麻紀は箸《はし》を置いて、湯呑《ゆの》みを口へ運んだ。

「こんど嘘をついたら、許さないからな」

須田は冗談ともなく言って、頬杖《ほおづえ》をついた。

「答えられないよねぇ。竹中さんと一緒だったなんて、答えられるわけがない」

麻紀は狼狽《ろうばい》して、半分も残っているような重が喉《のど》を通らなくなった。

須田はカマをかけている、としか思えないが、当てずっぽうにしても、核心を衝《つ》かれてしまったのだから、すぐには言い返せなかった。

「清水君をこれ以上、困らせるのは気の毒だから、わたしから説明させてもらうよ。昨夜十時ちょっと前に、JR新橋駅に近いタクシー乗り場から、清水君と竹中さんがタクシーに乗るのを見せてもらったわけよ。川瀬さんはいなかったから、わたし一人だけど」

麻紀は心悸《しんき》昂進《こうしん》で、胸が苦しくなった。

「あれから竹中さんと、どこへ行ったの」

須田は上体を麻紀のほうへ寄せて、小声でつづけた。

「ラブホテルかなぁ。竹中さんは、資産家らしいし、プライドも高いから、帝国ホテルかホテルオークラっていう手もあるか」

「失礼なこと言わないでください。初めに嘘をついたことは謝りますけど、竹中班長のお宅と同じ方向だったので、自宅まで送っていただきました。帰宅時間は十時三十五分です。なんなら両親に訊いていただいて、けっこうです」

麻紀が目尻《めじり》ににじんだ涙をハンカチで拭《ふ》いた。

「竹中さんとは、初めから約束してたわけ」

「いいえ。須田さんと川瀬さんがお帰りになったあとで、お誘いをうけました」

「われわれは断って、竹中さんは断らないのは、どうしてなの」

「竹中さんにしつこく誘われて、お断りできなかったんです」

ちょっと違うが、そうとしか答えようがなかった。

「それはないよ。川瀬さんがあんなにしつこく誘ったんだからねぇ。川瀬さんが聞いたら、僻《ひが》むよ。わたしだって、そうだ。清水君と竹中さんを見かけたとき、わが目を疑ったもの」

「須田さんと川瀬さんには申し訳ないと思いますし、竹中班長のお誘いをお受けしたことは軽率でした。反省してます」

「重ねて訊くけど、竹中さんと、ほんとうに、なんにもないの」

「ありません」

「二人だけで食事をしたのは、きのうで何度目」

「もちろん初めてです」

店内が混雑してきた。女店員が催促がましく、テーブルを片づけにきたが、須田は気にしなかった。

「それにしてもショックだよ。清水君が、われわれを振って、竹中さんにつきあうなんて冗談じゃないよ。竹中さんに、われわれには内緒だぞって、口止めされてるんだろう」

麻紀は小さくうなずいて、うつむいた。

「どうしようか。竹中さんにも、川瀬さんにも、話したほうがいいんじゃないかなぁ。特命班の雰囲気をこれ以上、悪くするのもなんだから、すべてオープンにしたほうがいいと思うけど」

そうだろうか、逆のような気がする。しかし、麻紀は黙っていた。

うなぎ屋の女店員がテーブルを拭きにきたのをしおに、二人は店を出た。

大手町ビルから外に出たところで、須田が立ち止まった。

「川瀬さんの反応は、やっぱり気になるよねぇ。わたしの胸にたたんでおいたほうが無難かもな」

「わたしもそう思います」

「そのかわり、清水君は竹中さんにも黙ってなければいけないよ。約束できるか」

「はい」

「わかった。じゃあ、昨夜のことはなかったことにしよう。二人が黙ってれば済むことだ。つい口がすべることはままあることだから、お互い気をつけよう」

須田が瞬きしながら、言った。

「くどいようだけど、竹中さんからセクハラみたいなことはなかったんだろうね」

「ありません。竹中班長に限って、セクハラなんて、あるはずがありませんよ」

麻紀の強い口調に気圧《けお》されて、須田は瞬《まばた》きしながら、照れ笑いを浮かべた。

須田と麻紀が大手町ビルのうなぎ屋で会っている同時刻、竹中と永井が個室でざる蕎麦《そば》を食べながら、深刻な面持ちで話をしていた。

「佐藤を呼んで、相談役絡みの問題案件の後処理をまかせると話したら、けろっとした顔で特命班の仕事でしょ、ってのたまってたよ。ま、予想どおりっていうところかねぇ」

「もちろん、押し返していただけたわけでしょう」

「うん。住管機構との交渉の窓口は竹中に担当させてもいいが、不良債権の処理は竹中にはまかせられない、と言っておいた。佐藤以外に知恵を出せる者はいないともな。厭《いや》な顔をして、ああでもないこうでもないとねばってたが、合理性の話を出して、違法性は相殺されるはずだと話したら、考えてみます、と言って、引き下がったが、佐藤がどんな知恵をひねり出してくるか見物だねぇ」

永井は、ざる蕎麦を食べ終えて、おしぼりで口のまわりをぬぐった。

竹中は、あとふた口ほどの蕎麦を急いで始末した。

「ところで、住管機構のほうは大丈夫なんだろうねぇ。高尾社長に報告せずに、相談役案件をこっそり協銀で肩代わりするなんて芸当ができるんだろうか」

「昨夜遅く、塚本と電話で話しましたが、心配ない、ということでした。住管機構にとって、協銀が賠償交渉に応じることが、最大の収穫ですし、相談役絡み案件も、願ったり叶《かな》ったりの濡《ぬ》れ手で粟《あわ》みたいな話ですから、事務方で処理できると言ってました。むろん、鈴木相談役の名前は伏せることが前提です。塚本は住管機構出向組では出色の遣《や》り手ですから、信頼できますよ」

「きわめつけのみっともない話だから、この案件が表面化したら、どうにも取り繕いようがないからなあ。頭取も相当気にしててねぇ。鈴木相談役が、あまり意に介していないっていうか、平然としていることに、呆《あき》れ返ってたよ」

「鈴木相談役の神経が人間離れしていることは認めますけれど、平然としてるのは表向きで、内心は方向転換してくれた頭取に感謝感激してるんじゃないでしょうか」

永井が湯呑みを口へ運んだ。

「まあねぇ。これを機会に、相談役が人事などに口出ししなくなってくれれば、それなりに成果もあったことになるんだが」

竹中も湯呑みをつかんで、緑茶をすすった。

「その点は大いに期待できるような気がしますけど。佐藤取締役の地盤沈下も期待したいですねぇ」

「おまえなんか目じゃないっていうのが、いままでのわたしに対するかれのスタンスだったけど、ずいぶん変わったような感じはあるねぇ。初めは不都合なことなどないって、シラを切ったほどの佐藤のことだから、油断はできないが、今度の問題を喉元過ぎて、熱さを忘れてしまうことにだけはしたくないな」

「一札取ってるわけですから、いくら〝カミソリ佐藤〟でも、忘れられるわけはないと思いますが」

4

十月二日午後四時を過ぎた頃、特命班の電話が鳴った。

電話に出た清水麻紀が、ソファで川瀬と話している竹中のほうに目を向けた。

「竹中班長、佐藤取締役営業一部長からお電話です」

竹中はソファから自席に移動して、受話器を取った。

「はい。竹中ですが」

「至急お目にかかりたいのですが、ご都合はいかがですか」

佐藤はいつもながら丁寧だが、いんぎん無礼そのものだった。

「けっこうです。すぐお伺いします」

「それではお待ちしてます」

「はい」

竹中が電話を切ると、川瀬がソファから声をかけてきた。

「佐藤さん、自分の思いどおりにことが運んで、まんざらでもないでしょう。竹中さんを呼びつけて、自慢話でもしようっていうことですかねぇ。久しぶりに勢威っていうか存在意義を見せつけることができたんですから」

「そんな感じでもなかったが。事務的な用件があるんだろう」

佐藤の用向きが住管機構の鈴木相談役絡みの案件であることは間違いない。きょう午前中に、永井常務から、後処理を言いつけられて、不承不承受けざるを得なくなった。この問題に決まっている、と竹中は思いながら、背広の袖《そで》に腕を通した。

佐藤は愛想よく竹中を迎え、ソファをすすめた。

「急にお呼びたてして、どうも。永井さんからお聞き及びとは思いますが、例の相談役関係の案件の処理を押しつけられて、往生してます。正直なところ、手詰まりで、手の打ちようがないんですよ。ご存じのように営業一部は問題案件が飽和状態になってまして、これ以上抱えようがないんです。それに、この案件はちょっと性格的にも一部では扱いにくいんですよ。特命班でなんとかしていただけると、ありがたいんですがねぇ」

冗談じゃない、永井常務からも、釘《くぎ》を刺されているはずではないか。

竹中の顔に朱が差した。

「特命班で扱える問題ではありません。住管機構の交渉の窓口になれとおっしゃられればお受けせざるを得ませんが、川瀬と須田に伏せてことを運ばなければならないので、相当神経を遣います。後処理を受けろと言われても、わたし一人で対応できるはずがありませんから、かれらの協力も取りつける必要が生じます。それでもよろしければ、ない知恵をしぼってみますが、佐藤取締役以上に、手詰まり状態で、知恵をしぼり出せる自信はありません」

佐藤は笑顔を消さずに、言い返した。

「特命班というよりも、わたしのブレーン的立場で力を貸してくださいよ。川瀬とか須田に知らせるなんて、とんでもないことですよ」

「しかし、わたし一人で対応できるとは思えませんので、とりあえず特命班の担当常務の永井常務に相談したいと思います」

佐藤の笑顔が消えた。

「それはまずい。永井さんには、わたしが処理策をひねり出すと言ってしまった手前も、あなたがこの問題を永井さんに持ち込むのは困りますよ」

「わたしが個人で対応できる問題ではありません」

竹中は同じ答えを繰り返した。だいたいお門違いもいいところではないか。

かくかくしかじかで手を打ちたいから、住管機構と接触してほしい、ということなら、わかるし、当然、そういうことで呼びつけられたのだと竹中は思っていた。

ところが、手詰まりだから個人的に知恵を出せ、とは、どういう料簡《りょうけん》かと問いたいくらいだ。「わたしのブレーン」を殺し文句ぐらいに考えているのだろうが、冗談も休み休みに言ってもらいたい。

「申し訳ありませんが、会議中ですので、失礼します」

竹中はつとソファから腰をあげた。

「ちょっと、待ちなさい」

佐藤があわて気味に起《た》ち上がって、両手で竹中の肩を押さえた。

竹中はしかめっ面でソファに坐り直した。

佐藤がこの問題から逃げたがっていることは明々白々である。

さんざん不正行為に手を染めてきた佐藤でも、ACB（朝日中央銀行）事件で、銀行に対する世間一般の目が厳しくなり、大蔵省検査も裁量的なもたれあいを排する方向に転じることは間違いない点に思いを致せば、びびって当然だ。

検察、警察も目を光らせている。

鈴木相談役絡みの案件を住管機構から協立銀行が肩代わりする行為は、違法性が強い。合理性があるので、違法性は相殺できる、と言われても、誰かに押しつけたくなる気持ちもわからなくはなかった。

佐藤が竹中の顔を思い出したとしても仕方がないとも言えるが、竹中にすれば、相手がいくら〝カミソリ佐藤〟でも、そんな権限はないし、「わかりました。やりましょう」などと言えるわけがなかった。

竹中はソファに腰をおろしたものの、ずっと口をつぐんでいた。

佐藤も然《しか》りだ。腕と脚を組んで、いつまでも天井を仰いでいる。

長い沈黙を破ったのは、むろん佐藤である。

「杉本さんは元気にしてますか」

「ここのところ会ってませんが、協立リースで元気にやってるんじゃないでしょうか」

佐藤がじれったそうに早口で言った。

「それだけですか。なにか思い当たることはないんですか」

「杉本がなにか」

竹中の返事は、佐藤側からすれば間の抜けたものだった。

だが、竹中は佐藤の胸中を忖度《そんたく》できなかった。

「協立リースを使う手があるかもしれませんねぇ。竹中さんなら、そのぐらいの知恵はひねり出してくれるかな、と思わぬでもなかったんですけどねぇ」

佐藤は薄く笑いながら、竹中に目を流した。

なるほど、そういうことか。「わたくしの目の黒いうちは絶対に本部に戻さない」と、佐藤が酷薄な顔つきで言ったことを竹中は思い出した。

そこまで言っている手前、佐藤の口から杉本の名前は出しにくい。そこをなぜ察してくれないのか、と言いたかったらしい、と竹中はやっと気づいた。

竹中にすれば、佐藤に見限られた杉本の顔をこの場面で思い出すのは、ないものねだりに等しい。思いもよらぬことだ。佐藤の立場では意地でも杉本の名前を出せない。

そこを汲《く》んで、おまえが杉本の名前をなぜ出さんのか、と言いたいらしいが、そこまでは気が回らなかった。

どうやら、佐藤は初めから杉本をカウントしていたとしか思えなかった。

〝カミソリ佐藤〟〝柳沢吉保〟と称される所以《ゆえん》だろう。

「杉本さんなら、うまくやってくれると思いますよ」

「しかし、わたしから杉本にアプローチするのはいかがなものでしょうか」

「それはわたしの言うせりふですよ。竹中さんだからできるんです」

「特命班の班長の立場では無理です」

竹中は頑《かたく》なに拒んだ。

「杉本さんとは同期で、親しい仲なんでしょう。昔〝特命〟で協力した仲じゃないですか」

「杉本は、佐藤取締役に嫌われたと思っているふしがありますから、佐藤取締役から声をかけられたら、うれしいんじゃないでしょうか。お二人の関係修復のためにも、ぜひ、お願いします」

佐藤があからさまに厭《いや》な顔をしたが、竹中は動じなかった。

「竹中さんは、協立リースを使うことには反対ですか」

「いいえ。ひとつの考え方として、なるほどと思いました」

「でしたら、そういうことで協力してくださいよ」

「杉本の気持ちを考えますと、佐藤取締役が直接、杉本に当たるほうが効果的ですし、勝負が早いと思います。急を要する問題ですから」

佐藤はソファに背を凭《もた》せて、脚を投げ出した姿勢で、竹中を凝視した。

「わたしが辞を低くしてお願いしてるんですよ。竹中さんが杉本さんに会ってください。もちろん、わたしの名前を出していただいて、けっこうですし、相談役絡みの案件であることを明かしてもかまいません。杉本さんならわかってくれると思いますよ。竹中さん独自の発案ということなら、もっといいのですが、それはお厭なんでしょう」

厭もくそもない。筋道が立たないではないか、と竹中は思うのだ。

だが、佐藤からここまで言われたら、受けざるを得ない、と竹中は思った。

時計を見ながら佐藤が言った。

「まだ五時前ですねぇ。さっそくいまからでも杉本さんと接触してくれませんか。七時まで銀行におりますから、連絡をお願いします。会議中でも呼び出してけっこうです」

「七時以後は、どちらにいらっしゃいますか」

「家に帰ります。八時過ぎなら自宅にいますから、自宅に電話をかけてください」

竹中は、わかった、とはひとことも言っていないが、杉本との接触を強引にまかされることになってしまった。

特命班に戻るわけにはいかないので、竹中は、一階ロビーから、〝携帯〟で協立リースに電話をかけた。協立リースの本社は日本橋にあった。

杉本は在席していた。

「竹中か。俺なんか忘却の彼方《かなた》かと思ってたが」

「変なことを言いなさんな。杉本に折り入って頼みがあるんだが」

「電話でいいのか」

「いや、いまから協立リースへ出向くよ」

「へーえ。協銀本部は敷居が高いっていうことを察してくれてるわけなのか」

「なにをたわけたことを。頼みごとをするのに、杉本ほどの男を呼びつけられるか。急いでるから、電話を切るぞ。十分か十五分後に行くから、じゃああとで」

竹中は、次に特命班を呼び出した。

「はい。協立銀行です」

「清水さん、竹中ですが、所用でいまからちょっと外出します。一時間ほどで帰れると思うけど。じゃあ、よろしく」

竹中は急いで電話を切った。麻紀から、どこへ出かけるのか、誰と面会するのかを訊《き》かれると困ると思ったのだ。

日本橋の協銀日本橋別館ビル五階にある協立リース管理部の応接室で、竹中と杉本が向かい合ったのは、五時十分過ぎだ。

「なにごと。いまをときめく特命班長が、尾羽《おは》打ち枯らした俺なんかに、頼みごとなんてあるとは思えんが」

「どっちが尾羽打ち枯らしてるかわからんよ。冗談はともかく、用件を言うぞ……」

竹中は、鈴木相談役絡みの案件の経緯を話すだけで十五分ほど要した。

「佐藤さんが直接、杉本に頼むのが筋とは思うが、あの人もプライドの高い人だから、とりあえず、俺が名代として杉本に頭を下げに来たっていうわけだ」

「ふうーん。協銀が、住管機構の〝タコ〟に全面降伏ねぇ。あげくの果てに、協立リース、厳密に言えば管理部長の俺に尻《しり》ぬぐいをさせようっていうのが、鈴木─佐藤─竹中ラインの魂胆っていうことだな」

「ラインの中に俺は入ってない。ま、ジョークとは思うけど」

「本気だよ。おまえだって、そのつもりになってるんだろう」

「そんなひがんだことを言うなって。俺は、たったいま小一時間ほど佐藤さんと話して、断り切れなくて、のこのこやってきたが、鈴木─佐藤─杉本ラインがまだ崩壊していないことを再認識させられたよ。俺はお使いに過ぎない」

杉本はソファにふんぞり返って、うすら笑いを浮かべた。

「冗談言うなよ。だったら、佐藤はなんで俺に直接電話をかけてこないんだ。協立リースへ来て、ふた月経つが、歓送会のかの字も佐藤から聞いてないぞ」

ノックの音が聞こえ、中年の女性事務員が緑茶を運んできた。

杉本にならって竹中も湯呑《ゆの》みに手を伸ばした。

湯呑みをセンターテーブルに戻すなり、杉本が険のある目で、竹中をとらえた。

「断る。協立リースが、鈴木相談役の尻ぬぐいをするいわれはない。だいたい、佐藤が協立リースのトップに頭を下げてくる問題だろう」

協立リースの社長は、協立銀行前副頭取の山田である。

「この問題をオープンにすることはできない。杉本ならわかってくれるはずだよなあ。四年前に、杉本から〝特命〟を申し渡されたことを思い出してもらいたいが、せめてあのときの十分の一ぐらいは返してくれてもバチは当たらんだろう。あの〝特命〟に比べれば、この案件はゴミみたいなものだ。杉本なら、よろしく処理してくれるに相違ないと見込んで、佐藤さんは、おまえに協力を求めてるんだから、叶《かな》えてやったらどうかね」

杉本はふたたび、湯呑みを口へ運び、がぶっと飲んで、乱暴に湯呑みをセンターテーブルに戻した。

「俺は、検察の取り調べに対して、すべてを背負《しょ》い込んで、罰金五十万円の略式起訴の処分を受けた。鈴木相談役の名前も、佐藤取締役の名前も出さずにな。いわば俺一人で罪をかぶったわけよ。その俺に対して、佐藤さんの態度はいただけないよなぁ」

杉本が調書の中で、佐藤の名前を出していることは佐藤に把握されている。それ故、「わたくしの目の黒いうちは……」と、佐藤に、見限られたのだ。

しかし、この事実関係を杉本は知らなかった。竹中は、むろん知らしめる必要はないと思っていた。

「杉本のことは皆んな多としているよ。だからこそ、略式起訴なんていう寛大な措置で済ませるために、鈴木相談役や佐藤取締役がしゃかりきになったんだよ。他行にやっかまれるほど検察は協銀に甘かった。杉本が佐藤さんを恨むのは筋違いと思うが」

「あいつらが必死に動いたのは、わが身可愛さのためだろうや」

杉本は投げやりに言って、「とにかく本件は断らしてもらう」と、つづけた。

「佐藤さんが頭を下げてきたら、どうする」

「そのときになってみなければわからんが、あの人が俺に頭を下げるとは思えんな」

「さあ、どうかな。この問題は、鈴木相談役と佐藤取締役だけの問題じゃない。協立銀行の沽券《こけん》にかかわる大問題なんだ。杉本の協力をぜひとも取りつけたい。佐藤さんに、きょう杉本と話したことのニュアンスを説明して、杉本に土下座してもらうしか手はないかもな」

杉本は返事をしないで、顔を横にそむけた。

「住管機構の窓口は塚本だが、塚本なら〝タコ〟に知らせずに、うまく立ち回ってくれるだろう。塚本と杉本に直接対話してもらうのが、いちばんいいんだけどねぇ」

「塚本なんて、箸《はし》にも棒にもかからない阿呆《あほ》な奴だと思ってたけど、どっこい生きてるんだ」

「どっこい生きてるどころか、塚本が住管機構に出向してたからこそ、協銀は賠償交渉のテーブルに着くことができたんだ。長い目で見たら、塚本は協銀の危機を救ったことになるんじゃないのか。あいつは、俺なんか足下にも及ばないほどよく出来る。同期の中で、杉本と一、二を争うんじゃないかな」

「…………」

「ま、きょうのところはゼロ回答で引き取るが、含みをもたせてくれたわけだから、ゼロ回答っていうことはないか。佐藤さんに頭を下げさせるよ。それと、遅ればせながら、杉本の歓送会をやらせてもらおうか。佐藤さんと三人で、どうかねぇ」

「〝カミソリ佐藤〟が受けるわけないよ」

「杉本にしてはバカに弱気だなぁ。佐藤さんに頭を下げさせる絶好のチャンスじゃないの。あの人の目はまだ消えていない。ここらで貸しを作っておくのは、杉本にとっても、いいことなんじゃないのか」

杉本の表情がいくらかやわらいだと、竹中は見て取った。

5

竹中が日本橋の協立リース本社から協立銀行本店に戻ったのは、午後六時四十分だった。

竹中は、佐藤の部屋に直行した。

ソファで夕刊を読んでいた佐藤は、新聞をたたみながら、「どうぞ」と、竹中にソファをすすめた。

「首尾のほどはどうでした。杉本君ＯＫしてくれたんでしょう」

「その反対です。断られました。子供の使いになってしまって申し訳ありませんが、杉本は、佐藤取締役から電話の一本もあって然《しか》るべきと思ってるんじゃないでしょうか。かつて、佐藤取締役とはツーカーの仲だったことに思いを致せば、杉本の気持ちもわかります」

「杉本はわたしに含むところがあるのかねぇ」

佐藤が苦り切った顔で、つぶやくように言ってから、面《おもて》をあげて、つづけた。

「以前、竹中さんに話したと思いますが、杉本さんは、検察に取られた調書の中で、わたしの名前を挙げてるんですよ。含むところがあるのはわたしのほうですよ」

「しかし、佐藤取締役が調書の件をご存じだと、杉本は夢にも思っていないでしょう。検事から、ぎりぎり尋問されて、やむなく調書に署名させられたんでしょうが、杉本自身が告白したかどうか、わたしは疑問に思ってます。検事に乗せられた、というか魔が差したというか、そんなところなんじゃないでしょうか。ついでながら、申しますが、人事部長から依願退職を申し渡されて、ショックを受けた杉本は、佐藤取締役のお宅に二度お訪ねしたことがあったそうです。そのとき居留守を使われた、とわたしにこぼしてました。杉本が、MOF担として、突出してやり過ぎたことは、東邦信託の示達書の一件でも明らかですが、だからこそ杉本は略式起訴とはいえ、罰せられたわけです。杉本は協銀を代表して唯《ただ》一人だけ、社会的制裁を受けたとも言えます」

佐藤が竹中の話をさえぎった。

「竹中さん、わたしになにを言いたいんですか。結論を言ってください」

「含むところがあるなどとおっしゃらずに、杉本との関係を修復していただきたいと思います。住管機構関係の鈴木相談役絡みの案件の処理を杉本に命じられるのは、佐藤取締役を措《お》いて他にいないと思うのです。修復する絶好の機会とお考えいただけないでしょうか」

佐藤は一瞬厭《いや》な顔をしたが、無理に微笑を浮かべた。

「調書のことは、とっくに忘れてますよ。杉本さんの才能をわたしほど買ってる者は、いないと思いますよ。感情論で、杉本さんを本部に戻さないようなことを口走ったかもしれないが、大人げなかったと反省してますよ。おっしゃるとおりいいチャンスかもしれませんねぇ。来週の月曜日か水曜日の夜あけますから、三人で一杯やりましょう。わたしが杉本さんに頭を下げますよ。そんなところでどうですか」

「ありがとうございます。杉本は泣いて喜ぶと思います」

竹中と佐藤が同時に時計に目を落とした。時計は午後七時を回ったところだ。

「失礼しました」

「ご苦労さま。杉本さんに、お目にかかるのをたのしみにしていると伝えてください」

「かしこまりました」

竹中は、佐藤と別れて、特命班の自席に戻った。

川瀬も須田も、清水麻紀もまだ残業していた。

もっとも、川瀬と須田は、書類を机上にひろげていたが、竹中の帰りを待っていただけかもしれない。

ワープロに向かって作業をしていたのは、麻紀一人だけだ、と竹中は思った。

「ただいま」

「おかえりなさい。お茶を淹《い》れましょうか」

「要らない」

竹中は、麻紀に右手を左右に振ってから、背広を脱いだ。

「ちょっといいですか」

川瀬がソファを手で示しながら、竹中に言った。

竹中、川瀬、須田の三人がソファに移動した。

「佐藤大先生の用件は、なんだったんですか。竹中さんを三時間も拘束するほどの大事件だったんですか。それとも大恥に大先生が関与してて、ヤミ取引きとか裏があるんですか」

川瀬から、皮肉を浴びせられたが、竹中はとりあわなかった。というより説明しようがなかった。

「油を売ってたようなものだよ。たいしたことじゃない」

「外出までさせられたんでしょ。部下でもない特命班長をなんだと思ってるんですか」

須田が瞬《まばた》きしながら、つづけた。

「竹中さんのいう大恥に関することだとしても、やり過ぎですよ」

須田に図星を指されて、竹中は顔をしかめた。

「そんなんじゃない。大恥のことは、さっきも川瀬に話したが、きみたちには関係のないことだから、忘れてくれなければ困るぞ。川瀬に食言したと叱られたが」

午後四時過ぎに、佐藤から呼び出しがかかるまで、竹中は川瀬から、大恥の中身を明かせと迫られていたのだ。

「関係ないって言うと、語弊があるけど、きみたちを巻き込みたくないというか、傷つけたくないというか、とにかく今後この問題には触れないでくれ」

須田の瞬きが激しくなった。

「きょうの午後、住管機構へ挨拶《あいさつ》に行ってきましたよ。わたしは総務部時代から担当してましたから、協銀の出向者全員に会ってきました。協銀が損害賠償交渉に応じるなんて信じられない、狐につままれたような感じだって、言ってた人がいましたけど、それがかれらの実感なんでしょうねぇ。もっと言えば、裁判沙汰《ざた》は当然と思ってた人もいたんじゃないんですか」

「塚本にも会ったんだな」

「もちろんです。大恥をかくところだったって、竹中さんに言われましたけど、なんのことですかって訊《き》いたら、ノーコメントって、にべもなく言われましたよ」

「大恥のことは忘れてくれと言ったはずだ。塚本と同様、俺もノーコメントだ。知らないほうが、須田の身のためだよ」

　竹中は投げつけるように言って、話題を変えた。

「来週は特命班として、弁護団の先生方に挨拶回りをする。すでに川瀬と須田は先生方と接触したかもしれないが、班長の立場で、法律事務所を回るつもりだ。住管機構との交渉は、弁護団にまかせることになるが、スケジュール調整は事務方の特命班でやるのが筋だろう。十二日の週から始めることになるのかねぇ」

　竹中は、鈴木相談役絡みの案件の処理にどのくらい時間を要するか、を考えていた。十日もすればなんとかなるだろう。

「弁護士先生の中には、賠償交渉など協銀で勝手にやったらいいだろうって言う人もいるんじゃないですかねぇ」

川瀬が天井を仰ぎながら、うそぶくような口調で言った。

竹中が苦笑を洩《も》らした。

「いるじゃなくて、いたの過去形なんじゃないのか」

「まあ、そうですね。きょう、御茶の水の法律事務所で二、三の先生と話しただけでも先生方の協銀に対する不信感は相当なものでしたよ。昨夜、頭取は大変だったんじゃないですか」

「弁護士先生たちに吊《つる》し上げられたことは想像に難くないが、だからといって、方針の変更の変更はあり得ない。高度な政治的判断で、賠償交渉に応じることに決めたんだ。弁護士先生方のお怒りはごもっともだが、頭取の経営決断に従ってもらうしかないよ。後々、評価されるような気がしないでもないが」

電話が鳴った。清水麻紀が受話器を取った。

「竹中班長に協立リースの杉本さんからお電話ですが」

「会議中なので、あとでこちらからかけると言ってよ」

川瀬と須田に聞かせるわけにはいかない——。

「会議はもう終わりましたよ。竹中さん、どうぞ、電話に出てください」

川瀬が皮肉っぽく、竹中に言った。

「清水さん、いいから断って」

竹中は麻紀が杉本の電話を切ったのを見届けてから、ひとりごちた。

「杉本の愚痴を聞かされるのも、うんざりだ。こっちからかけるつもりはない。用があるんなら、またかけてくるだろう」

「元MOF担も形なしですねぇ」

川瀬が、竹中の顔をちらっと見上げた。

須田が瞬きした。なにか発言しようとするときは、必ず瞬きが出る。

「昭和四十九年組のトップで、将来の頭取候補と自他共に認めてた人が、こんなにあしざまに言われるなんて、そぞろ哀れをもよおしますよ」

竹中は無理に笑顔をこしらえた。

「杉本はまだ自他共に認める四十九年組のトップだよ。協立リースへ出向したのは、緊急避難に過ぎない」

「そうですかぁ。杉本さんは〝カミソリ佐藤〟の逆鱗《げきりん》に触れたって、もっぱらの評判ですよ。四十九年組のトップは、竹中さんでしょう」

「川瀬、おちょくるのもいい加減にしろよ」

「でも、そんな感じはありますよ。塚本さんも、竹中は四十九年組のエースだって言ってましたよ」

須田の瞬きが激しくなった。ほとんど気にならないことが多いが、竹中はなぜだかわからないけれど、須田の瞬きが癇《かん》にさわった。

「塚本は歯の浮くようなお世辞を言う男じゃないが。須田の作り話じゃないのかね」

「間違いありません。だとすると、竹中班長は名実共に同期のトップに躍り出たことになるんじゃないですか」

「それとも、政治的発言ですかねぇ。協銀が、住管機構との賠償交渉に応じる流れをつくった竹中さんに、塚本さんはエールを送ったっていうとこですか」

川瀬の厭《いや》みなもの言いに、竹中は不快感をあらわにした。

「きみたちと、話していると不愉快になるだけだ。俺に当たるのも、いい加減にしてもらわないとなあ。特命班はまだ存続してるんだから」

竹中は、川瀬と須田にきつい目を向けてから、ソファから腰をあげた。そして、仏頂面で、デスクの上を片づけ始めた。

竹中が、杉本の自宅に電話をかけたのは、夜十時過ぎだ。

「さっきは失礼した」

「佐藤と話したのか」

「うん。きみに話したとおりで、来週の月曜日か水曜日に三人で一杯やろうってさ。杉本との関係を修復するいい機会だって、佐藤さんも考えてるわけよ」

「ふうーん。だいぶ風向きが変わってきたなあ」

杉本はまんざらでもなさそうだった。

「俺に、鈴木相談役の尻《しり》ぬぐいをやらせようっていう魂胆なんだから、一席設けるのは当然だろうや。だが俺が断ったら、どうなるんだ」

一杯きこしめしている杉本はべらんめえ調だった。

「断るつもりなのか」

「ひと晩考えさせてくれ。〝カミソリ佐藤〟の勢威は、協立リースにいてもよくわかる。人事に関する佐藤の布石の打ち方は、たいしたもんだよ。俺がその気になれば、スーッと通ることは間違いないが、悪事に加担するとなると、考えちゃうよ。示達書で懲りてるしなあ」

「それとこれとは、まったく問題が違うだろう。悪事に加担するのとはわけが違うよ。協立銀行の危機を救うと考えれば、気は楽だろう。だいたい〝カミソリ佐藤〟は、杉本の親分なんだろう。親分のためなら、たとえ火の中水の中っていう心境になれるんじゃないのかね」

竹中に茶化されて、杉本の声がとんがった。

「ふざけるなよ。俺は佐藤の子分になったことは一度もねぇぞ」

二枚舌もいいところだが、これ以上、杉本の神経を逆撫《さかな》でするのは得策ではない。

6

十月六日月曜日の夜、赤坂の割烹〝たちばな〟で、竹中、杉本、佐藤の三人が会食した。

杉本は「ひと晩考えさせてくれ」などと思わせぶったり、ごねたりしたが、当然ながら佐藤との会食を受けた。

約束の七時五分前に、竹中が〝たちばな〟に着くと、佐藤はすでに座敷の下座に坐《すわ》っていた。

「わたしもいま来たところです。どうぞ」

佐藤に上座を手で示されたが、竹中は躊躇《ちゅうちょ》した。

「佐藤取締役が向こう側に坐ってください」

「いいからいいから。今夜は杉本さんと竹中さんがゲストです」

ゲストは杉本だけのはずだが、竹中は佐藤の指示に従った。

杉本があらわれたのは七時五分過ぎだ。

「遅刻して申し訳ありません。ご無沙汰《ぶさた》してます。お招きいただきまして、光栄です」

杉本は畳に手を突いて、佐藤に莫迦《ばか》丁寧な挨拶《あいさつ》をした。

「ご丁寧にどうも。杉本さんとわたしの仲で水臭いじゃないですか。さぁ、どうぞお坐りください」

杉本は竹中と目礼を交わして、竹中の左隣に腰をおろした。

ビールで乾杯したあとも、杉本は硬い表情で口を閉ざしていた。

挨拶に顔を出した女将《おかみ》の立花満子が杉本に向かって、大仰に言った。

「まあ、杉本さん、お久しぶりですこと。ようこそ、お出《い》でくださいました。お偉くなって〝たちばな〟なんかに来てくださらないのね」

「冗談じゃない。尾羽打ち枯らして、こんな高級店に出入りできる身分じゃないですよ」

杉本はにこりともしないで、言い返した。

佐藤がすかさず口を挟んだ。

「協立リースの取締役管理部長ですから、わたしと同格ですよ」

「そうなんでしょう。杉本さんほどの方が、尾羽打ち枯らすなんて、それこそ冗談じゃありませんよ。一杯お酌させてください」

満子は三人のグラスにビールを注いで、退散した。

「今夜は、内緒話だから、そのつもりで」

先刻、佐藤から釘《くぎ》を刺されたのだ。

「話は、竹中さんから聞いてくれたと思いますが、どうかよろしくお願いします」

佐藤がさっそく、テーブルに手を突いて杉本に頭を下げた。

竹中は、杉本の横顔を凝視していたが、杉本は硬い表情で返事をしなかった。

「なんでしたら、山田社長にわたしから電話を一本入れておきましょうかねぇ」

佐藤の取り入る口調は変わらなかったが、目は笑っていなかった。

「話を社長にまで広げてよろしいんですか」

「杉本さんがやりにくければ、の話です」

「協立リース以外に、適当なところはないんでしょうか。なんだか気がすすまなくて」

佐藤に対して、ここまで突っ張る杉本に、竹中は内心うなった。

杉本は、なおも言い募った。

「要するに鈴木相談役の尻ぬぐいを協立リースにやらせようっていうことですよねぇ。竹中にも話したんですが、示達書のことでも協立銀行のためによかれと思ってやったことで咎《とが》めを受けている身としては、考えちゃいますよ」

佐藤の顔色が変わった。

「竹中さん、どういうことなの。杉本さんが〝たちばな〟に来てくれたっていうことは、すべて呑《の》み込んでくれたからじゃなかったんですか」

竹中は、咄嗟《とっさ》の返事に窮した。

ビールを飲みながら時間を稼ぎ、考えをまとめた。

「佐藤取締役に申しあげてありますが、杉本は、わたしに本件について断ると言いました。しかし、わたしは、佐藤取締役からお願いすれば、杉本は受けてくれると思っていたので、今夜の会食をセッティングさせていただきました」

竹中は、杉本のほうに首をねじった。

「杉本も、この席に来てくれたっていうことは、そういうことなんじゃないのか」

杉本のきつい目が竹中をとらえた。

「そんな簡単な問題じゃないだろう。ここ、二、三日ずっと悩んでるが、背任行為をやれっていうことだからなあ。略式起訴された俺の立場も考えてもらいたいねぇ」

「住管機構と裁判で争うよりも、ずっと合理性があるから、背任にはならんのじゃないか。

協銀にとって、住管機構と裁判で争って、得るものはなにもない。杉本、なんとかご理解賜りたいねぇ」

佐藤が手酌でビールを飲んで、眼鏡の奥から杉本にやわらかいまなざしを注いだ。

「杉本さんは、なにか勘違いしてませんか。示達書の件でも、あなたは身を挺《てい》して相談役や頭取を、ひいては協銀を守ったんですよ。協立リースへの出向は、一時的に本部から外れてもらったほうが、あなたのためになるという上層部の判断によるもので、いわばエースを温存しようっていうことなんですよ。鈴木相談役も、斎藤頭取も、杉本さんに感謝してます。わたしも、あなたにどれほど感謝しているか……。竹中さんに聞いてくださいよ」

歯の浮くような佐藤の長広舌を聞いていて、竹中は気分を害した。事実はまったく逆である。黒を白と言っているに等しい。

〝柳沢吉保〟はたいしたタマだ、と竹中は思ったが、胸のむかつきを表情に出さないように懸命に努力した。

「杉本さん、それともあなた協立リースの水が合って、協立リースに骨を埋《うず》める気になってるんですか。本部に戻るつもりは毛頭ないっていうことなら、なにをかいわんやですけどねぇ」

佐藤が伏し目がちに話をつづけた。

「杉本さんの出向はせいぜい一年と、わたしは考えてます。人の噂も七十五日で、示達書のことなんか、皆んなとっくに忘れてますよ。杉本さんは、ゆくゆくは協立銀行を背負って立つ人でしょう」

佐藤は面《おもて》をあげて、竹中に目を向けた。

「竹中さんも、一選抜中の一選抜ですけどねぇ」

取ってつけたように言われて、竹中は苦笑した。

「ほんとのところ、どうなんですか。本部に戻るつもりはないんですか」

佐藤は、すくいあげるように杉本の顔をとらえた。

「武士に二言《にごん》はありません。わたしはいい加減なことを言ってるわけじゃありませんよ。杉本さんと差しでお会いすることも考えたのですが、竹中さんに立ち会っていただいたほうが念が入ってて、よろしいと思ったんです」

突然、杉本が、座布団から畳に位置をずらした。

「佐藤取締役に、こんなにまで言っていただいて、身に余る光栄です。あれこれ悩んだことは事実ですが、住管機構の件、よろこんでやらせていただきます。失礼の数々、お許しください」

杉本はひたいを畳にこすりつけた。

芝居がかっているようにも思えるが、本気に相違なかった。

杉本は、実力者の佐藤から「本部に戻す」の言質《げんち》を取って、あっけなく陥落したのだ。

「そんな、手をあげてくださいよ。杉本さんとわたしの仲じゃないですか。ちょっとした誤解があったようですが、誤解を解いていただけて、わたしもうれしいですよ」

竹中は、佐藤が杉本に対して劇的に気持ちを変えたのか、「わたくしの目の黒いうちは本部に戻さない」がまだ生きていて、鈴木相談役絡みの案件処理のためだけのその場しのぎの甘言なのか、読み切れなかった。

しかし、いまは前者と素直に取ろう、そうでなければ、杉本が哀れであり過ぎる——。

「竹中さん、事務的なことは、あなたにおまかせします。人生って不思議ですねぇ。杉本さんと竹中さんは、四十九年組の同期ですし、住管機構の塚本さんも、同期なんでしょ。話が旨《うま》過ぎるほど、役者がそろったものですねぇ。さっき、竹中さんも言われたが、住管機構と争わなかったことは、必ず協銀に多大なメリットをもたらすと思います」

竹中は、いい気なものだと思いながらも、どれほどホッとしたかわからない。


鈴木相談役絡みの案件を協立リースが肩代わりする交渉は急進展し、十月九日までに終了した。

この日午後二時に、竹中からその旨報告を受けた佐藤は、すぐさま鈴木相談役にご注進に及んだ。

「やっと枕を高くして寝られるな。よくやってくれた。高木美保の案件なんぞはゴミみたいなものだが、住管機構とことを構えずに済んだことは、協銀にとって大変なプラスだ。斎藤が裁判に固執してたら、えらいことになったぞ」

「おっしゃるとおりです。相談役の判断はご立派でした」

鈴木は照れ臭いのか、むすっとした顔になった。

「きみを常務に昇格させよう。斎藤も、今度は四の五の言えた義理じゃなかろう」

「恐れ入ります」

「さっそく、斎藤に話しておくか」

鈴木は、秘書室に電話で斎藤を呼ぶように命じた。来客中なので、二十分後に伺う、という斎藤の返事を女性秘書が伝えにきた。

佐藤が相談役室から退出した五分後の午後三時十分に斎藤頭取が相談役室に顔を出した。

鈴木は単刀直入に切り出した。

「さっそくだが、佐藤を常務に昇格させたらいいと思うがどうかね」

「…………」

「佐藤は実によくやってるじゃないか。いつだったか、きみはまだ四十二年組から常務が出てないなどと言ってたが、抜擢《ばってき》人事は行内を活性化する。住管機構と裁判沙汰《ざた》を強行してたら、協銀のイメージダウンはひどいことになってたぞ。それもこれも佐藤の進言のお陰じゃないか。とにかく、そういうことで頼む。タイミングは早いに越したことはないな」

斎藤は柔和な顔とは裏腹に、はらわたの中は煮えくり返っていた。

鈴木相談役絡みの恥ずべき案件が片づいたことは、斎藤も永井常務から聞いていたが、鈴木はそれを多として、佐藤の功績に報いたいと考えているに過ぎない。

公私混同もきわまれりではないか。

たしかに、協立リースのアイデアは佐藤が案出した。自分で蒔《ま》いたタネを刈ったまでで、本来タネを蒔いた点を問題視しなければならないはずなのだ。

「考えさせてください。仮に相談役の進言を容《い》れるとしましても、来年六月の総会後ということにしたいと思います」

「すぐやったらいいじゃないか」

鈴木はあからさまに厭《いや》な顔をした。

「役員人事につきましては、わたしにおまかせいただきたいと存じます。もちろん、事前に相談役のご意見は承らせていただきますが」

「役員人事をきみ一人にまかせるつもりはないねぇ」

「頭取の専権事項と心得てますが」

「違うな。わたしは、磯野たち相談役の爺《じい》さんたちがつまらんことで大騒ぎしたので、辞めてもらうために、会長職を辞したが、あくまで形式的なもので、実質的には会長だと思ってるよ」

斎藤は天井に向けていた思案顔を鈴木に戻した。

「ご意見はご意見として承っておきますが、少し考える時間をください」

「この場で返事をもらえないかね。佐藤にその旨、伝えてしまった手前もあるんだ」

冗談じゃない。頭取を差し置いて、相談役がそんな勝手なことを――。斎藤は、体内の血液が沸騰した。

「いくらなんでも、それはないでしょう。わたしには、わたしの考えがあります」

「反対なのか」

鈴木の顔がひきつった。

「後日、ご返事をさせていただきます。来客がありますので、失礼します」

斎藤は、ソファから腰をあげて、鈴木に背を向けた。


斎藤が相談役室から頭取室に戻ったのは、午後三時二十五分。

斎藤は険しい顔で脱いだ背広をソファに放り投げた。そしてデスクとソファの間を行ったり来たりした。

デスクの前に坐《すわ》っても、ソファの長椅子に躰《からだ》を横たえても、十秒か二十秒で、いらいらして、落ち着かなかった。

「なにが実質的には、会長だと思ってるだ。ふざけるにもほどがある」

斎藤はひとりごちて、ふたたびデスクを離れて、ソファに向かった。

斎藤は、つねづね佐藤明夫を本部から放逐したいと考えていた。鈴木は、それを常務にしろ、と言って憚《はばか》らない。鈴木相談役絡みの不正融資は、今回の住管機構関係の案件だけとは限らなかった。佐藤がすべてを仕切っている。

斎藤は、鈴木と佐藤を分断することが協銀正常化のために必要不可欠だと考えていたし、今回の案件で、鈴木が少しはおとなしくなると思っていたが、逆に強気に出てきた。

俺がどんな思いで、住管機構との係争の終息宣言に踏み切ったか、鈴木はまったくわかっていない。

斎藤は、秘書の松島みどりに、永井常務を呼ぶよう命じた。

斎藤は、五分後にあらわれた永井の顔を見るなり浴びせかけた。

「きみの読みも当てにならんな。鈴木相談役はまるで反省してないぞ。それどころか、人事権者はまだ自分だと思ってるよ」

永井は怪訝《けげん》そうに小首をかしげながら、ソファに腰をおろした。

「佐藤を常務にしろ、と言ってきた。これで二度目だが、前回より遥《はる》かに強硬だったな。おかしな案件を協立リースに押しつけて解決した論功行賞っていうことなんだろう」

斎藤の顔がいつになく尖《とが》っているはずだ、と永井は思った。

「頭取はなんと答えたんですか」

「考えさせてもらいたいと言ったら、即答しろときた。仮に佐藤を常務に昇格させるとしても、来年六月の総会後だとも言っておいたが、それでは承知できないそうだ。とりあわずに放っておくつもりだが、矢の催促で、うるさく言ってくるだろうな。恩着せがましく、住管機構と裁判沙汰を強行してたら、えらいことになってたぞ、それを止めたのも佐藤だとまで言ってたよ」

「相談役絡みのあんな恥ずかしい案件が出てこなかったら、裁判で争うことになっていた、と反論なさらなかったのですか」

永井の質問に、斎藤は口をひん曲げて横を向いた。

せめて、その場で切り返しておくべきだった——。斎藤は痛いところを突かれて、カッとなったが、斎藤はいまからでも、相談役室に引き返したいくらいだった。

「佐藤の常務昇格を催促してきたら、それを言ってやろう」

「しかし、相談役絡みのおかしな案件が住管機構との裁判沙汰をストップさせたという牽《けん》強付会《きょうふかい》な論法を言い立てられるだけでしょうねぇ。頭取は恥ずかしい案件のことを常務会でも明らかにしてません。不明を恥じると言われて、鈴木相談役を庇《かば》われました。それでよかったのかもしれませんねぇ。焚《た》きつけるようなことを言って、申し訳ありませんでした」

永井は前言をひるがえして、低く頭を下げた。斎藤と鈴木の軋轢《あつれき》を恐れたのだ。

二人が争うことは、協銀にとって、まことに好ましからざることだ。

鈴木を排除できれば、それに越したことはないが、なまやさしい問題ではなかった。それこそお家騒動になりかねない。

「佐藤のことはどう思うんだ」

「〝カミソリ〟と言われてるほどですから、切れものであることはたしかでしょう。〝鈴木天皇〟の威光を笠《かさ》に着すぎるのは、おもしろくありませんが、銀行界でも、佐藤君の名前は轟《とどろ》いてます」

「頭取のわたしも、佐藤の顔色を窺《うかが》ってるなどと言われてるのかねぇ」

斎藤がふたたび口の端を歪《ゆが》めた。

「まさか、それはありません。いくら佐藤君でも、頭取には一目《もく》も二目も置いてますが、副頭取クラスは、佐藤君に舐《な》められてますよ。わたしも、その口ですが」

永井は冗談めかして話したが、斎藤の表情がいっそう険しくなった。

「常務なんてとんでもない話だ。佐藤を本部に置いとくわけにはいかん。永井はわたしの右腕なんだから、なんとか断る口実を考え出してくれないか」

「鈴木相談役が元気なうちは無理です。いっそのこと、常務に引き上げたらどうですか。外へ出すんでしたら、むしろ早め早めに昇格させたほうが無難かもしれませんよ」

斎藤は思案顔で腕を組んだ。

「鈴木相談役の言いなりになるなんて、話があべこべじゃないか。わたしは、断固拒否する。人事権者は、頭取のわたしだろう」

「鈴木相談役は、佐藤君に変な話、金玉握られてますから、常務にしろと言ってきかないと思います。おそらく、常務に昇格させると言質《げんち》を与えてるんじゃないでしょうか。むろん、拒否し切れるとは思いますが、相当角が立ちますよ」

斎藤はしかめっ面で、しばらく口をつぐんでいたが、上体を乗り出すようにして、永井を凝視した。

「たとえば常務にしたとして、なにを担当させるんだ」

「営業本部の副本部長でよろしいんじゃないですか。事実上、そんな感じはすでにありますよ。一部長兼務で、よろしいと思います」

「鈴木相談役の人事介入をあっさり認めるのは、腹の虫が収まらんな。それをやるとしても、来年六月でいいだろう。六月に常務にすると約束すれば、相談役も収まると思うが」

「それでも、相当ぎくしゃくするでしょうねぇ。来年六月は、四十二年組と四十三年組の中から何人か常務に昇格させなければなりません。この際、頭取の腹の虫を収めていただいたほうが、波風が立たなくて、よろしいと思いますが」

「永井は、鈴木相談役と佐藤に貸しを作ると言わなかったか。鈴木相談役の言いなりになってたら、貸しを作るどころか、こっちが借りを作ってても同然じゃないか。承服できんな」

「わかりました。出過ぎたことを申しまして、失礼しました」

永井は折れた。鈴木と斎藤の関係が悪化することを恐れて、安易に考え過ぎたかもしれない。

斎藤頭取の立場を考えれば、佐藤の常務昇格は拒否して当然と思わなければならない。

十月十三日月曜日の朝十時に斎藤は、鈴木相談役から呼びつけられた。

「佐藤の件、どういうことになったの」

「いまのタイミングでやりますと、いらぬ詮索《せんさく》をされて、それこそあとから出てきた住管機構の案件が露呈しないとも限りません」

鈴木はあからさまに厭《いや》な顔をした。あとから出てきた案件、は相当な皮肉である。斎藤としては、この程度は言わせてもらわなければ気がすまない。

鈴木の顔色が変わるのを見て取って、斎藤が話をつなげた。

「来年六月までお待ちいただくのが穏当だと思います。それでも佐藤は四十三年組のトップを切って常務に昇格するんですから、悪くないんじゃないですか」

「誰がなにを詮索するって言うんだ。佐藤はヘタな頭取や副頭取より、よっぽどできるし、仕事もしている。文句を言うのは、きみぐらいのものだろう。早いところ常務にしたらいいな。なんなら、二階級特進という手もあるかねぇ」

鈴木の声がいらだっていた。

あとから出てきた案件と言われたことが癇《かん》にさわったのだ。

「二階級特進ですか。冗談とは思いますが、それこそ、ヤブヘビみたいなことになりますよ」

「朝日中央銀行が総会屋への融資なんていう事件を起こして、常務が頭取になったが、しっかりやってるそうじゃないか。先日も話したが、抜擢《ばってき》人事は活性化につながる。冗談でも思いつきでもない。佐藤の専務昇格は、われながら、おもしろいアイデアだと思うがねぇ」

「朝日中央銀行は朝日中央銀行です。当行では、二階級特進はあり得ません」

斎藤はむきになっていた。

鈴木がうすら笑いを浮かべた。

「佐藤の常務、ぜひとも了解してもらいたい。わたしほどの男が、ここまで言ってるんだ。素直にOKしたらどうかね」

斎藤は返事をしないで、ゆっくり緑茶を飲んだ。強《こわ》談判を決裂させたときのリアクションを考えてみたが、お互い気まずい思いをするくらいのことではないのか。もともと断固拒否の肚《はら》を決めていたのだ。

自分が人事権者であることを行内に周知徹底させるためにも、ここは踏ん張りどころではないのか。

しかし、鈴木は根に持つほうだから、どんなことで足を掬《すく》われるかわからない。年寄りに花を持たせる手もあるか——。

ふと、斎藤の頭にひらめくものがあった。斎藤は、永井を自分の後継者にする肚づもりだった。

三期六年頭取をやって、代表権をもった会長になる。それまでに永井を育てておかなければならない。

そうだ。永井を専務に昇格させる手があった。専務以上は代表権を持つことになるが、企画、秘書の枢要部門を担当させている永井の専務昇格は、誰にも異論はないはずだ。

佐藤の常務昇格とのバーターで、この際、鈴木の了解を取りつけておこう。

むろん、後継者にするなど手の内を明かす必要はないが。

斎藤はゆっくりと湯呑《ゆの》みをセンターテーブルに戻した。

いらだちを隠せず、貧乏ゆすりをしている鈴木を、斎藤はまっすぐとらえた。

「承知しました。佐藤の常務昇格については、永井にも進言されてたんです。営業本部の副本部長に就いてもらうのがいいとも、永井は言ってましたが、その線でいきましょう」

「ほう。永井がねぇ」

鈴木の相好《そうごう》が一挙に崩れた。

「永井と佐藤は、秘書室長と秘書役で気心も知れてる仲なんだな。永井はわかってるじゃないか」

「その永井ですが、この際ですから役員人事を佐藤一人にとどめずに、永井を専務に昇格させたいと思います。いかがでしょうか」

「いいんじゃないか。永井は、佐藤のようにキレるほうではないが、バランス感覚はいい。永井専務と佐藤常務のコンビで、頭取のきみを補佐するのがいっとういいんだよ」

鈴木はすっかり機嫌を直していた。というより、斎藤にたぐり込まれたというべきかもしれない。

「いつ付でやるのかね」

「十五日付でよろしいでしょう。十五日の常務会で、発表するようにします」

「異議なしだ」

「それでは、そういうことで」

斎藤がソファから腰をあげた。

「ちょっと待ってくれ」

「はあ」

斎藤は仕方なさそうにソファに腰を落とした。

「住管機構との賠償交渉はどうなってるのかね」

「ちょっと遅れましたが、来週から、双方の弁護団同士で始まると永井から報告を受けてますが」

「向こうの言い値は七十億円だったかねぇ」

「はい。協銀は裁判で、ゼロを主張しようとしていたのですから、せいぜい十億円ぐらいで手を打ちたいと思ってますが」

「十億円は当行の言い値だろう。交渉が長びくのはよくないぞ」

「おっしゃるとおりです。可及的速やかに決着をつけられれば、いいんですけどねぇ」

「きみ、高尾幸吉に会ったのか」

「いいえ」

「挨拶《あいさつ》ぐらいしといたほうがいいんじゃないのか。三橋先生は、高尾幸吉と近いらしいから、三橋先生に紹介してもらうなりして一度頭を下げておいたらどうかねぇ」

いちいちうるさい爺《じい》さんだ、と思いながら斎藤は黙ってうなずいた。

第六章　息子の反乱

1

十月十五日の夜七時過ぎに大阪出張から帰宅した竹中は、門の前で立ち竦《すく》んだ。門灯だけで家の明かりが点《つ》いていなかったからだ。厭《いや》な予感がした。胸がドキドキするほど不安感がひろがってゆく。むろん玄関は施錠されていた。帰宅時間は知恵子に知らせてあったし、夕食も家で食べると言っておいたのに。

竹中は前夜、大阪の阪急ホテルに宿泊した。大阪にある法律事務所の二人の弁護士と梅田の割烹《かっぽう》店で会食したのは住管機構と賠償交渉に応じることになったことの挨拶回りの一環である。十月二日の頭取説明会に当該弁護士が出席できなかったので、竹中はわざわざ頭を下げに大阪へ行ったのだ。

電話では話したが、二週間近く経ってからのこのこ挨拶にやってきた竹中に、含むところがあったのだろう。中年の弁護士に強烈な皮肉を浴びせかけられた。

「協銀の頭取はんのお考えは、ようわかりまへんなぁ。マスコミがつくりあげた高尾幸吉の虚像に脅《おび》えとるいうことですか。もっとも、大阪の二流弁護士がなにをぬかす言われるのが落ちでしょうが」

竹中は反論しようがなかった。ひたすら這《は》いつくばうように頭を下げるだけだ。肩の凝る会食だった。

翌日は協銀の大阪本部にも顔を出したが、わずか一泊二日の出張にしては、ひどく疲労感を覚えていた。

竹中がキイを玄関の鍵穴《かぎあな》に差し込んだとき、背後から声をかけられた。

「お帰りなさい」

義母の神沢達子だった。

「お疲れのところ、申し訳ないけど、すぐ家に来てちょうだい。大変なことになってるのよ」

薄明かりで顔色までは読めないが、達子のもの言いには、ただならぬものが感じられた。

「はい、すぐ伺います」

竹中は玄関のドアを開けて、ボストンバッグを板の間に放り投げてから、ドアを閉め直した。

「知恵子がなにか」

「知恵子のことはあと。孝治が大変なのよ。さあ、早く」

達子にせかされて、竹中が神沢家のリビングに顔を出すと、知恵子と孝治がソファで向かい合っていた。

知恵子がおびえ切った顔で竹中を見上げた。

「あなた、孝治が停学処分を受けたそうよ。この子、賭《か》けマージャンをやってたことが学校にバレちゃったのよ。それだけじゃないの、進学しないって、言い張ってるわ」

孝治はふてくされて、半ば寝そべるような姿勢で、長い脚をセンターテーブルの下に投げ出していた。

「孝治、ちゃんと坐《すわ》れよ」

竹中が長椅子に並びかけると、孝治はめんどくさそうに姿勢を少し直した。

「わたしから説明するわ。学校から呼び出されて、担任の先生から、親になり代わって監督不行届きを叱られたのは、わたしなんだから」

達子は、知恵子のほうへ首をねじって、きつい目を向けた。

「なんでお母さんが呼び出されたんですか」

達子がふたたび知恵子を睨《にら》んだ。

「この人、きのうは出歩いてて、学校の連絡を受けられなかったのよ。知恵子のことは措《お》くとして、とにかく孝治の話をするわ」

「暁星を高校二年で中退して、別の私立高校に行ってる中野君っていう友達と、雀荘《ジャンソウ》に入りびたってたらしいの」

「入りびたってなんかいねぇよ。たった四回だよ」

「賭けマージャンをしてたことは事実なのか」

竹中の質問に、孝治はそっぽを向いて、うなずいた。

「そのことを学校に通報したのは誰なんですか」

竹中は達子に訊《き》いたつもりだが、孝治が答えた。

「大負けした××高校の野郎の親がチクッたんだ。飲食店のレジからカネをかっぱらったのがバレちゃったんで、親に白状させられて……」

中野は暁星の中学校時代から、孝治と仲が良かった。暁星のレベルについてゆけず、高二でドロップアウトして、××高校に転校した。

竹中は、孝治の話を聞いていて、ふと児玉由紀夫の魁偉《かいい》な容貌《ようぼう》を目に浮かべていた。児玉は元大物総会屋で、現在は超のつく大物フィクサーとして聞こえている。竹中はひと晩のマージャンで児玉に十一万円もふんだくられたことがあった。無茶苦茶な高レートのルールになじめなかったのだから仕方がない。

「孝治、賭けマージャンのレートはいくらなんだ」

「千点五十円」

「そんなに高いのか、校則の厳しい暁星で停学で済んだだけでも、めっけものだな。退学処分でも文句は言えんよ」

暁星は小学校から高校まで一貫して教育する名門のフランス系ミッション・スクールとして知られている。男女共学は付属幼稚園だけの男子校だ。

定員は小学校で約百二十人、中学で約七十人増員する。大学の進学率は一〇〇パーセントに近い。高校二年までに単位を取得させ、高三は受験のためのカリキュラムが組まれる。私立文系はA（アー）組、同理系はB（ベー）組、国公立文系はC（セー）組、同理系はD（デー）組の四クラス編成で、孝治はA組だった。

「お父さんが卒業した早稲田の法科より偏差値の高い早稲田の政経に行くよ。英語の点数は高いから、ICU（国際基督《キリスト》教大学）か上智でも悪くないか」

孝治が高二のころ、けっこう自信たっぷりにのたまったのを竹中は覚えているが、高三になってから、進学の意欲を失い、学習塾もサボっていることを、達子は担任教師から聞かされ、わが耳を疑ったという。

「この成績では早大の政経も、ICUも、上智も夢の又夢ですって、担任の先生に言われたこともショックでしたよ。期末テストが終わった直後だけど、三年になって、どんどん成績が悪くなったんですって」

「孝ちゃん、一浪してもダメなの。頑張って。お母さんの一生のお願いよ」

知恵子がすがりつくようなまなざしを孝治に向けてから、拝むような仕種《しぐさ》をした。

「進学する気がねぇんだから、しょうがねぇじゃねぇか」

「進学しないでどうするんだ」

竹中が声を荒らげると、孝治はじろっとした目をくれた。

「働くよ。カネを溜《た》めてアメリカへ行くかもしんねぇな。気が向いたらアメリカの大学へ行くかもな。どうなるか、わかんねぇよ。親父みたいになりたくねぇことだけは、たしかだけど」

「どういう意味だ」

「一流銀行のエリートなんて、見てくれだけで、なにやってんだか、わかったもんじゃねえや」

「ACB事件で、銀行は逆風を受けてるが、銀行員で悪さをしてる人は全体の〇・一パーセントもいない。皆んな一所懸命、頑張ってるよ」

「親父はどうなの」

「いつかも話したと思うが、心ならずも銀行のために違法行為スレスレのようなことをしたことはこれまでにもあったが、お父さんが自ら進んで悪事を働いてることはあり得ない。おまえたちにうしろ指を差されるようなことは断じて、やってない。神に誓ってないと断言する。だいたい、おまえのことが話題になっているんだぞ。話を逸《そ》らすんじゃない」

「孝ちゃん、銀行員になる必要はないけど、やっぱり一流大学を出て、一流の会社に入ったほうが身のためだよ。おじいちゃんが、昨夜、孝治とゆっくり話したいって言ってたわよ。今週はいろいろおつきあいがあって、ずっと遅いから、土曜か日曜に話したいって。おじいちゃんは孝ちゃんに、神沢家を継いでもらいたいんだって。お願いだから、気持ちを変えておくれよ」

達子も拝むポーズを取った。

喉《のど》の渇きを覚え、竹中が知恵子に言った。

「ウーロン茶でも水でも、なんでもいいから飲み物をもらえないかね」

知恵子がキッチンに行って、ウーロン茶を大ぶりのコップに入れて、運んできた。

気の利かない奴だ。ビールぐらい持ってくればいいものを——。

竹中はコップを鷲《わし》づかみにして、一気にウーロン茶を喉に流し込んでから、強い口調で言った。

「孝治、ふてくされてないで、こっちを向け」

孝治は躰《からだ》ごと横向きになって、挑むように竹中を強く見返した。

「停学の期間はどうなってるんだ」

「知んねぇよ。おばあちゃんに訊いてくれよ」

竹中に目を向けられて、達子が答えた。

「中野君が、誘ったのは自分だって、先生に話してくれたらしいの。孝ちゃんも反省してるから、ひと月の停学で済むらしいわ」

「どっちみち卒業できるから問題ねぇよ」

「莫迦《ばか》もの。なにが問題ないだ。停学がどんなに重い処分か、おまえにはわかってないのか。恥を知れ。おじいちゃん、おばあちゃん、お母さん、お父さんがどんなに恥ずかしい思いをしてるか、頭を冷やして少しは考えろ。停学中の外出は禁ずるぞ」

「ためごと言うんじゃねぇよ。姉貴《あねき》には甘くて、俺には厳しいのは不公平じゃねぇか。だいたい、親父にお説教たれる資格なんかねぇよ。お母さんだってそうだ。酒くらって遊び呆《ほう》けてるじゃねぇか。きょう朝帰りだったこと俺知ってるからな。この家はどうなってるんだ。皆んな勝手なことばかりやりやがって」

孝治は哮《たけ》り立った。

矛先を向けられた知恵子のうろたえぶりといったらなかった。

「なにをでたらめ言ってるのよ。朝帰りなんていい加減なこと言わないで」

知恵子はヒステリックにわめいたが、孝治はふんという顔で言い返した。

「四時に帰ってきたじゃん。俺、ずっと起きてたから、嘘をついてもダメだよ」

「四時なんてこと絶対ありません。酔っててよく覚えてないけど一時か二時でしょ。孝ちゃん、寝呆《ねぼ》けてたんじゃないの」

「よく言うぜ。お母さんの朝帰りは事実だからな。姉貴はきのう帰らなかった。姉貴の外泊はいいのかよう」

「大学生と高校生を一緒にできない。もちろん、恵の外泊は理由のいかんによっては許さんが……」

達子が金切り声で、竹中をさえぎった。

「いったい竹中家はどうなってるの！　こんな修羅場はもうたくさん。皆んな出て行きなさい！」

竹中がソファから腰をあげ、達子に向かって最敬礼した。

「お母さん、いろいろご心配をおかけして、ほんとうに申し訳ありません。孝治とは腹を割って話し合いたいと思います。今夜はこれで失礼します。おやすみなさい」

竹中は、「おい、帰ろう」と、孝治の頭を右手で押さえつけた。

孝治は竹中の手を振り払って、真っ先に神沢家から出て行った。

竹中は知恵子には声をかけずに、孝治に続いた。

帰宅するなり、孝治は階段を駆け上がって自室に閉じ籠《こ》もってしまった。

竹中は、板の間にころがっているボストンバッグを拾い上げて、リビングの長椅子に叩《たた》きつけた。

怒りで身内のふるえが止まらなかった。

俺の出張中に、知恵子はテニスクラブで知り合った三上との逢瀬《おうせ》をたのしんでいたに相違なかった。

妻の不倫を許す間抜けな亭主をこれ以上続けられるだろうか。離婚を考える時期かもしれない。

孝治の停学処分の件が、竹中の頭の中で二の次、三の次になっていた。というより、知恵子に頭の中を占領されてしまった。

ほどなく知恵子が帰ってきた。

「あなた、お食事まだなんでしょ。すぐ仕度します」

「食事どころじゃないだろう。坐《すわ》れよ」

「孝治の言ったことを気にしてるのね。朝帰りなんて嘘よ。あの子、停学のショックで、頭がおかしくなってるのよ」

「そうは思えない。孝治は母親を貶《おとし》めるような嘘をつく子ではないよ。立ってないで坐ってくれ」

「でも、ほんとよ。わたし朝帰りなんてしてないわよ。それよりお腹すいてるんでしょ」

「いいから坐れ！」

竹中が大きな声を出した。

2

知恵子がソファに坐ったのを見届けてから、竹中は五〇〇ミリの缶ビールと〝6Pチーズ〟を冷蔵庫へ取りに行った。喉がからからに喝いていたし、胸の動悸《どうき》も収まらなかった。

缶ビールをあけて、そのままぐっと飲んで、音をたてて缶をセンターテーブルに置いた。

チーズを剝《む》く指先がふるえて、ままならなかった。

半分齧《かじ》って、残りをテーブルに放り投げ、ふたたび缶ビールを口へ運んだ。

知恵子が伏し目がちに言った。

「お腹すいてるんでしょ。なにか作るわ」

「余計なことを言うな！　おまえ、三上とかいう男とまだつきあってるんだろう」

「テニス以外のつきあいなんて最初からないわよ。昨夜遅くなったのはテニス仲間じゃないの。聖心女子大のクラスメートの横山百合子さんって覚えてない。旧姓は竹田だけど。わたしたちの結婚式に来てくれたじゃない。ほら、ご主人が商社マンの……」

「覚えてないな」

「そうかなあ。この家にも遊びに来たこと何度かあるわよ」

竹中は、横山百合子の顔を思い出したが、黙っていた。

「彼女が久しぶりに電話をかけてきたの。ご主人がロスに出張中だから、遊びに来ないかって。聖心時代のクラスメートが四人集まって、シャンパン飲んだり、ワインを飲んだりして、おしゃべりしてたら、遅くなっちゃって。あとの二人は横山さん家《ち》に泊まったのよ。わたしは、タクシーを飛ばしてちゃんと帰ってきたわ。朝四時なんてことは絶対にないわよ。孝治はどうしてあんな嘘をついたのかなあ。停学処分で頭がどうかなっちゃってたのよ」

知恵子が饒舌《じょうぜつ》なのは、つくり話をしている負い目のせいではないのか——。

「何度も同じことを言わなくていい。しゃべり過ぎると嘘がバレちゃうぞ。朝帰りは事実なんだろう。僕の出張中に、おまえのほうから三上に電話したのか。それとも、まだ男女関係が続いていたのか。どっちなんだ」

「どっちも、違う。ほんとよ。ロザリオに誓ってもいいわ」

竹中はネクタイを外して、そのへんに放り投げ、ワイシャツのボタンを外した。ずっと濃紺のスーツのままだった。

知恵子は、カシミヤの赤いセーターとジーンズ姿だ。化粧はしていなかった。

「ふうーん。ロザリオに誓うねぇ。閻魔《えんま》さまに舌を抜かれる口なんじゃないのかね」

竹中は真顔だった。

知恵子は受洗しているわけではなかったし、竹中も無神論者だ。

知恵子が目を吊《つ》り上げて、なにか言おうとしたとき、恵が帰宅した。

時刻は午後九時二十分。

「ただいま」

「お帰りなさい」

知恵子は返事をしたが、竹中は挨拶《あいさつ》抜きでいきなり大きな声を出した。

「恵も、ここに坐れ！」

「どうしたの。怖い顔して。お腹ぺこぺこなのよ」

「めしはあとだ。坐りなさい」

「なんなのよ。変ねぇ」

恵は、頬をふくらませながらも、大きめな布製のショルダーバッグを床に置いて、知恵子の隣に腰をおろした。服装はグレーのスーツだ。

「恵は昨夜外泊したのか」

「えっ、もうバレてるの。お母さんも口が軽いんだから。お父さんには内緒だって約束したのに」

恵が知恵子を強く睨《にら》みつけた。

「お母さんは話してないわよ。孝治がバラしちゃったの」

知恵子が恵に思い切り躰《からだ》を寄せてささやいたが、竹中は聞き洩《も》らさなかった。

「二人ともぐるか。お互い外泊するのに都合がいいってわけだな」

「へーえ。お母さんも外泊したわけ」

恵が知恵子のほうへ首をねじった。

「外泊なんてしてないわよ」

知恵子が恵に言い返した。竹中は、これが母娘《おやこ》と言えるのだろうか、どっちもどっちだ、と思いながら舌打ちして、缶ビールを乾した。

知恵子の件はあと回しにせざるを得なくなった。

「恵はしょっちゅう外泊してるのか」

「とんでもない。でも夏休みのキャンプとか……」

「そんなのは別だ。お父さんに内緒にしなければならないような外泊のことだよ」

「だったら初めてよ」

竹中の頭の中を、清水麻紀の美貌《びぼう》と彼女が放った刺激的なせりふがよみがえった。

「竹中班長と本物のデートがしたいです」「自立して、ボーイフレンドと同棲《どうせい》したい」

恵も二十歳の成人になった。ボーイフレンド、いや恋人がいてもおかしくない年齢だ。

「初めての外泊の相手は誰なんだ」

「クラスメートだから安心して」

「お母さんと示し合わせた言い訳なのか」

知恵子が厭《いや》な顔をしたが、竹中はおかまいなしにつづけた。

「お母さんのご帰館はけさ四時だそうだ。母娘そろって、ふしだらとしか言いようがないなあ」

「嘘よ。何度言えばわかるの。孝治が当てつけにオーバーに言ってるのよ。あなたって、どうしてそんなにわからず屋なの」

知恵子は、恵の手前も強気に出ざるを得なかった。

「当てつけってなんだ。意味不明だな」

恵が腰を浮かせた。

「夫婦喧嘩《げんか》はあとにしてよ。わたし、ご飯食べてないの」

「ちょっと待て」

竹中は声高に言って、手でも恵を制した。

「まだあるの。いい加減にしてよ」

「恵はボーイフレンドはいるのか」

「当たりまえじゃない。二十歳にもなって、ＢＦがいなかったら、変人って見られるわ。お父さんは二十世紀の遺物っていうか、化石人間ね。ふしだらなんて言ってるようじゃ、どうしようもないわ」

「本物のボーイフレンドっていうか、恋人なのか」

「どうなのかなあ。恋人かもねぇ」

「結婚の約束もしたのか」

「まさか。慶応ボーイよ。商学部の三年生で幼稚舎からの、できそこないだけど、人柄はいいし、お金持ちのぼんぼんだから、つきあってるの。その子はわたしと結婚したいってねんがら年中言ってるけど、そのうちもうちょっとましなのがあらわれるかもしれないから」

竹中は大きな吐息を洩らした。というより慨嘆である。

「おまえ、親に向かって、ぬけぬけとよくそういうことが言えるなあ」

「でも、親に隠れてこそこそしてるよりいいでしょ。もっともお母さんには、とっくに話したわよ。お父さんは堅物なので、ショックを受けると可哀相だから、まだ内緒にしておきなさいって、お母さんからアドバイス受けたけど、ゆきがかり上、話さざるを得ないわね。でも、これで気が楽になったわ」

恵がソファから腰をあげた。

竹中は制止できず、いらだちと腹立たしさが募った。

「めしにしてくれ。シャワーを浴びてくる」

竹中は、知恵子に言葉を投げつけて、ネクタイとボストンバッグを拾いあげた。二階の寝室でスーツとシャツを脱ぎ、ボストンバッグから下着の汚れ物を引っ張り出しながら、竹中は恵のお陰で知恵子と一時休戦がやむを得なくなったことを、いまいましく思う一方で、少しくホッとしている自分に気づいていた。

竹中は、シャワーを浴びながら、知恵子との関係をどう決着をつけたらいいのか、思案した。ピエロを演じ続けるしかないのだろうか。さっきは離婚あるのみ、と考えたが、いまはちょっと気持ちが変化していた。こっちも勝手にやるとするか。

清水麻紀と〝本物のデート〟をする手があるかもしれない。そう思った瞬間、下半身が勃然《ぼつぜん》となった。

3

竹中がパジャマ姿で食卓に着いたのは、午後十時五分過ぎだった。

恵がミートソースのスパゲティを食べていた。マヨネーズをたっぷりぬりたくった盛り合わせの野菜サラダも、自分でつくったと見える。

竹中のほうは、ウニとタラコを挟んだカマボコ、ほうれん草のおひたし、きんぴら牛蒡《ごぼう》が並んでいた。

知恵子が、めばるの煮魚を食卓に並べながら竹中に訊《き》いた。

「ビールにしますか」

「いいよ」

竹中は自分で水割りウイスキーをこしらえた。ビールをもう少し飲みたかったが、それこそ当てつけで、ビールを拒否した。

「お母さんから、孝治のこと聞いたけど、放っとくの」

「恵には甘くて、自分には厳しいって孝治が悪態ついてたぞ。成人になったといっても、外泊はまずいな。父親として、許すわけにはいかない。孝治を悪くした一因は、恵にもあると思ってもらわなければな」

「そんなのおかしいわよ。だいたい答えになってないじゃない」

「じゃあ訊くが、恵は外泊を当たりまえと思ってるのか」

「わたしの年齢を考えてよ」

竹中は、目で知恵子を探したが、リビングにもキッチンにもいなかった。

いつの間にか、二階に上がったらしい。

「成人になったら、なにをしても許されるっていうことにはならんだろう。おまえは親の保護下にあるんだからな。早い話、学費も、生活費も、親がかりじゃないか。ボーイフレンドの存在は認めざるを得んのだろうが、外泊は許さんぞ」

恵が、フォークでスパゲティをこねくりながら、竹中を見上げた。

「いっそのこと、下宿しようかなあ」

「仕送りを期待してるとしたら甘いぞ。だいたい上北沢に家があって、下宿はないだろう」

竹中はまたしても、清水麻紀の大きなえくぼを目に浮かべていた。

一方は社会人だが、一方は学生だ。それでも麻紀の父親は断固、自立を許さないと言い張っているという。

「あいつに相談してみようかなぁ」

恵がミルクティをすすりながら、つぶやいた。

「あいつって、例の慶応ボーイか」

「うん、そうよ。かれ飛び上がって喜んじゃうかも」

「その莫迦《ばか》学生に、資金援助してもらおうっていう魂胆なんだな」

「ま、そんなところね」

「同棲するのか」

竹中は少し胸がドキドキした。

「それも視野に入れてるわ」

「恵はいつからそんなに悪くなったんだ。そんなことを許すくらいなら、親子の縁を切らしてもらうぞ」

竹中は冗談まじりに言ったつもりだが、頬はひきつっていた。

「だって、自分で学費や生活費を捻出《ねんしゅつ》するとしたら、〝ノーパンしゃぶしゃぶ〟か〝ソープ〟みたいな風俗しか考えられないじゃない。苦学生になっちゃうけど、一流銀行のエリートのお父さんとしては、プライドが許さないわよねぇ」

竹中は二杯目の水割りをこしらえながら、恵が家を出たら、それこそ竹中家は崩壊してしまうと本気で思った。

先刻、義母の達子が「いったい竹中家はどうなってるの！　こんな修羅場はもうたくさん！」と金切り声をあげたことを思い出して、背筋がぞくぞくしてきた。

「お父さん、下宿はジョークよ。外泊も、演劇部以外はしないって誓うから、安心していいわよ」

暗い顔で水割りウイスキーをすすっている父親を見かねたのか、恵が優しい声で話をつづけた。

「わたしのことより、孝治のことを心配してよ。大学へも行かない弟がいるなんて、わたしだって困るわ。おじいちゃんやおばあちゃんが世をはかなむのも、無理ないわよ」

リビングの壁時計を見ると十一時五分過ぎだった。

食事を摂《と》りながら、竹中が恵と二人だけで一時間も話したのは、何年ぶりだろうか。少なくとも、恵が大学生になってから初めての経験だ。

「恵は孝治の勉強の面倒を見てるのか」

「ぜーんぜん。あの子、わたしのことなんか莫迦にしてるもの……」

恵は、自身の頭を右手の人差し指でつついた。

「姉貴とはここが違うって、いつも言われてるわ」

「それは、高二までだろう」

「そうかもね。停学はしょうがないけど、進学放棄はショックよ」

「お父さんもショックだ。一時の気迷いとは思うけどねぇ。あしたの朝、孝治と話してみようと思ってるが」

「お母さんは、お父さんよりもっと見栄《みえ》っ張りだから、自殺したいくらいだなんて言ってたけど」

「お母さん、どうしたんだ」

「疲れてるから、お風呂《ふろ》に入って早く寝るって言ってたわよ」

「ふぅーん」

息子の不行跡に自殺したいくらいショックを受けといて、疲れたから寝るもないものだ。知恵子自身の不行跡で、疲労困憊《こんぱい》しているに相違なかった。

竹中は胸がむかむかしてきた。だが、娘に当たるわけにもいかない。

「恵はお母さんの朝帰りについては、どう思ってるの」

思わず口をついて出てしまったが、さすがにきまり悪くなって、竹中は下を向いた。

「お母さんは一時か二時ごろタクシーで帰宅したって、言ってたけど。お友達のところにカラオケセットがあるんだって。それで盛り上がっちゃったらしいわよ。わたしも経験あるけど、カラオケって、そういうものなんだな」

恵は見てきたように言って、「気にしない気にしない」と、つづけた。

「孝治は四時にお母さんが帰ってきたと言ってたが。それに、お父さんにはカラオケなんて言ってなかったぞ」

「あいつ、停学くらって、心身症みたいになってるんじゃないの。きっと時計の針を見間違えたのよ」

恵は、母親の言い分に与《くみ》した。

姉弟仲は決して悪いほうではないし、さりとて母親びいきでもないが、恵は孝治の停学処分と進学拒否に頭に血をのぼらせているのだろう。客観視できるわけがないし、母親が不倫しているなどとは夢にも思っていないせいもある。

「孝治の奴、どこで狂っちゃったんだろう。お父さん、ほんとしっかりしなくちゃダメよ。お母さんにも言っといたけど、孝治を甘やかしてる親の責任もあると思うわ」

竹中はこわばった笑いを浮かべながら、言い返した。

「なにを生意気言ってるんだ。自分の頭の上の蝿も追えないおまえに、そんなことを言われる覚えはないぞ」

「あっ、そうか。わたしも甘やかされてる口なんだ。でも、おじいちゃんも、おばあちゃんも含めて、やっぱり孝治を甘やかしてると思うけどなぁ」

恵は、食卓に頬杖《ほおづえ》を突いて、竹中をじっと見つめた。

竹中は、伏し目になった。

「お父さんも、自殺したい心境なんじゃないの」

「そこまではなぁ」

「お母さんの落ち込みようといったら、なかったけど。東大か一橋と思ってたみたいよ。孝治がA組に決めたときもショックだって言ってたくらいだから、お母さんの気持ちよくわかるよ。お父さんには悪いけど、東大出た人と結婚したかったらしいわよ」

「おまえ、お母さんといつそんな話をしたんだ」

「忘れたわ。ずっと前」

恵があくびまじりに言って、食卓を片づけ始めた。

「お父さん、もういい加減にしたら。ずいぶん飲んだわよ」

恵が皿洗いをしながら、キッチンから声をかけてきた。

「うん」

竹中はおざなりな返事をして、何杯目かの水割りウイスキーをこしらえた。

ボトルの三分の一ほどはあけたかもしれない。しかし、頭は冴《さ》えて、酔いは感じなかった。

「ヤケ酒飲みたい気持ちはわかるけど、いくらなんでも飲み過ぎだよ」

「うん、もうやめるよ。これが最後だ」

恵は、父親が弟を気遣っていると思っていた。

竹中は、孝治のこともさることながら、女房の不始末のほうに、より心を奪われていた。

携帯電話が鳴った。竹中はぎくっとして、きょろきょろしたが、カバンを二階の寝室に置いてきたことに気づいた。

「ああ、わたしよ」

恵がタオルで手を拭《ふ》きながら、リビングのソファの近くに放りっぱなしのショルダーバッグを抱えあげた。

「もしもし……。ああ、正夫君。いま父と話してるから、あとにして……。そうねぇ、二十分ぐらいかな。じゃあねぇ」

恵は〝携帯〟をパンツのポケットに仕舞った。

「おまえ、〝携帯〟なんか持ってるのか」

「ええっ、お父さんいまごろなに言ってんのよ」

恵は素《す》っ頓狂《とんきょう》な声を張りあげた。

「もっと小さな声で話せよ」

時刻は午前零時に近かった。

「〝携帯〟持ってない子のほうが少ないよ。孝治だって持ってるし、お母さんも最近、買ったわよ」

竹中の胸の中で知恵子に対する疑心暗鬼がひろがった。

〝携帯〟まで買い求めて、三上と連絡を取り合っているとは知らなかった。なにが聖心時代の友達だ、なにがカラオケだ、ふざけやがって！

竹中の顔色が変わるのを気にしながら、恵が澄ました顔で言った。

「あいつ、こんな時間に電話かけてきて、まったく莫迦《ばか》なんだから」

「………」

「矢野正夫って言うの」

竹中が訊《き》きもしないのに、恵はボーイフレンドのフルネームを明かした。

しかし、竹中はうわの空だった。

「そんなに怒らないでよ」

竹中はわれに返って、無理に笑顔をつくった。

「その慶応ボーイ、今度家に連れてきなさい。恵と結婚する可能性だってあるわけだろう」

「さぁ、どうなんだろう」

他人事《ひとごと》みたいに言って、恵は肩をすくめた。

「でも、連れてくるわ」

「名前はなんていうの」

恵は怪訝《けげん》そうな顔をした。

「矢野正夫……。お父さん、やっぱりおかしいよ」

「情緒不安定になってることはたしかだな。恵のことも、孝治のことも、心配で心配でならない。竹中家はどうなってるのって、おばあちゃんに怒鳴られるのも無理ないよ」

「わたしはぜーんぜん大丈夫だけど。孝治の反抗っていうか反乱っていうか、これぱっかりはなんとかしなくちゃあ。わが家の一大事だもの」

竹中は、一大事はお母さんだよ、と喉《のど》まで出かかった。

「今夜は、恵のいろんな事情がわかったことは収穫だな。おまえも大人になったんだ」

竹中は少しドキドキしていた。恵と慶応ボーイとの仲がどこまで進んでいるのか気になったからだ。

「矢野君とはなんにもないわよ。向こうが勝手にわたしにのぼせてるだけだから」

恵はけろっと言って、肩をすくめた。

4

竹中と恵が食卓で向かい合っていた十月十五日午後十時半ごろ、知恵子は亭主の食事の仕度を終えて入浴中だった。

スリッパを履かずに忍び足で階段を昇る癖がついていたので、竹中に気づかれずに二階の寝室へ行った。入浴中も、もの音をたてないように静かにふるまった。午前四時の朝帰りを孝治に気づかれたのは迂闊《うかつ》だった。

上北沢駅に近い桜並木の街路で、ベンツの大型車から降りて、二分ほど歩いたが、誰とも顔を合わさずに帰宅できた。そのまま寝室に直行したが、玄関のドアの開閉音を孝治に聞かれたらしい。

ほとんど酔いは覚めていた。

三上から〝携帯〟に電話が入ったのは、前日の午前十一時過ぎだった。

「いま、京王プラザ本館の×××号室ですけど、ルームサービスの昼食どうですか」

「OKよ。主人は大阪に出張したから遅くなっても大丈夫よ。息子の夕食を用意してから家を出るので、十二時半ごろまでに行くわ」

「ご主人日帰りなの」

「一泊して、あしたの夜帰るんだって」

「うれしいなぁ。じゃあ、泊まれるんですね」

「ううーん。でも、泊まるのはやっぱり無理よ」

「お子たちが気になるわけ」

「それより母が目を光らせてるのよ」

「そう言えば神沢さん、最近、テニスクラブで見かけませんねぇ」

「ゴルフにのめり込んでるのよ。その点は好都合なんだけど、主人は騙《だま》せても、母は騙せないわ。あなたに何度も話したじゃない」

「でも、デー・ユースだけじゃやっぱりもの足りなくて。一度でいいからひと晩中、いや一日中、あなたと一緒にいたいですよ」

「しょうがない人ねぇ」

そう言いながらも、知恵子はすでに局部が濡《ぬ》れそぼっていた。

「じゃあ、なるべく早く来てください。きょうのために、月曜、火曜は目いっぱい仕事しましたから、僕は絶対に泊まりますから覚悟しといてください。あなたと電話で話してるだけで起《た》ってきちゃって、どうしようもないですよ」

「わたしもそんな感じはあるわ。じゃあ、あとでね」

電話が切れたあと、知恵子は着替えを抱えてバスルームに飛び込んだ。

知恵子はいつものデー・ユースより、着飾って家を出た。

京王プラザホテル、銀座東急ホテル、八重洲《やえす》冨士屋ホテルなどを利用することが多かったが、たまには帝国ホテルやホテルオークラなどの超一流ホテルも利用する。

帝国ホテル、ホテルオークラなどの超一流はデー・ユースは制度化されていないので、宿泊料を支払うから割高になる。週一度か二度のペースで、二人は逢《あ》っていた。

もっとも、遣《や》り手の税理士だけあって三上は知恵子とのデートでカネに糸目を付けるようなことはなかった。

知恵子は十一時四十分に家を出た。

神沢家が気になったが、駐車場にベンツの中型車はなかった。

達子は打ちっ放しのゴルフ練習場に出かけたらしい。

七月中旬の不倫騒ぎには、ほとほと参ったが、なんとかシラを切り通した。竹中との夫婦関係も、月に一度か二度のペースで続いている。

あれから三か月ほど経つが、万事順調にいっていた。うまくゆき過ぎて、怖いくらいだ。

達子はなんにも言わなくなった。テニスクラブを退会したわけではなかったが、ほとんど行っていない。

「たまにはテニスをどう」

知恵子は、一度だけ水を向けたが、達子はにこりともせずに言い放った。

「あんたのお陰で、恥ずかしくて行けやしないよ。三上みたいな女たらしとつきあった娘をもつ親の身にもなってもらいたいわねぇ」

知恵子が京王線上北沢駅から新宿駅へ出て徒歩で京王プラザホテルに着いたのは、正午を二十分ほど過ぎていた。

ノックをすると、すぐにドアが開いた。

浴衣《ゆかた》姿の三上が、知恵子を抱き締めた。舌を絡ませたディープキスをしたあとで、知恵子が訊いた。

「どうして寝巻きを着てるの」

いつもなら、ルームサービスの昼食が先なので、三上はスーツ姿で知恵子を迎える。

京王プラザホテルのデー・ユースは〝リフレッシュ・プラン〟と称して、マッサージないしサウナ風呂《ぶろ》のサービスがつくが、滞在時間は午前十一時から午後四時半までと比較的短かった。

「きょうは〝デー・ユース〟じゃないでしょう。時間がたっぷりあるから、マッサージをしたんです。ベッドが乱れてるのはそのためですよ。マッサージしたことあるでしょ」

「一度もないわ。わたし躰《からだ》がやわらかいせいか、肩が凝ったこともないし……。くすぐったがり屋だから、マッサージの必要はないの」

「そうかなぁ。セックスのときくすぐったがることなんかないじゃないですか」

「あれは別よ。マッサージはパスするわ」

「気持ちいいですよ。あとでマッサージ取ったらいいですよ。時間は五十分です」

「それより、お腹がすいたわ」

「その前に、これをおとなしくさせてくださいよ」

三上が浴衣を脱いだ。下着をつけていなかったので、勃起《ぼっき》したペニスが知恵子の目に飛び込んできた。三上の下半身のたかまりは、抱擁したとき、知恵子にわからぬはずがない。

「そうね」

スーツ姿の知恵子が身に着けているものを剝《は》いでいる間、三上はダブルベッドに横たわっていた。心得たもので、バスタオルをたたんで尻《しり》に敷いている。

ブラジャーが取られ、たわわな乳房が露出した。

「素敵な眺めです。絶景ですよ。いや絶品です」

知恵子がもどかしそうにパンティを脱いで、ベッドにあがり、三上のペニスを右手で握り締めながら、接吻《せっぷん》した。

三上は知恵子を横抱きにして、左手で乳房を揉《も》みしだき、右手の中指でヴァギナに触れた。

「もう、びしょびしょですよ」

「クリトリスをさわって」

局部に中指が侵入し、人差し指と薬指が加わった。

知恵子はあえいだ。三本の指でもう到達してしまった。

三上自身を迎え入れてから、体位を何度も変えて、三十分ほどの間に知恵子は五度も頂点をきわめた。

「いってもいいですか」

「ダメよ。今週は危ないの」

「排卵期なの」

「そうよ。それとも子供つくる勇気あるの」

「あなたはどうなんですか」

「あなた次第よ」

「嘘ばっかり」

あえぎながらの会話だが、それでも三上のそれは萎縮《いしゆく》しなかった。

騎乗位で腰をくねらせながら、知恵子が訊《き》いた。

「コンドーム、持ってるんでしょ」

「持ってますけど、めんどくさいですよ。射精する瞬間に抜けばいいんでしょ。下になってください」

「わかったわ」

正常位にならなければ、膣《ちつ》外射精は無理だ。

最後の三十秒ほどで、三上は「ううっ」とうめき声を発して、知恵子から躰を離した。

タオルの上に精液がほとばしり、むんむんするほど青臭い臭気が漂った。

「すごーい。いっぱいなのねぇ。タオルをバスタブに漬けておかないと」

「あなたのほうもすごいですよ。これがたまらんのです」

遅いルームサービスの昼食を摂ってからも、二人は夜が更けるまで、飽かずに躰を求め続けた。

5

十月十六日午前八時五分に竹中は二階の寝室から、特命班に電話をかけた。

「はい。協立銀行です」

「おはよう。竹中ですが」

「おはようございます」

清水麻紀の明るい声で、竹中は陰々滅々としていた気分がいくらかやわらいだ。

「まだ、清水さんだけ」

「はい」

川瀬と須田は八時二十分前後に出勤する。頃合を見計らって電話をかけたのだ。特命班に麻紀一人しかいないことは先刻承知である。

「ちょっと体調を崩してねぇ。下痢気味なんだ。午後から出るつもりだけど、休ませてもらうかもしれない。なにかあったら〝携帯〟に電話してください。病院へ行くこともあり得るから」

「食中り《あた》でしょうか。ゆっくりお休みになってください。竹中班長は働き過ぎなんですから」

麻紀の声が湿っていた。逆に竹中は元気づけられた。

「ありがとう。食中りなんてことはないと思うけど。ほんと、たいしたことじゃないから、心配しないでね」

「心配しますよ。竹中班長が病気でお休みになるのは、わたしが入行してから初めてですもの」

「病気なんてオーバーだなあ。どっちにしても、あしたは必ず出勤します。川瀬と須田によろしく伝えてください。じゃあ」

「お大事になさってください」

「ありがとう」

竹中は電話を切って、深呼吸をした。

息子の停学処分を正直に話せるわけがない。ましてや妻の不倫など口が裂けても言えないことだ。

下痢ぐらいは、嘘も方便で、許されるだろう。

さて、どうしたものか――。パジャマ姿でベッドに腰かけている竹中は、思案顔で、腕を組んだ。

出張報告は、きのう川瀬に電話で済ませてある。

恵じゃないけれど、孝治の反乱をどう抑えるか。知恵子のほうは、そのあとだ。

昨夜は離婚を考えたが、眠りから覚めて、気持ちが変わった。性急に結論を出すべきことがらとも思えない。

孝治の担任教師に会ってこよう。その前に孝治と対話しなければ――。

竹中は二階のトイレで用を足してから階下へ降りて行った。

竹中は、洗面所で顔を洗い、嗽《うがい》をした。歯磨きは朝食後と就寝前に決めていたが、考えごとをしているせいか、知恵子と顔を合わせるのが気まずいのか、歯磨きが先になった。それも念入りに。いや、愚図愚図《ぐずぐず》、だらだらと。

竹中が髭《ひげ》を剃《そ》って、リビングに顔を出すと、知恵子と恵が食事をしていた。

「おはよう。お父さん、もう八時半よ。そんな恰好《かっこう》してて、会社どうするの」

「きょうは休む。孝治のことで、会社どころじゃないだろう。担任の教師に会ってくるよ」

竹中は、知恵子には目もくれずに、恵と話した。

恵がいてくれて救われると思いながら、竹中が話をつづけた。

「その前に孝治と話さないとな。孝治は起きてるのか」

「六時半に起きてきて、ご飯を食べて、また寝るようなことを言ってたわ」

「おまえに訊いているんじゃない！」

竹中は思わず大きな声を出してしまい、恵に莫迦《ばか》にされた。

「バッカみたい。まだ夫婦喧嘩《げんか》してるんだ。犬も食わないって言うじゃない」

竹中はバツが悪くて、顔をしかめた。

「減らず口をたたいてないで、孝治を呼んでこいよ」

「あいつ、お父さんと口をきくかなぁ」

「きくもきかないもないだろう。僕は孝治の父親で、親権者なんだからな」

「親権者なんて、大袈裟《おおげさ》ねぇ」

「いいから呼んでこいよ」

恵が食卓を離れた。

足音が聞こえなくなってから、知恵子が竹中の顔を窺《うかが》った。

「まだ怒ってるの」

「怒らないほうがどうかしてるんじゃないのか」

知恵子の問題はあと回しだ、と思っていたのに、ゆきがかり上、そうはならなくなった。

竹中がひきつった顔で話をつづけた。

「朝帰りの女房を咎《とが》めない亭主がいると思うか」

「でも、ほんとに朝帰りなんて嘘なのよ。なんなら横山百合子さんに電話して、聞いてみてよ」

「おまえ、そんな非常識なことを僕にやらせようっていうのか」

竹中は声量を抑えているつもりだったが、けっこう強い口調になっていた。

「わたしの冤罪《えんざい》を晴らすには、それっきゃないじゃない。いい齢《とし》して、焼き餅《もち》やくなんてみっともないわよ」

知恵子は開き直っていた。口のききかたもどこか蓮《はす》っ葉《ぱ》だった。

「焼き餅ねぇ。それもないとは言わないが、おまえ、ほんとにどうかしちゃったんじゃないのか。お母さんにも言われたが、竹中家はどうなってるんだ。そういう問題なんじゃないのかね」

足音が聞こえた。

「おまえの問題はあとだ。孝治のほうが先決問題だろう」

恵は音をたてて椅子に坐《すわ》り、頰をふくらませた。

「孝治のやつ、いくらノックしても、応答なしよ。ふてくされてるのか、ヘッドホーンしてるのか知らないけど、ロックしてて、あけてくれないんだ」

「〝携帯〟で呼び出せ！」

またしても、大声が竹中の口をついて出た。

「やってみるわ」

恵がリビングの電話機に向かった。

電話が繋《つな》がったらしい。恵と孝治がやりとりしている間に、竹中が知恵子に厭《いや》みを言った。

「おまえも〝携帯〟買ったらしいなぁ」

「ええ。話してなかったかしら」

「ああ。きのう初めて恵から聞いたよ。いつ買ったんだ」

「二か月ほど前だったかなぁ」

「そんなに経つのか。知らぬは亭主ばかりなりか」

「変な言い方しないでよ」

「だって事実じゃないか」

「あなたに話したとばかり思っていたんだけど」

「俺に内緒にしてたんだろう。知られると不都合だと思ったわけだ」

知恵子がなにか言い返そうとしたとき、恵が食卓に戻ってきた。

「お父さんと話したくないってさ。あいつ、意地になってるみたい」

「もういちど〝携帯〟に電話をかけろ。いや、お父さんが自分でかける。電話番号を教えてくれ」

恵が竹中に孝治の携帯電話の番号を伝える前に、知恵子が口を挟んだ。

「孝治のことは、あの子の気持ちが落ち着くまで、わたしにまかせてください」

「そうはいかない。とてもじゃないが、おまえにはまかせられないな」

「きょう午後四時半に、わたしが担任の先生と面談することになってるのよ」

竹中はいっそうささくれだった。

「そんなこといつ決めたんだ」

「きのうのお昼ごろだったかなぁ。先生と電話で話したのよ」

竹中は五秒ほど天井を仰いでから、知恵子をまっすぐとらえた。

「いや、僕が担任教師と面談するよ。父親として、責任を感じている。おまえみたいなちゃらんぽらんな母親にはまかせられない」

知恵子がきっとした顔になった。

「わたしのどこがちゃらんぽらんなのよ」

竹中が胸のあたりを押さえながら言い返した。

「自分の胸に訊《き》いてみろ。覚えがあるだろう」

「ああぁっ見ちゃぁいられないわ。夫婦喧嘩はあとにしてよ」

恵に茶々を入れられて、竹中が苦笑を洩《も》らした。

「まったくだな。だけど、恵はどう思うんだ」

「どう思うって」

「担任教師との面談、どっちがいいと思う」

「仲良く二人で行けばぁ。それがいちばんいいじゃん」

竹中は娘に一本取られて、仏頂面で口をつぐんだ。

リビングの竹中と二階の自室に閉じ籠《こ》もっている孝治の電話対話が始まったのは、午前八時四十分だ。

「お父さんだが、孝治のことが心配なのできょうは銀行を休むことにした。担任の先生に会いに行くが、その前におまえと話がしたい」

「うるせぇなぁ。会社を休むのは親父の勝手だけど、親父に話すことなんてねぇよ。だいいちゆうべ話したじゃねぇか」

「話したうちに入らんな。一方的なおまえの言い分を聞いただけだ」

「親父のためごとも聞いたぜ。天地神明に誓って、悪さしてねぇとかなんとか」

「きのうも気になったが、ためごとってどういう意味だ」

「うざったいこと言うなよ」

「うざったい……。それもわからんなぁ。とにかくリビングに降りてきてくれないか」

竹中は下手下手《したて》に出た。力ずくでねじふせられる相手ではない。孝治が親に向かって暴力沙汰《ざた》に及ぶほど悪くなっていないとは思うが、腕力では勝ちめがない。

「恵もいるから、たまには家族四人で話すのもいいんじゃないか。おばあちゃんに竹中家はどうなってるのって言われたが、お父さんはひどくこたえた。孝治はどうだ。やっぱり胸にずしっときたんじゃないのか」

「姉貴にためごと言われる覚えはねぇよ」

「ためごとねぇ。偉そうなっていう意味らしいなぁ」

「そんなとこだな」

「家族会議を開くのもなんだな。まず二人だけで話そうか。男と男の話し合いといこう。腹を割って話そうや。お父さんも、孝治に仕事のことで話しておきたいことがあるんだ」

「親父の二枚舌はたくさんだ。もう切るぞ」

「そうあわてるなよ。どうせ、きょうはたっぷり時間がある。お父さんも銀行でけっこう辛《つら》い思いもしてるんだ。愚痴を聞いてもらえないかねぇ」

「先生と面談するのはお母さんなんだろう。親父は会社へ行けばいいじゃんよう。俺、親父と話す気なんて、ほんとないからな」

「おまえになくても、お父さんにはあるんだ。三十分後におまえの部屋に行く。ロックを外しておきなさい。おまえがどうしても、お父さんと話したくないっていうことなら、考えなければならんな」

「なにを考えるんだ。家を出てけって言うのか」

「それもひとつの考えかただな。その問題も含めて、とにかく腹を割って話したい」

「家を出てけって言うんなら、いつでも出てやらぁ」

言いざま電話が切れた。

竹中は渋面を天井に向けたまま、長椅子から、しばらく動けなかった。

強く出れば、孝治は家出を実行しかねない。

高校三年なら、糊口《ここう》をしのぐことは可能だろう。一か月の停学処分を受けた身としては、パートタイムのアルバイトも可能だ。

しかし、なにはともあれ高校を卒業させなければならない。

単位は取得済みとはいえ、出席日数不足で中途退学もあり得る。停学処分を受けていることを重く重く受け留めなければならない。

「お父さん、孝治なんて言ってるの」

恵が竹中に並びかけた。

知恵子は食卓から、はらはらしながらこっちを窺《うかが》っていた。

黙っている竹中に、恵が少しおもねる口調で言った。

「うざったいって、若い子がわずらわしいっていうような感じで使うわよ」

「停学のショックは大きいと思うが、三十分後に孝治がロックを外してないと、お父さんとしては、手詰まり状態だなぁ」

「弱気ねぇ。甘やかしちゃダメよ。お父さんはお父さんらしく強く出なくちゃあ」

竹中が、長椅子に並んで坐っている恵に上体を寄せて、ささやいた。

「孝治が、姉貴にためごと言われる覚えはないって話してたぞ」

「あいつ、そんな生意気なこと言ったの」

「恵は要領よく立ち回ってるんだろうが、気をつけてくれよなぁ。腹ぼてだけは勘弁してくれよな」

高校時代から演劇部で鍛えているせいか、恵の舌の回転は滑らかだ。

「お父さん、花のかんばせの娘に向かってよく言うよ。苦労性っていうの。厭《いや》ねぇ」

恵は躰《からだ》を横へずらして、汚らしい物でも見るような目で竹中を見た。

竹中は伏し目になった。

「ほんとに心配してるんだよ。顔から火が出るような思いじゃなければ、言えないよ」

母親の血筋もあるからからかもしれない、という思いもあって、実際、竹中は胸が少しドキドキしていた。

「ご心配なく。それより孝治のことなんとかしてよ」

つんとした顔で言って、恵は長椅子から腰をあげた。

恵が自室に引き取ったあとで、竹中は新聞を見ながら黙々と朝食を摂《と》った。

三十分後に、食卓を離れようとする竹中を知恵子がきつい目で見上げた。

「わたしも一緒に行くわ。孝治は、あなた一人じゃ手に負えないと思うの」

「いや、二人だけで話す」

「先生との面談は、わたしが行くわよ」

「いや、それも俺にまかせてもらおう」

二人とも喧嘩《けんか》腰だった。夫婦喧嘩の延長線上なのだから、それも当然だ。

知恵子の口調がほんの少々やわらかくなった。

「ちょっと言いそびれてたんだけど、川北先生は、ご両親でお出《い》でいただくのがよろしいかと思うとか言ってたわ」

竹中は立ったまま思案顔で腕組みしたが、すぐ知恵子に背中を向けた。

「孝治のことは、父親の出る幕だろう。僕にまかせてくれ」

竹中はゆっくりと二階へ上がって行った。

ノックでは返事はなかったが、ノブを回すと意外にも、ドアが開いた。

竹中が孝治の部屋に入ることはめったになかったが、これまた意外にも、ちらかっていなかった。

机に向かって、雑誌を読んでいた孝治が背後を振り返った。孝治もパジャマ姿だった。

「ありがとう。ベッドに坐《すわ》らせてもらうぞ」

返事はしなかったが、孝治は椅子をベッドのほうへ回した。

「さっきの電話の様子だと、昨夜の考えと変わってないみたいだねぇ。高校を卒業したら、アメリカへ行く。気が向いたら、アメリカの大学へ行くだったな」

「うん。親父みたいにエリート・サラリーマンになってもしょうがねぇよ」

「そうか。高二までは早稲田の政経かICUか上智を目指していたのに、急に考えが変わったのは、どうしてなんだ。親の希望を言わせてもらえれば、初心貫徹して欲しい。川北先生は、おまえの両親と面談したいってことのようだが、先生にはおまえの心境の変化について、話したんだろう」

「別に話してねぇよ」

「アメリカへ行きたいっていう話はしたのか」

「うん、ちょっとだけ」

「子供が親父の背中を見て、成長したり、挫折《ざせつ》したりするんだとしたら、お父さんは孝治に対して非常に申し訳ないことをしたのかもしれないなあ」

「…………」

「いつだったか、総会屋への利益供与事件を起こした朝日中央銀行も協立銀行も悪いことをしてるって、おまえに言われたことがあるが、たしかにそんな感じはあるよ。ほんのひと握りの人が法律に違反するようなこと、たとえば、政治家や官僚と結託して悪さをしたり、私腹を肥やしたりすることを現実にお父さんも見てきた。心ならずも、手を穢《よご》すこともある。ただ、銀行に限らず会社にはダーティな面は多かれ少なかれ、どこにもあってねぇ。悲しいかなそれが現実なんだよ」

竹中は、ベッドに仰向けに躰を倒して、一分ほど天井を睨《にら》んでいた。ここ数年間の来《こ》し方が思い出されてならない。

息子に対して、言い訳をしているようで気が引けるが、不信感をもたれているのだから、苦しい弁明も仕方がなかった。

横たわった姿勢のままで、竹中が話をつづけた。

「協立銀行にも、出世のためには手段を選ばないような人は、お父さんが知ってるだけでも何人かいるよ。お父さんをその人たちの一味だと見ている人もいる」

竹中は川瀬と須田の顔を目に浮かべていた。かれらだって清廉潔白であるはずがないが、対住管機構問題に関する限り竹中を胡散臭《うさんくさ》そうな目で見ていることは間違いなかった。

「話は飛ぶけど、政治家と官僚の腐りかたは、もっともっとひどいことになってるんだ。歴代の首相を見てもわかるだろう。田中角栄、中曽根康弘、竹下登……。どれもこれも皆んな胡散臭いことにおいて人後に落ちない。ただなぁ、孝治はマキャベリズムっていう言葉知ってるか」

「ああ。十五世紀から十六世紀にかけて活躍したイタリアの政治思想家、マキャベリの思想だろう。目的のためには手段を選ばない、権謀術数主義という意味で使われることが多いけど、本来の意味はちょっと違うみたいだけど」

孝治が、莫迦《ばか》にするな、と言わんばかりに唇を尖《とが》らせたので、竹中は躰を起こした。

「よく知ってるなぁ。マキャベリズムがゼロの政治家なんて、いまどき一人もいない。まして や、首相になるような人はマキャベリズムの権化みたいなのばっかりだが。サラリーマンの世界にも、マキャベリズムはけっこうあってねぇ」

「親父もその一人っていうわけか」

「ゼロとは言わない。しかし、比較的少ないほうだとは思ってるよ。世の中、きれいごとだけで生きてゆくのは大変なんだよ。親父みたいになりたくない、と言われても仕方がない面はあるけど、お父さんは自分のポケットに汚いおカネを入れたことは一度もないよ。

賄賂《わいろ》をもらってしまったら、銀行員としての誇りはなくなってしまうと考えるからだ」

当時の鈴木会長絡みの特命案件で、大物フィクサーの児玉由紀夫から百万円のお年玉を手渡されそうになったとき、土下座して拒否し切った場面が、いやでも思い出された。

「どうかおゆるしください。これをいただいたら、わたしは組織人としてもバンカーとしても失格です。なんと言われましても、お受けするわけにはまいりません。どうかわたしの立場をご賢察ください」

「おまえ、わしに恥をかかせる気か。一度出したものを元へ戻せると思ってるのか」

「申し訳ありません」

「ふざけるな！　舐《な》めた真似をすると承知せんぞ！」

「お気持ちだけいただかせてください。組織として不正に加担することが決していいこととは思いませんが、だからこそ個人の立場は厳格であるべきだと考えます。このお年玉をいただいてしまいましたら、わたしは正真正銘の三流バンカーになってしまいます……」

むろん、児玉邸でのやりとりを正確に記憶していたわけではなかったが、竹中は四年ほど前の事件を思い出して、目頭が熱くなった。

そうだ、この経緯を孝治に打ち明けようと竹中は咄嗟《とっさ》に思った。

個人名は特定せずに、竹中は淡々とかいつまんで話したつもりだが、途中で何度か瞼《まぶた》をこする竹中に、孝治は不思議そうな顔をしながらも、父親の苦労話に耳を傾けていた。

「親父も大変だなぁ。俺たち家族も、電柱に貼り紙されたりして、参ったけど。だからこそ、俺、サラリーマンなんかになりたくないんだ」

竹中は、話したことを後悔した。どうやら裏目に出たらしい。

竹中は孝治のベッドに上体を倒し、拱《こまぬ》いた手を枕にした姿勢で、話をつなげた。

「大学に進学するかしないかを決めるのは、おまえだ。しかし、父親として、おまえに助言するのは、許されるんじゃないかと思う。お父さんの兄は二人とも医者で、長男は東大、次男は慶応を出てるから、まあ秀才っていうことになるんだろうねぇ。二人とも早稲田のお父さんを見下している。プライドの塊のような厭な奴だよ。だから、お父さんは、市川《いちかわ》の実家に寄りつかなくなった。その辺は孝治も理解してると思うけど。お父さんは養子みたいなものなんだよ」

「なにが言いたいんだ。さっぱりわかんねぇや。早く結論を言えよ」

孝治が椅子を回して、母親似の整った顔をしかめた。

竹中が躰を起こしたので、ベッドが椅子になった。

「…………」

「久しぶりに孝治と話すんだ。そうあわてるなって」

「早稲田の法科でも、エリート意識はあるよ。会社でも、同期のトップグループにいると思ってる。エリート意識っていうのも悪くないぞ。やっぱり大学は出てたほうが、得だと思うんだ。おまえもそう思って、暁星に入学したんだろうや。一浪したっていいじゃないか。頑張ってみたらどうかなぁ」

竹中の口調は優しかった。腫物《はれもの》にさわるように。

「考えが変わったんだから、しょうがねぇだろう。親父やおふくろと価値観が違うんだ。聖心を鼻にかけるおふくろなんか、くさくって、つきあってられねぇよ。おふくろの朝帰りはほんとだぞ」

「そうかもしれないけど……」

竹中は胸のざわめきを懸命に制御して、壁の掛時計に目を遣った。

「孝治が時計の長針と短針を見間違えた可能性もあるんじゃないのか。一時二十分か二時二十分なら、四時ってことになるよなぁ。お母さんは、一時か二時だと言ったが、ま、どっちだっていいじゃないか。カラオケで盛り上がっちゃうと、時間の経つのが早くて、気がついたら午前二時とか三時になってたなんてことは、誰だってあり得るよ」

竹中は、相当無理していることを意識していた。というより、胸の中とはまったく裏腹だった。

だが、いまは孝治の気持ちを変えさせることが本旨である。無理して然《しか》るべきなのだ。

母親びいきの孝治は、心なしか表情が緩んだ。

「大学生だからって、無断外泊を許していいのかよう」

「お母さんには話してたんだから、無断外泊じゃないし、恵は、二度とそういうことはしないって、お父さんに誓ったよ。ボーイフレンドのことも話してくれたが、変なことにはなってないようだよ」

「甘いよう。姉貴がボーイフレンドと遊びまくってねぇわけねぇよ。暁星にも、渋谷《しぶや》でナンパしてる奴はいるからな。白百合《しらゆり》なんて、すぐひっかかるって言ってらぁ」

竹中は愕然《がくぜん》とした。仮にもミッション・スクールだ。いくらなんでも、それはない——。

「茶髪だっていらぁ。土日はピアスしてる奴だっているよ」

追い討ちをかけられて、竹中の頭の中がいっそう混乱した。

「茶髪って。そんなのがいるのか。校則が厳しいのが取り柄みたいな学校で」

「スプレーで黒に染めれば、簡単じゃねぇか。茶髪どころか長髪も、学校は禁じてるけど、学校から外へ出れば、なんでもありだ。そんなこともわかってねぇのは、親父くらいなもんだよ。だいいち茶髪のどこが悪いんだ」

孝治はせせら笑った。

竹中は、なにも言い返せなかった。打ちのめされたような気持ちだった。

「親父が川北先生と面談するのは勝手だけど、俺は進学しねぇからな。もういいだろう。親父の言いなりになるつもりはねぇよ」

孝治は、言いざま椅子を元の位置に戻し、机上のヘッドホーンをつかんだ。

「もうちょっと頼むよ。あと十分、お父さんの話を聞いてくれないか」

竹中はほとんど哀願口調だった。

孝治は返事もせずに、ヘッドホーンを耳に当てがった。早く出て行け、という意思表示である。

6

孝治の背中を思いきりどやしつけたいのを堪《こら》えて、廊下へ出た竹中は、三分ほどの間、うろうろおろおろしていた。思考があっち、こっちへ飛ぶ。

むろん、孝治だけに心を奪われていたわけではなかった。

家庭が、家族がかくも壊れ、傷んでいたとは――。あれほど母親に優しかった孝治が、不信の目を向け始めた。孝治なりに思うところがあってのことだろう。

竹中は心ならずも知恵子を庇《かば》ったが、孝治が時計を見間違えたとは考えにくい。だが、午前四時の帰宅が事実だとしても、三上某との男女関係が続いていたと断じるのはいかがなものか。

しかし、携帯電話機を思い出して、知恵子に対する竹中の疑心暗鬼は募った。

孝治は「ボーイフレンドと遊び呆《ほう》けてる」と、恵を非難した。

「どいつもこいつも……」

竹中はつぶやきながら、廊下を行ったり来たりした。

竹中の足が止まった。清水麻紀の笑顔を目に浮かべたからだ。こんなときに、どうしようもない奴だ。

竹中は自嘲《じちよう》して、ふたたび腕組みしながら、孝治に思考を戻した。

しばらく放っておこう。突き放して、様子を見るしかない。

「お説教たれる資格はない」とまで言われたが、そのとおりかもしれない。

ヘタに口出しすると、余計依怙地《いこじ》になることもあり得る。ぐれなければ、よしとしなければ。知恵子にも、恵にも、知恵子の両親にも、孝治の自主性を尊重するように、釘《くぎ》を刺しておこう。利口な孝治のことだから、自分を取り戻して、ふたたび受験勉強に身を入れないとも限らない。ま、親バカかもしれないが。

「よし」

竹中は気合いを入れるように、ひとりごちて、寝室に入った。

パジャマを脱いで、スーツに着替えた。時計を見ると、午前十時十分過ぎだった。

リビングでは、知恵子が一人でぼんやりテレビを見ていた。

「あら、どうしたの」

知恵子はスーツ姿の竹中に気づいて、ソファから腰をあげた。

「恵はどうした」

「学校へ行ったわよ。あなた、孝治と長話してたようだけど……」

「孝治のことは孝治にまかせよう。あいつにはあいつの生き方があるんだろうな。そのうち目を覚まして進学の意欲が出てくるかもしれないし、アメリカへ行くっていうことで突っ走るのか、どっちにしても、僕はこれ以上口出ししないことにしたよ。親の言いなりになる年齢でもないし、しょせん親の希望どおりに人生を歩むなんて考えられんよ」

竹中は、長椅子に坐《すわ》って、天井を仰ぎながら話をつづけた。

「孝治の突然変異の原因が、僕にあるとしたら、父親として慚愧《ざんき》に堪えないとしか言いようがないけど、われわれとは価値観が違うとも話してたところをみると、孝治なりになにか考えがあるのかもしれない。そっとしておこう。きみもそのつもりでな」

「冗談じゃないわ。そんな簡単に諦《あきら》めるなんて、それでも、あなたは孝治の父親なの」

果たせるかな、知恵子は顔色を変えて、いきり立った。孝治を東大に進学させるのが夢だった知恵子にしてみれば、それも当然だろう。

「わたし、ちょっと孝治と話してくるわ」

「やめとけ。朝帰りの母親に説教たれる資格があるのかって言われるだけだぞ」

言ってしまって、竹中は少しく後悔した。

「あの子まだそんな……」

知恵子は両手で顔を覆って、うめくように言った。

そして、長椅子に並びかけ、肩をふるわせ嗚咽《おえつ》の声を洩《も》らし始めた。

泣けばなんでも許されるっていうもんじゃないぞ、と胸の中でつぶやきながら、竹中が長椅子から腰をあげた。

「担任教師との面接は、きみにまかせるよ。ちょっと隣に挨拶《あいさつ》してから、会社へ行くからな。今夜は遅くなる。食事は要らない」

知恵子は泣きやんだが、まだ顔を覆っていた。

「無責任ねぇ。ちゃらんぽらんなわたしにはまかせられないなんて言ったくせに。息子よりも、会社のほうが大事なんだ」

「気が変わった。担任に会っても、しょうがないだろう。昨夜からけさにかけて、恵や孝治と、たっぷり話した。それだけで充分父親の責任は果たしたよ。じゃあな」

竹中は、カバンをかかえて、外へ出た。

インターホンを押されるのを待っていたようなタイミングで、達子が玄関から飛び出してきた。

「おはようございます」

「もう十時をとっくに過ぎてますよ。おはようもないでしょう」

「昨夜はお騒がせしました」

「挨拶はいいから、早く入りなさい」

達子は、竹中の来宅を首を長くして、待っていたとみえる。

「失礼します」

竹中がリビングの長椅子に坐るのとほとんど同時に、達子が湯呑《ゆの》みを二つセンターテーブルに並べた。

「いただきます」

竹中は湯呑みに手を伸ばして、緑茶をひと口すすった。

もどかしそうに達子が訊《き》いた。

「それでどうなったのよ。孝ちゃん、まだごねてるの」

「ごねてるのか、すねてるのかわかりませんが、進学する気はないと言い張ってますよ」

「治夫さん、しっかりしなさいよ。冗談じゃないわ」

「冗談じゃない、ですか。いま、知恵子にも言われましたよ。しかし、親が子供の進路を決められるわけでもありませんからねぇ」

「なに言ってるんですか。孝ちゃんはまだ未成年でしょ。父親のあなたが頑張らないで、どうするんですか」

達子は喧嘩《けんか》腰だった。

竹中は下手《したて》に出るしかない。無理に微笑を浮かべた。

「おっしゃるとおりです。けさ、一時間ほど孝治と話しました。わたしなりに腹を割って話したつもりです。価値観が違う、と孝治に言われて、わたしはホゾを固めました。やはり停学処分がこたえてるんだろうと思うんです。いまは、静かにそっとしておくしかないんじゃないでしょうか。わたしたちが進学しろと言えば言うほど、孝治はむきになって、逆の方向へ行きますよ。火に油を注ぐようなものなんです」

湯呑みを持つ達子の手が怒りでふるえていた。

「あなた、それでも孝ちゃんの父親なの。ひっぱたいてやりたいくらいよ」

「お気持ちはわかりますけど、子供は親の所有物じゃありませんからねぇ。孝治には孝治の生き方があるんじゃないでしょうか」

達子が緑茶をがぶっと飲んで、なにか言おうとしたが、竹中は強引にさえぎった。

「ただ、孝治はひと月の停学中に、きっと悩み、苦しむと思います。そして、一浪してでも頑張ろう、とするかもしれません。どうかそっと眺めてください」

「そうはいきませんよ。主人は、土曜日のゴルフをキャンセルして、孝ちゃんと話すと言ってたわ。神沢家にとっても、一大事ですからね」

「ありがとうございます。そんなに言っていただいて、孝治も幸せな奴ですよ。しかし、お父さん、お母さんも、知恵子も、恵も、そして私も、ここは頭を冷やすのがよろしいと思うんです。ゴルフをキャンセルなさらないように、くれぐれもよろしくお父さんにお伝えください。それでは……」

腰を浮かせた竹中を、達子が押しとどめた。

「ちょっと待ちなさいよ。いま来たばかりじゃないの」

竹中は、これ以上達子と話しても時間のロスだと思った。孝治の停学と進学断念で、皆んな頭に血をのぼらせている。まず大人たちが冷静になることだ。

「重要な会議がありますので、これで失礼します」

「孝ちゃんのほうがもっと重要でしょう。きょうは川北先生と面談するんじゃないの。知恵子なんかにまかせといたら大変なことになるわよ」

達子は、一昨日《おととい》から逆上しっ放しのようだ。

一人娘の知恵子をとうに見限っているような意味のことを、竹中は以前にも聞いていた。だからこそ、孫の孝治に過大な期待をかけているのだろう。迷惑なのは孝治である。

「孝ちゃんみたいな、あんな良い子を悪くしたのは、知恵子ですよ。情けないったらないわ」

竹中が、こわばった笑みを洩らした。

「お母さん、落ち着いてください。責任があるとしたら、わたしのほうですよ。ＡＣＢ事件などで銀行に、あるいはバンカーであるわたしに、孝治は不信感を持ったんじゃないでしょうか。何年か前に竹中家がヤクザだか右翼だかに攻撃されたことも、孝治に影響してるような気がします」

「それも少しはあるでしょうねぇ。だけど、孝治は朝帰りの母親をちゃんと見てますよ。受験生の母親として、知恵子はいったいなにを考えてるの。わが子ながら情けなくて情けなくて」

達子は声を詰まらせた。

「朝帰りはオーバーですよ。一時か二時の間違いだと思います。孝治が時計を見間違えたようですよ」

竹中は心にもないことを言っているのか、本音をさらけ出しているのか、自分でもよくわからなかった。本音ともちょっと違う。家庭の崩壊を防ぐためには、ピエロを演じ続けるしかない——。

「孝ちゃんが、そう言ったの」

「ええ、まあ」

「ふうーん」

達子は思案顔で、湯呑みを口へ運んだが、すぐに顔をひきつらせた。

「それにしたって、真夜中の一時、二時に帰宅する母親がどこにいて。あなた、甘ちゃんもいいところよ」

「今度の孝治の一件は、知恵子もさすがにこたえてますよ。カラオケで盛り上がっちゃって、ついつい帰るのが遅くなったんでしょう。莫迦《ばか》な奴ですよ」

「とにかく、治夫さんが川北先生に会ってらっしゃい。会議もくそもありませんよ」

達子に命令されるいわれはないが、竹中はあえて逆らわなかった。

「ご忠告は肝に銘じておきますが、担任との面談のことはわたしどもにおまかせください」

「まかせるって、どういうこと」

「知恵子と相談して……。いずれにしても、お互い冷静にならないと」

竹中の冷笑が癇《かん》にさわったのか達子が皮肉たっぷりに浴びせかけた。

「こんなときに冷静になれる治夫さんは、どういう神経してるんですかねぇ」

「恐れ入ります。お母さんには、親子ともどもご心配ばかりおかけして、ほんとうに申し訳ありません。失礼しました」

竹中は時計を見ながら起《た》ち上がった。納得できない、釈然としない、と達子の顔に書いてあったが、竹中はそそくさと神沢家を辞した。門まで見送った達子の視線を痛いほど背中に感じていたが、竹中は自宅に戻らず、京王線上北沢駅に向かって急ぎ足で歩いた。一度も振り返らなかった。達子の視線を振り切るには、それしかない。

角を曲った所で、竹中はカバンの中から〝携帯〟を取り出して、自宅に電話をかけた。

「はい。竹中です」

知恵子の声だった。

「いま、桜並木の道から駅に向かってるところだ。お母さんもカッカしてたが、おまえ冷静になれよ。担任教師との面談よろしくな。じゃあ」

竹中は一方的に電話を切った。

十月十六日の夜、竹中は九時前に帰宅した。アルコールは入っていたが、頭は冴えている。リビングの長椅子で、知恵子と達子が話していた。

「無責任な父親のご帰館ね」

達子がにこりともせずに言った。

一瞬むかっとしたが、竹中はそれを抑えられた。

「どうも」

竹中は、嗽《うがい》をして、洗顔してから、おもむろにリビングに戻って、ソファに腰をおろした。

「孝治はどうしてる」

「二階にいるわ。ついさっきまでここでテレビを見てたんだけど」

「あんまり構うなよ。ほっといたらいいんだ」

達子が口を挟んだ。

「わたしが煙《けむ》たいんでしょ。こんばんはって挨拶《あいさつ》はちゃんとしたけど」

「担任との面談どうだった」

「いまも母と話してたんだけど、孝治がなぜヤル気をなくしたのか、川北先生も動機がよくわからないって言ってたわ。父親が朝日中央銀行に勤める川崎君っていう子が同じA（アー）組にいて、仲良くしてるらしいんだけど、その子はしっかりやってるらしいの。孝治の急降下ぶりは不思議としか言いようがないみたい」

「朝、お母さんにこっぴどく言われたが、両親にも問題があるんだろうな。進学を放棄した動機づけは、われわれにあるような気がするよ」

竹中は苦渋に満ちた顔で、話をつづけた。

「担任との面談、僕も行くべきだったかもなあ。孝治はなにかに傷ついて、ボロボロになってるんだろうねぇ」

「わたしも、孝治と二時間も話したんだけど、価値観の違いだとか、人生観の違いだとか、わけのわからないことばっかり言って……。一学期の期末テストで川崎君に抜かれたことも、ショックだったらしいって、川北先生は言うんだけど。孝治君は悔しさをバネにして抜き返すパワーを持ってるはずなのに、とも言ってたわ。それがどうして、賭《か》けマージャンなんかに逃避したのか、勉強する気をなくしたのか、担任としても忸怩《じくじ》たる思いだって……」

「忸怩たる思いは、僕の言うせりふだよ。恵じゃないけど、息子の反乱に、どう立ち向かったらいいのかわからなくて。やっぱり、当分そっとしておくしかないような気がするけど」

達子がふたたび、割り込んだ。

「無責任にもほどがありますよ。孝ちゃんが立ち直るために、手助けするのが親っていうものでしょう」

「お言葉ですが、孝治を甘やかし過ぎたっていうことはありませんかねぇ。恵も言ってました。それに孝治は高三ですよ。手取り足取りっていう年齢じゃないんです。わたしは、いまはそっとしておくしかないと思いますが」

「その結果、ほんとうに大学へ行けなくなったら、誰が責任を取るの」

「お母さん、誰の責任でもありませんよ。孝治が日本の大学に行かなくたって、いいじゃないですか。アメリカへ行きたい……。それも孝治にとって選択肢の一つなんじゃないんですか」

知恵子と達子が顔を見合わせた。

「そんな、あなたやけになってるの」

「無責任もきわまれりね」

竹中が達子を強く見返した。

「たとえばの話ですよ。孝治の気持ちが変わらなかったら、それまででしょう。お母さんのお気持ちは痛いほどわかってるつもりですが、どうか、わたしどもにおまかせください」

「まかせた結果がこの体たらくじゃないの。二人とも、恥を知れって言いたいくらいよ」

達子の金切り声は、二階の孝治がリビングを気にしていたら、聞こえたはずだ。それで充分ではないか。

停学中に、孝治がどう変わるのか。それは、孝治次第である。いや、神のみぞ知るだ。

「わたしは孝治と自然体で接したいと思ってます。お父さん、お母さんの過剰介入はどうかご容赦ください」

気まずい雰囲気に堪《たま》りかねて、竹中はソファから、二階の寝室に移動した。

第七章　フィクサーの逆鱗《げきりん》

1

平成九年（一九九七年）十一月二十七日午前十一時四十分に、特命班の電話が鳴った。

清水麻紀が電話を取った。

「はい。協立銀行です」

「佐藤ですが、竹中さんは席にいらっしゃいますか」

「失礼ですが、どちらの佐藤さまでしょうか」

「常務の佐藤明夫だ。た、竹中に、早く替わりなさいよ」

「失礼しました。少々お待ちください」

麻紀は首をかしげ、眉《まゆ》をひそめた。

ソファで川瀬と話していた竹中は、麻紀と目が合ったので、腰を浮かせて、自分の顔に右手の人差し指を向けた。

「ええ、佐藤常務からお電話です。いつもと様子が違うので、佐藤常務とわからなくて、失礼なことを……」

「ふうーん」

竹中は自席で受話器を取った。

「もしもし、竹中ですが」

「至急お目にかかりたいんですけど。いま、車の中なんですが、十分後に〝和田倉〟に来ていただけますか」

いつもながら口調は丁寧だが、声がうわずっていた。否《いや》も応もない。命令である。しかし、竹中は、川瀬の手前、虚勢を張った。

「打ち合わせ中ですので、ちょっと手が離せません。午後ではいけませんか」

いくら相手が〝カミソリ佐藤〟でも、そうそう言いなりになるいわれはない。振り回されっぱなし、という思いもあった。

「そうですかあ。それどころではない、重大問題でご相談したいことがあるんですけどねぇ。とにかく〝和田倉〟でお待ちしてます。じゃあ」

電話が切れた。竹中は、渋面を天井に向けて、腕と脚を組んだ。

三分近くも、どうしたものか考えた。どうしたもこうしたもない。〝カミソリ佐藤〟に逆らえるわけがなかった。すぐ駆けつけなければ、後が怖い。ソファから、にやにやしながら川瀬が声をかけてきた。

「竹中さん、どうぞいらしてください。打ち合わせでもありませんし」

「偉い人は、こっちの都合を考えてくれんからなぁ」

「わが特命班長が、いまをときめく佐藤常務に目をかけられてるのは、われわれにとっても心丈夫ですよ」

「皮肉に聞こえるぞ」

「そんな、とんでもない。本音です。わたしも須田も本気でそう思ってますよ」

「わかった。たいした用でもないと思うけど、じゃあ行ってくる」

竹中はぶっきらぼうに言って、腕まくりしていたワイシャツの袖《そで》を元へ戻した。

「清水さん、〝携帯〟切らないから、いつ呼び出してもいいからね」

「よろしいんですか」

麻紀は怪訝《けげん》そうな顔をした。

協立銀行本店ビル内で会議や打ち合わせ中に携帯電話でやりとりすることは、あり得なかった。現に竹中の〝携帯〟は電源が切られている。いわば、ポーズに過ぎない、と麻紀も川瀬も取って当然だった。だが、竹中は恰好《かっこう》をつけたつもりはなかった。

パレスホテルの地下二階にある〝和田倉〟に呼び出されたことを意識したからだ。このことを川瀬と麻紀に明かすのが、ためらわれたまでだ。

「いいよ。佐藤常務に特命班の存在意義を知らしめるためにも、遠慮なく〝携帯〟を呼び出して構わんよ。あの人は特命班をゴミみたいに思ってるからねぇ」

「なるほどねぇ。そういうことなんですか」

麻紀の頰に大きなえくぼができた。川瀬も「ふんふん」とうなずいた。川瀬の様子を麻紀はじっと見ていた。須田のセクハラまがいの威《おど》しは、まだ川瀬に伝わっていない。そう麻紀は思った。

十月一日の竹中とのデートを須田に目撃されたことを麻紀も竹中に話してなかった。竹中との仲が本物のデートに発展していないのは、竹中にその気があるんだかないんだかわからないことにもよるが、須田に弱みを握られているという思いが麻紀にあったからだ。麻紀は、須田の監視をうっとうしい、と思う反面、いざとなったらセクハラで逆襲できる、と考えぬでもなかった。大手町ビルのうなぎ屋で麻紀に示した須田の態度は、ハラスメント以外のなにものでもない。須田は、外出中だが、麻紀に対して、言い過ぎた、と思っていないとも限らなかった。

外へ出ると、十一月下旬にしては莫迦《ばか》に暖かかった。この日、東京の最高気温は摂氏二十三度四分。十月上旬並みの気温である。前日の十一月二十六日、東京地方は強風が吹き、雨も降った。

竹中は背広を抱えて、パレスホテルへ急ぎ足で向かった。

名門の大手証券会社、山三証券が大蔵省に対して自主廃業に向けた営業休止を申請したのは、今週月曜日の十一月二十四日のことだ。

十一月三日には準大手の山陽証券が会社更生法を申請、そして十一日には拓北銀行が自主再建を断念し、破綻《はたん》した。

護送船団方式による大蔵省の裁量行政が音を立てて崩れ始めた。

日本の金融機関はジャパンプレミアムによって、欧米における資金調達面で不利を被《こうむ》り、コール市場（いつでも決済可能な条件下で行われる短期融資）が機能しなくなるほど金融システムが収縮していた。

竹中と川瀬は、先刻、山三証券破綻の影響の深刻さについて、話していたのだ。

「協立銀行を含めて、各銀行とも債権の回収に血眼になるだろうな。総会屋への利益供与事件で、東京地検特捜部の強制捜査を受けた朝日中央銀行から、大量の預金が光陵銀行に流出してるが、その資金はコール市場を素通りして、日銀に還流してるらしいぞ」

「住管機構が協銀絡みの旧住専の紹介融資について、七十億円もの和解金をふっかけてきましたが、こういう厳しい情勢になると、やっぱり裁判でとことん争って、勝訴に持ち込むべきでしたねぇ」

「ないものねだりみたいなことを言うなって。和解の方向で、弁護団の交渉が始まったばかりじゃないの」

「協銀の譲歩で〝タコ〟がいい気になって増長してるらしいですよ。旧住専の各事業部に凄《すご》いノルマを課して、ノルマ銀行の協銀顔負けの取り立てをやらしてるっていうじゃないですか。マスコミと政治家をたらし込んで、国民的英雄気取りですが、まったく冗談じゃないですよ」

「川瀬も須田も、相変わらず激しいねぇ」

竹中と川瀬がそんなやりとりをしているときに〝カミソリ佐藤〟から、自動車電話で呼び出されたのだ。

それにしても、なぜ〝和田倉〟なのか、と竹中は考えながら歩いていた。

四年半ほど前に、パレスホテル九階の〝クラウン〟でフランス料理のフルコースを当時MOF担の杉本と共に、ふるまわれたことが厭《いや》でも思い出される。当時の鈴木会長絡みの特命事項を担当させられて、くさっていた竹中を佐藤が慰労してくれたのだ。

あのとき、「〝渉外班〟のポストにご不満もおありのようだが、便宜的なもので、あなたは格が違います。悪いようにはしません」と佐藤に言われたが、〝特命〟をやらされて、ろくなことはなかった。

厭なことばっかり続いている、と言いたいくらいだ。あの時代の佐藤は、代表権を持った副頭取、専務クラスが、一目も二目も置くほど権勢をほしいままにしていた。カリスマ性すら感じさせたものだ。

鈴木会長が取締役相談役に退いたことで、相対的に斎藤頭取に求心力が移行しつつあるかに見られていたが、佐藤の常務昇格によって、〝鈴木天皇〟の健在ぶりが銀行の内外にアピールされる結果をもたらした。

このことは、佐藤のカリスマ性なりパワーが衰弱していないと取られる相乗作用が伴う。

事実、佐藤は〝鈴木天皇〟の代弁者として常務会をリードするほど、なにかにつけて口を出していた。

佐藤の発言は〝鈴木天皇〟の意向をふまえている、と誰もが受けとめるのも、もっともだった。

厭な予感を募らせながら、竹中はホテルのロビーで背広を着た。

2

佐藤は、パレスホテル地下二階にある〝和田倉〟の椅子席の個室で、竹中を迎えた。

「グッドタイミングですよ。わたしも、たったいま来たところです。坐《すわ》ってください」

「失礼します」

竹中はこわばった顔で、テーブルに着いた。

佐藤が背広を脱いだ。

「きょうは、暑いくらいですねぇ。竹中さんもどうぞ」

「けっこうです」

「緊張してるようですねぇ。実は、わたしもさっきからずっと緊張しっぱなしなんですよ」

佐藤は見ていないようで、見ていた。余裕を取り戻したとも言える。

「児玉由紀夫さんにカミナリを落とされましてねぇ。もう、生きた心地がしませんでしたよ。なんで、わたしほどの男が、こんなひどい目に遭わなければならないのか、世を呪《のろ》いたくなりましたよ」

「児玉先生がなにか」

竹中の声がかすれた。

大物フィクサーの児玉由紀夫に対する竹中と佐藤のスタンスは、ほぼ共通していた。いつだったか「同じ穴の狢《むじな》」と佐藤にのたまわれたが、竹中は反論できなかった。かつて広域暴力団に絡まれて、窮地に立たされていた協銀を救ってくれたのも、児玉由紀夫に他ならない。

「ビールを一杯だけどうですか。わたしは喉《のど》が渇いて渇いて」

着物姿の若い女性従業員が、ビールの小瓶を二本運んできた。

小ぶりのグラスを一気に乾してから、佐藤が会席料理をオーダーした。

店員がいったん退出したのを見届けて、佐藤が手酌でグラスを満たした。ビール瓶を持つ佐藤の手がふるえていた。

「児玉さんに大声を出されて、心臓が止まりそうでしたよ」

声もふるえている。

「児玉先生がなにか」

竹中が同じ質問を繰り返しながら、酌をすると、佐藤は眉間《みけん》のしわを深く刻んで、ふたたびグラスを呷《あお》った。

質問には答えず、佐藤が訊《き》いた。

「今夜、あいてますか」

「住管機構関係で、ちょっと」

　メタルフレームの奥で、佐藤の目が光を放った。いつもの優しいまなざしではなかった。

「それはキャンセルしてください」

　こんなきつい目をされるとは。しかも用件も言わずに、それはない。

「このわたしが土下座せんばかりに平身低頭させられたんですよ」

　佐藤が、新丸ビル四階の児玉経営研究所の所長室兼応接室で、絨毯《じゅうたん》に這《は》いつくばって、土下座したのは事実だった。

「協銀は、わしの邸宅を取り上げようっていうのか！　やれるものならやってみろ！　ただではおかんからな。おまえは、わしを手玉に取ろうとしてるらしいが、おもしろいじゃねぇか。わしを甘く見て、鈴木が吠《ほ》え面《づら》かいたことを忘れたらしいな」

「滅相もない。先生、これは単なる事務上のミスでございます。どうかおゆるしください。どうかご理解賜りたいと存じます」

　佐藤は泣きつかんばかりに、児玉の足下にひれ伏した。

　ついいましがたの修羅場を目に浮かべて、佐藤は屈辱感で身ぶるいが出た。大物政治家も、大蔵省の大物官僚も、怖い存在だと思ったことは一度としてなかった。

　児玉も然《しか》りだと、佐藤は思っていた。地獄の沙汰《さた》もカネ次第だ。

　児玉にはたっぷりつかませている。その児玉から、呼びつけられて、凄《すご》まれたのだ。

「おまえをぶっ殺してやりたいくらいだよ」

児玉は突然低音になった。いっそう凄みがあらわになった。

ほんとうに命が危ない。そう思うと総毛だって、小水をちびりそうになったくらいだ。

「今夜、児玉先生に必ず会ってください。いいですね」

佐藤が怖い目で、竹中を見据えた。

料理が運ばれてくる前に、竹中は居ずまいを正して、佐藤を見返した。

「今夜、児玉先生にお会いしろということですが、その前にご用向きをお聞かせください」

不意を衝《つ》かれて、佐藤が照れ笑いを浮かべた。

「そうでしたねぇ。わたしとしたことが、どうかしてますよ。児玉さんに大目玉をくって、動転しているんですねぇ」

「………」

「それを読んでください」

佐藤がテーブルを目で示した。

四つ折りの書類に、竹中は初めて気づいた。

「失礼します」

竹中は書類を開いた。

B4判のワープロで打ち出された二枚綴《つづ》りの書類を黙読した竹中の顔から、血の気が引いてゆく。

平成九年十一月二十五日

催告書

〈被通知人〉
東京都港区芝大門二丁目××番地
サンコールファイナンス
代表取締役　中川光輝殿

〈通知人〉
東京都千代田区大手町一丁目××番地
株式会社協立銀行
常務取締役第一営業部長　佐藤明夫

拝啓　時下益々ご清栄のこととお慶び申し上げます。
さて、弊行は貴殿に対し、以下内容の貸付を行っておりますが、現在に至るまでご返済されておりません。当該貸付につきましては、本状到着次第、元利金共ご返済いただきたくお願い申し上げます。
万一、ご返済のない場合は、銀行取引約定書の約旨に基づき、法的措置を取らせていただくことになりますので、あらかじめご承知おき下さい。

債権の表示

1、手形貸付債権　一、一〇〇、〇〇〇、〇〇〇円
但し、貴社振出の以下約束手形3通による手形貸付債権の合計額
(1) 金額　三〇〇、〇〇〇、〇〇〇円
貸付日（手形振出日）平成7年12月24日
返済期日（手形期日）平成8年12月23日
(2) 金額　五〇〇、〇〇〇、〇〇〇円
貸付日（手形振出日）平成8年3月5日
返済期日（手形期日）平成9年3月4日
(3) 金額　三〇〇、〇〇〇、〇〇〇円
貸付日（手形振出日）平成8年5月9日
返済期日（手形期日）平成9年5月8日
2、上記債権に対する年14%の割合による遅延損害金

〃この郵便物は平成9年11月25日第×××―××　351××―1号　書留内容証明物として差し出したことを証明します
以上
東京中央郵便局長〃

〃東京中央　9・11・25・12～18〃の消印も書類の最後に認められた。

書類から面《おもて》を上げた竹中の目が充血していた。

「これは……。ひどいですねぇ」

「中川光輝さんをご存じですか」

「もちろん存じてます。児玉先生の秘書をされてる方です。サンコールファイナンスは児玉先生のダミーというか、ペーパーカンパニーです」

「きょうも、児玉事務所にいましたよ。わたしに挨拶《あいさつ》ひとつしませんでした。失礼な人ですよ」

佐藤の眉間《みけん》のしわが、いっそう深くなった。

昼食にしては豪華な会席料理を食べながらの話になったが、竹中も佐藤も食がすすまなかった。食事どころではない――。

「最初の三億円はご存じですね」

「もちろんです。常務に命じられて、わたしが稟議書《りんぎしょ》を書きましたから」

協立銀行は、四年前の平成五年十二月ごろ、川口正義、夏川美智雄の二人の悪党に、〝たちばな〟の立花満子に対する不正融資で揺さぶられた。

「あのとき、佐藤常務のお計らいで、児玉先生にお願いして、抑えてもらいました。児玉先生への謝礼が一億円、川口と夏川にも各一億円を贈与しました。融資の形態を取ることにし、とりあえず、手形貸付の扱いにしたことも、よく覚えております。あのとき、あとはわたしにまかせなさいと常務はおっしゃいました。手形を二回書き換えたことはわかりますが、なぜ延滞扱いにして、一年も放ったらかしておいたんですか」

佐藤は横を向いて、返事をしなかった。

「とっくに処理されてなければならない案件が、四年も経って、こんな妙な形でお化けみたいに出てくるなんて、いったいどうなってるんですか」

心ならずも稟議書を書かされた立場としては、いくら相手が〝カミソリ佐藤〟でもここは強く出ざるを得ない。竹中は言い募った。

「しかも三億円で終わらずに、八億円が二回にわたって融資されてますが、これも不可解です」

「その点は、竹中さんには関係ない。ほじくらんほうがいいな」

「催告書の送付は常務の指示によって行われたと思いますが、児玉先生宛《あて》もそうなんですか」

「冗談じゃない。下の奴が勝手というか、事務的にやったんですよ。当節、協銀に限らず、どこの銀行も債権の回収に躍起になって取り組んでるからねぇ」

「しかし、常務の名前で催告書が出されてるんですから、常務の責任ということになりませんか」

「だから、わたしが児玉さんに呼びつけられて、脂《あぶら》をしぼられたんですよ」

佐藤は、苦り切った顔で、割り箸《ばし》を放り出した。

「児玉先生の案件は、回収の対象にならないということですか」

「ごく事務的に、何百通、何千通と催告書を出してるんですが、まさかこんなものまで紛れ込んでいるとはねぇ」

「つまり、事故っていうことですか」

「そういうことです。一時間ほど前に児玉さんから電話がかかってきたんですよ。すぐ来てくれ、と言われて、会議中に席を外して、押っ取り刀で駆けつけました。これを見せられたときのショックといったらなかった。ほんと、驚きました」

佐藤は、いまいましげに〝催告書〟を顎《あご》でしゃくって、話をつづけた。

「問題は、児玉さんのお屋敷と土地が担保になってることなんです」

「これも常務の指示で、抵当権を設定しましたが、あくまでも形式ということで……」

「そんなことわかってますよ」

佐藤は露骨に厭《いや》な顔をした。

「事務上のミスをどうのこうの言っても、しょうがないので、ここは竹中さんにひと肌脱いでもらうしかないんだよ。そんなこともわかんないの」

佐藤の声がいらだって、言葉遣いも乱暴になった。こんなことはついぞなかった。

「これは〝特命〟だと思ってもらいたい。住管機構などのくだらない問題は、若い二人にまかせておけばいいんです。児玉由紀夫の気持ちを鎮められるのは、きみしかいないんだ。まかり間違えば、鈴木相談役にだって累が及ぶんですよ」

「………」

「今夜、菓子折り下げて、吉祥寺《きちじょうじ》の児玉邸を訪問してください。当方の手違いをいくえにもお詫《わ》びして、お許しを乞《こ》うしか手がないんです」

「………」

「チェック機能が機能しなかったことについては、よく調べたうえで然《しか》るべき手を打ちます。それにしても、児玉さんを怒らせたのはまずかったよ」

佐藤は舌打ちして、顔を歪《ゆが》めた。

竹中も箸を置いた。おつくりも、焼魚も、ほとんど喉《のど》を通らなかった。まともに食べたのは風呂《ふろ》吹き大根と吸物だけだ。ここは、断固たる態度を取るべきではないのか。佐藤の話は筋が通らない。住管機構案件以外の〝特命〟を佐藤から命じられる覚えはない――。

「お言葉を返すようですが、この問題はわたしの手に負いかねます。というより第一営業部の問題に、わたしが介入できる道理はないと思うんです。申し訳ありませんが、ご容赦ください。だいいち、わたしの上司は相原取締役推進部長と永井専務です。常務がどうしても、とおっしゃるんでしたら、お二人の承諾を得てからにしていただけませんか」

〝カミソリ佐藤〟にここまで言えるとは。竹中は、われながら褒めてやりたいと思った。あの魁偉《かいい》な貌《かお》が目に浮かんだ。正月休みに会って以来だから、懐かしくなるほどの無沙汰《ぶさた》だが、児玉とのつきあいは個人的な範囲にとどめておくに如《し》くはない。

第一営業部の事務上のミスに巻き込まれるいわれはない。事務上のミスというより、佐藤が迂闊《うかつ》だったのだ。十把《じっぱ》ひとからげで、債務者に催告書を送り付けさせた張本人、責任者は佐藤明夫自身である。

第一営業部の尻《しり》ぬぐいをさせられるなんて冗談じゃない、と竹中は思った。

着物姿の女性従業員が運んできたばかりの焙《ほう》じ茶を、佐藤はがぶっと飲んで、音を立てて茶托《ちゃたく》に戻した。

「筋論を言ってる場合かね。筋論もくそもないだろう」

竹中は息を呑《の》んだ。

血相を変えたときの佐藤の顔がかくも怖くなるとは知らなかった。

竹中は、湯呑みに手を伸ばした。手がふるえて、湯呑みをつかみそこね、焙じ茶が少しこぼれた。

「常務はいま、住管機構案件をくだらない問題とおっしゃいましたが、ほんとうにそうでしょうか。和解の方向で、交渉のテーブルに着きましたが、協銀にとって、重大な経営課題の一つです。わたしは〝特命班〟の班長です。特命が二つになるなんて、考えられません。重ねて申し上げます。第一営業部の問題にわたしが関与することはできません」

佐藤はひきつっていた頰をわずかにゆるめた。

「わたしに対して、ここまで言える人は、協銀広しといえども、竹中さんだけですよ。改めて見直しました。どうでしょう。わたしに個人的に力を貸してくれませんか。〝特命〟は言い過ぎました」

佐藤は焙じ茶をひと口飲んで、薄く笑った。

「ただねぇ、児玉さんを怒らせたことの責任がわたしにあることは認めますけど、以前にも話しましたかねぇ。児玉さんのことにしても、川口案件にしても……」

佐藤は右手の人差し指を自身と竹中の間を二度三度行ったり来たりさせながら、話をつなげた。

「二人の共同プロジェクトみたいなものですよねぇ。同じ穴の狢なんていうと、ひと聞きが悪いですけど、協銀を守るために竹中さんとわたしは、良いことも悪いことも一緒にやってきた仲じゃないですか。ひとつ、これからもよろしくお願いしますよ。いまさら言うまでもないと思いますが、わたしは竹中さんの味方ですよ。いついかなる場合でも、わたしはあなたのために、ひと肌もふた肌も脱ぐつもりでいます。人を絶対に裏切らない、これがわたしの信条です」

竹中は眉《まゆ》にツバを塗りたくなった。佐藤が元MOF担の杉本を切り捨てようとしたことは紛れもない事実である。

住管機構絡みで、協立リースに出向している杉本の利用価値を認識したまでのことで、〝カミソリ佐藤〟が杉本を引き上げようとしているのかどうか、なんとも微妙である。

少なくとも竹中は、佐藤に対して心を許しているわけではなかった。

だいいち、「同じ穴の狢」はない。以前にも同じことを言われたが、あのとき、もっと強く反論しておくべきだった。

「わたしは、結果的に川口正義のような反社会的勢力に与《くみ》したことを後悔してます。共鳴興産の一件では、暴力団から街宣などの攻撃も受けました。わが家はその後遺症を重く引き摺《ず》ってます」

妻と息子の顔を目に浮かべて、竹中の声がかすれた。

「竹中さんのご苦労は必ず報いられますよ。そう言えば鈴木相談役のお嬢さん、川口正義と離婚したそうですよ。ごく最近、相談役から聞いたんですが、わたし限りにしておくように念を押されてますので、そのつもりで。週刊誌なんかに書かれるのはおもしろくないですからねぇ。お嬢さんには目がない相談役も、少しは懲りたんじゃないですか」

「朗報ですね」

竹中は、真実そう思った。川口みたいなヤクザに、たらし込まれた旧姓三原雅枝の美しい顔を思い出して、竹中は顔をしかめた。

雅枝のために、協銀はどれほどイメージダウンを強いられたことか。

「どうでしょう。とりあえず、今夜にでも児玉先生に会っていただけませんか」

竹中を取り込みたい一心で佐藤の口調が丁寧になった。

「承知しました。お役に立てるかどうか自信はありませんが、仰せに従います」

「ありがとうございます。秘書室に、なにかお土産を用意させておきますよ。それと、ハイヤーも遠慮なく使ってください」

秘書室に、佐藤の息のかかった者が一人や二人いることを知らぬ者はいない。呆気《あっけ》なく腰が砕けてしまった自分が情けなくて、竹中は自己嫌悪に陥っていた。

気を取り直して、竹中が川口の話を蒸し返した。

「川口向けの貸し出しも当然延滞になってると思いますが、催告書が出されてるんでしょうか」

「まだ出されてません。相談役のお嬢さんが連帯保証人になってるでしょう。ややっこしいことになってるので、どう処理するか頭が痛いですよ」

「横浜の結婚式場も、銀座の画廊も、担保に取ってるはずですが、競売《けいばい》にかけるのも一手なんじゃないでしょうか」

「そんな単純な問題じゃないですよ。川口に開き直られると、相談役に累が及びますから。それこそ、川口案件の取り扱いについては、児玉さんに相談して、仕切ってもらうのがいいんですかねぇ」

佐藤が、竹中を窺《うかが》うような目をして、つづけた。

「児玉さんに、それとなく打診してくれませんか」

「川口と雅枝さんが離婚したことを明かしてよろしいんですか」

「蛇の道はヘビです。児玉さんは多分先刻承知なんじゃないですか」

児玉案件も川口案件も、帰するところ〝鈴木天皇〟絡みの問題ではないか。鈴木が協立銀行にどれほどのプラスをもたらしたか知らないが、竹中には、人事権を手放さず、老害を撒《ま》き散らしているとしか、思えなかった。唐突に佐藤が言った。

「ACB事件で、銀行と反社会的勢力の関係が白日の下に晒《さら》されて、協銀も総会屋などへの融資をどう回収するか、どうストップするか、大変なことになりましたねぇ。本音を言えば、児玉さんも、川口も、そっちの部類に入る人ですからねぇ。児玉さんが、催告書に過剰反応したのは、それだけ危機感があるからですよ」

佐藤は他人事《ひとごと》みたいに話しているが、内心は深刻に受けとめているのだろう。

児玉が一時的に矛を収めたとしても、それで問題が解決したことにはならない。右翼にも暴力団にも顔が利く児玉を敵に回すことはできないが、協銀と児玉の距離の置き方が難しくなってきた事実に思いを致して、竹中は背筋が凍るような恐怖心に駆られた。

パレスホテルから協立銀行本店ビルまで徒歩五分ほどの距離だ。

竹中は、専用車を先に返していた佐藤と肩を並べて歩く羽目になった。

二人は同じ背恰好《せかっこう》でスリムだが、ゆったりした足取りの佐藤に合わせるのに竹中は苦労した。

竹中はつんのめりそうになるほど早足なので、若い頃、知恵子に一緒に歩くのを厭がられたものだ。

「美人の奥方はお元気ですか」

佐藤から、唐突に知恵子の名前を出されて、竹中はうろたえた。

一瞬、竹中の足が止まった。知恵子の不始末まで把握されているのか、気を回したのだ。

「家内は常務にお目にかかったことはないと存じますが」

「杉本さんから聞いたんですよ。竹中に負けるのは、女房だけだとかなんとか。でも、わたしはかねがね総合点でも竹中さんのほうが、ずっと上だと思ってましたよ」

歯の浮くようなお世辞だが、竹中は別の思いでホッとした。

「奥さんも、児玉さんをご存じなんでしょ」

「はい。二人でお邪魔したことがありますので」

「だったら、今夜お二人でいらしたらどうですか。児玉さんは、美人には目がないほうですから、そのほうが機嫌を直してくれるんじゃないですか。ほんの思いつきですけど」

「わかりました。考えさせていただきます」

児玉邸に知恵子を連れて行く。一案かもしれない。

この際、間抜けなピエロを演じつづけよう。そうホゾを固めなければいけないのなら、グッドアイデアと言うべきである。

知恵子の言い分を信じる。それもいいだろう。

「ぜひ、そうしてください。女房の出番って、案外あるものですよ」

「どうも」

竹中は、佐藤の横顔を見つめながら軽く頭を下げた。

「ちょっとお尋ねしてよろしいでしょうか」

「どうぞ」

「児玉先生への貸し出しが脹らんだのは、どうしてなんでしょうか」

「何度も言いますが、ほじくらないほうがいいですよ。ま、歴代のトップを傷つけることにもなりますからねぇ」

歴代トップはおかしい。〝鈴木天皇〟一人だけではないのか、と竹中は思ったが、口には出せなかった。

「しかし、児玉先生の案件だけを除外できますかねぇ」

「とりあえず、あくまでも事務上のミスで押し通してください」

佐藤の横顔がこわばった。

「抵当権のことに触れざるを得ないかもしれませんが」

佐藤の足が止まった。

「うん。そこは悩むところです。児玉さんに抹消しろと言われたら、ノーとは言えないでしょうねぇ。価値があるのは土地だけですから、時価で、せいぜい二、三億円の物件でしょうけど、竹中さんの立場は、わたしの名代なんですから、佐藤に伝えるでよろしいんじゃないんですか」

「はい。承知しました」

二人はふたたび歩調を合わせて歩き出した。

ポカポカ陽気なので、竹中は首筋のあたりが汗ばんでいた。時刻は午後一時十分。大手町界隈《かいわい》はワイシャツ姿のサラリーマンが目立つ。

通用口の前で、佐藤が竹中に躰《からだ》を寄せて、ささやいた。

「くれぐれもよろしくお願いしますよ。奥さんにも、よろしくお伝えください。今夜は十時ごろ帰宅します。必ず電話をかけてください」

「はい」

「きょうのことは、二人限りですよ。永井さんにも内緒にしてください」

「はい」

永井専務をさんづけするところは、〝カミソリ佐藤〟らしい。目じゃない、と思っていたはずだが、ライバル視し始めた証左だろうか。

3

十一月二十七日夜、八時四十分ごろ、竹中は一人で吉祥寺の児玉由紀夫邸を訪問した。

知恵子を誘うかどうか迷いに迷い、悩みに悩んだが、知恵子に対するわだかまりよりも、会社の仕事に女房連れはない、と思う気持ちのほうを優先した。

インターホンを押すと、十秒ほどで児玉夫人の声が聞こえた。

「はい。どなたですか」

「協立銀行の竹中です。夜分恐縮ですが……」

「あら、竹中さん。どうぞ」

門があいたので、竹中は深い植込みの中を敷石伝いに、一歩一歩踏み締めて、歩いた。

玄関から、夫人が着物姿であらわれ、鄭重《ていちょう》に竹中を迎えてくれた。ソバージュの髪形がショートカットに変わっている。先妻の死後、粋筋《いきすじ》の二号を直したと聞いた記憶がある。児玉より一回り以上齢下で、五十五、六のはずだ。

「主人はまだ帰宅してませんが、どうぞお上がりになって」

「こんな時間に、申し訳ありません」

「そんな水臭いことを言わないの。さあ、どうぞどうぞ」

広々としたリビングに通された竹中は、〝和光〟の大きめな紙袋を差し出した。

「つまらないものですが」

「こんなお気を遣っていただいて」

夫人は、なにも聞かされていないとみえ、機嫌がよかった。

「竹中さん、半チャン二回、おねだりしちゃおうかな。主人は十時過ぎになるようなことを言ってたわ。ということは十一時よ。それまで、お願いよ」

夫人に拝まれて、なるほど愛想がいいはずだ、と竹中は思った。

夫人のマージャン好きは、ほとんど病気である。

「喜んでお受けしますが、メンツはそろうんですか」

「五分で集まりますよ。うずうずしてるのが近くに二人いるの。竹中さんに声をかけたいのを遠慮してるのよ。竹中さんはお忙しくていらっしゃるから」

「飛んで火に入る夏の虫ですねぇ。きょうは変な陽気だと思いました」

竹中は軽口を叩《たた》くほど、気持ちが楽になった。

電話を終えた夫人が、にこっと笑いかけた。

「OKよ」

「先生がお帰りになったら、即打切りということでお願いします」

「そんなのダメよ。主人が帰って来たら新イニングには入らないっていうことでいいじゃないの」

「半チャン二回じゃないんですか」

「それは言葉の綾《あや》でしょ」

夫人は、軽く竹中を睨《にら》んだが、声はうきうきしていた。

児玉邸には雀《ジャン》室があり、電動式の雀卓を備えているのだから、雀荘顔負けである。

せわしなくマージャンが始まったのは九時十五分。女性は化粧時間を要するので、五分はあり得ないと竹中は初めから思っていた。

「二人とも、マージャンではわたしの子分だけど、花岡さんはわたしのお花の先生、吉村さんは専業主婦。今夜は主人がお世話になってる竹中さんにお小遣いを差し上げるつもりで、やりましょうね」

両夫人とも五十二、三と思えるが、家庭を放り出してきて、大丈夫なのだろうか。服装は花岡夫人は和服、吉村夫人はセーターにスカート。

レートは千点百円。トップに三千円、二位に千円のウマがつくが、地味なルールだから安心である。

児玉邸に来るまでは気が重かったが、マージャンに身が入りだしたので、竹中はリラックスできた。

半チャンを二度終わったところで、時計を見ると午後十時四十分だった。

児玉夫人の一人勝ちだが、わずか六万点ほどである。竹中は二万四千点の負け。ここで終わったら二千四百円のマイナスなので、被害は軽微だ。

竹中が腕まくりしていたワイシャツの袖《そで》を戻しながら、対面《トイメン》の児玉夫人のほうを窺《うかが》った。

「ちょうど区切りのいいところで、終わりにしましょうか」

「なに言ってんの。主人が帰るまでの約束でしょ」

「そうですねぇ。もう半チャンぐらいは、よろしいんじゃないの」

花岡夫人が応じ、吉村夫人はもう点棒合わせを始めていた。

「場所替えはどうしますか」

吉村夫人が誰ともなしに言ったとき、インターホンが鳴った。

「いやあねぇ。主人よ。間が悪いったらないわ」

児玉夫人のひと言で、この夜のマージャンはおひらきになった。

児玉由紀夫には誰も抗《あらが》えない。あとの二人が顔を見合わせながら、ハンドバッグから財布を取り出した。

竹中は、硬い表情でネクタイのゆるみを整えた。

「竹中さん、あさっての土曜日はどうなってるの。主人はゴルフで留守なんだけど。この続きをお願いできませんこと」

「わたしでよろしいんですか」

「まあ、うれしい。花岡さんと吉村さんは、いかが」

「けっこうよ」

「よろこんで」

竹中は、気づまりな家にいるよりマージャンのほうがましだと思った。いやいや受けたわけではない。

帰りがけに玄関で、夫人たちが児玉に挨拶《あいさつ》している間、リビングで竹中は直立不動の姿勢で待っていた。

「なに、竹中が来てる!」

児玉の胴間声に、竹中はぶるるっと身ぶるいが出た。

竹中は、夫人たちが引き取ったので、勇を鼓して玄関の板の間へ出た。

「こんばんは。ご無沙汰《ぶさた》ばかりして申し訳ありません。佐藤から、申しつかって参上しました」

「マージャンで、カミさんに取り入ったっていう寸法だな。それとも、このボロ屋敷をふんだくりにやってきたのか」

べっこうのロイド眼鏡の奥から、ギョロ目が底光りを放った。

初対面でもそうだったが、竹中は居竦《いすく》んで目を逸《そ》らした。

「あなた、なんですか。失礼じゃないの。竹中さんをマージャンに誘ったのは、わたしのほうよ」

「うるさい！　余計な口出しするな！」

竹中は思わず、ぎゅっと目を瞑《つぶ》った。そして、板の間に正座して、ひれ伏した。

「児玉先生、事務の手違いで、ほんとうに申し訳ございませんでした」

「手違いで済む問題か！　てめえ、ふざけやがって！　わしの留守中にしゃあしゃあと上がり込みやがって！　なにが手違いだ！」

逆鱗《げきりん》に触れる、とはこのことだ。

竹中はわなわなと身内をふるわせながら、いつまでもひれ伏していた。

「小僧！　ふざけるんじゃねぇ！」

児玉は哮《たけ》り立った。

マージャンが裏目に出たとしか思えない。癇《かん》にさわったのだ。

児玉夫人がそっと板の間からリビングへ移動したが、竹中は気づかなかった。

「さっさと出て行け！」

足蹴《あしげ》にされて、竹中はひっくり返った。殴られることはなかったが、竹中は身に危険を感じた。

竹中は正座し直して、もう一度叩頭《こうとう》した。

「失礼の数々、まことに申し訳ありません。お詫《わ》びして済むこととは思いませんが……。今夜はこれで失礼させていただきます」

「おーい！　塩を撒《ま》いとけ！」

児玉がリビングの夫人に大声を放った。

竹中は泣きながら、児玉邸から井の頭線吉祥寺駅へ向かって歩いていた。なんで、こんな目に遭わなければいけないのか。俺がなにをしたっていうんだ。

児玉由紀夫が、超の字のつく大物フィクサーであることはわかるが、相当なインテリとも聞いていた。話のわかる人、機微に通じている人、ひとを思い遣《や》る人でもあると信じていたのだ。

だが、児玉の側に立ってみれば、どうだろうか。いきなり〝催告書〟を送り付けられたのだ。頭に血がのぼって当然ではないか。

夫人とマージャンなどやっていた俺に対して、カッとなったとしても不思議ではない。竹中は、駅の近くまで来て、ふと時計を見た。午後十時五十五分。わずか五分か十分の出来事だったのだ。

「〝カミソリ佐藤〟の野郎！」

竹中はひとりごちて、背広のポケットから〝携帯〟を取り出した。カバンは会社へ置いてきたので、ポケットが重かった。

「もしもし、竹中ですが」

「ずいぶん、遅いんですねぇ。待ちくたびれましたよ。竹中さんの〝携帯〟を鳴らそうか、と何度思ったことか。いま、どこですか」

佐藤の声がいらだっていた。

こっちの気も知らないで、ふざけるな、と思いながら、竹中は尖《とが》った声で話した。

「吉祥寺駅の近くですよ。児玉先生の帰りが遅くって。足蹴にされましたよ。足で突き飛ばされました。出て行け！　って怒鳴られたわたしの気持ちを少しは汲《く》んでくださいよ」

「なんですって。児玉は暴力をふるったんですか」

「暴力をふるわれたとは思いません。ほんの弾みで、蹴飛ばされたんでしょうけど、児玉先生の怒り心頭ぶりは尋常ならざるものがありましたよ。それこそ、鈴木相談役あたりがお詫びに行かないと収まらないんじゃないですか」

「そんな莫迦《ばか》な！」

佐藤の声が甲走《かんばし》った。

「児玉ごときに、なんで相談役が頭を下げなければならないんですか。竹中さん、莫迦なことを言っちゃいけませんよ」

竹中はむかむかしたが、相手は〝カミソリ佐藤〟である。抑えなければいけない。

「いずれにしても、わたしは佐藤常務の個人的なお使いで、児玉先生にお目にかかりましたが、お役に立てなくて申し訳ありません。これで失礼します。おやすみなさい」

「ちょっと待ちなさい。そんなつれないことを言わないで、知恵を出してくださいよ」

「わたしには、打つ手がありません。本件から、手を引かせていただきます」

「竹中さん、冷静になってくださいよ。お気持ちはわかりますけど」

「しかし、先刻も申し上げましたが、わたしごときが介入すべき問題ではないと思います」

「竹中さんとわたしの関係で、そんな杓子定規《しゃくしじょうぎ》でいいんですか」

「今晩ひと晩、ない知恵をふりしぼってみますが、多分わたしの出る幕はもうないと思います」

「そうですね。もう遅いから、あしたにしましょう」

「………」

「あしたの朝、七時半に銀行でお会いしましょう。お待ちしてます。おやすみ」

電話が切れた。

言葉は丁寧だが、命令口調である。

「佐藤の野郎、ふざけやがって」

竹中はもう一度つぶやいて、〝携帯〟をポケットに仕舞った。

井の頭線吉祥寺駅で電車に乗車してから、竹中は〝カミソリ佐藤〟に見込まれたことの損得を考えていた。

顧みると、損ばかりで、得は一つもなかった気がする。

果たしてそうだろうか。〝鈴木天皇〟が健康でいる限り、佐藤は安泰である。〝カミソリ佐藤〟〝柳沢吉保〟にすり寄る手合いはゴマンといる。

川瀬じゃないが、「いまをときめく佐藤に目をかけられている」のだから、喜ばなければいけないのだろうか。

だが、〝鈴木天皇〟が君臨し、〝カミソリ佐藤〟が幅を利かせている協立銀行の体質にこそ問題がある――。ここまで考えたとき、電車が発車した。

4

翌朝、竹中は七時半に出社した。

直属の部下でもない俺がこんな時間に呼びつけられる覚えはない、すっぽかす手もある、と考えぬでもなかったが、やはり〝カミソリ佐藤〟は怖い。

「おはようございます」

「やあ。わがままを言って申し訳ありません」

佐藤は手でソファをすすめながら、にこやかに言った。

一揖《いちゆう》してソファに坐《すわ》るなり、竹中が用件を切り出した。

「さっそくですが、昨夜電話で申し上げたとおり、児玉先生の案件に、わたしの立場でこれ以上関与することはどうかと思いますので、よろしくお願いします」

佐藤は表情を和ませたまま、ゆっくりと首を左右に振った。

「お気持ちはわかりますが、そうおっしゃらずに……。わたしも、ワンクッション置くんだったと反省してるんです。きのうのきのうは、まずかったかなって。一日か二日待つべきでした。児玉さんの気持ちが鎮静しないうちに、竹中さんを訪問させたのは、わたしの判断ミスです。きのうは、冷静さを欠いてて、竹中さんにまで迷惑をかけてしまった。申し訳ないと思ってますよ」

竹中は、児玉夫人とのマージャンを佐藤に話していいものかどうか思案した。児玉の帰宅を外で待っていたら、どういう結果になっていたかわからない。

児玉を、直情径行型と見ていたのは誤りだった。

むしろ、複雑な性格というべきだろう。相当ねじれているとも言える。

竹中は、児玉から、「小僧！」と面罵《めんば》されたが、留守中に上がり込んでマージャンをしていた竹中を許すほど、甘くないことを思い知らされた。児玉の凄《すご》みにいまさらながら気づくほうがどうかしている。

竹中は、佐藤にたぐり込まれそうになったが、マージャンの話はしてはならないと気持ちを切り換えた。

「お言葉ですが、一日置いても、二日置いても、結果は変わらなかったと思います。児玉先生の怒りかたは筆舌には尽くせません。わたしのような若造がのこのこ顔を出すこと自体、礼を失してたんじゃないでしょうか」

佐藤が厭《いや》な顔をした。

「そう言えば竹中さんは、鈴木相談役あたりが頭を下げるべきだとかなんとか言ってましたねぇ。あたりとは聞き捨てなりませんねぇ。竹中さんほどの人が、そんなおかしな言い方をするとは驚きですよ。相談役は、協立銀行の宝ですよ。中興の祖に対して失礼千万じゃないですか」

佐藤にとって〝鈴木天皇〟は、神様である。頭に血がのぼっていてよく憶《おぼ》えていないが、佐藤の言っていることは事実だろう。だからこそ、こんな朝早く俺を呼びつけたのだ――。

「よく覚えてませんが、そんなふうに申し上げたとしたら、失言です。児玉先生に足蹴にされて、逆上してました。お詫《わ》びします」

「あたりもさることながら、そういう発想をすること自体が問題なんですよ。竹中さんとわたしで、鈴木相談役をお守りする、そういう気持ちになってください」

竹中は口にたまった唾《つば》を呑《の》み込んで、表情をひきしめた。

「身に余る光栄ですが、雲の上の人の常務と、わたしのような洟《はな》たれ小僧と一緒になれるはずはないと思います。失礼ながら、冗談としか思えません。どうかご容赦ください。特命班としての仕事もありますので、これで失礼させていただきます」

「待ちなさい」

佐藤の怒声は低く抑えてはいたが、竹中を金縛りにさせずにはおかなかった。

「元をただせば、協銀と児玉さんとの縁をつくったのは、竹中さんじゃないですか。三億円融資の稟議書《りんぎしょ》を書いたのも竹中さんでしょ」

竹中は、にやついた目で掬《すく》いあげられて、頭がカッと熱くなった。

「常務の命令で、稟議書を書きましたが、どうして、そうなったかをお考えください」

竹中の声がうわずった。

佐藤がなにを言わんとしているか察しがつくだけに、竹中は、はらわたが煮えくりかえった。

元をただせば、鈴木相談役絡みの不正融資にゆきつく。冗談じゃない。俺は〝特命〟で、躰《からだ》を張って尻《しり》ぬぐいをさせられただけのことだ。

「ま、児玉さんの問題は、竹中さんのお力添えがぜひとも必要なんですよ。なんなら、いまの特命班を二つに分けることも考えますよ。何度も言いますが、悪いようにはしません。わたしに力を貸してくださいよ」

佐藤の声が優しさを取り戻した。〝鈴木天皇〟の懐刀《ふところがたな》を自任し、協銀を動かしているという思いもある。「特命を二つに分ける」ぐらいは朝飯前にやってのけるだろう。

だが、竹中はあえて質問した。

「特命班を二つに分けるとおっしゃいましたが、どういうことでしょうか」

「いくらなんでも、特命班に三人も張り付ける必要があるとは思ってないんでしょ。裁判で争うなんていう発想がそもそも間違ってたんですよ。斎藤頭取は、そのことに気がついたからこそ、方針を変えたんです。和解を前提に弁護団の交渉が始まったらしいが、わたしに言わせれば、そんなことに貴重な人材を三人も割くなんて、どうかと思いますよ。一人で充分でしょう。住管機構側は七十億円の和解金を要求してきてるようだが、丸呑みしたらいいじゃないですか」

竹中は、目を閉じて、深呼吸を三度繰り返した。

「佐藤常務のご発言とも思えません。七十億円は言い値に過ぎないんじゃないでしょうか。われわれは、いかに縮小するかに腐心してます。交渉が暗礁に乗り上げて、訴訟沙汰《ざた》に戻《おと》らないとも限りません。七十億円を丸呑みしろ、はおかしいと思います。特命班を貶める発言は撤回していただきたいと存じます」

佐藤は眼鏡を外し、息を吹きかけて、ハンカチでくもりを拭《ふ》き取った。

そして、おもむろに眼鏡をかけ直した。

「言葉の綾《あや》ですよ。そんなに興奮することはないでしょうが。児玉問題というか児玉案件は、協銀にとって住管機構問題なんかより、もっと重大かつ切実なんです。わたしの言ってること、わかりませんか」

佐藤は語尾をもち上げて、アクセントをつけたが、ぜんぜんわからない、と言いたいのを竹中は我慢した。催告書を児玉に送り付けた第一営業部の失態に、特命班が巻き込まれるなんて、理不尽もいいところだ。

「なんなら、人事部長に命じて、竹中さんを特命班から外しましょうか。そのほうが、やりやすいんなら、きょうにでも発令を出すようにしますけど」

佐藤はこともなげに言ったが、どうやら本気らしい。佐藤がその気になれば、俺を動かすことぐらい簡単だ。しかし、ここは佐藤の言いなりになる手はない。

「たしか常務は、個人的に協力して欲しいとおっしゃいませんでしたか。だとすれば、児玉案件はひそかに処理したほうが、よろしいと思いますが。わたしがどういうポストに就いても、いろいろ詮索《せんさく》されると思います。現に、部下の川瀬と須田はダラ幹のわたしの行動に目を光らせて、ウォッチしてます。協立リースの杉本に因果を含めて、処理した問題にしましても、表に出さないように、塚本やわたしがどれほど苦労したか、考えていただきたいと存じます」

佐藤はむすっと押し黙った。

竹中も、口をつぐんでいた。時計を見ると午前八時二十分。

竹中が辛抱し切れなくなって、居ずまいを正した。

「個人的にどうお手伝いできるか、考えさせていただきます。特命班の会議がありますので失礼します」

「わたしも考えますが、くどいようですけど鈴木相談役を児玉さんに会わせるなんて断じてダメですからね。心してください」

佐藤が厳しい表情で、ソファから腰をあげた。


この日の夕刻、児玉夫人から特命班の竹中に電話がかかってきた。

「竹中班長、児玉さんとおっしゃる女性の方からお電話です」

「えっ！」

自席で書類を読んでいた竹中が、オクターブの高い声を発した。

「どうしますか」

清水麻紀に訊《き》かれて、「出ます」と答えた竹中の声も、受話器を取る手もふるえていた。

「もしもし、竹中ですが」

「ゆうべはごめんなさい。身勝手で困った人ですよ。ほんとうに竹中さんに申し訳ないと思ってるのよ。昨夜は取り付く島もないほど荒れ狂ってたけど、けさは神妙だったわよ。竹中に当たり散らして悪かったって……」

竹中はわが耳を疑った。あれほど猛《たけ》り狂っていた児玉が、ひと晩で神妙になるなんて考えられない。児玉夫人が気を遣ってくれているだけのことだろう。

だが、次の夫人の言葉は竹中の思いをくつがえした。

「あしたは約束どおり、いらしてね。集合時間は言ってなかったかしら」

「はい」

「午前十一時でいかが。花岡さんも吉村さんも、もちろんＯＫよ」

「ただ、先生に合わせる顔がありません。今回はご遠慮させていただいたほうが……」

「なに言ってるの。それこそ主人が荒れて大変なことになるわ。合わせる顔がないのは主人のほうよ。わたしに免じて勘弁してあげて。主人は七時ごろには帰れるようなことを言ってたわ。竹中さんと一杯飲みたいんじゃないかしら」

「恐れ入ります」

竹中は少し目が潤んだ。

「いいわね。十一時にいらしてね。昼食は、お鮨《すし》でも取りますが、マージャンは六時までにして、夕食はなにか鍋《なべ》でもやりましょうかねぇ」

「ありがとうございます。それではお言葉に甘えさせていただきます」

「お礼を言うのはわたしのほうよ。あした主人が竹中さんに失礼な態度を取るような真似をしたら、わたしが許しません。主人にお詫びさせますから。じゃあ、楽しみにしてますよ」

「お電話ありがとうございました。児玉先生にくれぐれもよろしくお伝えください」

竹中は電話を切って、しばらく放心していた。

川瀬と須田は外出中だった。

麻紀が、竹中に声をかけた。

「竹中班長、お茶をお淹《い》れしましょうか」

「ありがとう。喉《のど》が渇いた。昨夜いろいろあってねぇ」

「お元気がないので、心配してたんですけど佐藤常務の関係ですか」

「まあ、そんなとこかねぇ。内緒だよ」

「はい」

麻紀がにっと微笑んだ。

特命班班長の竹中の外出は比較的少ないので、麻紀と二人だけになる機会はけっこう多いが、私語を交わすことはめったになかった。

竹中は思案顔で緑茶を飲んだ。

児玉夫人からの電話を佐藤に伝えるべきかどうか。その必要はまったくない、と考えをまとめるまで一分とかからなかった。

あす、十一月二十九日土曜の結果次第である。吉と出るか、凶と出るか。夫人の口ぶりでは、児玉由紀夫は態度を軟化させた感じはあるが、足蹴《あしげ》にされた心身の傷はまだ癒《い》えていなかった。

まだまだなにが起こるかわからない。相手は、一筋縄ではいかない大物フィクサーなのだ。

児玉の立場に立てば、敵失に乗じてなにか仕掛けるなり、揺さぶりをかけたいところかもしれない。

そのために俺を利用することは充分あり得る。

しかし、と竹中は思う。若造、小僧っ子の俺に利用価値があるだろうか。考え過ぎ、思い過ごしではないのか。

5

十一月二十九日土曜日の午前十時二十分に竹中は外出した。

前夜、知恵子に「あした児玉先生の奥さんにマージャンを誘われてるんだ。先生と食事もするので、夜は遅くなるよ」と伝えてあった。

三上某とデートする時間ができたな、とも言いたかったが、それを言ったら、おしまいである。ことを起こすことを覚悟しなければならない。まだ、家庭を壊す気にはなれなかった。

壊れかかってはいるが、そうしてはならない、という思いのほうが勝っていた。

知恵子が専業主婦に専念しているように見て、見えないこともない。

停学処分が解けて、孝治が通学し始めたので、ひとまずホッとしている面もある。竹中は孝治と家で話すことは皆無に近かった。

息子のほうが父親と顔を合わせるのを避けているのだから、仕方がない。母親とは対話しているらしい。姉と話すことが多いようだが、母方の祖父母とは、距離を置くようになった。

煙《けむ》たいからだろう。孝治が一浪して進学する気持ちを取り戻すのかどうか、まったくわからない。どっちに転んでもよいと思うしかない。竹中は割り切る以外にない、と考えていた。

この日、竹中はマージャンに没入できず、大負けした。

低レートなので、三万円足らずで済んだ。いつだったか、向島《むこうじま》の料亭で児玉と一戦交えた無茶苦茶に下品なルールと高レートだったら、五十万円では済まなかったろう。

児玉由紀夫の帰りが気になって、マージャンに集中できるはずがない。

花岡夫人と吉村夫人は午後六時過ぎに引き取った。

児玉夫人が食事の仕度をしている間、竹中はリビングでテレビを見ていたが、うわの空で、映像が頭の中に入らなかった。

児玉が帰宅したのは、七時五分過ぎだ。

インターホンが鳴ったとき、竹中の心臓はドキンと音をたててへこんだ。

「おうっ、竹中、来てるな。よく来てくれた」

これが児玉の第一声だった。

「先夜は申し訳ありませんでした。本日はお招きいただきまして、ありがとうございます」

竹中は、絨毯《じゅうたん》の上に正座して、丁寧に挨拶《あいさつ》した。

児玉は長椅子にどかっと腰をおろした。

「一昨夜は悪かった。気が立っててなぁ。どうにもブレーキが利かなかったんだ。あとで、カミさんに説教されたが、いい齢《とし》して、恥ずかしいよ。カミさんに免じて勘弁してくれな」

「恐れ入ります」

「手打ちの儀式はもういいだろう。ここへ坐《すわ》ってくれ」

児玉はダブルのブレザーを放り投げて、スポーツシャツ姿になった。

竹中はおずおずと児玉と向かい合うかたちでソファに腰をおろした。

「おばさん共を相手に、たかがマージャンやるのにスーツにネクタイか。竹中は律儀っていうか、堅苦しいなぁ」

「お詫《わ》びに参上したのですから」

「それはこっちの言うせりふだよ。きょうは、ゴルフ場で、ビールを一杯飲んだだけで帰ってきたんだ。久しぶりに竹中と飲むのを楽しみにしてたからな」

「どうも」

竹中はふたたび低頭した。まだまだ緊張がほぐれなかった。

「あなた、竹中さんに美味《おい》しいお菓子をいただいたのよ。お礼を申し上げて」

「そうかぁ。気を遣ってもらって悪いなぁ」

竹中は、京王線上北沢駅に近い〝東宮《とうみや》〟で、焼き菓子を買って、手土産に持参した。いつかもそうしたが、児玉夫人に好評だったことを覚えていたのだ。

「めしはまだか」

児玉が厨房《ちゅうぼう》の夫人に、大声を放った。

「できてますよ。どうぞ」

「よし。食卓へ移ろう」

児玉に続いて、竹中もテーブルに移動した。

特別誂《あつら》えのクリスタルガラスの一枚板を敷いた豪華な六人掛けのテーブルだ。

前菜は札幌から取り寄せたという毛ガニだった。食べやすいように解体されてあるが、甲羅の大きさといい、足の太さといい、新鮮さといい、最高級の毛ガニであることは一目瞭然《りょうぜん》だ。

それも二匹。

七月十八日の夜、神沢家で食べた毛ガニも美味《おい》しかったが、姿形を見る限り児玉邸のほうが断然上だろう。

「竹中に食わせてやろうと思って、札幌から取り寄せたんだ。料亭だったら、芸者か仲居が身をほじくり出してくれるが、そうもいかんわなぁ」

「芸者じゃなくて、悪うございましたねぇ」

元粋筋《いきすじ》の児玉夫人は、一瞬頬をふくらませたが、竹中に向けた顔は微笑んでいた。

「遠慮せずにどんどんやってくれ。こいつにかかり出すと酒が飲めなくなるが、ビールを二、三本飲んで、水割りにするか」

夫人が大きめなグラス三つに〝サッポロ黒ラベル〟の大瓶を傾けた。

グラスを掲げて、夫人が竹中に向かって軽く頭を下げた。

「竹中さん、きょうはいろいろ気を遣っていただいて、ありがとうございます」

「どういう意味だ」

児玉が右側に首をねじった。

夫人はうれしそうな目を、児玉に向けた。

「また、勝たせていただいたの」

「竹中、手を抜いたな」

「とんでもない。一所懸命やったのですが、完敗でした。先生にも奥さまにも、歯が立ちません。レベルが違うと思うしかないですよ」

「そのうち、わしも誘うか」

「ご容赦ください。先生とのマージャンは一回で懲りました」

「あのとき、竹中はたった十万ほど負けただけだろうや」

「先生は三コロにして、八十万円お勝ちになりました」

「あら、そんなひどいレートなの」

「ひどいなんてもんじゃありません。やらずぶったくりですよ」

「竹中も減らず口を叩《たた》けるようになったな。元気が出てきた証拠だ。ま、乾杯といこう」

「乾杯！」

夫人が発声し、児玉が大音声《だいおんじょう》で呼応した。

「乾杯！」

「いただきます」

ビールを二杯飲んで、竹中は一番あとから毛ガニに取りかかった。

「美味しいですねぇ」

「そうだろう。わしは札幌中で、一番旨《うま》い店を知ってるんだ」

「竹中さんに対する主人のせめてものお詫びのしるしなのよ」

「恐れ入ります。なんだか胸が一杯になってきました」

「余計なことは言わんでいい。せっかく忘れとったのに」

児玉が鋭い一瞥《いちべつ》を夫人にくれてから、手酌でビールを注いだ。

竹中は毛ガニに集中していた気持ちが萎《な》えた。

これからが本番だ、児玉がなにを言い出すか。

「カニ味噌《みそ》、嫌いなのか」

「いいえ」

「甲羅ごと、皿に載せたらいいな」

児玉がごつい手で甲羅の大きいほうを竹中の取り皿に運んだ。

「ありがとうございます」

「足ばかり食べてないで、こっちもやらんか。毛ガニを食うときは出遅れないようにせんとな。さっさと、せっせと食べるんだ。これが毛ガニに限らずカニを食うときの鉄則だ」

「あなた、鉄則はオーバーですよ。自分流に好きなように食べればいいんでしょ。あなたみたいにガツガツ食べる人はそうはいませんけど」

児玉は、夫人に言い返さなかった。

「主人と毛ガニを食べるときは等分に分けることにしてるのよ。この調子だから、放っといたらわたしの三倍は食べられちゃうの」

児玉は濡《ぬ》れタオルで手を拭《ふ》いて、二本目のビール瓶の栓を抜いた。

竹中は、孝治が毛ガニをガツガツ食べていたときの場面を思い出して、胸が熱くなった。時ならぬ児玉邸の晩餐《ばんさん》が毛ガニから、しゃぶしゃぶになった。竹中は不埒《ふらち》にも、〝ノーパンしゃぶしゃぶ〟を思い出してしまった。こんな旨いしゃぶしゃぶにありつけたのは、〝ろうらん〟以来だ。

児玉は、竹中が呆《あき》れるほどの健啖家《けんたんか》ぶりを発揮した。古希を迎えたはずだが、十《とう》は若く見える。

竹中も夫人も、児玉にならって、〝ローヤルサルート〟の水割りウイスキーを飲んだ。

児玉はがぶがぶと豪快に、竹中は燗酒《かんざけ》でも飲むようにちびりちびりと。緊張感は多少ほぐれたが、ゆめゆめ油断はならない。問題はこれからなのだ。

一時間ほどで食事が終わった。

時刻は午後八時二十分。

「竹中、わしに話があるんだろう。向こうへ行くか」

児玉はさっさと応接室に移った。

「おい、コーヒーをたのむ」

「はい。すぐにお運びします」

夫人は従順だった。

応接室のソファで対峙《たいじ》するなり、児玉が言った。

「おまえ、借りてきた猫みたいにおとなしいじゃねぇか。言いたいことがあるんなら、遠慮せずに言ったらいいな」

「とんでもない。先日も申し上げましたが、わたしは佐藤の名代で、お詫《わ》びに参上しただけなんです」

「佐藤明夫とかゆうたかねぇ、あいつはそんなに偉いのか。いったい何様のつもりなんだ」

早くも、正体をあらわした児玉を前に、竹中は居竦《いすく》んだ。

「佐藤は鈴木一郎という虎の威を借る狐に過ぎんよ。本人はカリスマと勘違いしてるらしいが、あんな若造に振り回されてる協銀も、どうかしてるぞ」

「おっしゃることはわかりますが、カリスマというより、鈴木の分身なんじゃないでしょうか。キレ者であることはたしかです」

「大統領補佐官を気取ってるつもりかねぇ。鈴木は頭取時代から、茶坊主の佐藤を甘やかしてるが、よくないな。人間、増長しだしたら際限がないからなぁ」

コーヒーが運ばれてきたが、児玉は構わず話をつづけた。

「鈴木の引きで、あいつは常務になった。鈴木は一年後には専務にして代表権を持たせるつもりだろう。次期頭取は永井と佐藤の一騎討ちだな。血みどろの争いにならなければいいが。斎藤もけっこう負けてはおらんだろうから、鈴木と斎藤の戦争とも言える。竹中はどっちに付くんだ」

「わたしはまだそんな立場でもありませんし、どっちみち支店長止まりですから」

「そんな弱気でどうする。永井や佐藤の寝首をかくくらいの気概を持ったらいいな。頭取を目指したらいいんだ」

竹中には、話が大き過ぎて、答えようがなかった。苦笑いしているしかない。

「竹中も、佐藤の使い走りなんかしてるようじゃ、あかんぞ。佐藤は、手を代え品を代えわしに接近してきた。だからこそ今回の催告書は許せんのだ。あいつは、なにを考えてるんだ。まったく油断も隙もない奴だ」

竹中の表情がこわばった。いよいよ本題に入った。

夫人が退出した。

児玉が上体を寄せて、声をひそめた。

「ほんとのところはどうなんだ。催告書は、ただのミスなのか。それともなにか狙いがあるのか」

児玉に見据えられて、竹中はぞくっと身ぶるいした。

「ACB事件で、銀行はどこもかしこも緊張してるし、悪いことに山三証券の破綻《はたん》などで、いま金融村は大変なことになってるが、協銀も、わしらと対決する覚悟で、牽制球《けんせいきゅう》を放《ほう》ってきたんじゃないのかね」

児玉は冗談ともつかずに言ったが、目は底光りを放《はな》っていた。

「明らかにミスです。児玉先生に対して、牽制球を放れた義理じゃないと思います。佐藤が周章狼狽《ろうばい》するのも当然で、わたしは佐藤に鈴木相談役がお詫びに行くべきだと申しました」

「ふうーん。竹中、おまえ、そんなこと言ったのか」

児玉は、呆れ顔で身をのけぞらせた。

「申しました」

「それが事実なら、竹中は見所があるな。佐藤はなんと言ったんだ」

竹中はちょっともじもじしたが、正直に話した。

「こっぴどく叱られました。そういう発想をすること自体問題だと」

児玉に誘われたように、竹中もコーヒーカップに手を伸ばした。

「〝鈴木天皇〟と称されるほど鈴木相談役は、協立銀行で神格化されてます。虚像と実像を多少なりともわきまえてるわたしなどは、〝鈴木天皇〟は笑止千万と思いますけれど、協銀マンのほとんどは、鈴木を神様に近い存在だと見てるんじゃないでしょうか。そういう意味では佐藤がわたしを叱るのも、ま、しょうがないかなっていう気もします」

児玉はコーヒーをがぶっと飲んで、コーヒーカップを叩きつけるようにソーサーに戻した。

「わたしに言わせれば、鈴木が頭を下げに来るのが筋だが、そうはせんだろう。竹中は催告書を見たのか」

「はい。佐藤からコピーを見せられました」

「三億円はおまえも知ってのとおりだが、あとの五億と三億の八億は、佐藤に頼まれたんだ。わしは運んだだけのことだ。鈴木が大物政治家にたかられたんだよ。派閥の領袖《りょうしゅう》ともなると、カネがかかるからなぁ」

「大物政治家は、どなたですか」

「ううん。うん……」

児玉は腕組みして、一瞬伏し目になった。

「ま、竹中は知らんほうがいいな」

「佐藤からも、ほじくるな、と言われました」

「竹中、佐藤によくゆうとけ。十一億円は返済不要という内容の念書をわし宛に出せってな」

「たしかに承りました」

しかし、佐藤が児玉に念書など出すはずがなかった。佐藤が児玉案件をどう収拾するか、見ものだ。佐藤なりに落としどころをさぐっているはずだ。

俺が頭を下げた程度で、児玉が引き下がるとは考えにくい。

「念書を出すのは当然で、鈴木がわしに頭を下げるのが筋だぞ。それが最低条件だと佐藤に伝えろ。竹中、鈴木と佐藤はどう出ると思う。おまえの予想をゆうてみろ」

竹中は、児玉に胸中を読まれて、たじろいだ。本音を言えば、両方ともあり得ないが、ここは建て前論でいくしかない。

「鈴木は逃げると思います。協銀が共鳴興産事件で関州連合に絡まれましたときに、児玉先生に助けていただいたことがあります。あのときも鈴木は、並木会長との手打ちで、逃げ回りました。佐藤がブロックしたとも言えますが……」

「そんなことがあったなぁ。斎藤は逃げなかった。斎藤は肝がすわってるな」

共鳴興産事件とは、広域暴力団関州連合系の不動産会社、共鳴興産に対する巨額融資をめぐって、協立銀行が関州連合から攻撃された事件のことだ。

平成七年一月二十七日に、児玉由紀夫の仲介で、関州連合会長の並木喜太郎と斎藤頭取が向島の料亭で面会し、手打ち式が行われた。

「児玉先生に対して牽制球を放れた義理じゃないと、先ほど申し上げましたのは、共鳴興産事件のことがわたしの念頭にあったからです」

「うん。あのときは、わしも協銀のために汗をかいたなぁ。協銀には貸しこそあれ借りはないと思っとるよ」

「………」

「話を元に戻せ。念書の件はどうなんだ」

竹中は、コーヒーカップをセンターテーブルのソーサーに戻して、深呼吸を一つした。

「わかりません。佐藤は、それこそノーと言えた義理じゃないと思いますが……。先生のご意向を今夜中に佐藤に伝えます」

「逃げたら許さんとゆうとけ。来週月曜日、十二月一日午後五時までに返事をもらおうか」

児玉の鋭い目をなんとか見返しながら、竹中は小さくうなずいた。

「佐藤がわしに一札入れたら、今回の件は不問に付そう。それにしても、竹中は佐藤に見込まれたばっかりに、こんな厭《いや》な役回りばっかしやらされて苦労するなぁ。毛ガニ食わされたぐらいじゃあ、割りに合わんな」

「一昨夜は、先生のお留守の間にお邪魔して、失礼しました。深く反省します」

「また、その話か。わしに恥をかかせるな。竹中は、見所がある。わしは、おまえを裏切ったりはせんからな」

見所がある、は二度目だが、裏切らない、は胸にずしりとくる。児玉は怖い人なのだ。

児玉があくびまじりに、突然話題を変えた。

「川口と鈴木の娘が別れたそうだなぁ」

竹中は、児玉の早耳に舌を巻いたが、川口を児玉の息のかかった男と考えれば、この程度の情報収集は朝飯前だろう。

竹中が小首をかしげたので、児玉はにたっとした。

「おまえ初耳なのか」

竹中は曖昧《あいまい》にうなずいた。

「ガードは固いっていうわけだ。しかし、週刊誌沙汰《ざた》にならなければいいが……」

「正式に離婚したんでしょうか」

「もちろんだ。川口は悪過ぎる。雅枝とかゆうたかねぇ。気位の高いあの別嬪《べっぴん》をたらし込んで、ひと山当てた川口は、相当なタマだが、川口の本質に、やっと雅枝は気づいたんだろう。鈴木も鈴木だ。いい齢《とし》した中年の娘を溺愛《できあい》するなんて、わしには信じられんよ。川口も、にやけた二枚目だが、川口なんかに、たぶらかされた鈴木の目は節穴としか言いようがないな。あんなのを〝天皇〟なんて崇《あが》めてる、おまえたち協銀マンも、たいしたことはないぞ。協銀はノルマ銀行のトップで、竹中たちもよくやってるが……。この話はさっきしたたな。川口に、協銀は相当貸し込んでるんじゃないのか」

「はい。雅枝さんが経営している銀座の画廊と、川口氏が経営している結婚式場は担保に取ってますが」

「銀座の画廊はそこそこの値打ちはあるだろうが、横浜の結婚式場のほうは、二重、三重に抵当権が設定されてるから、資産価値はゼロだ。端《はな》から、不良債権になることを承知の上で、鈴木へのゴマ擂《す》りだけで、佐藤が川口に貸し込んだわけだ。わしの案件とは次元が違うよ」

児玉の目が、鋭さを取り戻した。

「川口にも、催告書を送り付けたのか」

「よく存じませんが、川口案件につきましては、児玉先生に取り仕切っていただきたいようなことを佐藤が申してましたが」

児玉は、五秒ほど思案顔になったが、むすっとした顔で言った。

「お門違いだな。わしと川口が同根だと見てるとしたら、大間違いだぞ。そんなことより、抵当権と言えば、このボロ家と土地の抵当権を抹消するように、佐藤にゆうといてくれんか。形式であることは百も承知だが、うっとうしいゆうか、カミさんも、厭がってるんでな」

「佐藤に必ず伝えます」

児玉が大きなあくびをしたのを機に、竹中は児玉邸から退散した。

時刻は午後九時四十分。けっこう長居してしまった。

とりあえず児玉の機嫌は直ったが、協銀、というより佐藤の出方いかんによっては、どうなるかわからない。

予想したとおり敵失に乗じて、一札入れろの、抵当権を抹消しろのと途方もない条件を突き付けてきた児玉は、さすがに大物フィクサーと言われるだけのことはある。

佐藤はどう出るだろうか。両方ともあり得ないが、佐藤が窮地に立たされることは間違いなかった。

竹中は、〝携帯〟を置いてきたので、井の頭線吉祥寺駅近くの公衆電話から、佐藤宅を呼び出した。

「はい。佐藤です」

「竹中です。今夜、児玉先生にお会いしました」

「ご苦労さま。児玉さん、どうでした」

「児玉先生に言われた事実だけをお伝えします」

竹中は乾いた口調でつづけた。

「鈴木相談役の謝罪は当然だ。佐藤常務に、返済不要の念書を出してもらいたい。抵当権を抹消してほしい、以上です。それと、十二月一日月曜日の午後五時までに返事をするようにと」

「…………」

「もしもし」

「聞いてますよ。竹中さんはなんと答えたんですか」

「常務のお使いに過ぎないわたしの立場で、答えられるはずがないじゃないですか」

「全部ノーです。月曜日の朝、七時半に銀行で相談しましょうか。じゃあ」

佐藤は以前、抵当権抹消について、応じざるを得ないようなことを言った。ウルトラCがあるのかと思ったが、そうでもないらしい。

6

十二月一日午前七時半に、竹中は眥《まなじり》を決して佐藤と向き合った。

「例の八億円は政治献金のための裏ガネづくりだったそうですねぇ」

挨拶《あいさつ》のあとで、竹中のほうから切り出した。

むろん佐藤の出鼻を挫《くじ》いてやろうという下心があってのことだ。

佐藤の表情がかすかに動いた。だが、言葉は竹中の想像の及ぶところではなかった。

「なんのことですか」

顔色を変えたのは竹中のほうだった。

「児玉先生に十一億円融資したことになってませんでしたか。常務に催告書を見せていただきましたが」

「ああ、そのことですか。政治献金のための裏ガネなんてことはありませんよ」

「佐藤常務に頼まれて大物政治家に運んだだけだ、と児玉先生はおっしゃってましたよ」

「真偽のほどはともかくとして、大物フィクサーにしては、口が軽いですねぇ。ただ、わたしは児玉さんに頼んだ覚えはありません。児玉さんは政治家の名前を特定したんですか」

「いいえ。派閥の領袖《りょうしゅう》としか聞いてません」

「そう……」

佐藤は右手で、鰓《えら》の張った顎《あご》を撫《な》でながら、間を取った。

「この問題はほじくらんほうがいいですよ。何度も注意したと思いますが、あなたの立場をわきまえたらどうですか」

竹中の目が激しくつりあがった。

「お言葉ですが、わたしはほじくった覚えはありません。児玉先生のほうから話されたのです。わたしが佐藤常務の使者の立場だと認識されたうえでのことと思いますけど。それと、何度も申しますが、わたしは住管機構問題の特命班班長です。児玉先生にも、厭《いや》な役回りを押しつけられて気の毒だと、同情されました。本日以降、児玉先生の案件から手を引かせていただきます」

竹中はソファから腰を上げた。

いくら相手が〝カミソリ〟でも〝柳沢吉保〟でも、これ以上はつきあい切れない。

佐藤に憎まれたら、なにをされるかわからないが、袂《たもと》を分かつチャンスと考えるべきだ。

なにが、ほじくるなだ、なにが立場をわきまえろだ、ふざけやがって。竹中は体内の血液が沸騰していた。

「失礼します」

竹中は一礼し、カバンをかかえて佐藤の個室からドアに向かった。

竹中の手がノブをつかんだとき、佐藤が呼び止めた。

「竹中さん、待ちなさい」

竹中は、回れ右をしたが、ドアの前から動かなかった。

「わたしの口のきき方にご不満がおありのようだが、その点はお詫《わ》びします。わたしも児玉さんに怒鳴りつけられて以来、気が立ってて、自分でもどうかしてると反省してるんですよ。この問題で、相談相手は竹中さんしかいません。わたしの立場も汲《く》んでくださいよ」

「児玉先生の意向は、一昨夜すべて常務にお伝えしました。繰り返しになりますが、本日午後五時までに返事を欲しいということです。わたしのような者を相談相手にしていただいて、光栄に存じますが、この際、分をわきまえたいと思います。失礼しました」

竹中は、ドアをあけた。振り返らずに、エレベーターホールまで急いだ。

竹中が特命班の自席に坐《すわ》ったのは午前七時四十分。佐藤の部屋に十分もいなかったことになる。

佐藤の意趣返しは怖い。このままでは済まないだろう。ことの顚末《てんまつ》の一部始終を永井専務に話しておく手はないだろうか。

永井なら救いの手を差し伸べてくれるかもしれない。永井にヘッジしておくのが、自分にとって、最も都合がよいように思える。

しかし、と竹中は思う。永井を巻き込むのは、永井を傷つけることにならないだろうか。児玉ではないが、永井が次期頭取候補に浮上してきているだけに、軽率な行動は慎しむべきだ。

永井と佐藤の一騎討ち、鈴木相談役と斎藤頭取の争い、とも児玉は話していた。〝斎藤会長〟—〝永井頭取〟体制にならなければ、協立銀行の明日はない——。

八時十分に清水麻紀が出勤してきた。

「おはようございます」

「おはよう」

「月曜日の朝にしては、激しくお疲れのようですけど、どうなさったんですか」

大きなえくぼに惹《ひ》き込まれて、竹中も微笑した。

「七時半に佐藤常務に呼びつけられて、一戦交えちゃったんだ。仕返しが怖いけど、無茶苦茶なことを言われたんでねぇ」

「どんなことですか」

「くだらんことで、話す気にもなれんよ」

相談相手が竹中しかいないのなら、もっと胸襟を開いて然《しか》るべきではないか。ほじくるな、立場をわきまえろ、は許し難い。

そう思いながらも、竹中は佐藤の出方が気になってならなかった。

麻紀がなにか言おうとしたとき、電話が鳴った。

「はい。協立銀行です」

「佐野ですが、佐藤常務が竹中さんに至急お目にかかりたいそうよ。よろしくお願いね」

「承知しました。お伝えします」

「いま、すぐですよ」

「はい」

麻紀が受話器を戻して、竹中に目を向けた。

「佐藤常務付の秘書さんが至急お目にかかりたい、と言ってきました」

佐野かおりは、麻紀より四、五年先輩のはずだ。佐藤付秘書を笠《かさ》に着ているとまでは思わないが、つんとした感じの女だった。

麻紀の受け答えが切り口上だったのは、先輩風を吹かされたからだろう。

竹中は椅子を回して、麻紀に背中を向けた。

五秒ほど考えたが、拒めるはずがなかった。

「ちょっと行ってくる」

時計を見ると、八時十六分だった。

竹中が腰を浮かせると、麻紀がにこっと微笑んだ。

「川瀬さんと須田さんに、お伝えしてよろしいでしょうか」

「かまわんよ。十分か二十分で戻るから」

佐藤の個室に向かう竹中の足どりは重かった。トイレに寄って、どう対応するか考えたが、出たとこ勝負だ。バツの悪さはお互いさまだと思うしかない。

佐藤はにこやかに竹中を迎えた。

「さきほどは失礼しました」

「こちらこそ。竹中さんも、せっかちな人ですねぇ。まだ話が終わってないじゃないですか。わたしがあなたとの信頼関係をそこなうようなことを言ったとしたら、謝りますよ。とにかく立ってないで坐ってください」

竹中は、ソファに腰をおろして、こわばった顔で質問した。

「常務は、児玉先生に頼んだ覚えはない、とおっしゃいましたが、事実なのでしょうか。もし、そうだとすれば、児玉先生がわたしに嘘をついたことになりますが」

「両方とも事実なんでしょうねぇ。両方とも間違ってるとも言えるんですかねぇ……」

佐藤の勿体《もったい》ぶった言い回しに、竹中は向かっ腹だったが、むろん顔には出さなかった。

「秘書室の課長を使者に立てたんですよ。わたしは児玉さんに会ってもいないし、ものごとを頼んでもいない。だから、ほんとうは、児玉さんに呼びつけられて、怒られる覚えもないんですよ」

なるほど、そういうことだったのか。佐藤らしい。抜け目なく汚れ役を用意している。

俺もそうだった。もっと早く気がつかなければいけなかった。

「その者に確認したところ、わたしの名前を出した記憶はない、って言ってましたよ。鈴木相談役の名前を出したんじゃないですか。もっとも、鈴木相談役とわたしは一体ですから、どうでもいい話ですけど」

「その点はよくわかりました。児玉先生が、協銀はわしらと対決する覚悟で、牽制球《けんせいきゅう》を放ってきたのか、とおっしゃいましたが、朝日中央銀行事件で、緊張しているように見受けられました」

「児玉さんとの対決なんて考えられませんよ。MOF担の過剰接待問題にしても、協銀は然るべく手を打ったでしょう。杉本さん一人だけが略式起訴で五十万円の罰金で済んだことを考えてくださいよ。鈴木相談役とわたしが頑張ってるからこそじゃないですか」

ノックの音が聞こえた。佐藤付秘書の佐野かおりがコーヒーを運んできたのだ。

コーヒーカップがセンターテーブルに置かれて、かおりが退出するまで、竹中はやけに長く感じられた。

「繰り返しますが、鈴木相談役が児玉さんに頭を下げるいわれはありませんよ。児玉さんが八億円をスルーで運んだだけなんて、まさか、竹中さん信じてるわけじゃないでしょ」

「…………」

「一億か二億は、コミッション・フィを取ってると思いますよ。ま、言い立てるとカドが立ちますから、黙ってたほうがいいでしょう。それと、わたしに一札入れろなんて、冗談じゃないですよ。児玉さんほどのお方がそんな水臭いことをおっしゃるなんて、名がすたるんじゃないですか。抵当権の抹消もあり得ません。そんなことが不可能なことぐらい児玉さんだって、わかっているはずです。児玉さんの狙いが奈辺《なへん》にあるのか……。無茶苦茶な難題をふっかけて、なにを考えてるんですかねぇ」

「………」

「竹中さんの意見を聞かせてください」

「わたしには、皆目見当がつきません」

「いずれにしても、わたしが児玉さんの事務所に行くことは二度とありませんからね。児玉さんに、なにか考えがあるんじゃないですかねぇ。それを引き出さないことには……」

俺を使いに出すつもりだな、と竹中にも読めたが、そらとぼけた。

「秘書室の課長を常務の名代として立てる、ということでしょうか」

「ご冗談を。児玉さんに対して、軽過ぎますよ。それこそ、ただのお使いじゃないですか。竹中さんしか、いませんよ。あなたとわたしは一体です。ここは児玉さんに知恵を出してもらいましょうよ。鈴木相談役を出せだの、一札入れろだのはないものねだりです。きっと、なにか考えてるはずです。もう一度、児玉さんにぶつかってみてくださいよ」

竹中は、断固、断るべきだ、と思いながらも、受けざるを得ない、と覚悟した。しかし、ここは、もうちょっとねばってみる手だ。

「お言葉ですが、児玉先生に小僧と言われたわたしに務まるとは思えません。常務が行かれたほうが誠意が通じるんじゃないでしょうか」

佐藤の顔がゆがんだ。

二人が同時にコーヒーカップに手を伸ばした。

竹中は三十秒ほどコーヒーをすすっていた。佐藤がコーヒーカップをソーサーに戻した。

「竹中さんと児玉さんの関係は修復されたんじゃないんですか。わたしが出て行ったら、逆にカドが立ちますよ。引っこみがつかなくなっても困るでしょ。竹中さんなら、児玉さんも胸襟を開いてくれますよ。ここはあなたの出番です」

もうひとねばりする手もあるか、と思ったが、竹中は折れた。

「とりあえず常務のお使いをやらせていただきますが、その結果がどうなるか非常に心配です」

「児玉さんは計算ずくですよ。児玉さんの考えを聞き出すことが先決問題だと思いますよう」

佐藤は語尾をもち上げて、薄く笑った。竹中がコーヒーカップをこねくりながら、溜息《ためいき》まじりに言った。

「わたしなどがしゃしゃり出て悪い結果にならないかほんとうに心配です」

「わたしの判断が間違っていないことは、すぐわかりますよ。じゃあ、そういうことで」

佐藤は中腰になったが、「ああ、そうそう」と言いながら、腰をソファにおろした。

「川口案件で、児玉さんはなにか言われてませんでしたか」

「失念してました。お門違いだ、と叱られました。川口ごときと一緒にするな、とも……」

「ふうーん。お門違いねぇ」

「はい」

「川口と相談役のお嬢さんの離婚は承知してましたか」

「ええ、ご存じでした。週刊誌沙汰《ざた》にならなければいいが、とおっしゃってました」

「相談役のご心痛も、相当なものですよ。広報に、なんとしても押さえてもらわないと。〝週刊潮流〟は要注意ですねぇ」

眼鏡の奥で佐藤の目が、光ったように思えたが、気のせいかもしれない。かつて、川口正義に対する不正融資を〝週刊潮流〟がスクープしたとき、リークしたと佐藤と杉本から疑われたことを思い出して、竹中は不快感が募った。

7

十二月一日月曜日午後四時に、児玉由紀夫のアポが取れた。竹中が、児玉経営研究所に電話をしたのは昼前だ。

児玉は電話に出なかったが、秘書の中川を通じて竹中の訪問を了承した。

竹中は、門前払いもあり得ると思ったが、杞憂《きゆう》に終わった。

しかし、佐藤の読み筋どおりになったことにはならない。児玉と面会して、佐藤の返事を伝えたときに、児玉がどう出るか。

竹中は三時五十五分に、新丸ビル四階の児玉経営研究所に着いた。

竹中が児玉の事務所を初めて訪ねたのは、平成五年（一九九三年）十二月中旬だが、執務室兼応接室のたたずまいは、四年前とまったく変わらなかった。伊東深水の十号の美人画もそのままだ。

男性秘書の中川は三十六、七歳になったはずだが、外出中だった。

ソファに坐《すわ》るなり、挨拶《あいさつ》も返さずに児玉が切り出した。

「佐藤はやっぱり逃げを打ったか。竹中がやって来ることは初めからわかってたよ」

「恐れ入ります。佐藤は協銀の本部を仕切ってる人ですから、多忙で……」

「言い訳はいい。結論を言いたまえ」

竹中は、女性秘書が運んできた緑茶をひと口飲んで、居ずまいを正した。

専用車の運転手を含めて、事務所の顔ぶれが変わっていないのは、居心地がいいからだろう。児玉は面倒みのいい男なのだ。

「なにを愚図愚図《ぐずぐず》してるんだ。早く話さんか！」

胴間声に圧倒されて、竹中はおどおどした。

「鈴木がご挨拶すべきだと主張したのですが、佐藤に一蹴《いっしゅう》されました」

「そんなことは初めからわかってるよ。問題は、催告書の落とし前のつけ方だろうが」

「………」

「佐藤はなんと言ってるんだ」

「その点はまだ、な、なんとも」

竹中は口ごもった。

「わしは手形の書き換えには応じんからな。しかし、利息ぐらいは払ってやってもいい。十一億円の債権をどう処理するか、おまえたちはなんにも考えておらんのか」

「申し訳ございません。先生にお知恵をお借りしたい、先生になにかお考えがあるのではないか、と佐藤は申しておりました」

「わしに内容証明書付きの催告書を突きつけておいて、ただのミスでは済まんだろうが。本来なら、鈴木の首を差し出してもらわな、わしの気持ちは収まらんが、佐藤のことだから、この一件は鈴木の耳に入れとらんだろう」

「先生のおっしゃるとおりです。佐藤の責任問題になりますから」

「しかも、わしに知恵を出せだと。佐藤の言いそうなことだな。まるで、おんぶにだっこじゃねぇか」

児玉は、目も当てられないほど、魁偉《かいい》な貌《かお》をしかめた。

「協銀の不良債権は不良化しつつある債権も含めて二兆円は下らんだろう。十一億円ぽっちの端《はし》たガネの処理など取るに足らんことだろうが」

「それがそうでもないんです。住管機構が要求してきた七十億円の和解金をいかに圧縮するかで、苦労してるくらいですからねぇ。十一億円をどう処理するか、佐藤も頭を痛めてると思います」

「身から出た錆《さび》だな。わしが咎《とが》めを受ける覚えは、まったくないぞ。ま、やり方は考えるが、不良債権として処理するしかなかろうが」

「持ち帰らせていただきます。先生のおっしゃるほど簡単ではないと思いますが」

ＡＣＢ事件のお陰で、大蔵省の検査も厳しくなっている。

斎藤頭取が承諾するかどうかも、すこぶる疑問だ。

児玉側に対する三億円の贈与は承知しているはずだが、六億だか八億円だかの政治献金のからくりは、鈴木の意を体して、佐藤が独断で進めた可能性が強い。

竹中が深刻な面持ちで小首をかしげたのを児玉は見逃さなかった。

「おまえは佐藤の使いで来たんだろう。わしの入れ知恵を佐藤に伝えればいいんだ」

児玉がにたっと笑いかけた。

「竹中、そんなにびくつくなよ。おもしろいニュースを教えてやろうか」

竹中はいっそうかしこまった。

「ニュースでもないか。旧聞もいいところだが、島田のことは知らんだろう」

「島田と申しますと、島田副頭取のことでしょうか」

「うん、島田泰治とゆうたかなぁ。京大の経済を出てる奴だ。あんなたちの悪いのが、副頭取になれるんだから、協銀の人材難にも困ったもんだなぁ。鈴木と佐藤のゴマ擂りしか、協銀では通用せんのかねぇ」

「島田に関して先生がおっしゃりたいことはわかるような気がします。よからぬ情報が先生にも聞こえましたか」

「おうっ」

児玉がごつい手をピストル状にして、竹中の胸に突きつけた。

「おまえ知ってるのか」

「女性の問題でしょうか」

「そうだ。竹中も隅に置けんなぁ。〝ホワイトツリー〟だったか、銀座のクラブを白木育代と共同で経営してるらしいな。ナショナルエステートの不正融資も、島田がやったはずだ」

「先生はそこまでご存じですか。驚きました」

「わしは地獄耳だからな」

「島田のことは、以前総務で〝特命〟をやらされているときに、沢崎正忠なる総会屋から聞かされました。島田はシラを切ってましたが、沢崎にカネをつかませて、黙らせた可能性があります」

竹中は大仰に低頭した。

「先生、どうかご内聞にお願いします」

「わかってる。島田の女の件は、案外知られておらん。多分、佐藤も知らんだろう」

「そう思います」

「佐藤に教えてやれや。わしから、そう言われたでいいだろうが」

「……」

「不良債権として処理する根回しは佐藤と島田にやらせたらいいんだよ」

「なるほど。よくわかりました。佐藤に、しかと申し伝えます」

しかし、難関は斎藤頭取だ。永井専務に口説いてもらうしかないだろう。

総会屋への利益供与は、朝日中央銀行（ACB）に止《とど》まらず、どこの銀行もやっていることだ。

協立銀行も例外ではなかった。

総会屋への不正融資が露顕した朝日中央銀行は、検察のガサ入れを受け、元会長が自殺し、頭取・会長経験者を含めて、七人の逮捕者を出した。

ACB事件で、上層部がナーバスになっているだけに、児玉が言うほど簡単な問題ではないが、不良債権として十一億円を処理することが不可能とは思えない。

「竹中」

「はい」

「もう一つ、知恵を出してやろうか」

竹中は身構えた。

「取り立て屋ゆうか債権回収業者を紹介してやろう。第四分類の、どうにもならん不良債権を百億円ほど一括して、一億か二億で売り飛ばせばいいんだよ。その野郎は、昔サラ金業者やってた奴だが、凄腕《すごうで》の持ち主だ。なかなかのタマだからな。協銀が百億円の不良債権を一、二億円で叩《たた》き売ったとするか。五年で二十億円は回収するんじゃないか。ノウハウゆうか、債権回収のコツがあるらしいんだ」

「なんとおっしゃる方ですか」

「村田光夫ゆうたかなぁ」

児玉は右手の人差し指を頰に遣《や》った。

「コレじゃないから安心しろ。れっきとしたインテリだ。百億でも二百億でもいいが、その中に催告書の案件を潜り込ませたら、いいじゃねぇか。もっともいくら村田でも、わし絡みの分は回収できんだろうが」

児玉の豪傑笑いが出た。耳を塞《ふさ》ぎたくなるほど、びんびん響く。

「わしがつきあってる企業で、協銀ほど世話の焼けるのは、ちょっと思い出せんなぁ。一件落着したら、協銀とはカネの切れ目が縁の切れ目ゆうことにするか。わしも、そのほうが気楽だよ」

「先生、ご冗談を。どうかお見限りなきよう今後ともおつきあいいただきたいと存じます」

「竹中とは友達づきあいをするさ。わしも多血質でなぁ。いろいろゆうたが、あんまり気にするなよ」

「どうも」

竹中はもういちど、膝《ひざ》に手をついて、お辞儀をした。

8

竹中が佐藤に、児玉と話したことをおおむね正確に伝えたのは、その日の午後五時過ぎのことだ。佐藤は、催告書の件で児玉に一喝されて縮み上がったが、さすが〝カミソリ〟といわれるだけあって、冷徹さを取り戻していた。しかし女性秘書が運んできた緑茶をあっという間に飲み乾したのは、竹中の話に興奮を隠し切れないからだろう。

「島田さんの話は事実なんですか。にわかには信じられませんが……」

佐藤は、島田副頭取の女性問題にいたく関心をもったとみえる。

大抵のことには動じない佐藤が、さかんに首をかしげた。

「事実と思います。児玉先生の名前を出さずに、常務が島田副頭取にお尋ねしたら、副頭取は、わたしの告げ口だと勘繰るんじゃないでしょうか。と申しますのは……」

竹中は、四年半ほど前に、当時の島田常務が総会屋に威《おど》され、たかられたであろうことを詳しく説明した。

「ふうーん。ふうーん。なるほどねぇ。そんなことがあったんですか。島田さんは遣り手の営業マンだからねぇ」

「児玉先生は、島田に根回しさせろという意見でした」

「児玉さんも、ずる賢い人ですねぇ。悪知恵に長《た》けた人だからこそ、大物フィクサーといわれるまでになったんでしょうけど」

〝カミソリ佐藤〟といい勝負だ。しかし、面倒みのよさ、人間味は遥《はる》かに、児玉のほうが上だろう。

「ただ、どうなんですか。ちょっとあこぎでしょう。そんな弱みにつけ込まなくても、島田さんなら、根回しぐらいしてくれますよ。副頭取に推したのが、このわたしだってことぐらい、かれもわかってますからねぇ」

佐藤は自分の鼻を指差して、自信たっぷりに、のたまった。

「常務は、島田副頭取に児玉案件を処理させるおつもりなんですか」

「島田さんを使わない手はないでしょう」

「ただ、頭取がどう判断しますでしょうか。政治献金のことは、ご存じないと思いますが」

佐藤は腕と脚を組んだ。

目を閉じて、うつむいているので、表情は見えなかった。

佐藤がどう出るか、竹中はドキドキしながら待った。掌《てのひら》が汗ばんでいた。

「斎藤さんに話すのは、まだ先ですよ。村田光夫さんといいましたかねぇ。島田さんなら、案外知ってる人かもしれませんよ。ともかく、わたしが島田さんと話してみましょう」

「…………」

「竹中さん、どう思いますか」

「政治献金の話は、常務も気にされてましたが、秘密保持を要するとしたら、島田副頭取にも、話さないほうがよろしいと思いますし、頭取も知らないほうがよろしいような気もしますが」

できれば、永井専務も巻き込みたくない、と竹中は思った。

「竹中さんは、斎藤頭取に気を遣ってるんですか」

ずばっと訊《き》かれて、竹中は返事に窮した。質問には答えずに、切り返してくるあたりは佐藤らしい。

「特にそういうことは……。島田副頭取にも明かす必要があるんでしょうか」

「おっしゃるとおりです。できれば、伏せておくに越したことはないが、竹中さんに、なにか考えがあるんですか」

「いいえ。ただ、不良債権として処理するとしたら、児玉先生の考えに与《くみ》するしかないと思いますが、島田副頭取が動いてくださるでしょうか。厭《いや》なことですからねぇ。尻込《しりご》みして当然ですよ」

佐藤は、ほどいた腕と脚を組み直した。

「海千山千の島田さんのことだから、相談役のために、動いてくれると思いますけどねぇ。当たってみましょう」

佐藤は自信たっぷりだったが、甘い、と竹中は思った。

「わたしも、本件を知らなかったことにしてよろしいでしょうか。これ以上、この問題にかまけてますと、部下に説明せざるを得なくなります。現に、ここのところ、佐藤常務と頻繁に接触してますので、変な目で見られてます。住管機構との例の案件にしましても、部下に隠しているのは、大変辛《つら》いことです。こういう問題に部下を巻き込みたくないという思いもありますが、部下に不信感をもたれてるわたしの立場をご賢察いただきたいと存じます」

竹中は喉《のど》の渇きを覚え、湯呑《ゆの》みに手を伸ばした。

佐藤がふたたび組んでいた腕と脚をほどいて、上体を竹中のほうへ寄せた。

「部下がそんなに気になりますか」

「チームワークを乱したくないと、つねづね考えてますが」

「ご立派なことで。しかし、口はばったいようですけど、わたしは協立銀行の中枢に位置していると自負してます。海外部門までは、目配りできないが、中のことはすべて掌握してます。わたしが取り仕切ってると見てる人も、多いんじゃないんですか」

竹中は黙って、うなずいた。

佐藤に畏怖《いふ》の念をいだいている協銀マンが少なからず存在することは、紛れもない事実だ。

佐藤と向き合っている自分が不思議なくらいである。

「わたしに目をかけられてるんですから、堂々と構えてたらいいですよ。部下の目を気にするなんて竹中さんらしくないですねぇ。佐藤が、住管機構のことで、うるさく口出ししてくる、でよろしいんじゃないですかぁ」

竹中は、佐藤に、思い入れたっぷりに凝視されて、目をそらした。

「どうも」

「斎藤さんや、島田さんに、知らしめるなというご意見、とくと承りました」

佐藤が真顔で低頭した。

芝居がかっている、と思えば気が楽だが、佐藤は本音をさらけ出したと取れないこともない。

「とんでもない」

「協銀で児玉案件を知っているのは、相談役とわたしと竹中さんの三人だけです。三人限りにしましょう。ですから、竹中さんには最後まで相談相手になってもらいますよ。今後ともよろしくお願いしますよ」

児玉案件の呪縛《じゅばく》、いや、佐藤の呪縛から解かれそうもないとわかって、竹中は気が重くなった。というより、厭な予感がしてならない。

佐藤は、汚れ役を俺にやらせようとしている。まだまだ汚れ役として使う肚《はら》なのだ。

「わたし程度の若造にまだ出番があるんでしょうか」

「なにをおっしゃる。あなたは間もなく部長になる立場じゃないですか。やりたいポストを言ってください」

「そんな。ご冗談を」

「冗談でこんなことが言えますか。来年は四十九年組から部長が出ます。竹中さんは一選抜中の一選抜ですよ。あの、児玉さんの怒りを鎮めた功績をわたしは多としてます。相談役のお耳に入れておきますよ」

竹中は、狐につままれたような気がしていた。

協立銀行には、東大、一橋、京大がごろごろいる。慶応や早稲田は、少数派だ。支店長にはしてもらえそうだが、本部（本店）の管理部門で、部長職に就けるかどうか、まだまだ先が見えない。

佐藤が時計に目を落とした。

午後六時十分過ぎだ。

「一両日中に、島田副頭取に話します。その結果は、必ず竹中さんに報告しますよ。児玉さんとの仲介役は、あなたにしか務まりませんからねぇ」

「繰り返しになりますが、年内に決着をつけろ、と児玉先生に言われてます。大丈夫でしょうか」

「念を押すまでもないですよ。必ず結論を出します。政治献金のことは忘れてください。なかったことにしましょう」

島田を動かせるかどうか、見ものである。仮に島田が動いたとしても、斎藤頭取、永井専務が納得するだろうか。二人を傷つけたくない、巻き込みたくない、と思ったばかりに、余計なことを言ってしまった。斎藤も永井も、〝鈴木天皇〟と〝カミソリ佐藤〟の協銀私物化を苦々しく思っていることは間違いあるまい。

だとしたら、すべてを打ち明けて、二人を排除するカードにすべきではなかったのか。

しかし、それはない。

お家騒動が企業の信頼性を揺るがすことは、たしかなのだ。

児玉に牙《きば》をむかれたり、敵に回すことのリスクに思いを致すべきなのだ。児玉だけに止《とど》まらない。

反社会的勢力に乗じられたら、朝日中央銀行の二の舞だ。

竹中は、暗い気持ちで、佐藤常務室から退出した。


佐藤が、島田副頭取と面談したのは、翌日の昼前だ。佐藤から会いたい、と言われて、断れる役員は一人もいない。佐藤の背後に〝鈴木天皇〟が控えている。佐藤の発言は、鈴木相談役の意向をふまえている、と信じ切っているからだ。

「白木育代さんはお元気ですか」

挨拶《あいさつ》のあとで、出し抜けに切り出されて、ゴルフ焼けした島田の顔がこわばった。

「島田さんが艶福家《えんぷくか》であろうとなかろうと、そんなことは、どうでもいいと思いますが、児玉由紀夫あたりに〝ホワイトツリー〟の共同経営者だとか、ナショナルエステートの不正融資がどうのこうの言われるのは、おもしろくありませんねぇ」

「なにを莫迦《ばか》な。根も葉もない。事実無根だ。だいたい、ナショナルエステートなんて会社は、とっくに潰《つぶ》れてますよ。そんな幽霊会社に融資のしようがないでしょうが」

島田は顔色ひとつ変えずシラを切った。佐藤は薄ら笑いを浮かべた。

「池袋支店のナショナルエステートなる不動産会社に対する過剰融資が島田さんの指示によることも、不良債権として処理されたことも、わたしはすべて承知してますよ。バブル期にはいろいろありましたからねぇ。女性問題も含めて、そんなことはどうでもいいんです。ただ、児玉に把握されてる事実は看過できません。相談役も心配されてるんじゃないですかぁ」

「相談役も、ご存じなんですか」

佐藤は曖昧《あいまい》にうなずいた。むろん、まだ鈴木の耳に入れてなかった。事後報告でよい。竹中には、島田の弱みにつけ込まない、と言った舌の根も渇かぬうちに、カードに使うのも、佐藤ならではだ。島田は、佐藤が鈴木の意を体して、首を取りにきた、と早合点して、怖気《おぞけ》をふるった。

「相談役は、わたしがなんとかしましょう。その反対給付と言っちゃあ、身も蓋《ふた》もありませんが、どうでしょう。相談役のためにひと肌脱いでいただけませんか」

「どういうことですか」

佐藤は背広の内ポケットから、催告書のコピーを取り出して、センターテーブルに置いた。島田は、催告書をひろげて、目を走らせた。

「中川光輝って、どういう人ですか」

「児玉由紀夫のダミーです。児玉そのものとお考えください。児玉には協産ファイナンスと共鳴興産グループの件で、いろいろ世話になってるんですよ。ヤクザに絡まれて、往生したことがあったでしょう」

「ええ。よく知ってます」

「十一億円は、揉《も》み消し代ということになるんですかねぇ。事務上のミスでこんな催告書を児玉に送りつけるほうもどうかしてますが、児玉がこれを逆手に取って、無理難題を言ってきたんですよ」

佐藤は、島田の顔を指差した。

「その中に、あなたのことも、暴露するというのもあったんです」

島田が虚勢を張って、ソファに背を凭《もた》せた。

「暴露させればいいじゃないですか。ほんとわたしは潔白です」

「ほんとうに、そういうことで、よろしいんですか」

「名誉毀損《きそん》で訴えますよ」

「児玉の背後には暴力団が控えてるんですよ。関州連合を敵に回して勝てると思いますか。協銀の立場も考えていただかないと」

島田は渋面を横に向けて、返事をしなかった。

「談判決裂ですか」

佐藤はわずかに腰を浮かした。

「当節、違法行為は、検察も、大蔵省も、見逃してくれないんじゃないですか。気がすすみません。なんでもありは、ACB事件が発覚するまでですよ。申し訳ないが、お断りする」

島田はさすがにしたたかだった。佐藤の恫喝《どうかつ》に屈しなかったのだ。

検察に連行される朝日中央銀行の元頭取・会長や副頭取の映像が、島田の頭をよぎった。元銀行家たちが黒塗りの車のリアシートに、両脇を挟まれて勾留《こうりゅう》されるテレビニュースの映像は、島田の眼底に焼き付けられていた。

第八章　逆鱗の落としどころ

1

十二月八日月曜日の夜十時過ぎに、児玉由紀夫から竹中宅に電話がかかってきた。竹中は帰宅した直後で、入浴中だったが、コードレスの受話器を知恵子がバスルームに運んできた。相手が児玉では断れない。

「はい。竹中ですが」

「一週間も経つのに、うんでもないすんでもないが、いったいどうゆうことになってるんだ」

「ご報告が遅くなって申し訳ありません。佐藤から、なんにも指示がないものですから」

「島田のスキャンダルは話したのか」

「もちろん伝えました」

「島田が動かんゆうことだな」

「児玉先生からせっかくいい知恵を出していただきながら、対応が遅れて申し訳ありません。こうなりましたら、佐藤に動いてもらうしかないと思っております」

竹中は、バスタブの中で頭を下げっ放しだった。

「佐藤が村田に会うゆうのか」

「なんとかそうさせたいと思います。元はといえば佐藤が蒔《ま》いたタネです。佐藤も年内には決着をつけたいと思ってるんじゃないでしょうか」

「竹中も、考えが浅いぞ。佐藤が泥をかぶると思うか。島田しか、適役はおらんだろうが。島田にやらせたらええんだ。わしに、ちょっと考えがある。ヤクザを使うわけにはいかんが、世間の騒ぎにすることは考えてもええんじゃないのか」

児玉は〝書き屋〟の総会屋の沢崎にリークして、揺さぶりをかけようとしている、と竹中は取った。

竹中は湯中《あた》りしそうになったので、バスタブから出た。

「先生、どうかご容赦ください。島田は仮にも協立銀行の副頭取です。協銀のイメージダウンになりますし、島田は立場上も、名誉毀損で訴えざるを得なくなります」

「わしは、とっくに村田に話したんだ。わしの立場はどうなるんだ」

「いましばらくお時間をください。必ず先生の御意に沿うように致します」

「おまえ、そんな大口たたいて、ええのか」

おっしゃるとおりだ。いまの竹中になんの策もなかった。しかし、総会屋に絡まれたら、ろくなことはない。それだけは回避しなければ――。

〝書き屋〟とは、わずか二ページかそこらのタブロイド判月刊誌を年間二十四万円もの購読料で送りつけてくる総会屋のことだ。

「先生からお電話をいただいたことを佐藤に伝えます。佐藤に動いてもらうしかないと思います」

「佐藤を甘く見んほうがいいな。あいつは先送りする気だろう。佐藤は叩《たた》いても埃《ほこり》が出んように要領よく立ち回ってるが、島田は、山ほど埃が出る。島田を締め上げな、らちがあかんぞ」

「しかし、副頭取の立場もありますので……」

「莫迦者《ばか》！　副頭取だから使えるんじゃねぇか」

バスルームだから、児玉の胴間声は耳が痛くなるほど、がんがん反響する。竹中は受話器を遠ざけた。

「佐藤にゆうとけ。年内に決着つけなかったら、ただではおかんとな」

やっと電話が切れた。

竹中は、やっぱり児玉は怖い人だ、と思わざるを得なかった。

〝書き屋〟を使われたら、えらいことになる。

一波が万波を呼ぶことは充分あり得るし、一副頭取のスキャンダルでは済まなくなるだろう。

それにしても、〝カミソリ佐藤〟に盾ついた島田は、さすがは副頭取にまでなっただけのことはある。

佐藤の背後に控えている鈴木の存在に思いを致さなかったとは思えない。鈴木の不正行為を先刻承知している島田としては、目糞鼻糞《めくそ》を嗤《わら》う類《たぐ》いだとタカをくっているのだろうか。

竹中は、風呂《ふろ》からあがって、ビールを飲みながら、佐藤に電話すべきかどうか迷った。時刻は十時四十分。微妙な時間だが、かけない手はない。

リビングで、知恵子がテレビを見ていた。

恵と孝治は竹中が帰宅したときには、すでにリビングにいなかった。夫婦の対話が少なくなったことを竹中も知恵子も気にしていたが、二人とも隙間風に身を晒《さら》しながらも、辛うじて夫婦の体面を保っていた。

午後十時四十分の微妙な時間だが、佐藤は起きていたとみえ、すぐ電話に出てきた。声の様子でも、寝入り端《ばな》とは思えなかった。

「竹中ですが、こんばんは。夜分恐縮ですが……」

「ああ、竹中さん、なにか」

「いま、児玉先生から電話がありまして、一週間経つのに、返事がないのはどういうことだって怒鳴られました。〝書き屋〟の総会屋を使って島田副頭取に揺さぶりをかけるんじゃないか心配です。一両日中になんらかの回答をしませんと、なにをされるかわかりません」

「揺さぶりをかけるって、具体的にどういうことをするんですか」

「島田副頭取のスキャンダルをリークして、活字にするっていうことなんじゃないでしょうか」

「それは絶対に困る。まだ一週間しか経ってないのに、ずいぶん短気な人ですねぇ」

「しかし、債権回収業者の村田さんという人に話をしてしまった児玉先生の立場もわかるような気がしますが。島田副頭取は動いてくださらないんでしょうか」

「開き直ってますよ。なんにもわかってない。六月に辞めてもらうしかないでしょうねぇ」

島田の取締役任期はまだ一年以上残っている。佐藤は、鈴木に進言して、島田を馘首《かくしゅ》するつもりになっていた。それだけ、頭に血をのぼらせているのだろう。

「わたしは児玉先生に、佐藤常務が村田さんに会うことになると思いますと申し上げました」

「あなた、そんな余計なことを言ったんですか」

予想どおりの反応だったが、佐藤が動かなければ、らちがあかないのだから、仕方がない。

「ほかに、対案がありますでしょうか」

「目下、思案中ですよ。わたしを取り立て屋に会わせるつもりなんですか。少しは考えてものを言いなさいよ」

佐藤は怒り心頭に発していた。だが、竹中はひるまなかった。

「児玉先生がどういう行動に出るか予断できませんが、事態が切迫してることだけはたしかです。その点をお含みおきください」

「まだ鈴木相談役のお耳に入れてないので、そろそろ話しますかねぇ。鈴木相談役から、島田さんを説得してもらうしかないんですかねぇ。相談役のお気をわずらわせるのは本意ではないが……」

佐藤が催告書の件を鈴木に明かすとは思えない。佐藤のことだから、その点は伏せて、鈴木に話すに相違なかった。相談役室に、島田を呼びつけて、二人がかりで口説き落とすシナリオが考えられる。

しかし、催告書を隠し切れるだろうか。

「少し考えさせてください。竹中さんは、児玉さんが軽挙妄動しないようにウォッチするように」

「それは無理です。きょうあしたのうちに先生が行動に出るとは思えませんが、佐藤常務の出番だと、先生はお考えのようでした」

児玉はそうは言わなかったが、この程度の嘘は許されるだろう。責任のがれの天才に、このぐらい言わせてもらわなければ気が済まない。

「島田さんを出すように、なんとかしますよ。いずれにしても、わたしの立場をよく考えてくださいね」

どういう意味だろうか。次期頭取候補を傷つけず温存するために、躰《からだ》を張るのがおまえの立場だと言いたいのだろうか。佐藤は、斎藤頭取を中継ぎぐらいにしか思っていないふしもある。

頭取心得のつもりになっている俺に対して口のきき方に気をつけろ、と婉曲《えんきょく》に言っているのだろう。それにしては、島田をコントロールできないのは、力量不足のそしりをまぬがれないのではないか。

「遅い時間に失礼しました。児玉先生との中継ぎは、わたしがしたほうがよろしいのでしょうか」

竹中の口調がトーンダウンした。

「もちろんですよ。児玉さんを宥《なだ》められるのは竹中さんを措《お》いてほかにいません。頼りにしてますからね。じゃあ、今夜はこれで」

「おやすみなさい」

竹中の憂鬱《ゆううつ》な気分は、佐藤との電話で倍加した。

2

三日後の十二月十一日に、鳥肌だつような事件が起きた。もっとも、事件が表面化することはなかった。

目黒にある島田泰治の自宅マンションに、宅配便が届けられたのは、その日の午前十一時過ぎだ。

〝ご依頼人〟は、鈴木一郎、〝お届け先〟は島田みすゞ。

なんの変哲もない小ぶりの発泡スチロール製の箱入りの荷物だった。

みすゞは五十五歳。島田の女房だ。

鈴木一郎が、協立銀行の相談役で、ドン的存在であることぐらいは、みすゞも知っていた。

鈴木からのプレゼントは初めてのことだ。

みすゞはドキドキしながら箱をあけた。その途端に変な臭気が鼻をついた。中身はフィルムで密封された肉の塊だった。

掌《てのひら》にずしりとした量感が伝わる。

肉塊の下に、白い封筒が認められた。

「島田みすゞ殿　鈴木一郎」とある。

封筒は封がされてなかった。

謹啓　益々御清祥の段、御慶《よろこ》び申し上げます。
扨《さて》、貴殿の御亭主、島田泰治君の日頃の不行跡につきましては、予《かね》てより心痛致して居りましたが、女の尻《しり》を追いかけるのもいい加減に致さないと当行の体面上、甚だ問題が御座います。

特に銀座のクラブの白木育代氏は、島田君の共同経営者であり、愛人でも御座いますが、小生と致しましても、この発覚を危惧《きぐ》せざるを得ません。一日も早く清算されることを祈願し、ついては豚の尻肉でも食すれば、島田君も覚醒《かくせい》すると拝察した次第であります。

寒さ厳しい砌《みぎり》、御身体を御大事になさってください。

敬具

ワープロの手紙を読んで、みすゞは腰を抜かした。フイルムで密封された豚肉が腐臭を発していたのだ。フイルムを破いたらえらいことになっていた。

みすゞの顔から血が引き、悪寒と嘔吐《おうと》感で胸苦しくなった。

みすゞは、二十分ほどもリビングの絨毯《じゅうたん》の上にへたり込んでいたが、110番しよう、と思いたった。

どう考えても、ヤクザの厭《いや》がらせとしか思えない。亭主が女遊びにうつつをぬかしていることは、とうに察しがついていた。

みすゞは、ガタガタふるえながら、11までプッシュして、コードレスの電話機の電源を切った。

警察沙汰《ざた》にしていいのかどうか。警察に届け出れば、新聞に書かれるかもしれない。

手紙に書かれていることが事実だとすれば、亭主は会社をクビになるだろう。贅沢《ぜいたく》な暮らしも、好きな旅行も、だいなしになってしまう。

とっくに社会人になっている長男に相談しようか。それを知ったら島田は怒り狂って、女の所に入り浸るだろうか。離婚を言い出すかもしれない。

島田は、やれ出張だの、やれ泊まりがけのゴルフだのと、見えすいた嘘をついて、外泊することが少なくなかったが、みすゞはだまされてるふりをよそおっていた。

男が好きなタイプではなかったから、せいぜい友達を誘って、海外旅行に出かけるくらいのことで、うさを晴らしてきたが、亭主にだまされているふりをしていたほうが、気が楽だ。

警察もない。長男もない。じゃあ、どうすればいいのか。

こんな厭がらせに、じっと耐えるなんてあり得ない。

みすゞは、考えあぐねたすえ、亭主に電話をかけることを思いついた。

島田がどう出るか予想できないが、放っておけ、と言われたら、腐った豚肉は可燃ゴミとして処理するしかない。

しかし、それだけじゃ、悔しい。亭主を懲らしめることを考えなければ。

みすゞは、寒気と吐き気がいくらかおさまってきた。

みすゞが、協立銀行に電話をかけたのは、午前十一時五十分だ。

秘書室の島田付女性秘書が、すぐに取りついでくれた。

「もしもし……。わたしだが、なんの用かね」

みすゞが会社に電話をかけてきたことは記憶になかったので、島田は胸騒ぎを覚えた。

「五十分ほど前に、鈴木一郎さんから、豚肉の塊が宅配便で送られてきたわよ」

「相談役から。豚肉。なんだ、そら」

「思い当たることはないの」

「住所はどうなってる」

「大田区田園調布《でんえんちょうふ》……」

「相談役の住所に間違いないなあ」

「ワープロの手紙が入ってたわ。読むわよ。謹啓　益々御清祥の段、御慶び申し上げます
……」

島田の顔色が蒼《あお》ざめた。

「豚肉は腐ってるわ。誰かの厭がらせと思うけど、警察に届けますからね」

「ちょ、ちょっと待て。早まるんじゃない」

「でも、気味が悪いわ。吐きそうよ。いったい誰なのよ。ヤクザなんでしょ」

「まったく、わけがわからん。わたしは、まったく身に覚えがないんだ」

「なにが、まったくよ。白木育代氏には覚えがあるんでしょ」

「ああ。その女は知ってる。バーのママだよ。婆さんだけど二、三度行ったことがあるか

らな」

「二、三度ですって。嘘ばっかり」

「ほんとだよ。おまえに、四の五の言われる覚えはまったくないな」

「白木育代氏の所にも、腐った豚肉の塊が送られたんじゃないの」

「ううん」

島田は胸騒ぎを募らせた。あり得ないことではない。

沢崎正忠なら、そのぐらいはやるだろう。沢崎が児玉由紀夫の意を体して、厭がらせの実行者になった可能性は否定できない。

「とにかく110番しますからね」

「おまえ、なに考えてんだ。そんなことをしたら、もっとひどい厭がらせを受けることになるぞ」

「犯人の目星がついてるってことなの。もしかしたら白木育代氏の仕業かもしれないわねえ」

「あり得んな。ウチは〝ホワイトツリー〟のお得意さまだよ。そんなことをして、なんの得があるんだ」

「泰之《やすゆき》に電話して、どうしたらいいか相談するわ」

「やめとけ。泰之や泰之のヨメさんが、可哀相じゃないか」

島田泰之は、島田の長男だ。大手商社に勤務していた。

「じゃあ、どうすればいいのよ」

「肉は捨てるんだ。あとはわたしにまかせなさい。二度とこういうことが起こらんように手を打つよ」

「っていうことは、犯人の察しがついてるってことなのね。白木育代氏なの。それともヤクザ。どっちなのよ」

みすゞは、白木育代もあり得ると考え始めていた。亭主がたちの悪い水商売の女に絡まれたと勘繰って、勘繰れないこともない。いや、そうに違いない。

「どっちも違う」

「どうして、そう言い切れるのよ」

「おまえ、いい加減にせんか。これから会食があるから、電話切るぞ。警察に知らせたら承知せんからな」

島田は電話を切ろうとした。

会食はオーバーだが、役員食堂で、部下の常務と昼食を約束していた。

「豚肉はあなたが処分してくださいよ。気持ちが悪くて、触れないわ。じゃあ」

みすゞのほうが先に電話を切った。

島田は貧乏ゆすりをしていたが、時計を見ながら、白木育代のマンションに電話をかけた。

「もしもし……」

「島田だが、なんか変わったことないか」

「なんのこと」

「いや。おまえが抱きたくなったんだ」

「だったら抱きにきてよ。いますぐでもいいわよ」

「忙しくて、それどころじゃないよ。今夜は無理だが、あしたはマンションに行くからな」

「たまにはお店にも来てよ」

「〝ホワイトツリー〟はやばいんだ。ウチの若いのが使ってるんだろう」

「ここんとこ、誰も来てくれないわ。ひどいもんよ。そろそろクローズのタイミングかもねぇ」

「そうあわてるなって。じゃあな」

時刻は正午を五分過ぎた。島田がデスクの前を離れた。

島田は昼食から戻るなり、女性秘書に竹中を呼ぶよう指示した。

佐藤に会うのが先か、竹中を詰問するほうを先にするか迷ったが、頭に血をのぼらせていることによって、後者になった。

副頭取に呼ばれたら、取るものもとりあえず駆けつけなければならない。

時刻は午後一時十七分。児玉案件に相違ないと竹中は思った。

「プロジェクト推進部の竹中ですが、お呼びでしょうか」

デスクの上に足を載せた姿勢で、島田がいきなり浴びせかけた。

「読めたぞ。おまえだな。俺を児玉由紀夫に売ったのは」

ドアの前で、竹中は棒立ちになった。

「なんのことでしょうか」

「とぼけるな！」

島田は血相を変えていた。

「銀座の〝ホワイトツリー〟を俺が白木育代と共同経営してるとか、いつかも言ってたな」

「総会屋の沢崎の話を、副頭取にそのままお伝えしただけですが」

正確には、常務時代の島田に、注意を喚起したまでだ。白木育代とまだ切れていないのか、と言えるものなら言いたい。

「おまえ、俺に含むところでもあるのか」

「なにをおっしゃいますか。冗談にもほどがあります」

「児玉とやらに、俺のあることないことを吹き込んだのは、おまえだろ」

「あり得ません。そんなことをして、わたしになんの得があるんでしょうか」

「佐藤君に取り入ったんだろう。おまえの顔に書いてあるよ」

「島田副頭取がそんなふうに見ているとは夢にも思いませんでした。わたしが副頭取に含むところでもあれば、とっくの昔に行動を起こしたと思います。しかし、そんなことは思いもよりません。協銀を貶《おとし》めるようなことを協銀マンとして、できるはずがありません。こんなことをおっしゃるために呼び出されたとは知りませんでした。失礼します」

竹中は頭がカッとなっているわりには、言うべきことを言ってのけた。

竹中が島田に背を向けて、ドアをあけようとしたとき、呼びとめられた。

「ちょっと、待たんか」

「なにか」

「訊《き》きたいことがあるんだ。ま、坐《すわ》れよ」

「失礼します」

竹中は、仏頂面でソファに腰をおろした。

「おまえ、児玉と近いんだろう」

「大物フィクサーといわれてる児玉先生と近いなんて、あり得ません」

「佐藤君から催告書のことは聞いたよ。自分がチョンボをしといて、わたしに尻《しり》ぬぐいをさせようって言うんだから、たいしたタマだよ」

「…………」

「たしか沢崎といったかねぇ。昔、わたしに妙な言いがかりをつけてきたのがおったが」

「総会屋です。協銀に株付けしてるはずですが」

株付けとは、千株以上の株式を取得し、株主総会に出席できる権利を有することをあらわす業界用語である。総会屋が使う手だ。

「沢崎とつきあってるのか」

「いいえ。あのとき一度会っただけです」

「児玉と沢崎はつるんでるのか」

竹中はどっちつかずにうなずいた。児玉と沢崎はそれこそ近い関係、とわかっていたが、明言していいか悩むところだ。

「沢崎がわたしに厭《いや》がらせをすることはあり得ると思うか」

「さぁ、どうなんでしょうか」

児玉は、島田のスキャンダルを沢崎に暴《あば》かせるようなことを言っていた。その前哨戦《ぜんしょうせん》のような動きがあったのだろうか、と竹中は気を回したが、口にしなかった。

佐藤から島田に伝わっている可能性は充分あり得るし、佐藤の口から竹中の名前が出ているとも考えられるが、ここは、曖昧《あいまい》にせざるを得ない。

「佐藤君に、児玉を怒らせると、なにをするかわからんと言われたが、おまえが児玉と沢崎に知恵をつけてることはないのかね」

「わたしが児玉先生や沢崎なにがしとグルになっている、とおっしゃりたいんでしょうか」

竹中は、島田の目をとらえて離さなかった。

島田がやっとデスクから足をおろした。

「思い当たることがあるのか」

「とんでもない。ただ、佐藤常務に申しつけられて、児玉先生には最近お目にかかってます。副頭取のことをよくご存じでした。沢崎から聞いたとしか思えません。両者はつながってると見るべきかもしれません」

「つながってるに決まってるだろうが。問題はおまえが一役買ってるかどうかだ」

島田は上体をデスクに乗り出して、竹中を指差した。

「お言葉ですが、副頭取に侮辱される覚えはありません。だいたいわたしは、本件とはなんの関係もない立場です。佐藤常務から個人的に協力しろと言われて、児玉先生にお会いしたに過ぎないのですから」

竹中はソファから起《た》ち上がった。

どうせ間もなく協銀を卒業していく男だ。島田に憎まれても、さしたることはない。だいたい、〝ホワイトツリー〟の白木育代との関係を知られている俺の存在は、島田にとって、目障りに決まっている。もともと島田に嫌われているのだ。

「まだ話は終わっとらん。坐れよ」

竹中は、島田をきつい目でとらえながら、ソファに腰をおろした。

「児玉案件の始末をつけられるものがいるとしたら、わたししかおらんだろう。まだ佐藤君に話しとらんが、村田に会うつもりだ」

「村田氏をご存じなんですか」

「名前ぐらいは知っとるよ。債権回収業のプロ中のプロだろう。債権回収業者では知られてる男だよ」

島田の気持ちを変えさせた動機づけは、なんだろうか。児玉がどんな手を使ったのか、竹中は知りたいと思った。腐った豚肉のことなど竹中の想像の及ぶところではない。鈴木相談役が待てよ。佐藤自身が、なにか仕掛けたことはないのだろうか。あるいは、鈴木相談役が島田を説得したとも考えられる。

島田になにかがあったことは間違いない。時間が経過するにつれ、炙《あぶ》り出されてくるだろう、と竹中は思った。

「児玉みたいなわけのわからん人物に、どんな弱みがあるか知らんが、相談役も佐藤も、どうかしてるな。竹中も注意したらいいよ。ああいう連中につきあってたら、ろくなことはないぞ」

自分の悪事は棚に上げて、まさに目糞《めくそ》鼻糞を嗤《わら》う類《たぐ》いではないか。上層部のほとんどは〝鈴木天皇〟と〝カミソリ佐藤〟のゴマ擂《す》りばかりだ。島田はその最たる存在だった。

「もう一度だけ訊くが、おまえが児玉にわたしのあることないことを吹き込んだことはないんだな」

「はい。ありません」

「債権回収業者の村田に、不良債権を売却し、その中に、児玉案件を入れろ、というアイデアは、誰が出したんだ。おまえか」

「いいえ。児玉先生です。佐藤常務から、お聞き及びと思いますが」

「佐藤が提案したということはないのか」

「ないと思います」

島田が椅子を窓側に回した。

三十秒ほど、竹中は島田の背中を睨《にら》みつけていた。

「下がっていい。あのなぁ、わたしに呼ばれたことは忘れてくれんか。佐藤君にも話さんほうがいいな。わたしから話す。どういう結果になるか、村田と会ってみなければわからんが、わたしが乗り出せば、なんとかなるだろう。児玉に言っといてくれないか。わたしは清廉潔白だ。きみも知ってるとおり、沢崎に因縁をつけられたが、叩《たた》いても埃《ほこり》は出なかった。ためにする誰かがいるんだろうが、それが沢崎だとしたら許さん。ニュースソースも、それとなく児玉から聞き出してもらえればありがたいが」

「承知しました。ただ児玉先生が明かすかどうか、きわめて疑問ですが」

「とにかく、わたしのことは根も葉もないルーマーだからな。きみはよくわかってると思うが」

竹中は曖昧にうなずいた。

この日の夕刻、竹中に佐藤から呼び出しがかかった。

「児玉案件、やっと目鼻がつきましたよ。島田さんが重い腰をあげてくれました。村田氏に会ってくれるそうです」

「鈴木相談役が、島田副頭取にプレッシャーをかけたんでしょうか」

「相談役にはまだなにも話してませんよ。児玉さんから、なにか聞いてませんか」

「いいえ。三日前に電話で話しただけですが」

「ふうーん」

佐藤は小首をかしげて、腕組みした。

「島田さんが、村田氏に会ってみよう、と言ってきたんです。相談役に話す前に、島田さんのほうがその気になってくれてよかったですよ。相談役の逆鱗《げきりん》に触れて、クビが飛ばされることを恐れたんですかねぇ」

佐藤はにやっとして、腕組みしたまま、話をつづけた。

「わたしも、相当強く進言したからねぇ。ちょっと考えれば、島田さんにとって、どっちが得かわかるはずなんですよ。そこで、さっそくですが、児玉さんと連絡を取ってください。児玉さんが立ち会う必要はまったくないと思いますが、村田氏から島田さんに電話を一本かけさせたら、よろしいんじゃないですか。村田氏に一席もたせたらいいんですよ。銀行で会うのはまずい。ホテルのスウィートルームを取るなり、女性の入らない料理屋で会うなり、村田氏にまかせたらいいんじゃないですか。村田氏にとって協立銀行をクライアントにできるっていうことは、相当なメリットがあるはずですから、泣いてよろこびますよ。児玉さんにコミッション・フィがしこたま入るんじゃないかって、勘繰りたくなるくらいです」

佐藤は饒舌《じょうぜつ》だった。懸案問題が解決しそうな見通しが出てきたことで、どれほど安堵《あんど》していることか。佐藤の機嫌がよいのもわかる。

「児玉さんに妙な動きをされると困りますから、至急、連絡を取ってください。ここから事務所に電話をかけたらどうですか」

「承知しました」

佐藤に聞かれて不都合なこともないので、竹中は佐藤の前で児玉経営研究所に電話をかけた。

児玉は在席していた。

「協立銀行の竹中です。先日は失礼しました」

「おうっ、竹中か。どうした」

「さっそくですが、島田が村田氏にお目にかかりたいと申してます。失礼とは存じますが、先生から村田氏に電話を一本かけていただくわけには参りませんでしょうか」

「そういうことになったのか。また、どういう風の吹き回しなんだ。しかし島田がそういう気になったのは、いいことだ」

「はい」

「お安いご用だ。よろこんで仲介の労を執るが、わしが同席したほうがいいと思うか」

「島田と村田氏におまかせしてよろしいんじゃないでしょうか。村田氏から島田に電話を入れていただければ、話は進むと思います」

「そういう手筈《てはず》になってるんだな。いま、島田はおるのかね」

「少々お待ちください」

竹中は受話器を掌《てのひら》で蓋《ふた》をして、佐藤に訊《き》いた。

「いま、島田副頭取は在席してるんでしょうか。児玉先生は、村田氏にすぐ連絡するとおっしゃってますが」

「六時まで、いるそうですよ。会議中でも呼び出してけっこうだと、秘書に言ってあると……」

竹中が受話器を耳に押し当てた。

「もしもし……。失礼しました。島田は六時まで席にいるそうです。村田氏のお電話をお待ちしてるということですので、よろしくお願いします」

「いいだろう。しかし、どうして急進展したのかねぇ。ま、人の気持ちは変わるもんだが。十分以内に必ず村田に電話を入れさせる。竹中が言うとおり、わしが入らんほうがええな。村田にとっても、協銀にとっても、ええ話だぞ。利害が一致する。島田も、莫迦《ばか》じゃないな。それとも、鈴木が島田を口説いたのか。そんなことはどうでもいい。じゃあまたな」

「ありがとうございました」

竹中は、佐藤のデスクの前から、ソファに戻った。

「十分以内に、村田氏から島田副頭取に電話連絡させるそうです。お二人にまかせることにつきましても、異存はないとおっしゃってました」

「あとは島田さんが、うまくやってくれるでしょう。来週中に、一件落着となるといいですねぇ」

「ええ」

島田がなぜ態度を変えたのか、竹中は不思議で仕方がなかった。

3

十二月十五日の早朝七時半に、竹中は佐藤と会った。佐藤は前夜、自宅に電話で連絡してきたのだ。

「児玉案件、万事うまくいきましたよ。児玉さんから、聞いてるんでしょう」

佐藤は、にやっとした目で竹中を見上げた。

「いいえ。先日、この常務の部屋から電話して以来、なにも」

「ほうう。そうですか。村田氏から逐一、児玉さんに報告されてると思いますけど。いちど、児玉さんからも話を聞いといてくださいよ」

「わたしを巻き込みたくないということなんじゃないでしょうか。児玉先生なりに配慮してくださったんだと思います」

佐藤が眉《まゆ》をひそめた。

「この際、川口案件も不良債権として処理することになりましたので、そのつもりでお願いします」

お願いしますって、どういうことかわからず、竹中は小首をかしげた。

「斎藤頭取も、なにも言わずに承認印を押すはずです。島田副頭取の根回しはお見事でしたよ。斎藤さんは、関州連合との手打ち式に出席してるでしょう。その負い目があるんですよ」

竹中は唸《うな》り声が出そうになったが、辛うじて咳払《せきばら》いでごまかした。

当時、鈴木会長が逃げたため、斎藤が向島《むこうじま》の料亭に出向いたのだ。関州連合の並木喜太郎会長との手打ちを仲介したのは、児玉由紀夫である。

「ところで持ち回りの常務会で稟議書《りんぎしょ》を通しますが、起案を竹中さんにお願いしたいんです」

「第一営業部のテリトリーと思いますが」

お願いしますは、このことだったのだ。竹中は愕然《がくぜん》とした。筋違いも甚だしい。煎《せん》じ詰めれば、私文書偽造ではないか。

以前も、〝特命〟でこれをやらされたが、第一営業部の失態の尻《しり》ぬぐい、鈴木と佐藤による政治献金の後始末をやらされる覚えはない、と竹中は思った。

「政治献金のことはタブーです。竹中さんもそうおっしゃったじゃないですか」

「稟議書でそのことに触れる必要はないのですから、おっしゃることとの整合性はないと思います。逆に、わたしが起案者になりますと、変に勘繰られることにならないでしょうか」

佐藤はあからさまに厭《いや》な顔をした。

「理屈を言ってる場合じゃないでしょう。ここまで漕《こ》ぎつけられたのは、竹中さんのご尽力があったからこそじゃないですか。斎藤頭取や永井専務も、過去の経緯や案件の性質からみて、竹中さんが起案者なら納得してくれます。もろもろのことをおもんぱかって、わたしがそう判断したんです」

竹中は、納得できなかった。

ふと、孝治の顔が目に浮かんだ。こんな不正に与《くみ》したら、息子に合わせる顔がない。うしろ指を差されて、当然ではないか。

「あなた以外に適任者がいたら教えてくださいよ。いますか、いないでしょ」

佐藤にたたみ掛けられて、竹中は返事ができなかった。

「児玉案件も川口案件も、これできれいさっぱり片づくんですよ。こんなよろこばしいことはないじゃないですか。機嫌を直して、起案の件よろしくお願いしますよ」

牽強付会《けんきょうふかい》もきわまれりだが、こんな案件の起案者になり手はない。

結局、俺しかいないのだ。竹中は、諦《あきら》めざるを得なかった。

「近々一席設けましょうかねぇ」

「いや、けっこうです」

竹中としてはせめてもの抵抗だった。

「久しぶりに杉本君と三人でどうですか」

「特命班の本業のほうも忙しいんです。遠慮します」

「今度のことは、殊勲甲です。金鵄《きんし》勲章ものですよ。鈴木相談役に、竹中さんのことはよしなに話しておきますからね」

佐藤は追従《ついしょう》笑いをしてから、時計を見た。

功績を一人占めするのが落ちだろう。佐藤が、起案者の俺を〝鈴木天皇〟に話すとは思えない。

ま、しょうがないか。ここは佐藤に従うしかない。

「わかりました。稟議書の起案、お受けします」

竹中は無理に笑顔をつくった。


十時過ぎに永井専務から竹中に呼び出しがかかった。

永井は電話中だったが、竹中を手招きしてソファをすすめた。

電話はすぐに終わった。

永井と竹中が同時にソファに腰をおろした。

「さっそくだが、さっき頭取に言われたんだが、頭取が関州連合の親分と会ったのは、いつだったかねぇ」

「神戸の大震災の直後ですから、九五年、平成七年一月下旬だと記憶してますが」

「そうだったねぇ。向島の〝なみむら〟で、手打ち式があったんだな」

「たしか大震災の十日後、一月二十七日の夜だったと思います。夜十時頃でしたか、児玉先生から手打ち式は非常にうまくいった、と電話で告げられたことを覚えてます」

「そうだったねぇ。十時過ぎに、きみから電話をもらったんだ。どれほどホッとしたことか……」

　永井が微笑を消して、表情をひきしめた。

「そのことで頭取に訊《き》かれたんだが、並木会長と名刺を交換したかどうか思い出せないらしいんだ。広域暴力団の大親分と会食したのは、あのとき鈴木会長が厭がったので、頭取にお鉢が回ってきたわけだ。頭取が逃げてたら、児玉さんがヘソを曲げて、えらいことになってたと思うよ」

「おっしゃるとおりです。逃げずに手打ちの会食をお受けした頭取はご立派でした」

「ただねぇ、さはさりながら、頭取は名刺を渡したかどうか、いまごろになって、心配になってきたらしいんだ。そんな感じわからなくはないよねぇ」

「はい」

　竹中は大きくうなずいた。

　児玉案件の処理策を、島田副頭取から聞いて、斎藤は手打ち式のことを思い出したに違いない。一流銀行の頭取の立場としてヤクザの親分と会った事実は、常識を逸脱している。

そのことが気にならぬわけがなかった。

万一、このことが表面化したときに、名刺を並木に手渡してなかったら、記憶にない、と強弁できるかもしれない。斎藤は、心中穏やかならぬものがあるのもうなずける。

「頭取は、竹中から児玉さんに訊いてみてくれないか、と言ってるんだ。名刺を交わしたかどうかを」

「承知しました。先刻電話で児玉先生のアポを取りましたが、昼前に新丸ビルの児玉先生の事務所で、お目にかかることになってます」

「どういう訊き方をすればいいのか、わたしにはわからんが、竹中ならうまく聞き出してくれるだろう」

「児玉先生は、斎藤頭取を買ってくださってますから、率直にお尋ねしてよろしいんじゃないでしょうか」

「竹中にまかせるよ。名刺を渡してたとしても、さしたる問題ではないと思うが、心理的な圧迫要因にはなるのかねぇ」

「頭取のお気持ちは、わかるような気がします」

永井の用件は、それだけだった。

児玉案件の中身について訊かれたら、どう答えようかと悩んでいただけに、竹中は拍子抜けした。

永井には、正直に政治献金だと話すしかないのか、知らない、とシラを切るのか迷うところだ。

斎藤も、永井も、島田の説明を鵜呑《うの》みにしているとは思えないが、二人とも敢《あ》えて聞く必要はないと判断したのだろう。

それにしても、川口案件まで不良債権として処理した佐藤の辣腕《らつわん》ぶりには、恐れ入るしかない。鈴木相談役がどれほど安堵《あんど》したことか。

明らかに違法行為だが、この問題に関与し、加担した竹中は、うしろめたくてやり切れなかった。

立場の違いか、小物なるが故だろうか。違法行為を平然とやってのける佐藤や島田を大物と思うしかない。

しかし、一件落着すれば、肩の荷がおりることはたしかだった。川瀬も須田も、なにをこそこそやってるのか、と白い目で見ているが、あいつらに俺の気持ちがわかってたまるか、と竹中は思った。

出前の幕の内弁当を食べながら、児玉が上機嫌で言った。

「竹中、おまえも頑張ったな。礼を言うぞ。稟議書《りんぎしょ》の起案者にされて、おもしろくないだろうが、乗りかかった船だ。わしに免じて、堪《こら》えてくれんか」

「〝カミソリ佐藤〟に見込まれたら、蛇に睨《にら》まれた蛙も同然です」

竹中は、さすがに大物フィクサーと称されるだけあって、人の胸中を忖度《そんたく》する児玉の眼力に舌を巻いた。

「島田は得意満面らしいじゃねぇか。わしがアイデアを出したのに、自分一人でやったような顔してるらしいぞ。尻込《しりご》みしてたのになあ」

児玉は割り箸《ばし》を離さず、左手で赤だしの椀《わん》をつかんで、ずずっと一挙に喉《のど》へ流し込んだ。

「あいつも、ただの鼠じゃないな。ま、佐藤に威《おど》されたんだろうが」

「そこがよくわからないんです。あれだけ抵抗してた島田副頭取が急に態度を変えたのは、どうしてなのか」

竹中に凝視されて、児玉がじろっとした目を返してきた。

「わしは、なにもしとらんし、なにも聞いとらんぞ」

「そう言えば、島田が事実無根、潔白であることを先生にアピールしてくれと申してました。そういうことで、よろしくお願いします」

「わかってる、わかってる。武士の情けだ。他言などせんよ」

「情報源は総会屋の沢崎ですか」

「忘れたよ」

厭な顔をしたところをみると、図星かもしれない。

児玉が話題を変えた。

「斎藤は四の五の言わなかったのか」

「関州連合のことで、先生には借りがありますから……。手打ち式のときに、斎藤は並木会長と名刺を交わしたんでしょうねぇ」

「名刺は二人とも出しとらんよ。その必要はないと、わしも思ったが」

「………」

「なんでそんなことを訊くんだ」

「わたしが、ちょっと気になったんです」

「わしを見くびるな。斎藤に名刺を出させるような莫迦《ばか》な真似はせんよ。お互い、土下座しただけのことだ。心配するには及ばん。並木に、斎藤の名刺を悪用されんとも限らんじゃないか」

「恐れ入ります。ありがとうございました」

竹中は箸を重箱に置いて、丁寧に礼を言った。胸を撫《な》でおろす斎藤の顔が見えるようだった。

「銀行に、債権回収のノウハウはなかろうが。十手取り縄付きのお上《かみ》の威光を笠《かさ》に着て、住管機構があこぎな取り立てをやってるようだが、民間では村田が一番だろうな。村田と業務提携した協銀は重宝するぞ」

十手取り縄付き、は誰かに聞いたような気もするが、あこぎ、は言い過ぎだ、と竹中は思った。

「協銀は住管機構にバンザイしてしまったが、弁護士たちがのさばり過ぎるのも、どうかなあ。しかも、あいつらは法律論よりも感情論で動いてるじゃねぇか。和解金なんて、そ

4. 21. 1. 13

もそもおかしいんだ」

フィクサーの児玉らしからぬ発言に、竹中は小首をかしげた。

「協銀はとことん法律論で闘うべきだったな」

「マスコミに袋叩《だた》きに遭います。マスコミを味方につけた〝タコ〟には勝てません」

つい〝タコ〟が口を衝《つ》いて出てしまったが、児玉はにたっと笑いかけた。

「〝タコ〟の増長ぶりは目に余るな」

児玉も〝タコ〟の由来を知っているのだろうか、と竹中は気を回した。

午後零時五十分に、児玉経営研究所の女性秘書が、メモを入れてきた。

来客の気配がしたので、竹中は急いで重箱に蓋《ふた》をした。

「ごちそうさまでした」

「まだ十分あるぞ。待ってもらったらいい」

「かしこまりました」

秘書が一礼して、執務室兼応接室から退出した。

（下巻につづく）

(この作品はフィクションです。万一、現実の事件ないし状況に類似することがあったとしても、まったくの偶然に過ぎません)

本書は、平成十一年九月八日から平成十二年三月二十八日まで「東京スポーツ」に連載され、平成十二年十一月に小社より刊行された単行本『再生（上）続・金融腐蝕列島』を文庫化したものです。